W0311075

Haxahaven
Le Cercle des Sorcières

Casterman
Rue Haute 139
1000 Bruxelles
Belgique

www.casterman.com

Publié aux États-Unis par Simon and Schuster BFYR, une division de Simon and Schuster Children's Publishing Division
1230 Avenue of the Americas, New York, New York 10020,
sous le titre : *The Witch Haven*
© Sasha Peyton Smith 2021 pour le texte.

ISBN : 978-2-203-12354-0
N° d'édition : L.10EJDN001740.N001

© Casterman 2022 pour la présente édition

Composition et mise en pages
Nord Compo à Villeneuve-d'Ascq

Achevé d'imprimer en septembre 2022, en Espagne, par Liberdúplex,
(Carretera BV-2249 Km. 7,4, Polígono Industrial Torrentfondo,
08791 Sant Llorenç d'Hortons, Barcelone).
Dépôt légal : octobre 2022 ; D.2022/0053/177
Déposé au ministère de la Justice, Paris (loi n° 49.956 du 16 juillet 1949
sur les publications destinées à la jeunesse).

Tous droits réservés pour tous pays.
Il est strictement interdit, sauf accord préalable et écrit de l'éditeur, de reproduire (notamment par photocopie ou numérisation) partiellement ou totalement le présent ouvrage, de le stocker dans une banque de données ou de le communiquer au public, sous quelque forme et de quelque manière que ce soit.

PEFC™ PEFC/14-38-00302

Sasha Peyton Smith

Haxahaven
Le Cercle des Sorcières

Traduit de l'anglais (États-Unis)
par Maud Ortalda

casterman

Pour Leah, petite étoile.

Quelqu'un que j'ai aimé m'a donné
Une boîte remplie de ténèbres
Il m'a fallu des années pour comprendre
Que c'était aussi un cadeau
Mary Oliver

New York, mai 1911

L'odeur de la mort flottait sur le détroit de l'East River.

Le garçon n'avait pas supplié avant d'être jeté dans ses profondeurs.

C'était mieux ainsi. Les supplications manquaient de dignité.

En fait, il n'avait pas dit grand-chose. Seulement le nom de la fille, une fois, au moment de couler.

Tuer quelqu'un, c'était relativement simple. Un bon coup sur la tête suffisait. L'eau s'occupait du reste. Les humains sont si fragiles…

La lune dessinait un croissant net au-dessus de la ville. Calme, silencieuse, froide et indifférente, comme si rien n'avait changé dans l'univers.

À New York, personne ne remarquait un individu en manteau sombre s'éloignant seul des docks.

À New York, personne ne remarquait un individu jetant une paire de gants tachés de sang dans une ruelle déserte.

À New York, personne ne remarquait jamais grand-chose. Ça aussi, c'était facile : s'en tirer impunément.

À quarante-deux rues de là, dans un vieil immeuble insalubre, la fille dormait paisiblement pour la dernière fois de sa vie. Dans la pièce étriquée, le lit de son frère était vide.

Quelque part au coin d'une rue de Lower Manhattan, par-delà le grondement du métro, le bourdonnement effréné des nouveaux éclairages électriques et la ruée du cours d'eau assoiffé de sang, la magie commença à s'éveiller.

1

New York, septembre 1911

Un jour, ma mère m'a dit que la réussite d'une fille en ce monde dépendait de sa capacité à faire semblant. En ce moment, je fais semblant de ne pas avoir envie de hurler.

Difficile d'ignorer M. Hues qui arpente l'atelier avec toute la grâce d'un lion ivre.

Il est venu ce matin effectuer l'une de ses inspections surprises qu'il affectionne. Comme d'habitude, il fait moins l'inspection du local que celle des couturières.

Nous jetons des regards furtifs aux travaux des unes et des autres. Mary est arrivée au bout de sa bobine il y a deux minutes. La craie de Catherine vient de se casser.

C'est moi qui jette l'éponge la première. Avec un soupir résigné, je me lève, sachant qu'il faudra bien que le fer à repasser soit chaud si je veux avoir le moindre espoir de terminer cet ourlet.

Comment faire semblant d'ignorer le regard pesant de M. Hues qui me suit dans l'allée ?

— Bonjour.

Son sourire me donne la chair de poule.

Celui que je m'efforce de lui rendre a un goût de défaite. Cet homme n'aime rien tant que de se prélasser dans notre gratitude. Même si nous faisons tout le travail à nous treize et qu'il ramasse les bénéfices à la fin de chaque semaine.

M. Hues nous répète souvent de ne pas faire les choses à moitié, de nous investir entièrement. Quand il s'agit de contribuer à ma misère, on peut dire qu'il suit bien ses préceptes.

À cause du gel de cette nuit, inattendu en ce début d'automne, le local est glacial. Les points délicats exigés par M. Hues sont difficiles à coudre dans le froid mais, la dernière fois que notre responsable, Mme Carrey, lui a demandé d'augmenter le budget alloué au charbon, il lui a ri au nez. Et Mme Carrey n'a pas le genre de nez devant lequel il est aisé de rire.

Je retourne à ma machine à coudre en me faufilant, telle une araignée, entre les tables des filles qui débitent les robes aussi vite que possible dans cet espace exigu. J'évite de cogner le coude de Jess, ma voisine. La dernière fois, j'ai fini avec une épingle plantée entre le pouce et l'index. Un accident, d'après elle, ce qui ne l'a pas empêchée de sourire en me voyant saigner.

M. Hues parcourt l'atelier de confection de robes d'un pas lourd, triturant les mannequins, effleurant les tissus. Il s'arrête à ma table et s'empare des patrons que j'ai soigneusement disposés pour le manteau de velours d'une veuve, ma meilleure cliente. Il les feuillette sans précaution, avec l'air de savoir ce qu'il fait, avant de les reposer n'importe comment au coin de la table. L'une des pièces du col tombe par terre sans qu'il y prête la moindre attention.

Je vais mettre des heures à tout réorganiser.

Mary est sa cible suivante. Il se perche au bord de sa table et lui demande de lui faire un sourire. Il a graissé et rabattu ce qui lui reste de cheveux blonds sur le dessus de sa tête. Et il s'est immergé dans l'eau de Cologne ; l'odeur âcre me pique le fond de la gorge.

— Bon travail, finit-il par déclarer, apparemment satisfait par nos pièces de vêtements. Comment vont mes filles aujourd'hui ?

Il est clair qu'il s'attend à ce que nous soyons transportées de joie d'être employées par un tel gentleman.

— Très bien, merci, monsieur Hues, répondons-nous toutes d'une même voix trop aiguë.

Il reporte son attention sur Mme Carrey pour savoir comment vont les affaires.

D'un geste de sa main ridée, elle nous fait signe de retourner à notre ouvrage. Même si nos tables surchargées ne nous éloignent pas suffisamment de M. Hues, l'autorisation de ne plus avoir à regarder cet homme adipeux et suintant avec vénération est un soulagement.

Au moins, quand je dois me contenter pour dîner d'un croûton de pain rassis, je n'ai pas à faire semblant d'être contente. Au moins, quand William me manque tellement que la douleur menace de me fracturer la poitrine, je ne suis pas obligée de plaquer un sourire sur mon visage.

Je me repenche sur le manteau de velours bleu nuit. Le contact doux du tissu sous mes paumes me rappelle, comme des milliers de fois par jour, que j'ai de la chance d'avoir un travail, malgré les visites de M. Hues et tout le reste.

Je pourrais être comme ma mère, exilée à Long Island, dans cet effroyable hôpital, l'esprit irrémédiablement brisé par la mort de William.

Ou comme mon ancienne camarade de classe Rosie, qui travaille dans cette usine près de l'East River, inhalant l'odeur de la vase, debout douze heures par jour à coudre le même bouton sur la même chemise à l'infini. Et encore, la fatigue abrutissante n'est rien comparée à ce que d'autres subissent, comme cette fille dont la tresse était trop longue. L'une des machines l'a happée et elle est morte là, par terre dans l'usine.

Rosie m'a raconté que, quand ils ont sorti la tresse du mécanisme, tout le cuir chevelu y était encore attaché.

J'en ai fait des cauchemars pendant des semaines.

Je pourrais aussi être comme mon frère, dont les os gorgés d'eau pourrissent dans une tombe sur laquelle je n'arrive pas à me rendre. C'est lui qui a connu le pire sort de nous tous, même si je ne suis pas sûre qu'il confirmerait. Dommage qu'il ne soit plus là pour répondre à la question.

J'attends que la douleur de sa mort me quitte, pourtant elle persiste à me cogner le ventre cinquante fois par jour.

Il me dirait sûrement que j'exagère.

Sincèrement, j'ai de la chance d'être employée comme couturière dans un petit atelier, et encore plus de chance que Mme Carrey ait accepté que j'emménage avec les autres filles à l'étage, quand ma mère a été envoyée à l'asile. Les places comme celle-ci se font de plus en plus rares.

Chaque jour, de nouvelles cheminées poussent au-dessus de la ville, et chaque jour un autre commerce comme le nôtre met la clé sous la porte.

Je m'applique sur le manteau de la riche veuve en espérant que le cliquetis régulier de la machine engloutira les autres bruits dans ma tête.

Je suis en train de coudre les boutons sur l'avant quand le carillon de la porte me fait sursauter. Ce n'est que le garçon livreur qui vient déposer les nouvelles aiguilles, mais je suis surprise, en levant la tête, de voir le crépuscule mauve inonder le ciel. Ma cliente attend son manteau pour demain matin et il me reste encore dix boutons, les deux manchettes, ainsi que les finitions.

L'atelier aurait besoin d'au moins trois couturières supplémentaires, mais M. Hues est convaincu que notre incapacité à honorer les commandes à l'heure relève d'un manque de conscience professionnelle.

Les affreuses robes à col marin assorties, commandées hier par les sœurs Thompson, m'ont mise en retard, sans parler de la visite de M. Hues aujourd'hui.

À mesure que s'étirent les ombres de la fin de soirée dans la pièce, les filles remontent une par une au dortoir où nous vivons presque toutes, jusqu'à ce qu'il ne reste plus que Mme Carrey et moi. Elle allume gentiment trois lampes à pétrole en me disant de ne pas me coucher trop tard.

Me retrouver seule dans l'atelier au beau milieu de la nuit me donne une impression de misère tout à fait particulière. Sous la protection des ténèbres, les souris sortent de leur cachette et la température chute au point que, bientôt, je frissonne sous mon châle.

J'entends les autres filles qui gloussent à l'étage. Nous n'avons pas beaucoup d'occasions de rire ; j'imagine qu'elles plaisantent au sujet de M. Hues.

Mon aiguille glisse à vive allure sur le tissu. Je travaille aussi vite que possible et je suis en train de couper le fil du huitième bouton quand le bruit d'une clé dans la serrure de l'entrée me fait sursauter.

Le carillon de la porte tinte différemment dans le noir.

La peur au ventre, je m'efforce de lever les yeux du manteau pour assister à la confirmation de mes pires craintes.

M. Hues.

Il charge dans le local tel un taureau, trébuchant sans raison en passant le seuil.

Malgré la nuit fraîche, il a le visage rougeaud. Sa veste de tweed marron est boutonnée n'importe comment.

Il fouille dans la caisse et ses mains poisseuses s'emparent d'une poignée de billets qu'il fourre dans ses poches.

Je me fige. Avec un peu de chance, il ne remarquera pas ma présence.

J'ai lu un jour que les chiens sentaient la peur. Je crois que les hommes doivent posséder la même faculté parce que, soudain, il lève la tête et nos regards se croisent.

Je peux continuer à me mentir, mais je sais au fond que, la vérité, c'est que je n'ai jamais eu de chance dans la vie.

À ma vue, il s'humecte les lèvres. Son sourire me répugne.

— Oh, c'est toi.

— J'allais partir, monsieur.

Je fourre mes pièces de patron dans mon tiroir pour éviter son regard embué.

— Non, fait-il d'une voix traînante, le visage déformé. Je ne crois pas.

Son rictus et son regard lubriques ne laissent aucun doute sur ses intentions.

Une terreur trouble me prend à la gorge. Pétrifiée, j'évalue mes options.

Pour atteindre la porte d'entrée, je dois passer à côté de lui, à portée de bras, et la rue sombre est probablement déserte à cette heure-ci. La porte arrière, celle qui permet d'accéder au dortoir, est plus proche, mais il est tard ; elle est verrouillée. J'ai la clé dans la poche de mon tablier. Cependant, je vois d'avance mes mains tremblantes la faire tomber par terre en tentant de l'actionner.

La lueur orange inquiétante des lampes à pétrole vacille dans l'atelier.

J'ai les poumons dans un étau.

« Fais un choix. »

Je soulève un pied du sol, puis me précipite en direction de la porte du fond qui mène à l'escalier. Je n'ai plus conscience que de la présence de M. Hues et de mon cœur qui bat la chamade dans ma poitrine, égrenant les secondes comme la trotteuse d'une horloge mal huilée.

J'y suis presque, doigts tendus vers la poignée, quand une main me saisit par le col pour me tirer violemment en arrière. Je m'étrangle.

— Où cours-tu comme ça ? marmonne M. Hues d'une voix aussi dégoulinante que le reste de sa personne. On a toute la nuit.

L'étau glacé me serre le cœur jusqu'à engourdir le bout de mes doigts. Titubant, je pivote pour lui faire face, mais il me retient toujours par la blouse.

— S'il vous plaît, monsieur.

Ma voix chevrote ; je déteste ça.

Pour seule réponse, il me pousse contre le mur. Ma tête produit un horrible craquement en rencontrant la brique.

Il se plaque sur moi, une main enfoncée dans mon épaule, l'autre sur ma hanche.

Je n'arrive même pas à hurler.

De si près, son haleine aigre empeste le bourbon. Il a le visage marbré, les yeux gonflés et les paupières tombantes. Sa transpiration tiédasse goutte en filet dans mon cou.

Je lève les bras afin de le déstabiliser, mais il est beaucoup trop gros.

Les baleines de mon corset me transpercent les côtes. Je ne peux plus respirer.

— Je ne te plais pas, Mary ? demande-t-il avec un sourire suintant.

Il me lâche l'épaule pour bloquer mon cou contre le mur avec son avant-bras. Il appuie fort.

« Je ne suis pas Mary, je suis Frances », ai-je envie de lui hurler, mais il se fiche bien de savoir qui je suis, qui nous sommes toutes. S'il me considérait comme une personne, il ne se comporterait pas comme ça.

Son bras énorme m'empêche de respirer. J'ouvre la bouche comme un poisson hors de l'eau. Au début, je ne sens rien. L'horrible brûlure arrive quand je commence à suffoquer.

Je cherche de l'air et il me sourit.

Si je ne meurs pas ce soir, je sais que la joie féroce qui danse dans ses yeux devant ma détresse me hantera pour le restant de mes jours.

Des taches lumineuses apparaissent dans mon champ de vision. Les contours de la pièce se brouillent.

Il se rapproche.

Je ferme les yeux.

« Est-ce que c'est ce qu'a ressenti mon frère ? »

Le néant menace de tout engloutir. Et puis, sous la terreur glaciale, quelque chose s'éveille. Une vibration au creux de mon ventre, qui s'épanouit jusqu'au bout de mes doigts.

Une pensée perce le brouillard de ma panique, comme le soleil matinal qui dissipe la brume sur le port : « La mort est plus chaude que je ne le croyais. »

La sensation qui m'envahit éclaire toutes les parties sombres de mon être. Rapidement, il ne reste plus qu'elle et moi.

La gorge écrasée par le bras de l'homme, j'arrive à aspirer un tout petit peu d'air.

Je n'ai pas peur.

« Je refuse d'avoir peur. »

Un bruissement, le son d'un objet se déplaçant dans l'air, me sort de ma transe.

Les yeux toujours clos, j'entends un coup spongieux et tressaille quand un liquide chaud m'éclabousse le visage.

Libérée du poids du bras, je reprends difficilement ma respiration.

J'ouvre les yeux juste à temps pour voir M. Hues s'effondrer lourdement au sol, mes ciseaux de couture enfoncés presque jusqu'aux anneaux dans son cou épais.

Le sang rouge comme du vin se déverse de la blessure, s'épanouit sur le col blanc de sa chemise et s'infiltre entre les lattes du vieux parquet.

M. Hues émet un gargouillis et, après quelques spasmes, s'immobilise pour de bon.

À la place d'une personne, il n'y a plus qu'un corps. Un corps avec les lames de douze centimètres de mes ciseaux de couture enfoncées dans le cou.

La porte est pourtant bien fermée, les fenêtres sont verrouillées. Je ne vois aucun mystérieux sauveur, seulement moi, le corps et les ciseaux.

Une certitude glaciale me saisit. « C'est moi qui ai fait ça. » Je ne sais pas comment, mais c'est moi.

Incapable d'assimiler cette information, mon esprit s'éteint. Mes genoux faiblissent.

Une dernière chose me passe par la tête avant que je ne perde connaissance : « Pourvu que je ne glisse pas dans son sang. »

La chance m'abandonne une fois de plus.

Je reviens à moi, un peu plus tard, les mains et les bras rouges et poisseux. M. Hues est allongé à côté, ses yeux de fouine encore ouverts, le visage figé dans une expression de stupeur presque comique.

Le sang s'est insinué dans la manche de ma blouse, qui a pris une teinte rouille.

Le clair de lune illumine la main cireuse du cadavre qui gît à quelques centimètres de la mienne.

Allongée par terre, je m'efforce d'en détacher les yeux pour les fixer sur le plafond. Pas un bruit ne s'échappe du dortoir au-dessus ; ma confrontation avec M. Hues ne semble pas avoir réveillé les autres. Et pour cause, les hurlements n'existaient que dans ma tête. Mes cordes vocales paralysées par la peur, ou écrasées par son bras, n'ont pu produire que de faibles grincements.

Je ravale un sanglot. Si on me trouve là, près de M. Hues, je sais bien de quoi ça aura l'air.

Incapable de respirer calmement, je me lève en tremblant comme une feuille. Les semelles de mes bottines sont collantes de sang.

C'est plus fort que moi, mon estomac se soulève et je vomis par terre.

L'odeur se mêle à celles de l'huile des machines à coudre et de la putréfaction.

J'ai un nouveau haut-le-cœur, mais plus rien ne sort.

Je devrais sûrement me débarrasser du corps, trouver une ruelle où le transporter, mais, même si j'en avais la force physique, l'idée de le toucher me rebute tellement que je m'y refuse.

Alors, traversant l'atelier, je m'effondre sur la chaise en bois derrière ma machine à coudre.

Le manteau de velours bleu est toujours là, impeccable, immaculé. J'ignore comment le reste du monde peut ne pas être affecté par les événements de ces cinq dernières minutes, et pourtant. J'ai l'impression que tout devrait avoir changé, tout devrait être aussi détruit que je le suis à l'intérieur.

J'essuie ma joue humide. Ma paume est rouge. Du sang, donc, et pas des larmes.

Les yeux sur le manteau, j'échafaude un plan. « Un pas après l'autre, Frances », résonne la voix de mon frère dans ma tête.

Première étape : je vais terminer ce manteau. S'il n'est pas fini au matin, je serais renvoyée et tout le monde saura que quelque chose m'a interrompue. Le cadavre au milieu de la pièce éclairera les hypothèses sur la question.

Deuxième étape : je vais cacher mes vêtements tachés de sang et m'en débarrasserai demain matin. Je pourrai facilement les jeter en allant livrer le manteau.

Troisième étape : je n'en parlerai à personne. Je n'y repenserai plus jamais.

Machinalement, je tends la main à la droite de ma Singer où se trouvent d'ordinaire mes ciseaux, mais mes doigts se referment sur le vide.

« Oh. »

« Bien sûr. »

Alors je vole ceux de Jess dans son tiroir.

Le métal froid et lourd me donne un peu la nausée.

Une fois de plus, j'entends la voix de William : « Tu peux le faire. Il le faut. »

J'essuie mes mains ensanglantées sur ma jupe foncée et je me remets au travail. Je m'efforce de retenir l'aiguille entre mes doigts tremblants. Les boutons et l'ourlet sont rapidement finis.

Difficile d'ignorer la silhouette de M. Hues au bout de la pièce. Chaque fois que je relève la tête, mes yeux se fixent sur la forme sombre, épaisse et très, très immobile.

J'ai un goût de bile dans la bouche et mal chaque fois que je prends une bouffée d'air. Seule la douleur me persuade que tout cela est bien réel.

À la table du fond, j'emballe le manteau dans du papier de soie, puis je déboutonne ma blouse. Le sang a imprégné le col et toute la manche gauche. Aucune chance de la récupérer pendant la lessive sans qu'on s'en aperçoive, alors je la plie soigneusement et la glisse dans la boîte avec le manteau. Je ferme l'emballage par un gros nœud de satin et dépose le tout sur le comptoir, prêt à être livré.

Mon corset a aussi reçu une projection de sang de la taille d'une pièce de monnaie juste au-dessus du cœur, mais en acheter un nouveau me coûterait au moins une semaine de paie, alors il restera dans cet état. Au moins, c'est plus facile à dissimuler.

Je n'ai pas le temps de déplorer la perte de mes vêtements, ni de regretter l'époque où j'ignorais le bruit que fait un corps en s'effondrant par terre.

J'ouvre la porte qui donne sur la rue et jette le tiroir-caisse sur le trottoir, sachant qu'il aura disparu au lever du jour. J'espère que ça ressemblera à un cambriolage qui a mal tourné.

Je ne porte que mon corset et la brise nocturne transperce ma cage thoracique jusqu'au cœur.

Le corps de M. Hues entrave le passage vers l'escalier. Je ferme les yeux, serre les dents et, dans un dernier élan de détermination, je l'enjambe.

Si j'étais plus courageuse, si j'avais l'estomac mieux accroché et les mains moins tremblantes, je retirerais mes ciseaux de son cou. Mais j'en suis bien loin.

Je sors la clé de mon tablier. La porte ne s'ouvre pas entièrement, bloquée par le torse de M. Hues, mais je parviens à me glisser dans l'entrebâillement.

Le pied sur la première marche, je jette un dernier regard à ses yeux vitreux. Les mêmes qui m'ont si souvent reluquée de son vivant et qui maintenant ne voient plus rien.

« Bon débarras. »

J'ai encore le souffle court en gravissant l'étroit escalier jusqu'à notre dortoir obscur. Par chance, les autres filles sont endormies dans leurs lits en fer forgé. Leur respiration est douce et paisible.

Je nettoie le sang séché sur mon visage à l'aide d'un linge humide au lavabo, dans le coin de la pièce. J'ignore si j'arrive à tout faire disparaître : chaque fois que je le passe sur ma figure, le linge s'imbibe de rouge – mais je ne supporte plus de le regarder. Dans un logement peuplé de filles, personne ne se posera de question à la vue d'un chiffon taché de sang. Je le jette dans le tas de linge sale. Pourvu que ce soit suffisant.

Si seulement j'étais dans notre ancien appartement d'Hester Street et William dans son lit ; si seulement je pouvais le réveiller pour lui demander conseil… D'ordinaire, son absence est comme un trou dans mon cœur : toujours présente, mais j'arrive à m'en accommoder. Cette nuit, c'est une plaie béante : laide, brûlante, qui se rappelle à moi sans fin.

La plupart du temps, j'essaie de refouler mon chagrin par crainte d'en éprouver la profondeur abyssale. Ce soir, je le laisse me submerger pour ne plus avoir à penser aux mains de M. Hues sur ma taille, ni à ses yeux morts, ni aux ciseaux qui ont traversé la pièce comme par magie.

Je le laisse m'entraîner toujours plus bas, dans les ténèbres les plus obscures.

Je ne rêve pas. C'est un soulagement.

2

Je suis tirée du sommeil par le bruit des bavardages. L'espace d'un instant béni, je ne me rappelle pas les événements de la veille. Puis je déglutis, la salive me brûle la gorge, et les images de M. Hues me plaquant contre le mur se déversent dans mon esprit telle une boue toxique.

Je saisis des bribes de conversations.

— Des ciseaux…

— Mort…

— Dieu merci…

Je ne désire rien tant que de rester dans la chaleur de mon lit mais, jusqu'à ce qu'on vienne me chercher pour me jeter en prison, je dois conserver ma place à l'atelier si je ne veux pas mourir de faim.

La voix de mon frère résonne dans ma tête. « Relève la tête, sœurette. Tout va bien se passer. » C'est ce qu'il disait toujours quand on était petits et que je pleurais parce que les autres filles ne me laissaient pas jouer à la poupée avec elles, ou quand notre mère était trop perdue dans sa tête pour penser à nous nourrir.

William avait la désagréable habitude d'avoir toujours raison. Jusqu'à ce que tout s'arrête.

Un frisson me transperce dès que je pose le pied sur le sol gelé.

Le logement que nous partageons au-dessus de l'atelier n'est pas grand. Trois fenêtres étroites laissent passer les rayons d'un soleil embrumé. Le parquet a été éraflé année après année. Douze petits lits en fer, six de chaque côté, sont alignés le long des murs. L'appartement de Mme Carrey se situe à l'étage supérieur.

C'est Jess qui s'adresse à moi la première.

— Oh, Frances, Dieu merci, tu es réveillée. Mme Carrey est en bas avec les policiers. *M. Hues est mort.*

Feignant la surprise, je tire sur ma chemise de nuit afin de dissimuler les bleus sur mon cou.

— Que s'est-il passé ?

Parler est douloureux.

— On ne sait pas encore, répond Mary qui tresse ses cheveux au bout de la pièce. Tout ce qu'on a appris, c'est que la police est venue tirer Mme Carrey du lit ce matin. Je n'arrive pas à croire que tu ne te sois pas réveillée.

Aucune de nous ne perd son temps à faire semblant d'être triste pour M. Hues. Sans en avoir jamais parlé entre nous, nous connaissions toutes sa véritable nature.

Comme si prononcer son nom l'avait fait apparaître, Mme Carrey débarque dans la chambre, un officier de police sur ses talons.

— Est-ce comme cela que des jeunes filles doivent se présenter après huit heures du matin ? nous gronde-t-elle.

— Non, madame Carrey, disons-nous en chœur.

Nous enfilons rapidement robes de chambre ou manteaux afin de conserver un semblant de pudeur devant l'officier.

Il porte tous nos ciseaux dans ses deux mains. Ça cliquette à chaque pas.

La paire de Mary, aux lames cuivrées, est pendue à son petit doigt. Celle avec les longues branches et le gros pivot appartient à Jess. Il manque celle dont l'un des anneaux est entouré de fil bleu cobalt : la mienne.

L'agent s'arrête au centre de la pièce, se penche et les étale par terre.

— Mesdemoiselles, si vous voulez bien identifier chacune vos ciseaux pour moi.

Une par une, les filles s'approchent de la pile.

Allison s'empare de ceux décorés de tissu rouge pâle.

Catherine de ceux avec le ruban de satin noir.

Ainsi de suite, jusqu'à ce qu'il n'en reste plus aucun.

Je m'approche en espérant avoir l'air sincèrement troublée, les mains bien jointes dans le dos afin que l'homme ne les voie pas trembler. Je les serre tant que je me fais mal.

— Il manque les miens.

Je me demande quel officier a écopé de l'horrible corvée de retirer mes ciseaux du cou de M. Hues.

— Comment vous appelez-vous, mademoiselle ? demande-t-il poliment.

— Frances Hallowell, monsieur.

Il hoche une fois la tête.

— Merci, mesdemoiselles.

Puis il quitte le dortoir.

Le silence retombe. Tous les regards se braquent sur moi.

Inutile d'être détective : j'ai travaillé tard hier soir. M. Hues est mort. Mes ciseaux sont les seuls manquants.

Je n'ai aucun espoir de m'en sortir ; je me sens acculée. Je pourrais m'enfuir. Mais je n'ai pas d'argent et nulle part où aller. Si j'avouais, on ne me croirait jamais. J'y étais, et pourtant j'ai du mal à le croire moi-même. J'imagine déjà les journalistes, les avocats, les enquêteurs et la prison. L'affaire fera la une des journaux à sensation, comme tous les meurtres impliquant des jeunes femmes. Je vois d'ici les gros titres : « LA COUTURIÈRE ÉTAIT UNE MACHINE À TUER ! », ou peut-être : « FRANCES HALLOWELL : LES COUTURES ONT CRAQUÉ ! »

Les bottines de Mme Carrey claquent sur le parquet.

— Mademoiselle Hallowell, un mot, dit-elle en me tournant le dos, ce qui est encore pire.

Son appartement est une extension de son apparence physique, tout en propreté et bienséance. Depuis près d'un an que je vis juste en dessous, je n'y suis montée qu'une ou deux fois.

Elle désigne deux fauteuils de cuir disposés devant un poêle à bois au fond de la pièce. Je foule son tapis élimé pour aller m'asseoir tout au bord du siège, prête à bondir et à fuir à tout moment.

— Mademoiselle Hallowell, commence Mme Carrey, je voulais vous parler avant que la police ne vous interroge.

L'idée d'un interrogatoire policier m'affole. Elle prend mon silence comme une invitation à continuer.

— Tout vous a-t-il semblé normal quand vous avez quitté l'atelier hier soir ? demande-t-elle.

J'imagine la scène : Mme Carrey descendant au rez-de-chaussée ce matin et découvrant M. Hues allongé sur le dos, la plaie dans son cou souillée de sang coagulé, ses yeux morts fixés sur le plafond, mon vomi par terre à côté de lui. Ça a dû être épouvantable.

— Oui, madame.

Je baisse les yeux, incapable de la regarder en face. Je n'ai jamais été une bonne menteuse. William savait se sortir de toutes les situations en charmant et en brodant, mais ce n'est pas un talent dont j'ai hérité.

— À quelle heure avez-vous terminé votre travail ?

— Vers vingt-deux heures, madame, je crois.

Cette fois, le mensonge vient plus facilement.

— Assurez-vous de bien réciter votre histoire, Frances.

Je me fige. Mais son ton n'a rien d'accusateur. Elle s'exprime d'une voix douce.

— Je vous soutiendrai quoi que vous disiez, continue-t-elle. Quoi que cet homme vous ait fait, je vous promets qu'il a mérité son sort.

Elle m'observe un instant puis pince légèrement les lèvres.

— Je vous aiderai, Frances, mais vous devez rester solide. Vous avez quitté l'atelier à vingt-deux heures. Vous ne savez rien d'autre. Faites en sorte de passer pour une petite écervelée. C'est ce que les policiers attendent d'une fille de votre âge. Avec un peu de chance, ils ne creuseront pas plus loin.

Hébétée, je hoche la tête.

De derrière son fauteuil, elle sort la boîte que j'ai laissée en bas cette nuit.

— Pour Mme Arnold, c'est bien cela ?

— Oui, madame, le manteau de velours.

— Bien. Effectuez votre livraison. Empruntez l'escalier du fond et évitez qu'on vous remarque. Faites-vous discrète aujourd'hui... Il vaut mieux.

Le paquet est lourd, je visualise ma blouse ensanglantée pliée à l'intérieur.

— Tout va bien se passer, conclut Mme Carrey d'une voix légèrement chevrotante.

Cette fois, je sais que c'est elle qui ment.

— Vous pouvez disposer, mademoiselle Hallowell.

Toujours sous le choc, je me lève et sors de son appartement. Les autres filles s'interrompent à mon arrivée ; rubans à moitié noués, brosses dans les cheveux... elles m'observent.

Pour la première fois depuis peut-être toujours, le silence règne en maître sur le dortoir.

J'enfile ma longue jupe de laine foncée, boutonne ma blouse blanche à col montant, la seule qu'il me reste, tresse mes cheveux et épingle mon chapeau de feutre pendant qu'elles font toutes comme si de rien n'était.

Une effroyable idée me traverse soudain : avec la mort de M. Hues, l'atelier devra sûrement fermer pour de bon.

Les yeux me suivent jusqu'à la porte.

Je m'autorise quelques secondes de répit dans l'escalier de service rarement emprunté, le temps de me mordre les lèvres et de fermer les yeux. Mais ce n'est pas le moment de s'effondrer.

L'air frais du matin charrie l'odeur particulière de New York, celle du fleuve, des ordures et de tout ce monde rassemblé en un seul endroit. Au bout de la ville, les usines crachent leur fumée noire. Chevaux, automobiles, tramways et passants pressés me doublent dans la cacophonie urbaine.

De l'autre côté de la rue, des curieux aux visages aussi horrifiés que ravis ont commencé à s'agglutiner. Une femme en robe de chambre rose balaie continuellement le même carré de trottoir, nez froncé tourné vers l'atelier. Un meurtre odieux, c'est du pain béni pour les commères du quartier.

La migraine qui me vrille le crâne me rappelle incessamment l'horrible chaos dans lequel j'ai réussi à plonger ma vie en moins de douze heures.

Néanmoins, me retrouver dehors me procure la sensation de maîtriser enfin quelque chose depuis ce matin, et c'est un soulagement indéniable. La ville est anonyme. Quand tant de personnes vivent entassées, éviter le regard des gens est une question de politesse. C'est la seule intimité que l'on peut s'accorder.

J'ai le plan du Lower East Side gravé dans la tête. Mme Arnold habite à dix pâtés de maisons. Il y a une petite allée, trois rues plus loin, dans laquelle je devrais pouvoir m'engouffrer afin d'ouvrir le paquet et de jeter ma blouse ensanglantée avant de réemballer le manteau.

Je me fraie un chemin dans les rues bondées, impatiente de me débarrasser enfin de ce souvenir matériel de la nuit. J'évite un bagagiste transportant une malle, me faufile à travers un groupe d'écolières joyeuses et esquive une Cadillac noire qui déboule en trombe sur la route.

Je suis presque arrivée à la ruelle de brique rouge, prête à tourner au coin, quand on me rentre dedans.

Je m'arrête net, prise de nervosité en découvrant le visage de celui qui m'a sortie de mes pensées.

— Oliver ?

— Frances Hallowell !

Il a l'air sincèrement ravi. Il a pris au moins trois centimètres en seulement quatre mois, depuis notre dernière rencontre.

Malgré ses dix-neuf ans, il a toujours un visage enfantin. En plissant les yeux, je le revois à treize ans sur notre perron, une balle de base-ball à la main et son sourire espiègle qui creusait des fossettes dans ses joues. Ses doux yeux verts sont contrebalancés par des pommettes saillantes et un menton anguleux ; des traits hérités de sa mère. Son père, le juge Callahan, est un homme plutôt balourd. Mon frère était son garçon de courses, il y a des années, avant d'être embringué dans toutes sortes de mauvais plans avec les mauvaises personnes.

Si les cheveux bruns ondulés d'Oliver ont sérieusement besoin d'un coiffeur, son costume bleu marine, lui, est impeccable. De meilleure facture que tout ce que je pourrais confectionner, et je ne suis pas une mauvaise couturière. À sa poche de poitrine brille la chaîne dorée d'une montre de gousset.

Sa vue me ramène à mon ancien appartement d'Hester Street. Cependant, la sensation jadis familière et chaleureuse a laissé place à un profond et douloureux sentiment de perte.

Lui aussi me détaille de la tête aux pieds : mes cernes bistre, mon chapeau rongé aux mites posé sur mes cheveux mal tressés, ma tenue défraîchie de petite main… Les passants continuent de se déverser autour de nous comme si nous étions deux rochers au milieu d'un torrent.

— Tu as l'air... en forme, dit-il, perplexe.

Il prononce « en forme » comme s'il avait envie de dire « dans un sale état ». Je ne lui retourne pas le compliment parce que je ne sais pas mentir, et comment pourrais-je lui dire : « Te regarder provoque chez moi une douleur physique » ?

— On devrait...

Il s'interrompt en tournant les yeux vers la rue.

— Oh ! Oh... oui, je balbutie.

Quand je me remets en marche, il m'emboîte le pas, même si je suis quasiment sûre que ce n'était pas sa direction initiale.

— Je suis content de te voir, Frances, dit-il au bout d'un long silence.

— Merci.

Je me plais à penser qu'il existe une version d'Oliver qui aurait remarqué à quel point je ne suis pas en forme du tout. Le Oliver qui m'a appris à jouer au poker par un après-midi pluvieux alors que William travaillait, ou celui qui a laissé une écharpe toute neuve sur mon lit, l'hiver de mes quatorze ans.

Mais je ne reconnais pas cet Oliver sophistiqué, fréquentant une prestigieuse université, qui porte son sourire avenant sur son visage comme un déguisement. Ses yeux ne pétillent plus comme avant, quand les coins de sa bouche se retroussaient et qu'il se tapait le genou en éclatant de rire dès que William lui racontait je ne sais quelle blague.

Tant mieux, dans un sens, car lui ne connaît pas non plus cette nouvelle Frances, celle qui a du sang sous les ongles.

Je ne me souviens plus de comment c'était, d'être la Frances qui griffonnait le nom d'Oliver dans les marges de son cahier de classe. Elle aurait eu des tas de sourires rêveurs à lui adresser. Moi, je n'ai rien à lui offrir.

La dernière fois que j'ai vu Oliver, c'était à l'enterrement de William. Il est resté planté près de la tombe de mon frère, l'air sombre, avec son costume noir qui devait coûter plus que ce que je gagne en six mois.

C'est le père d'Oliver qui a payé la pierre tombale de William, ce dont je lui serai toujours reconnaissante, même si je n'arrive pas à aller m'y recueillir. Il y a quelques mois, j'ai écrit une lettre à Oliver afin de le supplier de m'aider à retrouver l'assassin de mon frère. Il n'a jamais répondu. Le très fortuné et très éduqué Oliver, censé être le meilleur ami de William, n'a pas levé le petit doigt pour sauver mon frère et, aujourd'hui, il ne peut pas me sauver non plus.

— Je fais une livraison. Je suis en retard.

— Permets-moi de t'accompagner.

— Je me débrouille parfaitement toute seule, Oliver.

— J'insiste, répond-il, une main levée comme un gentleman.

Difficile de croire que le gamin qui buvait en douce le bourbon de ma mère lors des nuits les plus froides est devenu un jeune homme qui arbore si naturellement le costume sur mesure.

Il marche à côté de moi à longues enjambées. J'ai du mal à garder le rythme, perturbée par la peur, la colère et le chagrin qui s'entremêlent. Je n'arrive pas à le regarder en face parce que, dans son visage, je ne vois que William, alors je contemple ses chaussures à la place.

Si seulement il me fichait la paix.

— Je voulais venir te voir, déclare-t-il au bout d'un moment.

— Tu n'es pas obligé de faire ça.

— Quoi donc ?

— De me mentir.

— Je ne mens pas, Frances. Les choses ont été compliquées. J'ai...

Je le coupe. Sa façade élégante est trop parfaite pour moi. J'ai envie de gratter la surface.

— Ça fait quatre mois, Oliver. Tu n'as pas à faire semblant que ça t'intéresse.

Visiblement blessé, son visage sculpté se décompose.

— Comment peux-tu croire que je m'en fiche ? J'aimais William comme mon propre frère. Je...

Il s'étrangle.

Ses excuses tombent à plat, et encore plus aujourd'hui.

— Je l'aimais aussi. Au bout du compte, ça n'a pas fait de différence, hein ? je lance.

Il secoue la tête.

— Tu ne penses pas vraiment ce que tu dis.

Nous dépassons la vitrine d'une boutique qui était autrefois une buvette, et un souvenir me pousse à m'y arrêter brièvement. Je me revois, figée dans le passé, onze ans, des chaussettes dépareillées, Oliver à mon côté, commandant tous les deux une glace à la vanille sous les quolibets de William, qui nous accusait de n'avoir aucune originalité.

Oliver a dû intercepter mon regard parce qu'il sourit tristement.

— Ils coupaient leur Coca-Cola à l'eau, mais cet endroit me manque.

— Ça me surprend que tu t'en souviennes.

— Comment oublier ?

Son visage est si près du mien que je sens son haleine sur ma joue. Mon cœur s'emballe ; l'habitude me force à me rapprocher de lui. Si c'était encore comme avant, avant la mort de William, avant...

Je fais un pas en arrière en déglutissant la boule dans ma gorge.

— Tu as de nouveaux amis maintenant, non ? Tu ne te préoccupes plus de ton copain d'enfance et de sa gamine de sœur.

Je suis cruelle. Je le vois à sa tête. Il n'a jamais su dissimuler ses émotions.

— Tu ne sais pas ce qui me préoccupe.

Un garçon plus faible aurait baissé les yeux, mais le regard d'Oliver se plonge dans le mien. Au bout d'un moment, il se redresse.

— Pardonne-moi de t'avoir contrariée, Frances.

De sa poche de poitrine, il tire une petite carte de visite.

— J'ai bien reçu ta lettre. J'étudie toujours à Columbia. Je t'en prie, si tu as besoin de quoi que ce soit, fais-le-moi savoir. Tu... Tu m'as manqué.

Et en plus, il a l'audace de m'adresser de nouveau ce sourire de façade.

Il fait mine de s'approcher comme pour me toucher, mais je recule. Je n'accepte pas sa carte. Je combats la partie de moi qui me hurle de m'effondrer dans ses bras et de tout lui raconter. J'ai quatre mois de plus que la fille qu'il a connue, et maintenant j'ai conscience du danger d'aimer.

— Je ferais mieux d'y aller, Oliver.

J'accélère et disparais dans la foule, le laissant planté au coin de la rue agitée. Son regard me brûle la nuque, mais je refuse de me retourner.

Hors de question.

Ce n'est pas le moment de penser à la nervosité que la vue d'Oliver Callahan provoque en moi après toutes ces années. Ni à sa façon étrange de dire que je lui ai manqué, avec son air sérieux. Je n'ai pas le temps de me laisser aller à la douleur des souvenirs, ni aux envies qu'il suscite. J'ai des choses à faire.

Après avoir tourné dans la rue, je me faufile dans une ruelle étroite entre un grand magasin et un primeur. Personne ne remarquera une blouse ensanglantée au milieu des palettes, des bouts de ferraille et des denrées en putréfaction.

Rapidement, je dénoue le ruban, sors la blouse et la jette dans un tas de chiffons graisseux. Je la contemple un instant, en regrettant de ne ressentir aucun soulagement à m'en débarrasser. À la place, je suis agacée. « Cette ordure a abîmé ma blouse préférée. »

Je sors de la ruelle sans me retourner et me glisse dans le chaos de la ville, comme n'importe quelle fille anonyme.

Sept rues plus loin, le majordome de Mme Arnold m'ouvre la porte de sa maison de grès rouge.

Je suis invitée à attendre dans un petit salon si propre que j'ai honte d'y imposer la présence de mes bottines. La pièce est décorée dans des tons vert sapin, garnie de mobilier délicat, de miroirs aux cadres dorés et de tapis si exquis que personne ne semble jamais avoir posé le pied dessus. Une fille qui doit avoir mon âge frotte en silence un manteau de cheminée déjà rutilant. Je lui adresse un petit sourire triste qu'elle ne me rend pas. Peut-être sent-elle que quelque chose de terrible me ronge. Après ce que j'ai fait, mon allure invite sûrement à se tenir à distance.

Je me mordille l'intérieur de la joue en essayant de penser à tout sauf à la façon dont mes ciseaux ont traversé la pièce hier soir. Est-ce que je m'imagine des choses ? Je ne serais pas la première des Hallowell à perdre tout contact avec la réalité. J'ai horreur de ne pas me sentir normale, d'avoir cette impression rampante en moi. Je n'arrive pas à me débarrasser du sentiment d'avoir réveillé quelque chose qui ne veut plus partir.

De longues minutes s'écoulent avant que la femme de chambre à la coiffure élaborée de Mme Arnold apparaisse pour contrôler le manteau.

— Le huitième bouton n'est pas suffisamment bien fixé, mais je pourrai l'arranger moi-même. Que ça ne se reproduise pas.

— Oui, madame. Merci.

Je ravale les reparties cinglantes qui me viennent en tête.

Quand je sors de la demeure, ça me paraît inouï d'être enfin libérée de ce manteau qui m'a causé tant d'ennuis.

Je me promène sans but pendant un certain temps, croisant des ouvrières en habits gris défraîchis, casquettes de coton sur leurs cheveux filasse. Elles ont le regard vide ; la plupart ont travaillé toute la nuit. Quelques hommes riches en hauts-de-forme passent parmi elles, leurs épouses élégantes tenant des ombrelles de satin. Au coin des rues, de petits garçons crient les dernières nouvelles, tandis qu'aux balcons, des femmes étendent la première lessive de la journée. Cette agitation habituelle me réconforte un peu.

Je traverse la route au milieu de la circulation, sautant les rails de tramway qui serpentent dans la ville, évitant les chevaux.

Si j'avais de l'argent, si j'aimais moins mon frère, je saisirais cette occasion pour marcher jusqu'à Grand Central. Je monterais dans n'importe quel train en direction de l'Ouest, et je partirais sans me retourner. J'ai vu une photographie de San Francisco, une fois, et je me suis toujours figuré que ça me plairait de vivre là-bas. On dirait un endroit où l'on peut respirer. Il n'y a jamais assez de place pour respirer, ici.

Mais le peu d'argent que je gagne chaque semaine est presque entièrement avalé par ma pension. Dans la boîte à cigares sous mon lit, j'ai exactement deux dollars et soixante-deux cents. Avec ça, je rallierais peut-être l'ouest du Mississippi, mais pas au-delà. Je ne sais même pas si je serais capable de vivre ailleurs que dans cette ville.

Je pourrais rester à New York. Je pourrais fuir vers les quartiers résidentiels ; Harlem, peut-être ? Mais je vivrais dans la peur. Si la police me retrouvait, ce qui finirait par arriver, ma fuite ne serait qu'une preuve de plus de ma culpabilité.

Ce qui veut dire que je n'ai rien. Nulle part où me cacher, nulle part où aller.

Les filles nées dans les immeubles miteux du Lower East Side ne peuvent pas s'offrir le luxe de rêver. Je ne me suis jamais fait d'illusions romantiques quant à mon avenir. Je ne me suis jamais imaginé le passer derrière les barreaux non plus, mais il y a des choses pires que la prison.

Vivre dans la crainte permanente que ça me tombe dessus serait pire.

Ou peut-être qu'enfin, *enfin*, j'aurai de la chance : peut-être vais-je arriver à convaincre la police que je suis innocente.

Je n'ai pas le choix : je dois retourner à l'atelier et affronter la réalité. Cette certitude ne m'empêche pas d'être terrifiée.

Prenant mon courage à deux mains, je tourne dans Delancey Street.

3

Les policiers fourmillent toujours devant le local. Les boutons de leurs uniformes bleus brillent au soleil.

J'approche lentement en essayant d'afficher l'expression la plus innocente possible. J'ai bien peur que ça ne m'en rende que plus suspecte.

— Bonjour, monsieur l'agent.

J'adresse un signe de tête au moustachu. Il est plus petit que moi, donc vraiment petit. Avec des chaussures immaculées. Je visualise sa femme en train de les cirer pour lui avant qu'il parte travailler ce matin. Je me sens presque coupable des mensonges que je m'apprête à lui raconter, après avoir imaginé sa vie de famille.

Curieusement, son visage ne me dit rien. Je connais assez bien la plupart des agents du commissariat, maintenant. Je passe tous mes dimanches assise dans leur salle d'attente à me ronger les ongles jusqu'au sang, dans l'espoir de m'entretenir avec l'un d'eux au sujet de William.

Nos conversations sont toujours les mêmes ; c'est une pièce de théâtre bien rodée. « Non, nous n'avons aucune piste », me dit-on. Ensuite, je demande : « Y a-t-il quelque chose que je puisse faire ? » On me sourit et on me répond par la négative. Chaque fois, la rage féroce qui m'envahit me permet de tenir toute la semaine, jusqu'à ce que j'y retourne le dimanche suivant pour exprimer de nouveau ma colère.

J'entre dans l'atelier à la suite de l'agent. Mme Carrey et les filles doivent être à l'étage. Les policiers se parlent tout bas, toujours affairés à recenser les preuves. Ils relèvent des empreintes qui seront les miennes et cherchent des traces de sang sur les murs ; toutefois, je serais surprise s'ils arrivaient à la conclusion des ciseaux volants.

— Mademoiselle Hallowell, n'est-ce pas ? Votre responsable m'a informé que vous faisiez une livraison. Vous *n'auriez pas dû* sortir, mais je suis content de vous voir revenir. (Ses yeux perçants me toisent de la tête aux pieds.) J'espérais m'entretenir avec vous.

— Oui, monsieur.

Il tire la chaise de la table de Mary pour moi.

Lui reste debout, ses chaussures brillantes collées aux miennes.

— Mademoiselle Hallowell, commence-t-il en se raclant la gorge, j'ai seulement quelques questions à vous poser, vraiment très simples, d'accord ?

Il hoche la tête vers moi comme si j'étais un bébé. Je l'imite sans un mot.

— Où étiez-vous cette nuit ?

Pourvu que mon visage ne rougisse pas comme chaque fois que je suis gênée ou nerveuse.

— J'ai travaillé en bas jusqu'à vingt-deux heures, monsieur. Ensuite, je suis montée au dortoir.

Au moins, je m'exprime avec assurance.

Il griffonne dans son carnet.

— Bien, très bien. Et pourquoi avez-vous veillé si tard ?

— J'étais en retard dans mon travail.

Voilà au moins une réponse qui n'est pas un mensonge.

Il écrit encore.

— S'est-il passé quelque chose d'inhabituel quand vous avez quitté l'atelier ?

— Non, monsieur.

— Je vois, je vois. (Il lève des yeux soudain durs de son carnet.) Mademoiselle Hallowell, pouvez-vous m'expliquer pourquoi vos ciseaux de couture ont été retrouvés plantés dans le cou de la victime ?

— Non, je réponds d'une voix qui se fêle.

— Dans ce cas, mademoiselle Hallowell, confirmez-vous que vous étiez seule dans ce local en dehors des heures d'ouverture, ce même local où a été retrouvé plus tard un cadavre, et confirmez-vous que le mort avait… (il marque une pause et se racle de nouveau la gorge)… qu'il avait de sordides habitudes à l'égard des jeunes femmes ?

Son ton a changé ; il parle désormais très vite. Je commence à transpirer.

— Je ne sais pas ce que vous voulez insinuer, monsieur.

J'ai l'air paniquée. Je *suis* paniquée.

Il jette un coup d'œil à mes bottines qui dépassent légèrement de ma longue jupe noire.

— Puis-je voir vos chaussures ?

Je reste muette, profitant de l'arrivée d'une ambulance qui vient de s'arrêter près des calèches sur le trottoir. Est-ce qu'ils viennent chercher le corps ? Est-ce qu'il est encore ici, quelque part ?

Dans ma tête, je prie William de m'envoyer une illumination, une révélation qui m'aidera à me sortir de ce traquenard, mais au fond, je sais que c'est la fin. Je vais passer le restant de mes jours en prison. Ma vie ne vaudra plus rien. J'ai envie de fondre en larmes, de tomber à genoux et de supplier qu'on m'épargne. Je me retiens : William n'aurait jamais supplié.

« Relève la tête, sœurette. Tout va bien se passer. »

Lentement, je me penche pour saisir mes lacets entre mes doigts tremblants, quand le carillon brise le silence pesant.

Toujours penchée, je me fige, puis relève la tête.

Dans l'encadrement de la porte, éclairées par la lumière jaune du matin, se tiennent deux infirmières. L'une est jeune, mon âge peut-être, ou un peu plus. L'autre doit avoir la quarantaine. Elles portent des robes gris-bleu à col blanc montant. Leurs coiffes blanches sont impeccablement fixées sur leurs cheveux relevés et leur brassard à croix rouge fermement attaché autour de leur bras. Toutes deux arborent une pèlerine dont les cordons forment un X sur leur poitrine. La plupart des capes d'infirmière sont bordées de rouge, cependant, les leurs, noires comme la nuit, sont différentes de toutes celles que j'ai vues jusqu'ici.

— Veuillez nous pardonner, interrompt la plus jeune en se frayant un chemin entre les policiers.

Elle n'a pas l'air le moins du monde perturbée par la scène. Sa voix est fluette ; elle a les cheveux blonds, presque blancs. Elle contraste avec sa compagne plus âgée aux cheveux noirs, une femme pâle avec des taches de rousseur qui ne pipe mot, les lèvres fines résolument pincées.

— Nous cherchons une certaine Frances Hallowell, déclare la blonde, les mains sur les hanches.

— C'est moi.

Toujours penchée, les doigts sur mes lacets, je n'ai pas bougé.

— Nous avons reçu les résultats de vos analyses, continue l'infirmière. Nous sommes terriblement désolées de vous apprendre que vous êtes atteinte de la tuberculose.

Il doit y avoir une autre France Hallowell dans le voisinage parce que je ne suis manifestement pas la personne qu'elles recherchent. Je ne tousse pas. Je n'ai passé aucune analyse. La dernière fois que j'ai vu un médecin, j'avais neuf ans.

Du coin de l'œil, je remarque l'agent de police qui s'écarte légèrement de moi, de peur d'attraper ce que je suis censée avoir.

L'infirmière plus âgée me regarde droit dans les yeux en haussant un peu les sourcils, comme pour dire : « Faites-moi confiance. »

Je tousse pathétiquement pour lui signifier que j'ai saisi.

— Nous avons ordre de vous emmener au sanatorium d'Haxahaven sur-le-champ, poursuit la plus jeune. Pour votre sécurité et celle des autres. Notre ambulance vous attend devant.

— Mlle Hallowell est la principale suspecte dans une enquête de police en cours, intervient alors l'agent derrière moi.

Curieusement, de tout ce qui se passe sous mes yeux en ce moment, entendre dire que je suis bel et bien soupçonnée est ce qui me terrifie le plus.

Je ne sais pas qui sont ces femmes ni ce qui m'attend dans ce sanatorium mais, si ça peut m'éviter un procès pour meurtre, je les suivrai où elles voudront.

— Non, corrige la blonde avec empressement, c'est une *patiente*. Et plus longtemps elle restera en ville, plus élevés seront les risques pour la population.

L'autre infirmière s'exprime enfin :

— Vous devez venir avec nous immédiatement, Frances, dit-elle avec douceur.

L'agent de police les observe, bouche bée.

Mme Carrey apparaît dans la pièce, l'air perplexe.

— Frances, ma chère, voilà qui explique cette terrible toux que vous traînez depuis quelque temps, dit-elle en jetant un regard en coin à l'agent.

J'acquiesce, reconnaissante de cet ultime soutien.

— Oui, madame. S'il vous plaît, faites mes adieux aux filles de ma part.

Une expression triste craquelle le vernis de solennité sur son visage.

— Vous nous manquerez, conclut-elle.

Sans ajouter un mot, l'infirmière blonde m'entraîne doucement par le coude jusqu'à l'ambulance. C'est un véhicule improbable, comme si l'on avait fixé une grande boîte à l'arrière d'une Ford T et peint une croix rouge sur le côté. Il a l'air extrêmement bancal sur ses immenses roues à rayons.

L'autre infirmière se glisse au volant et démarre le moteur sans problème. Je n'avais jamais vu de femme conduire une automobile jusqu'à maintenant.

La blonde me guide à l'arrière. L'installation est rudimentaire : deux brancards fixés à la paroi, et quelques caisses qui doivent contenir du matériel médical sur le plancher.

La jeune fille s'assied sur le brancard de droite, puis s'y allonge gracieusement.

Elle surprend mon regard.

— C'est bien plus confortable ainsi, lance-t-elle. Nous avons une longue route à faire. Installe-toi.

Je monte dans l'habitacle ; le toit est si bas que je dois rester courbée. Pendant un instant, j'hésite à lui avouer qu'elle s'est trompée de personne, mais je ne pourrais jamais supporter d'être renvoyée à l'atelier. Je suis bien moins courageuse que je ne l'aurais cru.

— Tu ne vas pas t'allonger ? demande l'infirmière.

— Je préférerais rester assise, si c'est possible.

Couchée, je me sentirais encore plus vulnérable que je ne le suis déjà.

— Comme tu voudras.

Elle ferme les yeux et croise ses bras fins sur sa poitrine. Sa pèlerine noire tombe autour d'elle. On dirait Dracula dans son cercueil.

La Ford T démarre en trombe au moment où un autre policier sort du local.

— Nous devons quand même vous interroger ! crie-t-il. Vous êtes un suspect dans une enquête en cours !

Les roues propulsent de la poussière sur son visage rougeaud et le bruit du moteur avale ses protestations.

Je crois que je viens de m'en tirer.

Par l'arrière de l'ambulance ouvert, je contemple l'atelier, les policiers et les quinze pâtés de maisons qui résument toute ma vie rétrécir et disparaître à l'horizon.

C'est la première fois que je monte dans une automobile.

— Où allons-nous ? demandé-je à la jeune femme allongée en face de moi.

Jamais je n'ai réussi à être aussi détendue qu'elle semble l'être dans cette ambulance qui traverse la ville en trombe.

— À Haxahaven. On l'a déjà dit, non ? souffle-t-elle sans ouvrir les yeux.

— Et Haxahaven est un sanatorium pour les tuberculeux ?

— Tu comprendras tout une fois là-bas, répond-elle en bâillant. Maintenant, tais-toi. J'essaie de faire un somme.

Agacée, je me cogne la tête contre la paroi en m'y adossant un peu trop vivement.

— Vous allez au moins me dire comment vous vous appelez ?

— Moi, c'est Maxine. Devant, c'est Helen, rétorque-t-elle avec ennui.

— Et moi, Frances, je réponds par habitude.

— Oh, mon chou, on est au courant. Maintenant, chut.

« Ah bon ? » ai-je envie de demander. Mais les questions n'étant pas de mise, j'entreprends de me ronger les ongles.

Nous roulons dans l'immense dédale de béton et parmi la foule. Maxine est immobile de l'autre côté de l'habitacle, apparemment profondément endormie, même si je ne vois pas comment, vu le vacarme assourdissant du moteur et le cahotement des roues. Helen manœuvre avec dextérité entre les piétons et les chevaux, dans le chaos de Lower Manhattan. Au moment où nous allons sans nul doute être fauchées par un tramway, elle prend un virage et nous nous retrouvons dans une nouvelle rue pavée.

Sur le pont de Williamsburg, je ne peux m'empêcher de fermer les yeux et de serrer les dents en passant au-dessus du détroit pollué. Même si j'ai conscience que le corps de William repose six pieds sous terre dans un cimetière des environs, ces eaux sombres me rendent malade.

De l'autre côté, Brooklyn est plus calme que Manhattan. Le linge aux fenêtres des maisons de grès rouge flotte comme un étendard. Une parade d'adieux silencieux à mon ancienne vie. Une tristesse soudaine m'envahit, si profonde qu'elle pénètre jusque dans mes os. Dans ma tête tourne une seule question : « Qu'ai-je fait ? Qu'ai-je fait ? Qu'ai-je fait ? »

Nous poursuivons notre route. Le Queens est encore plus paisible, paré d'arbres qui se balancent dans la brise de ce début d'automne. Quelques grandes demeures avec jardins privatifs parsèment les rues larges.

Une bonne heure doit s'écouler. La nervosité me pétrifie. Seul mon pied ne cesse de taper par terre. Si Mme Carrey était là, elle m'administrerait un coup de règle pour que j'arrête.

Ce trajet me laisse trop de temps pour réfléchir. Peut-être ai-je perdu la boule ? Comme ma mère après la mort de William. Certes, elle n'a jamais été l'incarnation de l'amour maternel, cependant, son âme s'est irrémédiablement brisée le jour où ils ont retrouvé le corps de mon frère rejeté sur le rivage. Elle est restée trois jours entiers immobile dans un fauteuil près de notre unique fenêtre. Je lui brossais les cheveux, mais je n'ai jamais réussi à lui faire avaler quoi que ce soit. Les rumeurs sur son état se sont répandues dans notre immeuble comme une flaque de pétrole : à toute allure, et en détruisant tout sur leur passage. Notre voisin du dessus, M. Feranno, voulait récupérer l'appartement pour y loger ses petits-enfants. Il a signalé l'état de ma mère aux autorités. Et puis il y a eu cette fois où je n'ai pas pu payer le loyer à temps, et notre compte était bon. Aucune indulgence de la part de notre logeur, aucune compréhension. Pour lui, il y avait ceux qui pouvaient payer et ceux qui ne le pouvaient pas. Nous ne le pouvions pas.

Ils ont emmené ma mère à l'asile au milieu de l'après-midi. Elle n'a pas du tout crié quand ils sont venus la chercher. Mais moi, si.

Enfin, l'ambulance ralentit. Nous roulons au pas dans des rues résidentielles ponctuées de manoirs et de jardins brunissants. À notre gauche, défile un parc qui semble aussi grand que Central Park, bien que deux fois plus sombre et trois fois moins entretenu, plus une forêt qu'autre chose. La lumière ici me paraît plus faible, comme si, loin de Manhattan, le ciel avait une autre nuance de bleu.

Nous tournons une dernière fois dans une allée dissimulée par le couvert de grands chênes. Au bout, l'entrée est gardée par une grille en fer forgé haute d'au moins deux mètres cinquante. Le reste de la propriété, de la taille d'un pâté de maisons en ville, est entouré d'un mur de pierre aussi haut. L'enceinte n'est pas en ruine, mais si ancienne qu'elle semble avoir jailli de la terre.

Au pied de la grille, un triste panneau pend dans son cadre, tout juste retenu par une chaîne. La peinture blanche s'écaille, révélant des couches de crasse et de moisissure. Des mots à peine lisibles sont tracés en noir :

SANATORIUM D'HAXAHAVEN

NE PAS APPROCHER POUR VOTRE SÉCURITÉ
ET CELLE DES AUTRES

Du lierre étrangle le panneau dans l'espoir de le ramener à la terre où s'épanouissent les chardons violets.

Helen descend de l'ambulance en laissant le moteur en marche. Elle sort une grosse clé en laiton d'une poche de son tablier et déverrouille la grille.

Sincèrement, ça devient assez vexant. Si le grand État de New York a décidé de m'enfermer à l'asile, ils auraient au moins pu m'envoyer dans le même que ma mère.

Il est trop tard pour protester à présent, alors j'attends en silence qu'Helen remonte au volant pour engager le véhicule dans un sentier étroit. La grille se clôt derrière nous avec un bruit métallique. Quand je jette un coup d'œil, je découvre que le verrou est refermé. Puis soudain, derrière les arbres, apparaît une imposante bâtisse.

Tout comme son panneau à l'entrée, cet endroit a connu des jours meilleurs. Les larges colonnes grecques de sa façade blanche, ternies et dégradées par le passage du temps, ont bien du mal à soutenir le poids du toit qui menace de s'effondrer. Une pelouse de mauvaise herbe borde l'allée circulaire recouverte de gravier pâle. Du lierre rampe depuis le perron, le long des colonnades et jusqu'aux fenêtres défraîchies. Les quelques chaises blanches disposées près de l'entrée ont l'air de vouloir retourner à la poussière... si elles ne traversent pas le plancher en bois pourri de la terrasse avant.

Le plus étrange est l'inquiétante immobilité de l'endroit. La terrasse et la pelouse sont désertes. Je n'ai jamais entendu parler d'un sanatorium où les patients ne prendraient pas l'air pour aller mieux.

J'ai lu des journaux qui révèlent la vérité au sujet des sanatoriums. Un ancien patient prétendait qu'on y menait des expériences sur eux. Un autre racontait qu'ils étaient enfermés dans leurs chambres vingt-deux heures par jour. J'aurais peut-être dû laisser les policiers m'emmener ; il est possible que la prison soit plus sympathique qu'ici. Au moins, en prison, on sait combien de temps on doit y rester. Un sanatorium peut vous garder pour toujours. « Bon sang, Frances, qu'as-tu fait ? »

L'ambulance s'arrête juste devant les marches en décrépitude du perron.

Je jette un coup d'œil à la grille : elle n'a pas l'air trop difficile à escalader. Je pourrais tenter le coup.

Maxine se réveille enfin.

— On est déjà arrivées ? marmonne-t-elle.

Toujours aussi gracieusement, elle se relève et saute à terre. Le gravier crisse sous ses bottines.

Je l'observe, terrifiée. « Pourquoi m'as-tu emmenée ici ? » ai-je envie de lui hurler.

Au lieu de ça, je lui emboîte le pas.

Prenant mon courage à deux mains, je me prépare à affronter les horreurs d'un établissement public. Je m'imagine des murs grisâtres, des gens oubliés dans des fauteuils roulants, toussant à s'en décrocher un poumon, des chiffons tachés de sang jonchant le sol comme des feuilles d'automne.

Helen va garer l'ambulance tandis que je monte les marches avec Maxine jusqu'aux doubles portes blanches qui s'ouvrent en grinçant.

Je dois cligner des yeux plusieurs fois pour m'habituer à la luminosité soudaine. En fait de sang et de maladie, je suis accueillie par un sol de marbre brillant d'où s'élèvent des colonnes blanches gigantesques et deux escaliers qui montent en miroir, de chaque côté du hall d'entrée. Au plafond voûté, plusieurs lustres cristallins reflètent la lumière des immenses fenêtres à croisillons, chaque losange en verre dépoli projetant des arcs-en-ciel dans toute la pièce. Seul mon cœur qui bat la chamade m'empêche de croire que je suis morte et que j'ai atterri au paradis, qui se trouve dans le Queens, apparemment.

Contrairement à l'extérieur, ici, il règne une activité foisonnante. Des dizaines de filles passent en coup de vent devant moi, toutes de noir vêtues, de leurs tabliers à leurs chaussettes montantes en passant par leurs pèlerines, identiques à celle de Maxine, qui flottent derrière elles alors qu'elles se hâtent de tous les côtés.

Maxine esquisse un sourire.

— Bienvenue, annonce-t-elle avec un moulinet de sa main gantée, à l'académie d'Haxahaven.

4

Mon cerveau met un certain temps à comprendre ce que Maxine vient de dire. Les mots « académie d'Haxahaven » rebondissent entre mes oreilles jusqu'à ce que j'en saisisse enfin le sens.

— Une *académie* ?

Je me tourne vers elle.

— L'académie d'Haxahaven, oui. C'est ce que j'ai dit.

Elle sourit comme si elle trouvait mon ébahissement comique.

— Vous aviez parlé d'un sanatorium.

— Une astucieuse couverture, n'est-ce pas ? Tu te rendras vite compte que nous sommes très astucieuses ici, ajoute-t-elle avec un clin d'œil.

Si nous étions amies, je lui dirais d'arrêter sa petite comédie, mais nous ne sommes pas amies.

Les filles empressées ralentissent peu à peu pour observer la nouvelle venue plantée au milieu du hall. Elles me jettent des coups d'œil ; quelques-unes chuchotent un mot à leurs camarades avant de reprendre leur route.

Je me doute de ce à quoi je dois ressembler dans leur entrée de conte de fées. Si seulement j'avais eu le temps de faire ma toilette ou si je ne portais pas un corset encore taché du sang de l'homme que j'ai tué...

Helen entre à son tour dans le hall. Elle fait très courtaude à côté de la fine Maxine. Le long trajet a fait frisotter ses cheveux qui s'échappent de son chignon.

— Soyez gentille avec cette pauvre petite, Maxine, gronde-t-elle.

— Je *suis* gentille ! s'offusque cette dernière.

— Soyez gentille, ou c'est moi qui me chargerai de la visite, insiste Helen en lui donnant un petit coup de coude.

Maxine soupire, agacée.

— Quel intérêt d'être une sorcière si je n'ai pas le droit d'être un peu mystérieuse ?

Levant les yeux au ciel, Helen se dirige vers une porte sur la gauche du hall.

— Soyez gentille, répète-t-elle par-dessus son épaule, ou je dis à Mme Vykotsky qu'on ne pourra pas vous confier la prochaine !

— Helen croit toujours savoir tout mieux que tout le monde, me chuchote Maxine sur le ton de la confidence.

Mes méninges s'agitent afin de digérer l'ouragan d'informations qui vient de s'abattre sur moi.

— Tu as dit que c'était une académie ?

Elle opine du chef, manifestement agacée par ma lenteur de réflexion.

— Mais tu n'es pas infirmière ? Où sont les patients ? Où sommes-nous soignés ?

Elle hausse les épaules.

— On a menti.

— Vous avez menti ?

La pièce tourne un peu autour de moi ; mes jambes flageolent.

— Parce que personne ne nous laisserait emmener des filles pour une raison aussi insignifiante que l'éducation.

J'ai l'impression que c'est la réponse la plus sincère qu'elle m'ait faite jusqu'à maintenant.

— J'ai quitté l'école à quatorze ans pour travailler. Je n'avais pas la moindre intention d'y retourner…

L'école publique de Clinton Street, dans le Lower East Side, était pour le moins « brutale ». Je crois que j'ai dû aimer apprendre à un moment de ma vie, mais les coups de règle sur les articulations m'ont très rapidement fait passer l'envie de poser des questions.

— Et pourtant nous voilà, répond Maxine.

— Je ne comprends pas.

Elle soupire bruyamment.

— Tu vas bientôt rencontrer la directrice. Cette histoire de meurtre a fait capoter notre processus d'intégration… Il fallait qu'on te sorte de là vite fait.

— Je suis désolée, je n'ai pas tellement eu le choix.

— On le sait, répond-elle avec une sincérité désarmante.

— Comment ça ?

— Je ne peux pas trop en parler. La directrice insiste beaucoup sur l'accueil qu'elle réserve aux nouvelles. Ce que j'ai le droit de te dire en revanche, c'est que tu es en sécurité, tu n'es pas malade et tu ne vas pas avoir d'ennuis.

Sur ces mots, elle tourne les talons et trottine jusqu'à l'un des escaliers de marbre.

Je lui emboîte le pas, puisque mon unique alternative est de rester plantée là comme une idiote.

Les longues jambes de Maxine avancent si vite que je dois courir pour la suivre en bredouillant des excuses aux filles que je bouscule. Curieusement, je m'aperçois au bout d'un moment qu'il n'y a pas que des jeunes filles. Des femmes de tout âge arborent les mêmes capes et tabliers noirs. Je croise une dame aux cheveux courts et blancs comme neige, puis une fillette de dix ou onze ans me dépasse à toute allure. Quelques-unes portent même le pantalon.

Maxine m'emmène à l'étage puis nous montons au second par un autre escalier latéral. Ici, la moquette épaisse et noire contraste avec tout le blanc que j'ai vu depuis mon arrivée.

On n'entrevoit que des bribes de tapisserie damassée dorée derrière la multitude de portraits, de gravures et de photographies de femmes accrochés aux murs.

Je passe devant un cliché qui ne doit pas dater de plus de quelques années où l'on voit un groupe de filles souriantes, bras dessus bras dessous devant un lac. Il est fixé à côté du portrait d'une femme a l'air austère arborant une fraise élisabéthaine.

J'ignore où se rendaient toutes les filles que j'ai croisées en bas, mais ce n'était pas ici. En dehors de Maxine et moi, les couloirs de cet étage semblent désertés.

Un mouvement, que je perçois du coin de l'œil, me fait sursauter. Stupéfaite, je découvre une petite chatte tigrée à l'angle, un papillon de nuit toujours en vie dans sa gueule, une expression satisfaite dans les yeux.

— Il y en a partout, dit Maxine en réponse à ma réaction.

— Des chats ?

— Oui.

— C'est fait exprès ?

— Pas particulièrement. Ils limitent les invasions de phalènes et la plupart ne griffent pas trop fort. Le noir qui traîne dans la cuisine mord, par contre.

La chatte tigrée emporte sa proie dans l'ombre tandis que je suis Maxine dans le couloir.

Nous dépassons de nombreuses portes en bois jusqu'à celle où est élégamment peint le numéro 11.

— C'est ta chambre, annonce Maxine.

Malgré ses promesses de sécurité, je suis toujours aussi bouleversée. On m'a arrachée à ma maison, à mon travail, et maintenant, on me dit que je dois vivre dans cette école étrange remplie de femmes étranges ? Rien que de penser à ma mère toute seule dans son asile sans plus aucun visiteur me rend malade. Ce n'est pas la faute de Maxine. Ce n'est la faute de personne si ce n'est celle de M. Hues, mais ça n'empêche pas la colère de m'assaillir par vagues.

Maxine ouvre la porte. À première vue, la pièce me rappelle le dortoir au-dessus de l'atelier de couture. Quatre lits contre les murs, deux de chaque côté. Mais à la place des barreaux métalliques, ici, ce sont des lits à baldaquin en bois sculpté.

Là aussi, le tapis est moelleux et d'un noir qui contraste magnifiquement avec la coiffeuse dorée disposée au bout de la chambre. Le tissu qui tapisse l'endroit est identique à celui du couloir. C'est probablement la plus belle pièce dans laquelle je ne me suis jamais trouvée.

— Voici ton lit.

Maxine désigne le plus proche sur la gauche.

— Je pense que tu trouveras tout ce dont tu as besoin ici. Ton uniforme d'automne est déjà sorti et quatre autres sont accrochés dans la penderie. Les chaussures sont sous le lit. Les filles te montreront le reste de vos affaires.

— D'accord.

— J'imagine que tu es épuisée. Après ma première crise, j'ai dormi pendant trois jours ; j'ai cru que ma tête allait exploser tellement j'avais mal. Il y a des filles qui sont indisposées pendant une semaine entière. Je te laisse te reposer.

Elle se dirige vers la porte.

— Une crise..., je lâche.

Elle se retourne, les sourcils haussés.

Soudain, cette fille et son air narquois m'énervent au plus haut point.

— Ce n'était pas ma faute. Je ne sais pas comment les ciseaux ont fini dans son cou, mais ce n'est pas moi qui les ai plantés là.

Maxine soupire.

— Mme Vykotsky t'expliquera tout.

— Donc je n'irai pas en prison ?

Le dire à voix haute me paraît risqué. C'est comme si, d'une certaine manière, j'admettais que ma place était en prison.

Avec un éclat de rire, Maxine fait demi-tour vers la porte.

— Pas encore ! lance-t-elle en sortant.

Je me retrouve seule.

Je m'approche du lit, de *mon* lit, et effleure l'uniforme qu'on a sorti pour moi. Une blouse de coton noir aux manches légèrement bouffantes resserrées aux coudes, assortie d'un tablier noir. Il y a aussi une paire de chaussettes de laine noire au genou, un ruban de velours noir pour mes cheveux et une pèlerine, identique à toutes les autres. Ces vêtements sont d'une qualité et d'une facture exceptionnelles.

Le mieux, ce sont les sous-vêtements. Trois corsets impeccables accompagnés des plus belles chemises de soie que j'aie jamais possédées. L'idée de pouvoir enfin me débarrasser de mon corset ensanglanté me submerge d'un tel soulagement que j'éclate de rire dans la chambre vide.

Dans le miroir au bout de la pièce, j'aperçois mon cou bigarré d'hématomes. Aucune importance ; j'ai l'impression que cette peau ne m'appartient plus vraiment, de toute façon.

Maxine avait raison au sujet de l'épuisement : je me sens lourde comme une bûche.

Toutefois, je ne me glisse pas immédiatement sous les couvertures. Je m'approche de la fenêtre à croisillons et pose la main sur le cadre, à l'endroit où passe un filet d'air frais. Le deuxième étage offre une vue imprenable sur l'enchevêtrement d'arbres qu'est Forest Park. En contrebas, dans l'enceinte d'Haxahaven, la cour a un aspect bien misérable.

J'ouvre la fenêtre simplement pour m'assurer que c'est possible. Deux étages, c'est un peu trop haut pour sauter. Non que l'idée me tente. Du moins pas encore.

Finalement, et parce que je ne sais pas quoi faire d'autre, je vais m'allonger sur le lit. Le baldaquin de velours rouge est assorti aux édredons. Je passe les mains sur les oreillers en plume d'oie avec un soupir.

Un jour, je devais avoir six ans, on m'a renvoyée chez moi parce que je n'arrêtais pas de pleurer à l'école. J'ai tenté d'en expliquer la raison à ma mère à l'époque. J'avais levé la main, ce qui m'arrivait rarement, et demandé à la maîtresse quand nous allions apprendre ce qu'il y avait de l'autre côté de la mappemonde accrochée au mur de notre salle de classe. Elle l'avait retournée afin de me montrer que le verso était vide.

« C'est tout notre monde. Il n'y en a pas plus. »

Tout ce que j'allais voir et savoir se trouvait imprimé sur ce bout de papier qui n'avait pas de verso, pas de nouveau monde à explorer. Il n'y avait rien d'autre. Mon petit cœur ne l'avait pas supporté.

Mais à présent, allongée dans un lit sculpté de créatures féeriques et de lianes sinueuses, j'ai l'impression que ma maîtresse s'est peut-être trompée. Me voilà de l'autre côté de la mappemonde, dans un monde entièrement nouveau.

Quand je m'endors, je rêve d'un manoir drapé d'or et de bordeaux. Un groupe d'hommes en costumes parfaitement taillés est installé autour d'une table en acajou rutilante. Debout dans un coin, j'assiste à leur réunion tel un spectre, quand un garçon en pardessus gris et aux cheveux bouclés en bataille se faufile à mon côté. Il fait mine de saisir ma main, sauf que… non. Il me tend quelque chose. Il pose mes ciseaux de couture dans ma paume, brûlants comme une étreinte et mouillés d'un sang poisseux qui coule entre mes doigts. Une unique goutte tombe sur le tapis blanc. Le garçon me fait un clin d'œil. Les hommes autour de la table se taisent. Tous les yeux se braquent sur moi.

Je me réveille, désorientée. Un coup d'œil dans la pièce me rappelle où je suis. Les oreillers en plume, la tapisserie damassée. Au moins, ça, je ne l'ai pas rêvé.

Le garçon. Il existe bel et bien. Ou du moins, il a existé à un moment. Nous nous sommes déjà rencontrés.

Il est venu chez moi en décembre, l'année dernière, peu après Noël. Je m'en souviens avec précision. William avait débarqué en fanfare dans l'appartement bien après minuit, me tirant d'un sommeil de plomb par une nuit si froide qu'il y avait du givre sur ma couverture.

Emportant ma lampe de chevet jusqu'à la cuisine, j'ai trouvé William à moitié effondré sur les épaules d'un garçon d'une beauté désarmante. Il n'invitait jamais ses amis, sauf Oliver, et même lui ne venait que rarement.

Mon frère et ce garçon se balançaient en chantant une chanson à boire au sujet d'un amour perdu. Ils se sont tus à ma vue.

« Qu'est-ce qui se passe ? ai-je demandé.

— Mmm, ça va, a répondu William d'une voix traînante.

— J'ai bien peur qu'il ait un peu trop bu, a enchaîné le garçon avec un accent irlandais.

— Eh bien, j'espère que vous vous êtes bien amusés », ai-je lancé.

Mon agacement oscillait dangereusement vers la colère. William ne rentrait jamais ivre. Je ne savais même pas qu'il buvait. J'avais passé toute la soirée à faire le ménage, récurer la cuisinière, brosser les cheveux de maman et organiser les lessives, pendant que William était de sortie et se ridiculisait avec des amis que je ne connaissais même pas.

« Merci, je vais m'occuper de lui », ai-je dit au garçon.

Il a posé sur moi des yeux un peu vitreux et je me suis demandé s'il avait trop bu, lui aussi.

« Je m'appelle Finn, a-t-il lâché.

— Aaah, Finn, mon gars ! » a marmonné mon frère dans l'épaule de son ami.

Je ne m'attendais pas à une présentation.

« Euh, et moi, Frances. La sœur de William.

— Il parle souvent de toi.

— Ma précieuse petite sœur », a repris William tandis que je transférais son bras de l'épaule de Finn à la mienne.

Il a trébuché, manquant de m'entraîner dans sa chute.

« Attention », a soufflé Finn en le rattrapant de l'autre côté.

Ensemble, nous l'avons traîné jusqu'à son lit pour le coucher.

Finn a délacé ses chaussures avec une rapidité impressionnante, sans me quitter des yeux. Le genre de regard pénétrant qui m'a donné envie de me cacher derrière mes cheveux défaits.

« Comment as-tu connu mon frère ?

— Nous travaillons ensemble. »

William avait quitté sa place de garçon de courses chez le juge Callahan environ un an plus tôt et, plus les mois passaient, moins je le voyais à la maison. Tout ce que je savais, c'était qu'il travaillait comme assistant dans un club de gentlemen. L'établissement regroupait des hommes importants. S'il travaillait bien là-bas, on pourrait le faire entrer dans le monde des affaires, me disait-il chaque fois que je me plaignais.

« Tu travailles aussi là-bas ?

— Tout juste.

— Qu'est-ce que tu y fais ?

— C'est sans importance. »

Il a ouvert la bouche comme pour ajouter autre chose. J'ai attendu mais il n'a pas saisi sa chance.

William avait enfoui la tête dans son oreiller.

« Je me sens minable. Pourquoi tu m'as fait boire autant ? grognait-il.

— Oh, tu es injuste, a chantonné Finn.

— Tout ce bourbon que tu m'as servi... Je ne vais jamais pouvoir travailler demain.

— Je te remplacerai, ne t'en fais pas, mais tu perds au change. Demain, c'est dimanche, donc le chef portera son...

— Costume violet, a terminé William en pouffant vaguement de rire.

— Je t'en ferai le vibrant portrait dès ton retour, camarade. »

Finn a tapoté le dos de mon frère avant de se relever.

« Non ! Ne pars pas ! a crié William. Nous devons écrire d'autres chansons, sinon notre comédie musicale ne décollera jamais.

— Une comédie musicale ? ai-je demandé.

— L'idée d'en écrire une ensemble nous a paru judicieuse, il y a trois bourbons de cela.

— Mon nom deviendra célèbre, Frances ! » s'est exclamé mon frère.

J'ai soupiré.

« C'est l'heure de dormir, William.

— Tu ne me laisses jamais m'amuser.

— On dirait que tu t'es amusé pour nous deux ce soir, ai-je rétorqué.

— Ce n'est pas juste, je travaille si dur… a-t-il commencé en fermant les yeux.

— Tu travailles dur, toi ? Je te montrerais bien mes mains *en sang* à cause de mon travail à l'atelier aujourd'hui, mais je porte des gants parce qu'il fait tellement froid que je perdrais toute sensation dans mes doigts sinon. Mais ça va, je comprends. Nous avons tous les deux eu une longue soirée. Toi avec tes amis, moi à lire Charles Dickens à notre mère jusqu'à ce qu'elle soit enfin assez calme pour s'endormir en ton absence. »

La tristesse m'a noué la gorge. Je voulais punir mon frère, mais je n'ai réussi qu'à passer pour une petite idiote devant son ami. Pleurer était stupide, comme c'est presque toujours le cas.

« Mmm, pardon, Frances. »

William a roulé sur le dos et tendu les bras comme pour me serrer contre lui, mais ils se sont effondrés lourdement sur le matelas.

« Tes excuses sont inutiles maintenant. Dors. On en parlera demain. »

Notre mère disait toujours que tout paraissait pire au milieu de la nuit.

« Bonne nuit, mon ami », a dit Finn en tapotant la tête de mon frère.

Je l'ai raccompagné à l'entrée par politesse.

« Enchanté d'avoir fait ta connaissance, Frances... enfin, a-t-il dit sur le pas de la porte.

— Enfin ?

— Ton frère te tient en haute estime. »

Je ne lui ai pas rendu son sourire.

« Ne le laisse plus boire autant. »

Il a tendu le bras vers la poignée en même temps que moi et nos mains se sont effleurées, très légèrement.

« Jolis gants, a-t-il remarqué sans croiser mon regard. Si je peux me permettre.

— On ne sait jamais quand des invités pourraient débarquer. Être vue sans gants, voilà qui me vaudrait un beau scandale dans la haute société, ai-je plaisanté sans parvenir à dissimuler mon agacement.

— Eh bien, je serai ravi de rapporter tes excellentes manières à la chronique mondaine. »

C'était gentil de sa part, car il se rendait compte à quel point il faisait froid dans l'appartement. Il aurait pu choisir de me mettre mal à l'aise, mais non. Je ne me souviens plus si je lui ai souhaité bonne nuit, mais lui si, avec un dernier regard appuyé, comme s'il me sondait.

En me frottant les yeux, j'essaie de m'ôter William de la tête. Certains souvenirs sont plus douloureux que d'autres.

J'ignore combien de temps j'ai dormi. Il fait encore jour, cependant le couloir est silencieux et la cour toujours déserte. Les salles de classe doivent se trouver loin de cette aile.

Je flâne quelques minutes dans la chambre, jetant un coup d'œil dans les tiroirs et les placards de mes congénères. Rien d'intéressant. Je ne sais pas à quoi je m'attendais. Peut-être à un journal intime où l'on aurait écrit : « Au secours ! Leurs capes sont magnifiques, mais elles refusent de me laisser sortir. » Au lieu de cela, je découvre des uniformes identiques au mien, quelques livres, des papiers épars et des encriers, un flacon de parfum au lilas et une paire de boucles d'oreilles en perles jetées négligemment sur une chaise.

Je commence à me sentir criminelle de fouiller comme ça. Il faut que je sorte marcher. Que j'aille voir les pins au milieu desquels ce manoir semble vivre. J'ai passé toute ma vie en ville parmi les sirènes, le vrombissement des usines et les nuages de fumée. Le silence d'Haxahaven me déroute. J'ai du mal à le supporter. Ça me semblera peut-être un peu moins irréel si je peux toucher quelque chose de vivant.

Je dévale l'escalier les yeux sur les peintures à l'huile et les photographies qui me suivent jusqu'à la porte d'entrée.

Mes doigts s'apprêtent à saisir la poignée de laiton quand la voix de Maxine tranche à travers le hall tel un couteau. Je n'avais pas remarqué sa présence.

— Que fais-tu ?

Elle est assise sur un sofa de soie contre un mur, un livre à la main et une expression horrifiée sur le visage.

— Je vais me promener dans le parc.

— Non. Certainement pas.

Je ne sais pas ce que j'ai fait, mais son ton m'indique que ce n'est pas une erreur négligeable.

— Je voulais juste…

Les larmes me montent aux yeux, comme chaque fois que je suis mal à l'aise. Ces dernières vingt-quatre heures ont déjà engendré trop de sanglots. Je ne les laisserai plus couler.

— Tu ne dois jamais, *sous aucun prétexte*, sortir seule de ce bâtiment. Est-ce que c'est compris ?

— Oui, dis-je alors que je ne comprends rien du tout.

— Bien. Alors suis-moi, ajoute-t-elle avec un sourire forcé. Tu es pile à l'heure. Il est temps que tu rencontres la grande Vykotsky.

5

En contraste avec la luminosité du grand hall, l'immense porte noire ressemble à la gueule béante d'un animal féroce. C'est le début de la soirée à présent, et la lueur rosée du couchant luit sur le marbre. Maxine laisse retomber le heurtoir en forme d'aigle doré. Le coup se réverbère dans mes os.

— Entrez, dit une voix glaciale à l'intérieur.

— Bonne chance ! me lance gaiement Maxine, un peu trop gaiement d'après ce que j'ai vu d'elle.

Je prends une grande inspiration et j'entre.

La pièce est faiblement éclairée, décorée de velours noir et de bois sombre. Des étagères de petites fioles et flacons poussiéreux tapissent le mur. Au plafond voûté pendent des bouquets de gypsophile et d'autres herbes séchées qui dégringolent en tresses juste au-dessus de ma tête. Une femme blanche, la soixantaine peut-être, est assise derrière un bureau d'ébène peuplé d'instruments de cuivre, de papiers jaunis et d'un petit tas d'encriers vides.

À l'image de la pièce, la femme est entièrement vêtue de velours noir, de sa robe tombant au sol à sa pèlerine. Celle-ci est identique à toutes les autres ici, à l'exception de la matière et de l'énorme broche en pierre de lune qui la referme à la base du cou. Ses cheveux blancs sont relevés en Pompadour sur sa tête. Elle est assise bien droite, les yeux plissés et son nez pointu braqué sur moi. Elle ne cesse de tapoter ses longs doigts presque translucides sur son bureau. Tout à fait le genre de femme avec laquelle Mme Carrey s'entendrait à merveille.

— Vous devez être mademoiselle Hallowell, dit-elle après m'avoir examinée de la tête aux pieds.

Elle s'exprime avec une dignité et une clarté aristocratiques. Par la force de l'habitude, sa voix me donne envie de sortir un formulaire de commande et de lui demander quel genre de robe elle recherche.

J'avance d'un petit pas prudent. Mes bottines s'enfoncent dans le tapis.

— Oui, madame.

— Je vous en prie, asseyez-vous, m'invite-t-elle en désignant le fauteuil de velours à dossier droit face à elle.

Le coussin est si rembourré que mes pieds touchent à peine le sol. Je ne peux m'empêcher de les balancer comme un enfant.

La femme passe un certain temps à me jauger avec un regard pénétrant. Une fois satisfaite, elle ouvre la bouche :

— Il est important que vous sachiez, tout d'abord, qu'Haxahaven est un lieu de guérison.

— Donc c'est un sanatorium ou une école ?

Elle pince les lèvres.

— Les deux, en un sens, j'imagine.

J'ai des milliers de questions à poser à cette femme. « Pourquoi m'a-t-on amenée ici ? Comment m'avez-vous trouvée ? » Or elles sont coincées dans ma gorge comme un morceau de pain rassis et je demeure muette sous son regard perçant.

— Vous êtes en sécurité ici, et vous êtes la bienvenue, ajoute-t-elle, décelant sûrement mon malaise.

La façon dont ses lèvres se retroussent pour découvrir ses dents me donne quelques frissons.

— Merci, madame.

— Vous devez avoir de nombreuses questions, mais s'il vous plaît, permettez-moi d'abord de vous faire la présentation à laquelle toutes nos nouvelles arrivantes ont droit. J'ai conscience que ce que je m'apprête à vous dire pourra vous sembler douteux, mais il faut que vous me fassiez confiance. Pouvez-vous me faire confiance, Frances ?

J'opine du chef, même si je pense tout le contraire. Elle a l'air néanmoins satisfaite de ma réponse.

— Certains appellent magie ce dont nous sommes capables, mais ce n'est rien de plus qu'une fonction de notre être divin. De notre âme, si vous préférez. La même âme dont dispose chaque humain de cette planète. Nous possédons simplement la capacité de l'utiliser… plus pleinement. De la manifester différemment du reste de la population.

Je ne sais pas à quoi je m'attendais, mais sûrement pas à ça. Soit c'est une menteuse, soit tout ceci est une farce très élaborée.

— De la magie ?

— Oui, Frances. Comme la façon dont vos ciseaux ont traversé la pièce pour se planter dans le cou de cet homme.

— Comment êtes-vous au courant ?

— Par déduction.

Mme Vykotsky m'adresse ce sourire particulièrement agaçant que les personnes âgées réservent aux jeunes, plein de condescendance et de pitié. Elle me terrifie autant qu'elle m'énerve.

— Je suis trop grande pour croire à la magie. Ce serait plus simple que vous me disiez la vérité.

Elle sourit de nouveau.

— Vous vous croyez maligne.

— Non, madame, je ne me crois rien du tout.

— Permettez-moi de vous démontrer votre erreur.

Elle lève une main et son crayon se met à léviter.

Mon estomac se noue. Je ferme les yeux comme pour ne pas être témoin de l'impossible. J'ai du mal à regarder ; mon esprit refuse d'accepter ce que je vois.

— Comment faites-vous ça ?

— Par magie.

La simplicité et l'impossibilité de ce crayon flottant dans les airs me fracturent le cerveau, séparant en deux tout ce que je croyais savoir du monde.

— Refaites-le.

Elle s'exécute. Un par un, elle fait léviter chaque objet de son bureau. Elle envoie un bonbon enveloppé d'un papier violet jusque sur mes genoux.

— Mangez-le.

Je me sens comme la première fois que je suis montée dans le métro de New York : prise de nausée, mais fascinée. La peur est là aussi, la sensation de courir dans les ténèbres.

— Non, merci. J'ai beaucoup de questions.

Les objets sont retournés sur son bureau et elle garde les mains jointes devant elle.

— Je l'imagine, oui.

Je sens *la chose* en moi, *la chose* qui a envoyé les ciseaux sur M. Hues, qui me murmure que cette femme me dit la vérité. Je la sens dans mon ventre, inexplicable, vibrante, *vivante*. J'essaie d'assimiler cette vérité. Ce que cette femme veut me dire sans me le dire. *La magie.* J'ai de la magie en moi. Ce qui signifie que… Je la regarde droit dans les yeux. Elle me voit assembler les pièces du puzzle une par une. Elle se penche en avant, en attendant que je prononce les mots.

— Je suis… une *sorcière* ?

Une idée si ridicule que j'ai du mal à la formuler tout haut.

— Si c'est le mot que vous souhaitez employer. La vérité est que vous possédez une aptitude exceptionnelle. C'est ce que vous êtes.

J'ai la tête qui tourne. Je m'agrippe aux accoudoirs de ce fauteuil inconfortable car il me faut du solide, du concret.

— Je peux faire ce que vous faites ? Déplacer des objets par la pensée ?

« Je peux faire des choses impossibles ? »

— La magie provient de l'âme humaine. Elle est aussi variée que l'est l'humanité, mais oui, avec le bon entraînement, vous pouvez déplacer des objets par la pensée.

— Comment ?

« Comment le monde peut-il être à ce point différent de tout ce qu'on m'a raconté jusqu'ici ? »

— Peu de personnes possèdent l'aptitude que nous appelons communément la magie. C'est un talent en général réveillé par un événement traumatique. Dites-vous que c'est une extension de votre âme. L'explication du *pourquoi* demeure entre vous et votre dieu.

Les nœuds qui me serrent la poitrine se relâchent juste assez pour me permettre de respirer à nouveau.

— Combien de temps faut-il pour apprendre ?

— Cela dépend des gens. Les filles restent généralement chez nous plusieurs années. Considérez cette période comme votre enseignement secondaire magique. Nous espérons sincèrement que vous la trouverez précieuse et instructive.

« Plusieurs années ». Je range cette information afin de m'en affoler plus tard. Je n'ai pas le temps de m'énerver maintenant, j'ai encore trop de questions.

— Peut-on ressusciter les morts ?

Malgré toutes ces révélations incroyables, je n'arrive à penser qu'à William.

Mme Vykotsky déglutit.

— Si seulement.

La déception me consume. Je recule dans le fauteuil. À quoi me servira la magie si je ne peux pas le faire revenir ?

— Notre travail consiste à vous protéger. Si les millénaires d'histoire nous ont appris une chose, c'est que le monde n'est pas tendre avec les femmes qui détiennent un pouvoir. Je vais vous donner cet avertissement, Frances : si vous suivez nos consignes, nous vous protégerons. Il ne fait pas bon être une sorcière seule dans ce monde, ni laisser votre pouvoir vous consumer de l'intérieur. Vous me comprenez ?

Cette fois, je décide d'être honnête.

— Non, madame. J'ai bien peur de ne pas comprendre.

Elle se penche vers moi avec la grâce d'un serpent.

— Avez-vous entendu parler du grand incendie de New York de 1845 ?

Je fais signe que non.

— L'histoire que je m'apprête à vous raconter ne commence pas par l'incendie, mais s'achève ainsi. Dans les années 1840, un groupe de sorcières idéalistes ont quitté notre cher Haxahaven pour vivre le frisson de la grande ville. Elles ont emporté leur magie, leur jeunesse, et ont créé un cercle de sorcières qui s'est établi dans un bâtiment en tôle de Broad Street. Elles y vivaient ensemble, pratiquaient la magie sans précaution, aux coins des rues et lors de soirées pour quiconque pouvait se l'offrir. C'était de la petite magie. Manipulation d'objets, identification des initiales d'un amour secret...

Mme Vykotsky marque une pause afin de jauger ma réaction. Si j'étais née soixante-dix ans plus tôt, j'aurais sûrement voulu être l'amie de ces femmes, mais je n'ai pas l'impression que c'est ce que la directrice attend de moi, alors je hoche la tête.

Elle pince les lèvres, puis reprend d'une voix grave :

— Or la rumeur des sorcières dans leur entrepôt s'est répandue. Alors, ceux qui préféraient réserver la magie à leur usage personnel ont brûlé l'endroit jusqu'aux fondations. Les treize sorcières ont perdu la vie, ainsi que treize civils et quatre pompiers.

Mon sang se glace tandis que j'imagine toute l'horreur de la scène.

— Le commissaire aux incendies n'a jamais pu expliquer pourquoi l'entrepôt était encerclé de sel et de poudre à canon, mais les femmes d'ici le savaient. Les sorcières ne sont pas stupides, mademoiselle Hallowell. Nous ne sommes pas imprudentes. Nous tenons compte des avertissements.

— Mais qui a brûlé l'entrepôt ? Pourquoi ne pas se battre au lieu de se cacher ?

— Nous nous cachons car c'est ainsi que nous protégeons les jeunes sorcières telles que vous et vos camarades de classe. Nous ne nous battons pas car ceux qui utilisent la poudre à canon et les allumettes sont nombreux, alors que nous ne sommes qu'une poignée.

Sa réponse me met hors de moi. Que des femmes douées de pouvoirs magiques se laissent aussi facilement intimider par des hommes ordinaires armés me paraît si prévisible et ennuyeux… Ça me rend furieuse.

— Combien sommes-nous ?

— Nous avons une centaine d'élèves ici, et nous rassemblons toutes les filles dotées de magie en provenance de trois États. Faites le calcul vous-même.

— Oui, mais…

— Je ne suis pas là pour débattre avec vous. Ni pour être votre amie. Mon devoir est de vous protéger. C'est une obligation que je prends très au sérieux. Vos journées seront dédiées aux leçons. Vous suivrez trois cours en tant qu'élève de l'académie d'Haxahaven. Histoire magique, applications pratiques et maîtrise émotionnelle. Je pense que vous les trouverez… enrichissants. Pour votre sécurité, nous vous demandons de ne pas user de vos talents sans l'accompagnement d'une instructrice qualifiée.

Je hoche la tête. Un geste minuscule comparé à la tempête qui fait rage dans mon esprit. J'ai envie de hurler ou de casser quelque chose.

— Cet endroit est un établissement scolaire, un refuge, et oui, dans bien des sens, un sanatorium magique. Notre camouflage en hôpital pour tuberculeux est intentionnel. Nous vous formerons et, ensuite, vous retournerez à votre vie. Quand ce moment viendra, maîtriser votre magie vous sera aussi aisé et naturel que respirer.

Je songe à ma vie passée à coudre jusqu'à avoir les doigts en sang. Y retourner n'aurait rien d'une fin heureuse.

Mais je pense aussi à M. Hues, et au bruit qu'il a fait en tombant dans la mare de son propre sang. Je ne pleure pas cet homme, toutefois j'apprécierais beaucoup d'éviter de tuer qui que ce soit d'autre à l'avenir. Apprendre à contrôler cette *chose* me paraît une assez bonne idée.

— Vous viviez seule, n'est-ce pas ? demande-t-elle.

— Pas tout à fait seule. J'ai emménagé il y a quatre mois au-dessus de l'atelier où je travaillais avec d'autres filles.

— Pas de famille ?

Je n'ai pas la moindre envie de parler de choses déplaisantes, alors je réponds :

— Non, madame.

— Très bien. Pour la plupart des jeunes filles, l'école fait parvenir une indemnité aux familles afin de pallier la perte de revenu. Nous prétendons que c'est une subvention de l'État. Ça ne sera pas nécessaire dans votre situation.

— Je ne manquerai à personne.

— Cela n'a pas d'importance. Nous sommes votre famille à présent.

Ses paroles résonnent dans mes oreilles. C'est exactement ce que m'a dit Mme Carrey lors de mon arrivée à l'atelier, un jour bien différent de celui-ci. Cependant, le sourire de façade que Mme Vykotsky m'adresse derrière son bureau en ébène est loin de m'inspirer autant de confiance que mon ancien mentor.

Le pétale blanc d'un des bouquets qui sèchent au plafond dégringole sur mon épaule. Je le chasse du revers de la main.

— Merci, madame.

— J'entends que vous vous comportiez ici comme dans n'importe quelle école. Vous aurez classe six jours par semaine. Les dimanches sont libres. Ne quittez pas l'enceinte et soyez rentrée avant la nuit. Le petit déjeuner est servi à sept heures, le déjeuner à midi et le dîner à dix-huit heures. Suivez les règles, demandez de l'aide aux autres filles, et il ne fait aucun doute que vous vous en sortirez très bien ici.

Elle me dévisage un instant.

— J'ai le sentiment que nous aurons l'occasion de nous reparler, mademoiselle Hallowell.

Quand je me lève pour quitter la pièce, elle est déjà en train de tremper sa plume dans l'encre pour écrire. Elle ne me salue pas.

Je suis tellement abasourdie que je n'ai plus l'impression d'être dans mon propre corps. Étourdie, flottante, je marche mécaniquement jusqu'à ma chambre toujours déserte où je tombe sur mon lit et regarde le plafond.

« Je suis une sorcière. Sorcière, sorcière, sorcière. »

Si William était là, il me demanderait de jeter un sort à nos voisins bruyants du dessus pour rire. Il trouverait cela hilarant et génial. William vivait sa vie comme s'il y avait toujours quelque chose de fantastique qui l'attendait au coin de la rue. L'existence de la magie ne l'aurait probablement pas surpris.

Mais William est mort et je me retrouve seule, terrifiée et complètement perdue. Mon cœur bat la chamade. « Sorcière-sorcière-sorcière. » Et je ne sais pas si je veux qu'il batte plus fort ou qu'il s'arrête net.

Il y a une petite assiette de purée et de poulet sur ma table de nuit, sans doute laissée par Maxine. Une gentille attention, cependant je n'ai aucun appétit. Manger est la dernière chose que j'aie à l'esprit. « Qu'est-ce que je fais maintenant ? »

Plus tard, cette nuit-là, bien après trois heures du matin, je me réveille en sursaut avec la même question qui me hante. La chambre est sombre et silencieuse.

On n'entend que les respirations des inconnues qui dorment dans les trois autres lits. Mes nouvelles camarades de chambre ont dû me rejoindre dans la soirée.

Il fait froid ; le gel tisse sa toile à la fenêtre, illuminé par le clair de lune argenté.

Sur l'oreiller près de moi, je découvre un petit carré de papier plié en deux.

Je l'attrape avec la prudence que j'aurais dédiée à un serpent endormi. Sa rugosité me semble étrange, comme dangereuse. Je le déplie.

L'écriture désordonnée et appuyée dit : « 30/11/1891 – 15/05/1911. Justice non rendue. »

Je me pétrifie. Le mot tombe sans bruit sur le tapis.

30 novembre 1891, la date de naissance de mon frère. 15 mai 1911, le dernier jour où il a été vu en vie.

Les mots « justice non rendue » me donnent la chair de poule. Dans le noir, je murmure :

— Il y a quelqu'un ?

Pas de réponse. Le bruit des souffles pesants me donne l'impression que la chambre respire autour de moi.

Je me lève, quittant à contrecœur la chaleur de mon lit.

Tremblante tel un lapin dans un collet, je m'approche d'abord de la fenêtre : elle est verrouillée de l'intérieur. En dessous, la cour semble déserte et, au-delà, le parc n'est qu'une masse noire et impénétrable, effroyablement immobile dans la nuit.

Un léger bruissement de tissu derrière moi attire mon attention.

Rien. Personne. Mes jambes flageolent tandis que je me dirige vers la salle de bains.

Vide.

Le bruit se répète, discret mais distinct. Soudain, je m'aperçois avec horreur qu'il provient de mon propre lit.

Ma gorge se serre. « Est-ce que je réveille les autres ? Qu'est-ce que je leur dirais ? »

Poussant un juron tout bas, je prends mon courage à deux mains et me baisse pour vérifier en dessous de mon lit.

Je réprime un hurlement et parviens à me calmer.

« Bon sang. »

Un petit chat noir joue innocemment avec le cache-sommier. Il a le culot de me miauler à la figure alors qu'il vient de me terroriser.

Attrapant la minuscule menace, je l'emmène sur le lit où il se love près de mes pieds comme si nous étions les meilleurs amis du monde.

Ce n'est qu'une fois sous les couvertures que je réfléchis à ce que j'aurais fait si j'avais trouvé un intrus : lutté ? hurlé ? espéré l'intervention fortuite d'une autre paire de ciseaux volants ?

Mon cœur ralentit un peu, bien que je n'arrive toujours pas à me débarrasser de la sensation d'être observée.

Ce mot est peut-être la preuve que je cherche désespérément, persuadée qu'il n'y a rien d'accidentel dans la mort de mon frère. Ou peut-être les élèves d'Haxahaven ont-elles seulement d'affreuses façons de souhaiter la bienvenue aux nouvelles ?

J'ignore comment ces filles auraient pu être au courant pour William. En revanche, j'apprends qu'il y a rien d'évident dans la pratique de la magie.

Tremblante, je cache le mot sous mon matelas et passe le reste de la nuit dans un sommeil agité, rêvant de mes mains couvertes d'encre et de sang.

6

En ouvrant les yeux, je découvre des filles qui sortent de leur lit, enfilent corsets et blouses, se brossent les cheveux et se parlent à travers la pièce en criant.

La scène s'apparente tellement aux matins dans le dortoir de l'atelier que je mets un moment à me rappeler où je suis.

Elles se taisent quand je sors du lit. Prête à les affronter, je me lève en essayant d'aplatir mes cheveux et de lisser ma robe. J'étais tellement perturbée hier soir que je n'ai même pas pensé à passer une chemise de nuit.

Nous nous observons. Elles ressemblent assez à mes anciennes camarades de travail, avec des joues un peu moins creusées.

— Je m'appelle Frances, dis-je, hésitante, à la façon d'une question.

Une fille ronde à la peau rose avec une magnifique tignasse rousse relevée sur la tête m'adresse la parole la première :

— Aurelia Barton.

Les dents du bonheur apparaissent dans son sourire rassurant.

La fille à côté d'elle pourrait avoir été taillée dans la glace. Devant le miroir de la coiffeuse, elle attache ses cheveux blonds et soyeux avec son ruban noir.

— Ruby Laird… Enchantée, fait-elle d'un ton qui m'indique tout le contraire.

Je remarque alors ma troisième colocataire qui émerge de derrière le paravent de soie dans un coin de la chambre.

Elle est grande, facilement une tête de plus que moi. La peau mate, des cheveux noirs brillants tressés en une longue natte qui lui arrive presque en bas du dos. Elle baisse légèrement la tête, comme si elle évitait délibérément mon regard.

— Lena Jamison, se présente-t-elle d'une voix neutre, un peu distante.

Aurelia s'assied au bord de son lit pour lacer ses chaussures et Ruby termine de nouer ses cheveux en s'adressant un petit signe de tête dans le miroir. Mes chances de les interroger s'amenuisent rapidement, alors, ravalant ma nervosité, je demande à la cantonade :

— Ça va vous paraître bizarre, mais est-ce que l'une de vous aurait laissé un mot sur mon lit hier soir ?

Elles semblent sincèrement interdites, donc je les crois quand elles bégaient des non un peu confus.

— Que disait ce mot ? questionne Aurelia.

Ne sachant par où commencer, je baisse les bras et mens pathétiquement :

— Ce n'est rien, j'ai dû rêver.

Ruby et Aurelia échangent un regard interrogateur, boutonnent leurs pèlerines sur leurs tabliers, crient : « À plus tard ! » et sortent de la chambre bras dessus bras dessous, nous laissant seules, Lena et moi, dans un silence pesant.

Je reste plantée près de mon lit sans savoir quoi faire. J'ai envie de demander à Lena si elle était aussi terrifiée que moi à son arrivée, et ce qu'est la magie pour elle. Manque-t-elle à sa famille, vient-elle de la ville ou d'ailleurs ?

— Il faut que tu mettes ta cape pour aller petit-déjeuner, m'informe-t-elle depuis l'autre bout de la pièce.

— Merci, dis-je comme un soupir de soulagement.

En tant que couturière, je sais apprécier la conception d'un vêtement, cependant je n'avais jamais porté que des habits pratiques. Boutonner la pèlerine sur ma poitrine se révèle une expérience très différente. Je me redresse en évitant de me regarder dans le miroir. Je ne veux pas savoir si les doigts de M. Hues sont encore imprimés sur mon cou. Puis je me tourne vers Lena.

— Tu veux bien m'accompagner ? Je ne sais pas où aller.

— Pourquoi pas ? répond-elle avec un sourire peu convaincu. Suis-moi.

La petite cape noire flotte derrière moi dans l'escalier. J'ai l'impression d'être une dame chic très importante – ou peut-être une petite chauve-souris ; j'hésite.

Les marches immaculées s'affaissent étrangement sous mes pieds, comme si elles étaient pourries de l'intérieur. Je suis Lena dans d'autres couloirs scintillants jusqu'à une immense double porte menant à un réfectoire encore plus rutilant, orné de chandeliers en cristal et en or aux murs. Trois tables d'acajou lustrées à la perfection, pouvant accueillir une centaine de personnes au moins, trônent au centre.

Lena choisit sa place et je m'installe maladroitement à côté d'elle.

De plus en plus de filles arrivent dans la salle. Ma camarade et moi ne pipons mot.

Je n'arrive pas à me détendre. Je scrute chaque visage, en me demandant qui a pu me laisser ce papier sur mon oreiller. C'est forcément l'une d'elles.

Quelqu'un vient s'asseoir près de moi.

— Bonjour ! Alors, comment sont tes colocataires ?

À la vue du visage fin de Maxine et de ses yeux noisette, un soulagement inattendu m'envahit. Jambes croisées, elle se penche sur sa chaise, l'air très à l'aise, presque insolente. Elle porte son uniforme différemment de la plupart des filles, col déboutonné, pèlerine légèrement décentrée, comme si l'uniforme était un déguisement, une blague.

— Tu te retrouves coincée avec Laird et Barton, hein ? poursuit-elle.

— Et Lena Jamison, j'ajoute en la désignant d'un signe de tête.

Lena nous jette un coup d'œil.

— Salut, Maxine.

— Désolée que vous soyez toutes les deux obligées de vous coltiner ces mégères.

— Aurelia n'a pas l'air si méchante…

— Ça va quand Ruby n'est pas là, explique Lena. Mais elle a la volonté d'un mollusque. Elle fait tout ce qu'on lui dit.

— Estimez-vous heureuses, les filles. Il y a bien pire que Ruby et Aurelia ici, répond Maxine.

— Ah bon ?

Je remue sur ma chaise. Pour une table aussi gigantesque, l'absence de nourriture est remarquable.

— Mm-hm, confirme Maxine en buvant une grande gorgée d'eau. Comme ces deux-là, là-bas.

Elle désigne une paire de visages ronds et blonds quasiment identiques à l'autre bout de la pièce.

— Les sœurs Underwood, Hattie et Beatrix. De vraies vipères. Mais la plupart des filles sont sympathiques. Il suffit de faire attention à ses manières et de sourire.

J'ouvre la bouche pour répondre mais je suis interrompue par l'arrivée d'un festin disposé sur des plats en argent, apportés dans le réfectoire par des femmes arborant les capes d'uniforme.

Des jambons entiers tranchés, des corbeilles débordant de fruits et de légumes, du pain perdu, du bacon, des œufs et des pommes cuites à la cannelle.

Maxine se sert distraitement une grosse cuillerée de quartiers de pêches.

— D'où ça vient, tout ça ? je demande.

— De la cuisine, répond-elle en mordant dans une tartine.

Il y a plus de nourriture sur cette table que j'en ai vu de toute ma vie. Dire que je ne me rappelle pas la dernière fois où j'ai mangé à ma faim !

Mon père est parti peu de temps après ma naissance, par conséquent ma vie s'est résumée à essayer de survivre avec ma mère et William. Ma mère faisait de son mieux, ce qui n'était pas brillant. Elle s'occupait du linge des voisins et faisait des ménages dans notre immeuble, mais elle n'a jamais été assez stable pour conserver un emploi.

Il y a eu un Noël où nous n'avons eu à manger qu'une poignée de châtaignes et un vieux croûton de pain. Ma mère nous avait noué des serviettes sur la tête en nous disant que nous étions comme Joseph et Marie dans l'étable. J'avais six ans, William à peine neuf, et nous ne croyions déjà plus aux contes de fées. Le lendemain, William est sorti tout seul et a décroché la place de garçon de courses chez le juge Callahan.

Maxine n'a pas besoin de savoir tout cela. Je me contente de répondre : « Bien sûr. » J'ai trop de soucis pour apprécier ce que je mange, tout a un goût de sciure.

Maxine remarque que je joue avec ma nourriture.

— Tu n'as pas faim ?

— Objectivement, j'ai sûrement faim, dis-je avec un sourire peu convaincant.

— Ces pancakes vont se perdre.

— Apparemment, voir ta réalité partir en fumée t'a coupé l'appétit, déclare Lena, impassible.

— Je ne veux pas gâcher votre petit déjeuner. C'est juste que mon cerveau n'a pas encore compris ce qui se passe.

— En te réveillant hier matin, tu ne t'attendais pas à te retrouver dans une école de magie pour filles ? glousse Maxine.

— En me réveillant hier matin, je croyais que je serais en prison avant la tombée du jour.

— Haxahaven n'a pas de barreaux, répond Lena d'une voix teintée d'ironie.

— Seulement un mur d'enceinte de trois mètres, ma chère Lena, réplique Maxine.

Je n'ai peut-être pas d'appétit, mais j'ai des tas de questions, et je me demande si je n'en aurai plus un jour.

— Comment est-ce possible que personne n'ait jamais découvert l'existence de cette école de magie ?

Une interrogation plus raisonnable que : « Comment est-ce possible que tout ce que je croyais sur les lois de l'univers se révèle totalement faux ? »

— Avant, l'école se faisait passer pour un couvent ; les nonnes, c'était le seul genre de femmes que le monde laissait tranquilles. Mais au bout d'un moment, le clergé du coin s'est mis à poser des questions, alors Haxahaven est devenu une école dans les années 1850. Les gens n'ont pas mis longtemps à venir frapper à la porte. Ne me demande pas pourquoi, quand les femmes disent « étudiantes », les hommes entendent « épouses potentielles ». Les filles n'ont pas le droit d'être érudites tranquilles ? Enfin bref, le coup du sanatorium date d'une trentaine d'années. Les voisins nous fichent la paix.

Elle ponctue sa phrase d'une fausse toux exagérée.

— Mais ne crois pas que, parce que tu découvres tout juste la magie, personne d'autre dans le monde n'est au courant.

Oh.

— Qui d'autre est au courant ?

Maxine et Lena échangent un regard nerveux.

— Ce n'est pas une conversation convenable à avoir au petit déjeuner pour des jeunes filles, conclut Maxine.

— Tu ne peux pas m'en vouloir de poser des questions.

Elle jette un coup d'œil aux alentours. Des mèches de cheveux blonds échappés de son chignon lui tombent dans les yeux.

— Bon, d'accord.

Elle se lève d'un coup en lissant son tablier.

— Où vas-tu ?

— Taisez-vous et suivez-moi.

Nous lui emboîtons le pas sans un mot. J'absorbe autant de détails d'Haxahaven que je le peux malgré la cadence infernale de Maxine. On dirait une cathédrale, un manoir et un hôpital à la fois.

Nous traversons le bâtiment en passant par des couloirs pleins de courants d'air jusqu'à arriver enfin devant une porte en pierre d'aspect ancien. Elle est sculptée de runes inconnues.

Maxine agite la main et le battant s'ouvre en grinçant.

J'entends Lena renifler.

— Tu sais manipuler les objets aussi ? demande-t-elle. Je croyais que tu étais une découvreuse ?

« Une découvreuse ? »

— J'aimerais qu'il existe un terme plus élégant pour ce que nous faisons, glousse Maxine. Je suis sûre qu'on peut trouver mieux que « découvreuse ». Mais je m'éloigne du sujet. Disons qu'en manipulation, je me défends. J'ai une magie de… lien. Je perçois surtout les connexions entre les gens et les pouvoirs, mais manipuler ceux qui existent entre les objets n'est pas si difficile.

Sa réponse appelle une nouvelle vague de questions dans ma tête, que je tais pour le moment. Je suis presque grisée de voir Maxine se servir de la magie comme si de rien n'était. Chaque information fixe un peu plus le nouveau monde dans lequel je vis et me confirme qu'il est réel, que cette *magie* est réelle. La terreur de tous les événements de la veille commence enfin à s'estomper et ma curiosité prend le pas. La vue de la pièce caverneuse, remplie du sol au plafond d'étagères en bois brûlé pleines de livres, me coupe le souffle. Les hautes voûtes sont soutenues par des arches gothiques et le long des moulures s'alignent des statues de pierre grandeur nature représentant des femmes à l'air sévère.

J'ignore si l'étrange bourdonnement dans mes oreilles vient de ma tête ou des murs.

Comme des canetons, Lena et moi nous pressons derrière Maxine jusqu'à une vieille table sur un côté de la pièce.

La cire blanche des bougies goutte dessus et leurs flammes se reflètent dans l'unique verre d'eau disposé entre elles. Malgré l'immensité de cette salle, une sorte d'oppression me serre la poitrine.

— Pourquoi sommes-nous parties aussi vite ? interroge Lena.

On dirait que Maxine et elle ne sont pas particulièrement proches. Elle a l'air aussi désorientée que moi.

— On est plus tranquilles qu'au réfectoire, et j'ai certaines choses très importantes à vous faire comprendre. Premièrement, à Haxahaven, les murs ont des oreilles. Il n'y a pas de secrets ici. Deuxièmement, tout le monde n'est pas votre ami.

Un muscle se contracte dans sa mâchoire anguleuse.

La bibliothèque dégage une odeur de papier et de pétrole.

— Donc tu étais en train d'expliquer, reprend Lena, que les sorcières d'Haxahaven ne sont pas les seules à posséder de la magie dans le monde ?

— Bien sûr que non. Ce serait plutôt narcissique de notre part, n'est-ce pas ?

— Alors qui d'autre ? demandé-je.

— Haxahaven excelle dans l'art de repérer les filles douées de magie de la région. Riches, pauvres, toutes origines confondues, tout quartier ; des filles dont les parents croyaient qu'elles étaient des garçons à la naissance, des filles qui n'en sont que de temps en temps, des filles indécises, des personnes qui ne sont ni filles ni garçons. Nous les formons toutes. Nous laissons les hommes se débrouiller entre eux. Ils font ce que font les hommes.

— Détruire ? Accumuler l'argent ? Se battre ? intervient Lena.

— Précisément.

— Que fait-on quand on quitte Haxahaven ? je demande. Nous avons le droit de partir, n'est-ce pas ?

Elles échangent un regard qui n'augure rien de bon, mais Maxine finit par me répondre.

— On fait ce que font la plupart des femmes : on se marie, on a des enfants et on travaille. Il paraît qu'il existe quelques communautés magiques en ville. Je crois qu'il y a au moins un marché de magie clandestin. J'ai entendu Helen parler d'un cercle de sorcières sur l'île de Martha's Vineyard, mais elle refuse de m'en dire plus. (Son assurance faiblit une demi-seconde.) J'aimerais savoir plus de choses.

— C'est tout ce qu'elle t'a dit ? insisté-je.

— Tout ce que je sais, c'est que nous devons nous méfier de tout le monde. Si quelqu'un se présente à la grille, nous ne le laissons pas entrer, jamais.

Donc les murs autour de cette école existent aussi bien pour nous garder à l'intérieur que pour empêcher les autres d'y pénétrer. Ce qui signifie que la personne qui a laissé le mot sur mon lit est forcément quelqu'un d'ici.

Je ne sais pas comment leur demander : « Qui est au courant pour la mort de mon frère, et pourquoi a-t-on laissé une note terrifiante sur mon lit ? »

Maxine m'observe avec attention alors je passe à ma deuxième question la plus pressante :

— Comment fonctionne le monde avec la magie ?

— Comme il a toujours fonctionné. La magie n'est pas une nouveauté. La seule chose nouvelle, c'est que tu es à présent au courant.

— Alors explique-moi. Explique-moi les règles. Explique-moi comment ça marche.

« Si c'est bien réel, apprends-moi à devenir si puissante que personne ne me touchera plus jamais sans ma permission. » Ma curiosité ne cesse d'enfler. Je ne peux pas l'arrêter. Je ne *veux* pas l'arrêter. Si j'apprends tout ça, la magie, comment on l'utilise, comment être une sorcière, *tout*, peut-être arrêterai-je enfin d'avoir peur.

Maxine me sourit, apparemment satisfaite par mes paroles.

— Pour que la magie opère, tu dois être présente. Il est extrêmement difficile d'ensorceler plus d'un objet à la fois. Tu apprendras les sortilèges en classe ; ils t'aideront à concentrer ton énergie. Les premiers jours après l'éveil magique sont étranges ; en général, on n'arrive pas à faire de magie sans l'aide de sortilèges après ça, sauf par accident. Mais Mme Vykotsky n'a pas une excellente tolérance des accidents magiques. (Elle imite la voix de la directrice.) « Le pire qu'une fille puisse faire est de perdre le contrôle d'elle-même. »

— Ça t'est déjà arrivé ?

— Quoi donc ?

— De perdre le contrôle ?

— Mme Vykotsky n'a que deux découvreuses à Haxahaven. Elle a besoin de mes talents pour trouver de nouvelles élèves plus que je n'ai besoin d'elle. Mais n'oubliez surtout pas que… Mme Vykotsky ne lance jamais de menaces en l'air. (Elle soupire et esquisse un sourire.) Je vous aime bien toutes les deux, et ça me plairait qu'on soit amies. Alors, s'il vous plaît, soyez prudentes mais ne soyez pas ennuyeuses.

L'affection de Maxine me rappelle un peu la fois où la méchante chatte de gouttière de l'atelier avait élu le dessous de ma table comme endroit favori pour sa sieste. Quelque chose d'agréable, de rare et d'un peu dangereux. Un faux mouvement et mes chevilles pouvaient être déchiquetées. Je ne suis pas assez naïve pour faire confiance à qui que ce soit ici, mais j'ai terriblement envie de me fier à Maxine et Lena.

— Si nous devons être amies, j'ai encore quelques questions qui ont besoin de réponses. C'est une école ici, n'est-ce pas ? Qui donne les cours ? Comment ça fonctionne, tout ça ?

— Un mélange de travail d'équipe et un soupçon de magie, chantonne Maxine.

— Je ne rigole pas !

— Moi non plus !

Elle glousse et je me surprends à rire aussi de cette situation absurde.

— La magie se réveille souvent à l'occasion d'un événement particulier. Pour la plupart d'entre nous, ça arrive à l'adolescence, mais parfois nous découvrons certaines sorcières à l'âge adulte. D'autres ne sont que des enfants. Chacune reste ici plus ou moins longtemps, en fonction de ses aptitudes. C'est pour ça que la couverture du sanatorium fonctionne si bien. Acquérir assez de maîtrise pour retourner dans la société ne demande pas le même temps à tout le monde.

— Comme dans un vrai sanatorium, je conclus, répétant ma conversation avec Mme Vykotsky.

— Seulement si on considère la magie comme une maladie, ajoute Lena.

— C'est le cas ?

— Si tu la laisses vivre…

Je ne la connais pas suffisamment pour en être sûre mais, sous son visage résolument impassible, je dirais qu'elle a l'air triste.

— Depuis combien de temps es-tu ici ?

Ce n'est peut-être pas très délicat de demander, mais je ne peux pas m'en empêcher.

— Bientôt deux ans. Bon anniversaire à moi, ironise-t-elle.

Hier, la directrice m'a dit que la plupart des filles restaient pendant des années. J'ai mal pour Lena qui a l'air de vouloir être n'importe où plutôt qu'ici.

— Et toi, Maxine ?

Je profite de la proximité de notre table avec les fenêtres rectangulaires pour poser les mains contre la vitre, simplement afin de sentir sous mes doigts quelque chose de stable et de concret. Dehors, de gros nuages flottent dans le ciel bleu vif de l'automne.

— Six ans. Elles m'ont trouvée quand j'en avais treize.

Je me demande ce qui a réveillé sa magie, mais poser la question me paraît impoli.

— Comment tu m'as trouvée ? Comment t'ont-elles trouvée ?

Je la revois en compagnie d'Helen apparaître comme par magie à l'atelier pour me tirer des griffes des policiers.

— Les sorcières comme Helen et moi pouvons sentir... des perturbations dans la source d'une énergie. Souvent, c'est un genre d'explosion de puissance qui m'arrive comme une vision. C'est bizarre chaque fois. En général, je ne connais pas leur nom. Je n'ai su le tien qu'en entendant les policiers parler de toi devant ton atelier.

Lena me jette un regard en coin à la mention des policiers.

— Vous emmenez toutes les filles que vous repérez à Haxahaven ?

— En général.

— Pas toujours ?

— Il faudrait poser la question à Vykotsky.

Maxine hausse un sourcil. L'idée de retourner volontairement dans ce bureau me fait presque pouffer.

Sous la table, je me tords les mains.

— Qu'est-ce que tout ça implique, pour moi ?

— Ça implique que tu es chez toi… On est coincées ici ensemble.

Une cloche sonne au loin. Les deux filles se lèvent d'un bond.

— C'est l'heure de ton premier cours, petite Frances, déclare Maxine. Lena te montrera le chemin.

Je les suis vers la sortie. Maxine nous souffle un baiser par-dessus son épaule et s'éloigne en trottinant. Des élèves se pressent dans toutes les directions, têtes baissées, sans un mot, capes flottant derrière elles.

Nous nous faufilons entre nos camarades de classe. Le bruit des talons sur les dalles et des messes basses résonne dans le couloir.

Au bout d'un long silence gêné, je demande à Lena :

— Où vivais-tu avant ?

— Dans un endroit appelé Thomas School.

— C'était bien ?

— Non.

— Oh… pardon. Pourquoi y allais-tu, alors ?

— Je n'ai pas eu le choix. Tous les enfants de ma tribu sont forcés d'y aller. Les religieuses venaient nous chercher chaque automne.

— Excuse-moi.

Elle hausse les épaules, tendue.

Nous entrons dans une salle où sont alignées des tables surmontées de marbre avec des tabourets. Deux fenêtres percées dans le plafond voûté illuminent la pièce de rayons de soleil matinal. Nous nous installons à l'une des tables vers le fond.

À l'avant, devant un vieux tableau noir, se tient une dame âgée avec des lunettes à monture métallique.

— Une nouvelle élève ! s'exclame-t-elle au moment où je m'assieds.

Je me relève d'un bond et lui adresse un signe de la main ridicule. La craie en lévitation près du tableau m'interpelle.

— Votre nom, ma chère ?

— Frances Hallowell.

Elle serre son cœur avec la fierté d'une mère.

— Ah, ma chère Frances, comme je suis ravie que vous vous joigniez à nous. Je suis Mme Roberts et vous êtes en classe d'applications pratiques. (Elle se tourne vers les autres.) Mesdemoiselles, sortez vos manuels, je vous prie.

Retourner en classe m'est étrange. Je n'ai jamais vraiment aimé l'école ; je n'avais jamais eu la soif d'apprendre que je ressens à présent.

Des casiers placés sous les tables, les filles sortent des manuels reliés en cuir qui ressemblent à s'y méprendre aux livres de cantiques de l'église où nous allions quand j'étais petite. William avait fini par y voler tellement de bibles que ma mère avait trop honte pour y retourner. Il avait dix ans et pour lui, c'était le gag du siècle. Ces bibles sont restées entassées sous son lit jusqu'à sa mort, bien qu'aucun de nous ne les ait jamais ouvertes.

— Page deux cent vingt-quatre, chères amies.

Pendant que mes camarades feuillettent les pages toutes fines, Mme Roberts circule dans la pièce en distribuant chutes de tissu, boutons divers et variés, aiguilles et fil.

Lena et moi recevons deux morceaux de mousseline bleu foncé et deux délicats boutons de nacre.

Puis la professeure se perche derrière un pupitre et ouvre son livre.

Je jette un coup d'œil sur le mien, confuse. Le texte n'est pas en anglais. Il y a des mains dessinées, entourées de flèches courbes, comme des indications pour une danse.

« De la magie. » Je résiste au sourire qui étire les coins de ma bouche.

— Mesdemoiselles, nous reprenons les leçons de couture de la semaine dernière. Frances, ma chère, dans ma classe, vous apprendrez à vous servir de la magie dans votre vie quotidienne. En tant que sorcières, il est de notre responsabilité de ne pas faire peser sur le monde le poids de notre pouvoir. Cependant, il est dans notre intérêt d'en utiliser un petit peu, jour après jour, afin de devenir de meilleures personnes. Mademoiselle Jamison, voulez-vous bien commencer ?

Avec un soupir imperceptible, Lena s'empare du matériel.

Elle prend une grande inspiration et se met à lire d'une voix basse et régulière : « **Nal, syn, ga** », en esquissant un huit de la main.

L'aiguille, comme tenue par une main invisible, se soulève de la table. De l'autre main, Lena pince le fil entre le pouce et l'index. L'aiguille s'y enfile toute seule, avant de retomber sur la table avec un cliquetis.

On m'a dit que la magie existait, j'en ai déjà été témoin, mais tout de même, voir une aiguille léviter et s'enfiler toute seule sur le fil me laisse sans voix.

— Excellent, mademoiselle Jamison. Il faudra toutefois travailler la prononciation, ma chère. C'est encore un peu maladroit.

Lena hoche la tête et se masse l'arête du nez.

— Ça va ? je chuchote.

— La magie domestique me donne toujours la migraine. Ça va aller.

L'apparition de Mme Roberts derrière mon épaule me fait sursauter. Elle se déplace avec la discrétion d'un chat en chasse.

— À votre tour, mademoiselle Hallowell.

Je me sens comme à l'école primaire le jour où j'avais oublié de faire mon devoir sur le président Franklin Pierce.

— Comment ?

— Prenez une grande inspiration et lisez les mots sur la page.

À l'écouter, faire plier les lois de l'univers semble si simple…

Je ferme les yeux comme Lena l'a fait, et trace un huit devant ma poitrine en prononçant :

— Nal, syn, ga.

C'est curieux. Ma langue ne sait pas comment former ces syllabes. Leur son se colle dans ma gorge comme du beurre de cacahuète.

La magie me paraît différente de celle de mes ciseaux de couture. C'est plutôt comme apprendre à tenir un crayon. Une part de moi, qui est à la fois moi-même et plus que moi-même, remue et, pour la première fois depuis la mort de mon frère, j'ai l'impression de participer réellement à ma vie.

J'ouvre un œil. L'aiguille flotte au-dessus du bureau. L'excitation me submerge et je pousse un petit cri de victoire qui fait retomber l'aiguille.

Mme Roberts pose une main chaleureuse sur mon épaule.

— Bravo, Frances. Nous réessaierons demain.

Elle se dirige vers l'élève suivante pendant que je triture le bouton de nacre en m'émerveillant sur tout ce que j'avais d'insoupçonné en moi jusqu'à présent.

Le reste du cours passe rapidement. J'absorbe toute la magie que je peux en observant mes camarades faire voler l'aiguille l'une après l'autre. Mme Roberts ajuste gentiment la position des mains et la prononciation. C'est fastidieux et sans aucun rapport avec la magie féroce qui a fait voler mes ciseaux à travers la pièce, mais la sensation de contrôle que cela me procure a quelque chose de réconfortant.

La sonnerie stridente met un terme à la leçon et Lena me propose poliment de m'accompagner à la classe suivante.

— Toutes les nouvelles doivent passer par la classe de Mme Li.

— Donc tu n'y seras pas ?

— Non, j'ai maîtrise émotionnelle avec Mme Porozky et un groupe de filles arrivées en même temps que moi. Après ça, j'ai clairvoyance.

— Clairvoyance ?

J'ouvre la bouche, des centaines de questions sur le bout de la langue.

— Ne me demande pas de te prédire ton avenir.

— Mais…

— Si tu ne me le demandes pas, je te montrerai où se trouve ton prochain cours.

— Je croyais que c'était déjà prévu ?

— Je peux aussi te planter là. Ça te prendrait des jours pour retrouver ton chemin.

— Marché conclu, dis-je avec un soupir.

Dans les couloirs d'Haxahaven, je ne peux m'empêcher d'admirer les lustres et les chandeliers de cristal. J'en oublierais presque le mot toujours caché sous mon matelas.

Lena me laisse à la porte avec un signe de la main.

Une femme, la soixantaine environ, les cheveux blancs et un sourire serein sur le visage, est assise dans la salle.

Je me demande si la posture impeccable vient naturellement quand on est une sorcière, ou si on vous l'apprend à Haxahaven.

— Ah, Frances, dit-elle en me faisant signe. Je suis Mme Li. C'est un plaisir de vous accueillir en classe.

— Merci, madame.

— On vous a placée auprès de moi, en compagnie d'un petit groupe de filles aux pouvoirs similaires aux vôtres, arrivées récemment, tout comme vous.

Elle m'indique une chaise dans le cercle où sont déjà assises quelques-unes de mes camarades.

— Nous accueillons donc une nouvelle élève. Voulez-vous vous présenter, s'il vous plaît ?

Je rougis comme une tomate quand toutes les filles se tournent vers moi.

— Frances Hallowell, dis-je simplement.

— Et pourquoi êtes-vous ici ? insiste Mme Li.

— J'ai bien peur de ne pas comprendre la question.

— Que s'est-il passé pour que votre magie se réveille, ma chère ?

J'envisage brièvement de mentir. Je préférerais éviter d'avoir à raconter le pire moment de ma vie à une salle remplie d'inconnues.

Je décide de couper la poire en deux.

— Mon patron m'a agressée.

Mme Li hoche la tête, lèvres pincées.

— Ah, je vois. Et qu'avez-vous ressenti à ce moment-là ?

— Ce que j'ai ressenti ?

— Oui, Frances, comment vous êtes-vous sentie quand votre patron vous a agressée ?

Si seulement on arrêtait de me dévisager. Leurs yeux fixés sur moi transforment la joie bouillonnante du cours précédent en aigreur.

Pourquoi m'inflige-t-elle cela ?

— Je me suis sentie mal.

Elle se tourne légèrement vers la fille effacée à ma droite. Je soupire de soulagement d'être temporairement libérée de son regard.

— Et que faisons-nous quand nous nous sentons mal, Sara ?

— Nous respirons profondément, répond celle-ci. Nous nous recentrons. Nous nous rappelons que nous avons la maîtrise de notre corps et de notre esprit.

— Oui, excellent, confirme Mme Li. La magie est, par-dessus tout, la domination de soi.

S’ensuivent alors des heures durant lesquelles les filles racontent les moments les plus atroces de leur vie et décrivent la vitesse à laquelle battait leur cœur, leur colère, leur tristesse. Mme Li maintient sa posture impeccable en conseillant à mes camarades de classe de respirer profondément et d’imaginer leur âme rétrécir et se retirer au fond de leur poitrine.

Je suis aussi écœurée que fascinée. Ou peut-être rassurée de savoir que je ne suis pas la seule à avoir ressenti l’effroi qui accompagne ce sentiment d’être dangereuse et hors de contrôle.

Deux filles au visage inexpressif face à moi dans le cercle relatent le drame qu’elles ont vécu dans l’incendie de l’usine Triangle Shirtwaist, qui s’est produit il y a quelques mois en centre-ville. C’était dans tous les journaux. Cent quarante-six morts. Sara et Cora auraient dû en faire partie, mais l’horreur de l’accident a réveillé leur magie, leur permettant d’ouvrir une porte en acier verrouillée et de se sauver.

Sara et Cora décrivent l’histoire de cette atroce journée tour à tour. J’ai l’impression qu’elles l’ont racontée plus d’une fois dans cette salle. Aucun détail ne leur échappe. Cora parle de l’odeur de chair carbonisée, Sara explique les hurlements. Mme Li leur conseille d’apprendre à contrôler le pouvoir qui les habite.

Je trouve ça plutôt bizarre que personne ici ne relève que c’est précisément ce pouvoir qui leur a sauvé la vie.

Mme Li hoche la tête et prend un air compatissant toujours au bon moment, en nous répétant en boucle que nous avons la maîtrise de nous-mêmes.

Quand leurs visages vulnérables deviennent trop insupportables, j'entreprends d'étudier la salle de classe, aussi insolite que la précédente. Celle-ci me rappelle une crypte : pas de fenêtres, des murs qui ont l'air recouverts de cire noire dégoulinante. Le lustre jette des ombres dorées sur les tableaux. Je contemple la lumière vacillante jusqu'à ce que Mme Li annonce la fin du cours.

Lena m'attend devant la porte.

Nous marchons du même pas jusqu'au réfectoire pour le déjeuner. Lena se sert un bol de soupe et je l'imite, ayant enfin retrouvé mon appétit. Au bout d'un moment, je demande :

— Qu'est-ce que c'était, au juste ?

— La classe de Mme Li ? (Elle me jette un regard.) Elle croit en... la purge des émotions. Tu as de la chance que ce ne soit que ça. Il paraît que la prof d'avant adorait les démonstrations pratiques.

— C'est-à-dire ?

— Elle passait le cours à jeter des livres et à hurler sur les élèves. Quand elles avaient assez de contrôle sur leurs pouvoirs pour ne pas réagir, elle les jugeait aptes à apprendre les sortilèges.

— Sincèrement, j'aurais préféré ça.

Lena m'adresse un sourire entendu.

— Alors j'ai bien peur que tu sois déçue par l'éducation proposée ici.

— Tous les cours sont comme ça ?

— Plus ou moins. Sans une vraie maîtrise, le pouvoir peut détruire ta vie.

Elle parle d'un ton monotone, comme si elle répétait un adage auquel elle ne croit pas.

Après le déjeuner, Lena m'emmène à une troisième salle de classe, ornée de lambris acajou. Une fois de plus, elle me laisse à la porte.

Je m'installe à côté d'une fille minuscule à la peau noire et aux cheveux bouclés retenus en chignon bas.

— Mabel, se présente-t-elle en me tendant une petite main.

— Frances.

Son sourire rayonnant est un soulagement après tout ce temps passé dans la caverne de Mme Li.

L'enseignante de ce cours est une femme rousse très pâle que j'ai croisée dans l'entrée à mon arrivée hier. À peine s'est-elle présentée que j'ai déjà oublié son nom. Elle s'exprime d'une voix douce mais insipide.

Selon Lena, c'est le cours d'histoire. L'histoire ne m'a jamais passionnée à l'école, mais aujourd'hui je trépigne d'impatience. Si la magie existe dans le monde, elle a sûrement influé sur tous les grands événements historiques. Y a-t-il eu des héros de la guerre d'Indépendance dotés de pouvoirs magiques ? Une Hélène de Troie capable de détruire des navires par la seule force de son âme ? J'envisage toutes les possibilités, néanmoins mon enthousiasme tourne au vinaigre quand la professeure se lance dans un exposé sur les échoppes d'apothicaire tenues par des sorcières au XVIIe siècle. J'arrive peut-être le mauvais jour. C'est bien ma veine.

Certaines filles prennent des notes de façon assidue, emplissant la salle de classe du son des stylos à plume trempés dans l'encre et grattant le papier comme autant de bruissements d'insectes. D'autres, comme moi, fixent un œil vitreux sur le tableau couvert de craie.

Je suis assise depuis quarante-cinq minutes à écouter un discours sur l'importance de la sorcellerie dans le développement économique des femmes de l'Amérique préindustrielle quand je craque.

Je lève la main. Je ne posais jamais de question à l'école, avant, mais je n'en ai jamais eu dont la réponse m'intéressait autant que celle-ci.

Les autres filles tournent toutes la tête vers moi. L'enseignante hausse les sourcils.

— Oui ?

— Qui d'autre fait de la magie ? Il ne peut pas y avoir que nous.

— La magie est très, très rare, répond-elle avec une patience exagérée.

— Mais ça ne veut pas dire que...

— Pardonnez-moi, mademoiselle Hallowell, mais ceci est notre leçon du jour. Je vous encourage à consulter la bibliothèque. Comme c'est charmant d'avoir une élève aussi impliquée !

Mes autres questions meurent dans ma bouche. J'avais oublié à quel point c'était désagréable quand un enseignant vous fait vous sentir bête. Elle a raison ; c'était malpoli de ma part d'interrompre la leçon. C'est juste que je ne me souviens pas de la dernière fois où j'ai été aussi impatiente d'apprendre.

Après les cours, pendant le temps libre avant le dîner, je me rends à la bibliothèque.

Avant-hier, j'étais plongée dans une longue torpeur, mais aujourd'hui, une lueur d'espoir me dévore la poitrine et je n'arrive pas à la contenir. Je n'ai pas envie. C'est agréable de se sentir en vie.

Le soir tombe rapidement dans la pièce illuminée de candélabres comme une cathédrale. J'arpente les rayons pendant ce qui me semble une éternité mais je ne trouve que des romans gothiques et des encyclopédies. Rien, dans cette bibliothèque où le temps s'est arrêté, ne semble parler de magie.

Les quelques autres filles présentes ne lisent pas ; elles sont simplement assises, les pieds sur les tables, occupées à bavarder ou à jouer aux cartes. Un peu plus tard, je leur emboîte le pas jusqu'au réfectoire, très perplexe.

« Ça va aller. » Je vais devenir une meilleure élève. La magie parcourt mes veines et c'est déjà suffisant pour le moment.

Pendant le dîner, Lena rit à l'une de mes blagues. Maxine partage une part de tarte aux cerises avec moi. Je souris et, pour la première fois en quatre mois, je n'ai pas l'impression de faire semblant.

7

Le lendemain matin, je saute du lit et me précipite au petit déjeuner. Tout en dégustant les roulés à la cannelle et le thé brûlant, je balance mes pieds sous la table, impatiente d'assister aux nouvelles leçons de la journée. Lena me retrouve à la porte du réfectoire et, comme la veille, nous nous rendons ensemble en applications pratiques.

Et comme la veille, Mme Roberts fait le tour de la salle pour distribuer aiguilles, fil et boutons.

Docilement, mes camarades ouvrent leur manuel à la même page qu'hier. Mme Roberts observe nos progrès avec le sortilège de l'aiguille et du fil. La prononciation de Lena est de nouveau considérée comme maladroite. On m'explique de nouveau que j'ai besoin de concentration.

— Est-il possible d'emporter le manuel pour s'entraîner en dehors des heures de cours ? je m'enquiers auprès de Mme Roberts.

Elle émet un claquement de langue.

— Non, très chère. Pourquoi vous épuiser à la tâche ?

— Parce que je voudrais m'améliorer.

— Comme c'est... ambitieux.

Elle secoue la tête puis reprend son tour de la classe, mettant fin à la conversation.

Chez Mme Li, Sara et Cora nous en disent plus sur l'incendie.

C'était horrible.

Elles ont survécu.

Elles se sentent horribles d'avoir survécu.

Le bon côté, selon elles, c'est que l'horreur qu'elles ont vécue a permis d'améliorer la surveillance et la protection des employés d'usine. Elles ont entendu dire qu'il existait maintenant tout un service dédié à la sécurité des ouvrières textiles. Ça me paraît étrange qu'elles se satisfassent d'une solution bureaucratique après avoir vu leurs amies brûler vives, mais peut-être Sara et Cora sont-elles moins rancunières que moi.

Je me sens claustrophobe dans cette pièce, et je n'ai pas la moindre envie de parler de mes sentiments.

Il y a une nette amélioration lors du cours suivant, du moins un changement de décor. Toutes les dix-huit, nous suivons Mme Vance, notre professeure d'histoire, en rang jusqu'à la grille et dans les rues du Queens. Le quartier de Forest Hills n'est pas aussi agité que Manhattan, mais c'est un soulagement de se retrouver dehors, de lever la tête vers le ciel et de respirer l'air frais.

Nous nous installons en cercle dans l'herbe luxuriante de Forest Park, en étalant nos jupes noires autour de nous. Le soleil d'automne brille fort et, malgré la fraîcheur, je me retrouve bientôt à transpirer sous ma cape. Je triture les feuilles mortes qui jonchent la pelouse pendant que Mme Vance débite son cours. J'ai toujours détesté l'automne, assister à la mort de la nature.

Mme Vance reprend là où elle s'est arrêtée hier. Les sorcières des premiers temps de l'Amérique utilisaient leurs pouvoirs pour aider l'affaire familiale, cependant elles faisaient toujours attention à ne pas réussir de façon trop éclatante pour ne pas éveiller les soupçons.

Je ramasse feuille après feuille jusqu'à ce que ma jupe en soit recouverte. De la sueur coule dans ma nuque. Mme Vance ne laisse aucune place aux questions et je me garde bien d'en poser.

Ce soir-là, je me rends au réfectoire sans avoir grand-chose à raconter. Je fais quelques blagues dans l'espoir d'apaiser mon humeur massacrante, mais Lena ne rit pas et Maxine dîne avec ses autres amies.

Le lendemain, je me lève largement moins impatiente que la veille.

À la place des aiguilles, Mme Roberts distribue des cuillères en bois.

Nous passons une heure à mélanger le vide en agitant les mains au-dessus de nos tables.

Le lendemain, nous apprenons à chasser la poussière des tables basses.

Le surlendemain, nous faisons léviter un tapis pour le dépoussiérer.

— Est-ce qu'on va apprendre autre chose que tenir un intérieur ? je chuchote à Lena le jeudi après-midi.

— Ce ne serait pas très *pratique*, répond-elle d'un ton extrêmement sarcastique.

Nous échangeons un regard entendu, néanmoins je ne me risque pas à pousser la conversation.

Le vendredi, nous faisons fleurir une rose et, pendant une seconde, c'est tellement beau que ça me coupe le souffle. Mais ensuite, Mme Roberts se lance dans une anecdote sur son amie qui se sert de ce tour afin que ses arrangements floraux soient toujours parfaits dans ses dîners et je meurs d'ennui une fois de plus.

Le cours d'histoire n'est pas mieux.

La classe de Mme Li encore pire.

Je vais en classe sans relâche pendant deux semaines. Je bavarde un peu avec Lena et Maxine qui semblent accepter ma présence, et chaque jour mon enthousiasme se flétrit un peu plus, comme une rose forcée de fleurir trop tôt.

Quelle bêtise d'avoir cru, pendant un instant, que l'on m'accordait enfin quelque chose de bien. Quelle égoïste et quelle ingrate je suis de me lasser de la magie en moins d'un mois. Quoi qu'il en soit, je ne me comporte pas en ce que Mme Carrey appellerait une « jeune fille convenable ». J'ai un lit chaud, plus de nourriture que je ne pourrais en avaler en une vie entière, et *la magie existe.*

Comment est-ce possible que je me sente si insatisfaite ?

La nuit, quand je n'arrive pas à dormir, les yeux sur le baldaquin, j'autorise la rage à m'envahir. Qu'est-ce qui ne va pas chez moi ? J'ai déjà été en colère, mais là, je commence à me dire que je me déteste, et ça me terrifie.

C'est là, dans le noir, que je me décide à sortir le mot comportant les dates de naissance et de mort de mon frère de sous le matelas. J'imagine sa silhouette sombre se glisser dans ma chambre, se dresser au-dessus de moi pendant mon sommeil. Dans mes rêves, je me réveille et je vois son visage. Il me révèle tout et m'aide à comprendre le sens de tout ceci. Mais je suis seule dans les ténèbres de la chambre froide, avec pour unique compagnie un petit carré de papier rugueux, un chat assoupi à mes pieds et plus de questions que jamais.

C'est un lundi matin particulièrement gris et sans intérêt que je m'aperçois que je n'ai pas la force d'aller en applications pratiques ou en maîtrise émotionnelle. Mes pieds refusent tout simplement de coopérer. Je préférerais vivre l'incendie de Triangle Shirtwaist que de devoir écouter Sara et Cora en parler plus longtemps.

Resserrant ma pèlerine, je songe sérieusement à passer la porte d'entrée et à quitter les lieux sans me retourner. Curieusement, je sais que ça ne sera pas aussi facile.

J'avais tant d'espoir, mais cette lueur s'est éteinte, et maintenant je me sens aussi vide que les jours qui ont suivi la mort de William. Comme si on m'avait retiré les entrailles. Au milieu de l'escalier, ça me frappe : je suis en colère contre moi-même d'avoir autant espéré. « Quelle idiote tu fais, Frances. » Haxahaven semblait si étincelant ; j'ai oublié que je ne suis pas le genre de personne à qui tout sourit. Je remonte les marches, les larmes aux yeux. Je ne leur permets de couler qu'après avoir refermé la porte de ma chambre derrière moi.

Haxahaven m'a écartée de mon véritable but, de l'unique chose à laquelle je suis sûre d'être destinée. Je ne referai pas cette erreur.

Je récupère le mot que j'ai caché sous mon matelas. Hors de question de me laisser distraire de nouveau par de belles roses et de beaux objets brillants.

La culpabilité me travaille. Si je ne suis pas là pour le leur rappeler, les policiers vont arrêter de rechercher l'assassin de William. Cela dit, je ne peux plus les contacter, étant moi-même soupçonnée de meurtre... Mon lit de plume tousse un nuage de poussière quand je me jette dessus. Je passe la journée perdue dans mon apitoiement, toutefois je parviens à descendre au réfectoire pour dîner. Quelqu'un a-t-il remarqué mon absence aux cours de l'après-midi ? Probablement pas. Personne ici ne semble tellement me remarquer.

Lors de mes premiers jours, toute cette nourriture me semblait d'un tel luxe ; désormais, ce gâchis me retourne l'estomac.

Assise à table, je triture les pommes de terre rôties dans mon assiette.

Une guêpe atterrit sur un plat de salade de fruits. Elle s'y promène un instant avant de reprendre son vol.

Je n'ai pas faim.

Je suis la première de retour à l'étage après le dîner, laissant mes camarades de chambre manger et bavarder avec les autres filles. La plupart des élèves restent tard au réfectoire, dans le hall d'entrée ou dans la véranda à jouer aux cartes, mais je n'ai pas encore été invitée à me joindre à elles, et je ne suis pas sûre d'en avoir envie.

Je me raconte des histoires. Bien sûr que j'en ai envie.

8

Les jours s'écoulent avec lenteur et amertume, comme la sève d'un arbre. J'assiste aux leçons en silence, enveloppée dans ma pèlerine, remuant sans cesse, trop préoccupée par le mystère du mot qu'on m'a laissé pour faire attention à ce qui se passe autour de moi. C'est comme une pelote de laine : si seulement je réussissais à tirer le bon fil, tout se démêlerait.

Après la mort de William, j'ai lu tous les livres de la bibliothèque concernant la police, dans l'espoir d'y trouver des conseils sur la façon de résoudre un crime. Il me fallait une liste, une liste de choses à faire ; ainsi, peut-être que le chaos qui régnait dans ma tête, cette énorme souffrance qui me dévorait, s'apaiserait. Apparemment, si pister un meurtrier qui ne laisse aucun indice est difficile, repérer un intrus qui ne laisse qu'un mot sur un lit l'est également. Et la souffrance est toujours là ; c'est un abîme dont je ne peux m'extirper.

Les livres d'enquêtes de police me conseilleraient d'analyser l'écriture. C'est ce que je fais en désespoir de cause, car je ne peux pas rester immobile plus longtemps.

Je commence par Lena, parce que c'est la personne qui ressemble le plus à une amie ici. Elle sourit gentiment quand je lui demande ses cours après la classe de Mme Roberts. Sa prise de notes est impeccable et minutieuse, à son image, mais les petits dessins dans les coins m'indiquent que son attention est loin d'être portée sur les leçons. Son croquis de Mme Roberts avec des cornes de diable et une petite fourche est le premier aperçu de ce qui lui trotte dans la tête auquel j'aie droit depuis mon arrivée. Son écriture ne correspond pas à celle du papier. Pas surprenant.

Ensuite, je m'attaque à Maxine. Nous n'avons pas de cours commun, mais je finis par lui soutirer un ancien devoir sous prétexte de chercher l'inspiration pour une dissertation d'histoire. Elle me le tend après dîner, tout froissé et taché comme si elle l'avait trempé dans du café avant de le fourrer sous son lit. Elle a une écriture peu soignée ; certains paragraphes sont barrés et les marges couvertes de commentaires.

— Bon courage, me dit-elle en me le donnant.

La feuille est quasiment impossible à déchiffrer mais il est clair que le mot ne vient pas d'elle non plus.

Je jette un coup d'œil aux devoirs d'Aurelia et de Ruby qui traînent sur la coiffeuse de la chambre. Sans succès.

J'occupe le reste de la semaine à vérifier méthodiquement l'écriture des autres filles de la classe.

Je demande à emprunter tellement de notes que j'ai peur qu'elles me prennent pour une demeurée. Mabel me donne les siennes avec un sourire en me proposant son aide pour étudier. Sara et Cora échangent un regard soupçonneux avant d'accepter. Celles de Maria sont rassemblées dans un beau carnet de cuir, celles de Rachel forment un tas de feuilles éparses. Aucune ne correspond mais l'écriture sur le mot m'est tellement familière que je ne peux pas arrêter mes recherches.

Et je ne sais pas quoi faire d'autre. C'est tellement agréable *d'agir* enfin, même si j'ai l'impression de ne pas insister assez.

Dans la classe de Mme Li, je raconte le minimum possible pour ne pas sembler réfractaire, tout en faisant attention à ne pas trop en révéler.

Il m'arrive d'être attentive en histoire et en applications pratiques de temps en temps. La petite partie de moi qui adore mon pouvoir absorbe chaque mot comme une éponge, tandis que celle qui a soif de plus rumine sa colère devant les miettes de magie qu'on me lance.

J'intègre le fonctionnement d'Haxahaven. J'évite la véranda après les repas parce que c'est là que traînent Ruby et sa clique. Je garde mes distances avec le salon du deuxième étage aussi, à cause des grattements dans les murs que personne ne sait expliquer.

Mme Vykotsky ne me convoque pas à son bureau et je passe mon temps libre à la bibliothèque, penchée sur le mot mystérieux. Je n'ai aucune réponse et j'ignore quel sentiment, entre la frustration et le désespoir, est le pire.

Je dors mal. Je passe la plus grande partie de la nuit éveillée, à toucher les plis du carré de papier pour m'assurer que je n'ai pas rêvé.

Quand je parviens à m'endormir, je ne coupe jamais aux rêves si nets que c'en est perturbant. En général, je me retrouve à l'atelier de couture, mais parfois dans notre ancien appartement, ou alors à Tompkins Square Park, voire à Haxahaven. Dans mon sommeil, je sais toujours que quelque chose cloche sérieusement, mais je n'arrive jamais à identifier le problème. Finn, ce garçon aux cheveux bouclés et au regard intense, est presque toujours là aussi. Il m'observe, les yeux plissés, et je me réveille en sueur, avec l'impression de n'avoir pas dormi du tout.

Le deuxième mot arrive un mardi exceptionnellement froid.

Je suis remontée tôt dans l'idée de profiter de la chambre vide pour lire, mais j'ai dû m'assoupir pendant que le soleil se couchait. Je me réveille en sursaut, toujours en uniforme, allongée sur la couverture, mon livre sur la poitrine avec l'impression qu'il ne s'est pas écoulé une seconde. Le crépuscule baigne la pièce d'une lueur violette, et là, sur mon oreiller, exactement comme la première fois, se trouve un carré de papier plié en deux.

L'ensommeillement me quitte sur-le-champ. Je déplie le mot d'une main si tremblante que je manque de le déchirer.

C'est la même écriture. « Ne fais pas confiance aux autres filles. Retrouve-moi à la porte du pavillon de Forest Park. Minuit. »

Je contemple le mot un moment, le gravant dans ma mémoire avant de le ranger sous mon matelas avec l'autre.

Si j'étais plus intelligente, plus raisonnable, et si je prenais ma sécurité en considération, je réfléchirais à mes options. Mais je sais immédiatement ce que je vais faire. Quand ça concerne mon frère, je n'ai jamais vraiment le choix.

C'est comme ça que je l'aime maintenant, dans le noir, avec ma rage et mes mains tremblantes.

Depuis la fenêtre, j'aperçois le sommet d'un toit qui dépasse de l'enchevêtrement d'arbres du parc. Puisque c'est l'unique bâtiment visible, j'imagine que c'est le fameux pavillon. L'enceinte de pierres irrégulières d'Haxahaven me paraît assez facile à escalader. « Je peux le faire. Je dois le faire. »

Que se serait-il passé si les filles étaient remontées et avaient vu le mot avant moi ? Ou si elle avait croisé la personne qui le laissait ? C'est forcément une élève. L'autre explication est beaucoup trop inquiétante pour y songer. Mais si une des filles me laisse ces mots, pourquoi vouloir me rencontrer à l'extérieur ? Pourvu que j'en aie bientôt le cœur net.

Après dîner, j'enfile une chemise de nuit en coton blanc et me glisse dans les draps. Je suis bien trop en forme à cause de ma sieste et trop nerveuse pour dormir mais, si je veux avoir une chance de faire le mur, il faut éviter d'éveiller les soupçons.

Je reste allongée pendant des heures à regarder le plafond en comptant les battements de mon cœur alors que les ténèbres tombent sur Haxahaven.

Les filles finissent par remonter. J'entends Ruby se brosser les cheveux une centaine de fois et Aurelia souhaiter bonne nuit à Lena. Au bout d'une éternité, on n'entend enfin plus que leurs respirations profondes et le tic-tac de la pendule au mur.

Je n'arrive à lire l'heure que grâce à la lune. À 23 h 43, je sors du lit, boutonne ma cape noire sur ma chemise de nuit et enfile des chaussettes de laine grises avant de lacer mes bottines.

Ce n'est qu'une fois mes chaussures mises que la peur m'envahit. La personne qui a laissé ces messages pourrait très bien être l'assassin de mon frère. Il est peut-être revenu terminer le travail. Mais je dois y aller. J'ai l'impression de m'observer depuis l'extérieur de mon corps ; je me hurle d'arrêter mais je ne m'écoute pas. Je préfère mourir plutôt que de rester dans l'ignorance pour toujours, je crois.

Sur la pointe des pieds, je traverse la chambre. Mon cœur s'arrête une fraction de seconde quand la porte grince et que j'entends quelqu'un remuer, mais le silence retombe aussitôt.

Je découvre la petite chatte noire qui s'était cachée sous mon lit le premier jour, assise immobile sur le seuil. Elle me regarde comme si j'étais une idiote.

— Qu'est-ce que tu veux ? je chuchote.

Sa queue balaie ma cheville puis elle s'éloigne.

Je descends l'escalier sans écouter la zone logique de mon cerveau qui me supplie de faire demi-tour et de retourner me coucher.

La nuit, Haxahaven ressemble à une créature vivante, peuplée de souffles chauds, de secrets, et très profondément endormie.

Je marque une courte pause à la porte d'entrée. La voix de mon frère résonne dans mes oreilles. « Pas ton idée la plus brillante, sœurette. » La double porte grince en s'ouvrant. La nuit m'accueille à bras ouverts, comme elle accueille tous ceux qui font le mauvais choix au coucher du soleil.

L'air glacial de la fin septembre annonce l'hiver. Le froid me transperce. La pelouse humide détrempe déjà le cuir de mes bottines et traverse mes chaussettes.

En un rien de temps, j'arrive au mur d'enceinte qui encercle l'école comme une gueule pleine de crocs.

J'ai bien conscience que je m'apprête à faire la chose la plus stupide de toute ma vie. Le mur paraît plus haut de nuit. Je n'ai plus escaladé de clôture depuis un bout de temps, quand j'avais onze ans et que je jouais à cache-cache avec William et Oliver. J'étais moins nerveuse à l'époque.

Heureusement, chercher des prises se révèle plutôt facile. Je cale mon pied entre deux pierres et me hisse. Mes doigts repèrent un rebord rugueux. Je lance un bras en l'air mais le sommet est encore à une trentaine de centimètres. J'ai plus de difficulté à me propulser par la suite. Mon pied dérape et, l'espace d'un instant, je manque de tomber, mais mes doigts tiennent bon malgré la douleur. Pour finir, je trouve une autre prise de pied et parviens à me hisser en haut du mur. J'y reste assise un instant, à me demander s'il existe des sortilèges ou des alarmes destinés à m'empêcher de sortir.

Mais je pense à mon frère et au courage avec lequel il se serait précipité dans n'importe quelle forêt pour me sauver, et je saute.

La chute dure plus longtemps que je ne l'aurais cru. Ce n'est qu'une fois en l'air que je réfléchis sérieusement à l'atterrissage qui promet d'être douloureux. Je m'écrase lourdement par terre. Une décharge me transperce les chevilles jusqu'aux genoux. Je fais prudemment pivoter mes deux pieds : ce n'est pas brillant mais il n'y a rien de cassé, heureusement, alors je me relève et me mets en route.

Bien que le Queens ne soit qu'à quelques kilomètres de Manhattan, rien ici ne m'est familier. La tranquillité me semble plus menaçante que paisible. Je ne sais pas ce qui m'attend tapi dans le noir.

Les brindilles craquent sous mes semelles à mesure que je m'enfonce dans les profondeurs du parc. L'obscurité épaisse, presque palpable, rogne les bords de la réalité. Mes yeux n'arrivent pas à s'y habituer. Le sentier plonge entre les arbres. Je trébuche et tombe à genoux. En voulant frotter la terre, je m'aperçois que mes mains sont humides. J'essuie le sang avec ma chemise de nuit. J'ai le cœur qui bat la chamade, telle une proie à deux doigts de tomber dans un piège.

Les feuilles qui refusent de tomber bloquent la lumière de la lune et, rapidement, je commence à avoir très froid, certaine désormais d'avoir commis une erreur en venant ici ce soir. Je tremble de partout. Je dois serrer les dents pour les empêcher de claquer.

En jurant tout bas, je fais demi-tour, mais le sentier bifurque de nouveau et soudain je ne sais plus où je suis. Je me suis trop éloignée des murs protecteurs de l'école. Au milieu des arbres, je me sens minuscule. Ça fait longtemps que je n'ai plus eu envie de me retrouver dans la chaleur des bras de ma mère, mais j'en ai plus que jamais besoin à cet instant.

J'avance de trois pas, regarde de chaque côté. *Rien.* Il n'y a rien que les ténèbres solides du bois silencieux tout autour de moi. Les lueurs vacillantes des bougies aux fenêtres d'Haxahaven ont disparu.

La panique monte dans ma poitrine. « C'est tout ce que tu mérites, murmure une partie cruelle de mon cerveau. C'est tout ce qu'on gagne à se comporter comme une idiote. »

Je cherche le pouvoir que j'ai déjà ressenti en moi afin d'invoquer *quelque chose, n'importe quoi*, mais rien ne se passe.

Fermant les yeux, je compte à rebours à partir de quinze. C'est une habitude empruntée à Mme Carrey. Quand nous faisions une erreur sur un vêtement, ou que nous rencontrions des difficultés avec une commande, elle nous conseillait de fermer les yeux et de compter à rebours. Nous avions quinze secondes pour nous reprendre. C'était en général tout ce dont nous avions besoin.

« Quinze, quatorze… », le silence assourdissant est brisé.

« Treize, douze… », une voix s'élève dans le noir… « Onze… », non, des voix, plusieurs.

« Dix… », quelqu'un souffle : « Chut »… « Neuf… », un rire aigu… « Huit, sept… », un murmure… « Six, cinq, quatre… », le bruissement de feuilles mortes.

« Trois, deux… », une voix féminine prononce peut-être mon nom… « Un. »

J'ouvre les yeux.

Je ne suis pas seule dans ce parc.

— Il y a quelqu'un ? murmuré-je dans le noir.

Un mouvement dans le sous-bois.

Une lanterne apparaît tout d'abord, orange dans les ténèbres d'obsidienne.

Avec ma seule volonté, je prends mon courage à deux mains et avance prudemment vers la lumière.

— Qui est là ?

Les voix sont plus fortes à présent mais je ne comprends toujours pas ce qu'elles disent.

Je me rapproche lentement de la lanterne, maintenant immobile. L'inconnu qui la tient est arrivé à destination, ou alors il attend sa proie.

— Si c'est une plaisanterie, ce n'est pas drôle, je lance dans la nuit.

Les voix se sont tues.

Une ombre remue, trop près de moi. C'est une silhouette humaine mais courbée, qui décrit des mouvements saccadés et répétitifs.

Je ne m'attends pas à la motte de terre que je reçois en plein visage.

— Qu'est-ce que c'est que ça ? je m'exclame.

— Qui est là ? demande une voix féminine à l'extérieur du cercle lumineux de la lanterne.

— Qui êtes-vous ? j'interroge en retour.

— Frances ? fait une autre voix.

En entendant mon nom, je la reconnais tout à coup.

— *Lena ?* Est-ce que c'est Maxine avec toi ? C'est vous qui me laissez des messages ?

— Quels messages ? Et qu'est-ce que tu fiches ici ?

— Qu'est-ce que *vous* fichez ici ?

Maxine se lève en époussetant la terre de sa chemise de lin et de son pantalon large, un gros objet à la main.

— Je cherchais ceci.

C'est donc ça, le mouvement que j'ai perçu : elle *creusait*.

— Et moi, je te cherchais, ajoute Lena en se levant à son tour. Je t'ai entendue sortir de la chambre. Je t'ai suivie dans les escaliers pour savoir où tu allais et je suis tombée sur Maxine en bas.

— Et *moi*, j'ai senti une explosion de magie si forte que ça m'a réveillée, reprend Maxine. Je suis sortie de mon lit pour mener l'enquête. J'ai trouvé Lena qui te cherchait, alors je l'ai invitée à me suivre.

— Invitée ? ricane Lena.

— J'avais besoin de compagnie !

— Tu avais besoin de moi comme appât à monstre.

— N'importe quoi !

— Attendez, attendez... je les interromps. Donc aucune de vous deux n'a laissé de message sur mon lit ?

Devant leurs têtes perplexes, je déplie le mot que je tiens dans ma paume moite. Elles l'examinent à la lueur de la lanterne.

— Je ne t'ai pas écrit ça, déclare Maxine. Je ne sais même pas ce que ça veut dire.

— Je crois que ça a un rapport avec mon frère.

— Je ne savais pas que tu avais un frère.

— J'en avais un. Je pense que ça a quelque chose à voir avec son meurtre.

La pitié dans leurs yeux me fait me sentir toute petite.

Maxine prend une profonde inspiration.

— Et tu t'es dit que te promener dans les bois au milieu de la nuit pour rencontrer un meurtrier était une bonne idée ?

— C'est sûrement une des autres filles qui te fait une mauvaise plaisanterie, ajoute Lena.

Maxine acquiesce.

— Une sale blague. Je t'aiderai à leur rendre la monnaie de leur pièce. On mettra de la colle dans le porridge de tout le monde.

— Tout le monde ? répète Lena, horrifiée.

— Je suis ouverte à n'importe quelle proposition de complot vengeur.

Je soupire et elles reportent leur attention sur moi.

— Je parle à peine aux autres, là-bas. À quoi ça leur servirait de me faire ça ?

Je ne précise pas que j'ai vérifié l'écriture de chacune des filles. Sans parler du fait qu'il est quasiment impossible que l'une d'elles connaisse la date exacte de la mort de mon frère.

Leur silence me met mal à l'aise, alors je pose ma question la plus pressante :

— Maxine, c'est quoi cette histoire d'explosion de magie ?

— Toute la magie est connectée. Je ne le comprends pas, mais je le sens. C'est comme ça que je t'ai trouvée. Que je trouve tout le monde. Mais ce soir, j'ai ressenti quelque chose de *différent*.

— Différent comment ?

— Différent *différent*. C'était un peu comme quelqu'un qui utilise un pouvoir pour la première fois… mais avec plus d'insistance. Comme s'il *voulait* que je le trouve.

— Il ?

— *Ça.*

Maxine lève un énorme livre relié en cuir, détérioré par le temps et la saleté.

— Un livre ?

— Un livre *de magie*, corrige-t-elle.

— Un livre de magie *enterré* dans le parc, qui se révèle à nous précisément la nuit où Frances est censée rencontrer un meurtrier dans les bois… intervient Lena.

Elle a l'air sceptique et je remarque qu'elle a reculé de deux pas pour s'éloigner de Maxine et du livre en question.

— Vous avez dit que c'était sûrement une mauvaise blague, dis-je en feignant d'être vexée.

— Non. *Maxine* a dit ça. Moi, je crois que tu es venue de ton plein gré dans les bois en pleine nuit pour rencontrer un tueur.

Maxine souffle.

— On peut arrêter de se chamailler et parler de ce *grimoire* ?

Elle le tient au-dessus de sa tête et le secoue pour appuyer son propos. Une pluie de terre lui tombe sur l'épaule.

— Je n'ai pas confiance, fait Lena.

— Confiance ou non, moi, ce qui m'intéresse, c'est de savoir s'il peut nous être utile, rétorque Maxine.

Un corbeau qui s'envole d'une branche nous fait toutes les trois sursauter. Maxine profère un juron tout bas.

— Tu n'as pas peur d'être dans le parc de nuit, mais tu paniques pour un oiseau ? ricane Lena.

— Je hais les oiseaux, dit Maxine avec dégoût. Ces sales battements d'ailes...

— Effrayer l'indomptable Maxine, qui l'aurait cru ? je chuchote.

— Peut-on poursuivre cette discussion à l'école ? C'est bon, vous avez comblé vos pulsions suicidaires pour cette nuit, toutes les deux ? s'impatiente Lena, les mains sur les hanches.

Maxine coince le livre sous son bras et me prend la main.

— Mes pulsions suicidaires peuvent attendre un autre jour. Frances ?

Je scrute une dernière fois le parc à la recherche du messager, mais c'est inutile. Cette personne n'est pas là, et je ne me rapproche toujours pas de la vérité. C'était peut-être bien une mauvaise blague, après tout. L'espoir jouant avec mon imagination et mon chagrin. Je pousse un profond soupir.

— Oui, rentrons.

Maxine n'a aucun problème pour retrouver son chemin jusqu'au mur de l'école. Elle s'oriente si facilement. Tout semble aisé pour elle. Je suis soulagée de tenir sa main chaude et celle de Lena de l'autre côté. Les ténèbres sont moins effrayantes avec elles à mes côtés.

Je me prépare à retrousser ma chemise de nuit pour escalader quand Maxine s'esclaffe et sort un passe-partout de son pardessus.

— Un des avantages de la fonction, déclare-t-elle en ouvrant la grille.

Nous retraversons la pelouse et nous glissons dans l'entrée déserte. J'ai encore du mal à croire que la porte ne soit pas verrouillée. Quand c'est facile comme ça, il y a toujours un revers de la médaille.

Arrivée au premier étage, Maxine nous fait signe de la suivre. Nous lui emboîtons le pas jusqu'à sa chambre. Elle prend des cours comme nous toutes, mais son statut particulier de découvreuse fait d'elle un mélange d'étudiante et de membre du personnel. Raison pour laquelle, certainement, elle n'a pas de colocataire, simplement un lit à baldaquin bleu pastel jonché de vêtements et de couvertures. Sa coiffeuse déborde de babioles et de rubans de velours. Elle me prend à les observer.

— Mère n'arrête pas de m'en faire parvenir par courrier alors que je la supplie d'arrêter. Sers-toi, si tu veux.

Je ne prends rien même si je songe à glisser une broche dans une enveloppe afin de l'envoyer à ma propre mère.

Le gros livre atterrit lourdement sur le lit dans un nuage de plumes.

— Vous sentez… ce bourdonnement ? demande Maxine.

J'échange un regard avec Lena et nous secouons la tête. Un frisson me parcourt le dos.

— Un bourdonnement ? interroge Lena, aussi perplexe qu'inquiète.

— On dirait qu'il est vivant, murmure Maxine.

Je suis prise d'une vague de nausée.

— Ce n'est pas normal.

— Ça c'est sûr, chuchote Lena.

— Est-ce que la personne qui m'a laissé les messages pourrait avoir voulu que je trouve ça ?

Je ne sais pas pourquoi cette question me terrifie à ce point.

— On dirait qu'il est enterré depuis des années. Ça n'aurait pas beaucoup de sens.

— Je ne crois pas à ce genre de coïncidence, déclare Lena qui ne quitte pas le grimoire des yeux, comme s'il allait nous sauter dessus.

— On n'a qu'à l'ouvrir, conclut Maxine sans son assurance habituelle.

Elle touche les mots imprimés en or terni sur la couverture de cuir noir. *L'Élémentaire*, indique le titre. Elle l'ouvre. Ses doigts feuillettent des pages et des pages de schémas, de mots et de symboles tracés à la main.

Ce livre n'a rien des manuels en papier bible de la classe de Mme Roberts. Il a l'air ancien et terrible. Comme s'il n'avait pas été écrit par quelqu'un, mais qu'il avait simplement surgi de la terre pour exister.

D'une main rapide mais précautionneuse pour ne pas déchirer les pages, Maxine les tourne sous nos yeux avides. Elle s'attarde sur des formes et des notes. Des mots griffonnés dans une écriture brusque, rageuse, me transpercent la poitrine jusqu'à ce qu'elle arrive à un dessin qui arrête tout bonnement mon cœur.

— Attends, attends !

J'attrape le grimoire pour retourner à la page qu'elle vient de passer.

Son dos ancien craque quand je l'ouvre en grand sur le lit.

L'encre s'est estompée, comme si les mots de cette page étaient murmurés à travers le temps. La plupart sont écrits dans une langue inconnue.

C'est le titre en haut de la page qui m'a interpellée. D'une écriture incroyablement soignée, bien plus nette que le reste, sont tracés les mots : « La Résurrection ». L'encre paraît plus récente.

Quatre objets sont dessinés et légendés précisément. Un miroir de divination, une fiole de terre de cimetière, une brosse à cheveux étiquetée « objet appartenant au défunt » et une dague avec noté en dessous « **freagarthach** ».

— Qu'est-ce que c'est ?

— Je crois que c'est un sortilège, répond Maxine.

— Un sortilège pour ramener quelqu'un à la vie ?

— C'est impossible, murmure Lena.

Elle pose doucement une main sur mon épaule.

Dans la marge à gauche, à l'encre plus foncée, on a griffonné des notes à la hâte. L'écriture est si frénétique que j'ai du mal à tout déchiffrer.

« Efficace seulement peu après le départ de cette dimension »

« Mieux sous une lune décroissante »

« Terre de cimetière fraîche de moins de cinq jours »

« RISQUÉ »

« Mieux à plusieurs »

Il y a d'autres notes dans une langue que je ne connais pas. Je feuillette rapidement les autres pages. La plupart des sorts proposent au moins quelques instructions en anglais, mais toutes les marges sont remplies de notes dans une autre langue.

Ma réalité bascule, comme à mon arrivée à Haxahaven. Mon cerveau doit s'adapter à un monde où tout cela serait possible.

Maxine renifle.

— Apparemment, que le sortilège soit risqué n'a pas empêché l'auteur de l'écrire.

— Je me demande si ça a marché, dis-je plus pour moi-même que pour mes amies.

L'étincelle d'espoir qui subsiste dans ma poitrine brille plus fort, alimentée par l'idée d'un sort capable de me ramener William.

— Bien sûr que non, intervient Lena en secouant la tête. Les morts ne reviennent pas à la vie.

Je l'entends à peine sous le bourdonnement dans mes oreilles.

— Mais je ne crois pas que ce soit un sort pour les ramener à la vie, hasarde Maxine, qui ne comprend pas plus que nous. Regardez, là.

Elle indique une illustration dans le coin en bas à gauche de la page. Un magicien en robe est assis devant un miroir qui montre le reflet d'une autre personne.

— Je crois que ça permet seulement de communiquer avec quelqu'un de l'autre côté.

Lena ouvre des yeux aussi horrifiés que fascinés par cette idée ridicule.

— De l'autre côté de quoi ?

— Peut-être que le mort te le dira si tu réussis le sort, suggère Maxine.

Un déluge d'émotions se déchaîne en moi. Un ouragan de joie, de peur et d'épouvante. Un feu de forêt d'espoir. Ma respiration accélère alors que je n'ai pas bougé un muscle. « Mon frère n'est peut-être pas parti pour toujours, après tout. » Il pourrait encore exister, pas ici, mais quelque part où la magie me servirait à le joindre.

— On devrait essayer.

Les mots ont sauté de ma bouche avant que je puisse me raviser.

— On ne peut pas parler aux morts, proteste Lena. Je n'arrive pas à croire que vous y songiez toutes les deux.

— Je ne songe à rien du tout, moi, décrète Maxine.

— Dis ça à la pauvre Frances. (Elle s'assied près de moi sur le lit.) Renonce à cette idée. Avant de faire ce que tu as l'air de vouloir faire.

— Je...

Mais je n'ai rien à ajouter. Bien sûr que je veux tenter ce sortilège.

Tout à coup, on frappe à la porte.

— *Mince !* souffle Maxine.

Nous échangeons un regard paniqué.

Lena se précipite dans l'armoire tandis que je plonge sous le lit. Au même moment, Maxine referme le grimoire et le fourre sous son oreiller. Lena sort un bras de l'armoire, une robe à la main. Maxine s'en saisit et l'enfile à la hâte, dissimulant le pardessus qu'elle porte toujours.

Bang. Bang. Les coups sont impatients. Maxine souffle une lanterne, n'en laissant qu'une seule allumée. Elle l'emmène à la porte, qu'elle entrouvre.

— Vous veillez tard, Maxine.

Sans la voir, je reconnais immédiatement le ton réprobateur d'Helen.

— Je lisais.

Si je n'étais pas aussi effrayée, ça me ferait rire. Techniquement, elle dit la vérité.

— J'ai cru entendre des voix, poursuit Helen, autoritaire. Je faisais ma ronde.

Maxine soupire.

— Eh bien, ça ne venait pas d'ici. Vous voulez entrer pour vérifier ?

Sous le lit, j'essaie d'apaiser le plus possible ma respiration de peur qu'on ne m'entende.

— Non, non. Ça ne sera pas nécessaire, répond Helen après une pause. Vous devriez vous coucher. Il est tard.

— Oui, madame.

Quand Maxine referme la porte, nous lâchons toutes les trois un gros soupir.

Une fois les pas d'Helen disparus, je sors de sous le lit et Lena pousse prudemment la porte de l'armoire.

J'ai eu ma dose de terreur pour la soirée.

— Retournez dans votre chambre. La voie doit être libre. Elle passe par l'aile est du premier étage avant de faire le tour des escaliers. Dépêchez-vous. On continuera un autre jour, bientôt. C'est promis.

Je me sens attirée par le grimoire. Cet étrange livre magique et effrayant, enterré dans les bois comme si quelqu'un voulait que nous le trouvions. Peut-être est-ce le destin. Peut-être l'univers veut-il que cela se passe ainsi. Nous étudions dans une académie pour sorcières : ce ne sont pas les preuves qui manquent pour croire à l'impossible.

— Laisse-moi emporter le livre.

Je veux en examiner chaque mot.

Maxine chasse ma main tendue.

— Il y a trop de monde dans votre chambre. Et si quelqu'un le trouvait ?

Cette évidence m'agace.

— Je vais m'arranger pour qu'on puisse le regarder ensemble. Bientôt. Promis, insiste-t-elle.

Lena me regarde, les yeux plissés. Je ne suis pas télépathe mais je dirais qu'elle se demande pourquoi Maxine décide de ce que nous faisons ou non.

Nous lui souhaitons bonne nuit et remontons à notre chambre.

Je marque une pause à la porte. Le couloir est heureusement silencieux ; aucun signe d'Helen.

— Tu m'as suivie ce soir ?

Elle hausse les épaules.

— J'ai pensé que tu pouvais avoir des ennuis.

— Merci.

— Ce n'est rien.

— Ce n'est pas rien pour moi.

Je me retourne toute la nuit, incapable de débarrasser mon esprit de l'image de mon frère piégé derrière un miroir.

Une phrase du sortilège me hante : « Efficace seulement peu après le départ de cette dimension. » Mon frère est mort depuis cent vingt-six jours. C'est quoi, « peu de temps », pour un sortilège ? Combien de temps avant que « peu de temps » devienne « trop longtemps » ?

Si je veux tenter la Résurrection, je n'ai pas de temps à perdre.

C'est presque l'aube quand je me retourne encore une fois en grognant.

À la vue d'un nouveau message sur l'oreiller voisin, je me réveille complètement.

On l'a déposé juste à côté de ma tête, proprement plié en deux.

D'une main tremblante, je le déplie.

Le jour violet filtre par les rideaux.

« Tu m'as manqué cette nuit. Il mérite que justice soit rendue. »

9

Je dois faire appel à tout mon sang-froid pour ne pas hurler.

Une fois de plus, je range le message sous mon matelas en évitant de m'imaginer l'inconnu, telle une ombre noire voletant au-dessus de moi et mes camarades de chambre endormies, vulnérables.

La lumière rose du matin envahit rapidement la pièce et les filles se réveillent. Le monde me semble différent, comme si les battements de mon cœur s'étaient modulés en mode mineur.

Je me frotte les yeux pendant que Lena me propose de m'attendre pour descendre petit-déjeuner.

— Non merci, ça va aller, j'en ai pour une minute.

Une fois seule, j'écris à mon tour un message au dos de celui de cette nuit.

« Je n'ai pas l'intention de jouer à ce jeu. Donne-moi quelque chose de concret. » Sans adresse où l'envoyer, je ne peux qu'espérer que l'expéditeur le voie en revenant en déposer un autre. Dire que je me trouvais folle hier soir…

Je paie ma nuit blanche. La fatigue me donne la nausée. À contrecœur, je passe mon uniforme. Je m'y reprends à trois fois pour boutonner correctement ma pèlerine en X sur la poitrine. Je me fais une tresse lâche que je noue avec un ruban de velours. J'ai vraiment l'air d'une sorcière ce matin, avec ces gros cernes violets sous les yeux.

En me dépêchant, je peux encore attraper une brioche au réfectoire avant le cours d'applications pratiques.

En chemin vers l'escalier, je dégage une mèche de mes yeux quand une photographie accrochée au mur, au milieu de toutes les autres, attire mon attention.

Elle n'est pas très grande, en sépia et bien conservée grâce à la pénombre du couloir.

Je m'arrête net.

Je déglutis.

Je cligne des yeux.

J'essaie de comprendre ce que je vois. Car au milieu d'un groupe de filles souriantes, immortalisée sur l'image, c'est… *moi*.

Sauf que c'est impossible, puisque cette photographie a au moins trente ans.

Huit filles en longues robes noires resserrées à la taille, coiffures élaborées, pèlerines identiques à la mienne, et au milieu : *moi*. Cheveux foncés, sourcils droits, un nez un petit peu trop grand, des lèvres pleines qui esquissent un sourire. Mais c'est une expression qui ne m'est pas familière ; je ne suis même pas sûre d'en être capable. C'est le genre de regard qui cache un lourd et merveilleux secret. Le genre que seules les filles réellement sûres d'elles sont capables d'adopter.

Une petite plaque sous la photographie indique : « ACADÉMIE D'HAXAHAVEN, 1882 ».

Je titube en arrière, le cœur battant la chamade. *Ma mère.* La femme qui a le même visage que moi est ma *mère*. Elle avait dix-huit ans en 1882, un an de plus que moi maintenant. Un jour, elle a dit, assez tristement, que j'étais son portrait craché dans sa jeunesse, mais je n'avais jamais vu de photographie.

Je dévale l'escalier aussi vite que je le peux, ma cape battant comme des ailes de chauve-souris, ma tresse un peu plus défaite à chaque marche.

Hors d'haleine, j'entre en trombe dans le bureau de Mme Vykotsky. Elle est en train de feuilleter un livre relié en cuir, assise droite comme un piquet dans son fauteuil. Sans lever les yeux, elle me dit :

— Vous avez trouvé votre mère, n'est-ce pas ?

Penchée sur mes genoux, je reprends mon souffle. Elle attendait manifestement ce moment. Je me sens presque trahie.

— Elle a étudié ici ? parviens-je à articuler.

— En effet, répond la directrice qui daigne enfin me regarder. Peut-être vaudrait-il mieux vous asseoir.

Je m'installe dans le même fauteuil que la première fois en m'enveloppant dans ma pèlerine.

Mme Vykotsky s'apprête à me révéler des informations sur ma mère que je préférerais peut-être ignorer. J'ai la gorge serrée et les yeux qui me piquent à l'idée que ma mère puisse s'avérer très différente de ce que je croyais. Je ne sais pas si j'ai envie de m'encombrer de ses secrets.

La directrice referme son livre d'un coup sec et se lance dans une histoire qu'elle semble attendre de raconter depuis longtemps.

— Votre mère est arrivée chez nous en 1878, après le décès de sa petite sœur.

J'ignorais que ma mère avait une sœur. Ça me brise le cœur. Deux générations de Hallowell qui perdent une sœur ou un frère. Les fantômes que je voyais dans ses yeux prennent soudain tout leur sens. Comme son repli sur elle-même quand William est parti. Tant de deuils en une seule vie.

— C'était le choléra, il me semble, bien que mes souvenirs soient moins précis ces derniers temps. Votre mère a commencé à inquiéter sa famille lorsqu'ils ont découvert tous les verres de la maison brisés. Une crise coûteuse. Nous l'avons trouvée peu après cela.

— Ma mère était une sorcière, dis-je lentement.

— Elle l'est toujours. Les sorcières ne perdent pas leurs pouvoirs en vieillissant. Cependant, sans encadrement adéquat, elles peuvent en perdre le contrôle. (Elle agite la main avec dédain.) Mais je ne connais pas l'état de votre mère, puisque nous ne l'avons pas revue depuis des années à Haxahaven.

— Comment ça, des années ?

J'ai envie de pleurer. Peut-être parce qu'une fois de plus, tout ce que je croyais savoir est en train de m'échapper. Ou peut-être est-ce ce sentiment de honte intense qui imprègne toutes mes pensées sur ma mère. La honte de lui en vouloir autant d'aller mal, d'avoir été incapable de s'occuper de moi comme j'en avais besoin.

— Oh, ça a causé un beau scandale, répond Mme Vykotsky, d'un ton de conspiratrice.

Ça me met mal à l'aise ; je n'ai pas spécialement envie d'échanger des ragots sur la vie de ma mère avec elle.

— Votre mère était une élève modèle. L'une des sorcières les plus talentueuses que nous ayons accueillies dans nos murs depuis des années. Elle était en passe de rejoindre le corps enseignant de Haxahaven ; c'était son vœu. Jusqu'à ce qu'elle rencontre un jeune homme. Elle est partie une nuit et nous ne l'avons plus jamais revue.

Mme Vykotsky raconte cela l'air de rien, toutefois je la soupçonne d'avoir été affectée par la désertion de ma mère. À son expression, je dirais qu'elle veut que je pose des questions sur sa fugue, mais je connais déjà cette partie de l'histoire.

J'étais toute petite quand mon père nous a laissés tomber pour de bon. Cela faisait des années qu'il allait et venait dans nos vies. Il était parti peu après la naissance de William, revenu un an plus tard, et puis ma mère était tombée enceinte de moi. J'étais encore un bébé lorsqu'il est soi-disant sorti chercher du travail sur un langoustier et n'est jamais revenu. Ni William ni moi n'avions de souvenirs de lui, mais ma mère en parlait comme si elle l'aimait toujours, malgré tout. Elle disait qu'il était grand et beau, qu'ils s'étaient rencontrés pendant un bal... quand elle était en pensionnat loin d'ici, un endroit que sa propre mère refusait qu'elle quitte pour se marier. C'était à cause de lui que nous vivions dans la misère, pourtant elle évoquait toujours avec des étoiles dans yeux la fois où il l'avait emmenée à la plage dans le Queens, ou les lettres qu'il lui écrivait quand elle était à l'école, pleines de poèmes et de déclarations d'amour. C'était dans ces lettres qu'ils avaient organisé leur fuite amoureuse. Apparemment, prendre la fuite était la seule chose que mon père savait faire. Et la fois suivante, il l'avait fait sans elle.

Je songe à l'incapacité de ma mère à conserver un emploi, à ses insomnies, à son lien extrêmement précaire avec la réalité. Tout ce que je sais d'elle vient s'emboîter autour de cette nouvelle information. *Ma mère est une sorcière.*

Mme Vykotsky remue dans son fauteuil.

— Votre mère nous a quittées avant la fin de sa formation. Cela arrive de temps en temps, bien que nous fassions tout notre possible pour l'éviter. Dans la plupart des cas, l'issue est... déplaisante.

— Déplaisante ?

— Oh, inutile d'entrer dans les détails de toutes ces pauvres sorcières décédées. Les plus chanceuses ont simplement un peu perdu la tête.

Elle agite la main comme pour signifier que c'est drôle.

— Votre mère s'est repliée sur elle-même, n'est-ce pas ?

Les larmes me piquent les yeux. J'acquiesce pour ne pas avoir à parler.

— Ça arrive. La magie a besoin de s'accrocher à quelque chose. Si l'on n'en libère pas un peu de manière saine, elle nous dévore de l'intérieur. Quel dommage. Il est sage de se rappeler que les sorcières qui choisissent de se lancer seules ne subsistent pas longtemps face à la dureté du monde. Si le mal ne s'empare pas d'elles avant, leur propre esprit s'en chargera.

— Pourquoi vous ne les aidez pas ? Celles qui se perdent ?

La colère alimente mes larmes. Je m'agrippe aux accoudoirs.

— C'est une leçon que nous apprenons toutes à un moment de notre vie : nul ne peut apporter son aide à quelqu'un qui n'en veut pas. Tout ce que nous pouvons faire, c'est tenter d'atténuer les dégâts provoqués.

— Ma mère ne voulait *pas* de votre aide ? articulé-je entre mes dents serrées. Lui avez-vous seulement posé la question ?

Pendant tout ce temps, j'ai cru qu'elle avait dû m'abandonner parce qu'elle était malade et incapable de s'occuper d'elle-même, mais si c'est la magie qui l'a détraquée, cette école n'aurait-elle pas dû lui apporter son aide ?

« Si, répond une voix dans ma tête. Cette école *aurait* dû l'aider. » Et pourtant non. Mme Vykotsky n'a pas levé le petit doigt.

— Je connais votre mère. Elle est entêtée.

— Vous l'avez connue à dix-huit ans. Vous ne savez rien de la personne qu'elle est devenue.

La directrice ne relève pas mon ton cinglant.

— Les gens ne changent pas.

Elle pince les lèvres.

— Donc vous n'avez rien fait.

J'ai du mal à respirer. Je sens les mains de M. Hues autour de mon cou. La rage bouillonne en moi.

— Vous n'avez jamais essayé ? Elle ne méritait pas qu'on l'aide ?

Mon corps ne peut pas contenir une telle colère. Elle consume chacun de mes muscles. Soudain, les fioles délicates sur ses étagères explosent, libérant des odeurs d'eau de Javel et de menthe.

Nauséeuse, je tente de contenir ma douleur au lieu de la laisser se répandre dans la pièce. Je ferme si fort les poings que mes ongles percent mes paumes et je serre les dents et les paupières. Je me concentre sur ma respiration comme nous l'a appris Mme Li. « Inspire, souffle, essaie de ne pas penser à ton envie de gifler la sale face de ta directrice, souffle. »

Quand je rouvre les yeux, Mme Vykotsky m'observe, impassible, les mains croisées sur ses genoux.

Ma colère laisse place à la peur. Elle m'effraie, cette magie qui a détruit la vie de ma mère et a déjà laissé un mort dans mon sillage. Alors que les battements de mon cœur ralentissent, le pouvoir se recroqueville dans ma poitrine. Je m'efforce de retrouver mon sang-froid. « Tout doux, sœurette. » Les paroles de William tournent autour de moi. Je me redresse et desserre les mâchoires.

— Peut-on l'aider maintenant ? dis-je d'une petite voix enfantine.

Mme Vykotsky me scrute, remarque que j'ai remis mon pouvoir, quel qu'il soit, dans sa boîte.

— J'ai bien peur que non, finit-elle par répondre. Les asiles sont des endroits difficiles à infiltrer, et si nous devions secourir toutes les sorcières rebelles, nous n'aurions plus le temps d'éduquer celles qui sont ici.

Elle esquisse un sourire.

— Je comprends que tout cela soit difficile, conclut-elle.

— Oui, ça l'est.

Je ne sais pas quoi dire d'autre.

Elle se lève tel un spectre, époussette sa robe de velours noir et s'approche de l'étagère du fond. Les éclats de verre crissent sous ses talons.

Elle m'adresse un nouveau sourire qui paraît très peu naturel sur son visage.

— Pourquoi ne pas nettoyer cela ensemble ?

Utiliser la magie serait probablement plus rapide, mais mon énergie s'est recroquevillée dans un endroit qui me semble terriblement minuscule, sombre et craintif, au fond de moi.

Je m'agenouille par terre, je bannis toute pensée de mères magiques, de pères fugueurs, et je me mets au travail.

Mme Vykotsky s'accroupit à côté de moi.

— Vous n'allez pas me forcer à me servir de la magie ? je lui demande.

— Étant donné la situation, cela rendrait les choses plus difficiles. Nous allons nettoyer à l'ancienne manière.

Elle n'ajoute rien de plus mais s'active patiemment près de moi. Nous ramassons les herbes séchées et balayons les débris.

L'odeur âcre des potions épaissit le silence déjà lourd, mais je ne sais pas quoi dire pour le briser. Je sais que je ne rencontrerai qu'un rejet frustrant.

Une fois le nettoyage terminé, elle me sourit de nouveau.

— Je sais que l'adaptation à cette nouvelle situation n'a pas été évidente. Vous pouvez venir me voir en cas de problème ; j'espère que vous le savez.

Un semblant d'humanité passe dans ses yeux.

— Merci, madame.

Je ne pense pas ce que je viens de dire.

Ayant raté le cours d'applications pratiques, je me dirige vers la caverne cireuse de Mme Li. L'idée de passer la matinée à parler de mes peurs les plus enfouies ou à me soumettre à n'importe quelle autre torture qu'elle a pu orchestrer aujourd'hui est insupportable, mais préférable à la perspective de rester seule avec mes pensées.

C'est Cora qui s'exprime la majeure partie du temps, pendant que je retire les minuscules éclats de verre plantés dans ma paume.

Au dîner, j'arrache une page de mon cahier pour écrire un message. « Je sais la vérité. Je suis à l'école. S'il te plaît, laisse-moi t'aider. Je viendrai te voir dès que possible. Je t'aime, Frances. »

Je l'adresse à ma mère et le glisse sous la porte de Mme Vykotsky en priant pour qu'elle le lui fasse parvenir.

Puis je regagne à ma chambre en déclinant la proposition de Maxine de jouer aux cartes.

— Est-ce que ça va ? me demande-t-elle.

— J'ai eu une rude journée, dis-je avec un sourire forcé.

Je m'effondre sur mon lit. Épuisée jusqu'à la moelle par l'incident dans le bureau de la directrice, je m'endors comme une bûche…

… et me réveille en sursaut à la lueur de l'aube. Sur mon oreiller, la réponse au message d'hier matin est arrivée.

« Je suis de ton côté. Quand tu seras prête, je serai là. »

10

Je me répète que je ne ferai plus le mur.

Je serai une bonne élève. Je prendrai mon mal en patience, je me tairai, je ravalerai ma colère. Parce que je compte apprendre la magie, partir et en faire quelque chose.

Je ne reproduirai pas les erreurs de ma mère. Je refuse de vivre sa vie.

Je me surprends à penser souvent à elle, à m'imaginer à quoi elle ressemblait dans ces couloirs. Je m'arrête fréquemment devant la photographie afin de sonder son visage rebelle. Avait-elle des amies ? Comment étaient-elles ? Comment mon père l'a-t-il trouvée derrière la muraille de l'école ? Valait-il tout ce qu'elle a fait pour lui ?

Si ma mère tourmente mon esprit la journée, c'est mon frère qui hante mes nuits. Je n'arrête pas de penser au grimoire. Je me demande si communiquer avec lui va m'apaiser, ou si le voir piégé dans un endroit inatteignable me brisera pour toujours. Lena et Maxine remarquent mon silence aux repas mais n'insistent pas. Je crois qu'elles essaient d'être gentilles. Mais je ne m'en sens que plus seule.

Le cours de Mme Li devient de moins en moins supportable. Chaque jour, je m'assieds et je contemple les murs noirs de sa classe pendant qu'elle s'emploie à extirper la douleur de mon cœur brisé.

Je ne me suis jamais accommodée à la plaie béante laissée par le chagrin. L'infection s'insinue dans mes veines et intensifie ma souffrance. J'ignore comment tourner une page aussi gigantesque, alors à la place, je m'y accroche. Au moins, la douleur me rappelle que William a existé. Je n'ai pas le moindre intérêt à livrer tout cela à Mme Li. Je refuse de lui révéler mes secrets, et je suis quasiment sûre qu'elle m'en veut.

Chaque soir après dîner, je remonte dans la chambre afin de pratiquer ma magie, parce que je ne supporte pas l'immobilité. Enfiler un fil dans un chas d'aiguille sous le regard scrutateur de Mme Roberts ne me suffit pas.

Pendant les cours, je mémorise le plus de sortilèges possible dans le manuel. J'y vais petit à petit : je fais mon lit d'un geste de la main sans avoir à toucher les couvertures, ou je tourne les pages d'un livre par la pensée.

Et même en me répétant que je ne vais pas refaire le mur, je sais que je me mens à moi-même. Mais si je dois repartir en vadrouille au-delà de la grille, cette fois-ci, je veux être prête.

Mes progrès sont lents. Je mets trois jours à faire voler un livre à travers la pièce. Deux jours supplémentaires pour réussir à ouvrir la fenêtre puis la refermer par télépathie. C'est fou comme l'émerveillement de faire de la magie se dissipe rapidement.

Je suis en train de scruter une poignée d'épingles à cheveux dans l'espoir d'en faire léviter plus d'une à la fois quand Lena remonte avant son heure habituelle.

— Qu'est-ce que tu fais ? demande-t-elle.

— Je m'entraîne.

Elle marque une pause à la porte, les yeux plissés, avant de venir s'asseoir sur mon lit.

— Vas-y, continue.

Une chatte rousse que je n'avais jamais vue s'engouffre dans la chambre derrière elle et vient se lover entre nous.

Elle pose sa petite tête sur ma couverture pour observer mon échec. Impossible de manipuler plus d'une épingle à la fois. J'essaie de toutes mes forces sous le regard attentif de Lena, au point d'en avoir la migraine.

Elle renifle. Même si nous avons pris tous nos repas ensemble, nous n'avons pas tellement discuté depuis la nuit dans les bois. C'est comme si nous craignions tellement ce que le grimoire pourrait signifier pour notre avenir que nous avions décidé de l'occulter. De plus, j'ai été si maussade ces derniers temps ; ça ne doit pas être facile de m'adresser la parole.

Entre le grimoire, les messages sur mon lit et ma mère, j'ai désespérément besoin d'une amie à qui parler, mais j'ai peur d'être plus un fardeau qu'autre chose.

Je lui jette un coup d'œil.

— Un conseil à me donner ?

— Désolée, la manipulation n'est pas trop mon truc.

— Tu t'en sors bien en classe.

— J'en suis capable, mais ça ne me vient pas aussi facilement qu'à toi.

— Alors, tu me racontes comment c'est de voir l'avenir ?

Elle grimace.

— C'est comme... se rappeler quelque chose qui n'est pas encore arrivé.

— Tu peux me révéler mon avenir ?

La question m'a échappé.

Elle lève les yeux au ciel.

— Je ne suis pas une bête de foire.

— Non, pardon, je voulais dire...

— Je sais ce que tu voulais dire. De toute façon, je ne le contrôle pas. La plupart du temps, je vois des choses que je préférerais ne pas voir, plutôt que des choses utiles.

— Comme quoi ?

Elle s'allonge sur mon oreiller, silencieuse pendant un instant.

— Quelque chose de terrible se prépare, dit-elle assez calmement, les yeux sur le plafond.

— Bientôt ?

— Plus ou moins. D'ici quelques années, je pense.

J'hésite à poser ma question suivante.

— « Terrible », comme quoi ?

Elle secoue la tête.

— Je n'arrête pas d'avoir les mêmes visions depuis quelque temps. La terre qui se transforme en cendres et en fils barbelés, l'air en brouillard toxique... Parfois, je vois mes anciens camarades de classe s'étouffer avec. Je crois que c'est une guerre. Mais qui ne ressemble à rien de ce que j'ai lu dans les livres.

La température dans la pièce semble avoir chuté. Je me sens toute crispée. Je referme ma cape autour de mes épaules, sans résultat.

— Comment tu sais que tes visions vont vraiment se produire ?

Elle soupire profondément.

— Les autres clairvoyantes voient la même chose.

— C'est mauvais signe.

— C'est le cas de le dire, répond-elle l'air de rien.

— Et on peut empêcher que ça se produise ?

— Je ne sais pas, mais les autres prétendent que les visions de destruction et de mort sont le lot des clairvoyantes depuis la nuit des temps. Ça fait partie de nous. Je compte bien trouver le moyen de rentrer chez moi avant que ce ne soit l'enfer sur terre.

— Chez toi ?

— Dans la vallée de la Genesee. C'est à quelques heures d'ici. C'est là où vivent ma tribu, mon peuple, mes parents.

Je suis jalouse qu'elle manque à quelqu'un, et que quelqu'un puisse lui manquer. Un foyer auquel rêver.

Je déteste ma jalousie.

— Je crains de n'arriver à aimer qui que ce soit maintenant. J'ai bien peur que ça ne fasse de moi une piètre amie.

Lena resta muette un instant. Avec le temps, j'ai compris qu'elle choisissait toujours ses mots soigneusement.

— Peut-être sommes-nous faites l'une pour l'autre, alors. Moi, je quitterai cet endroit dès que possible. En attendant, je ne suis pas douée pour cultiver des amitiés. Mon cœur est ailleurs.

— Tu peux me dire trois choses que tu aimes ?

Je jouais à ce jeu avec William ; c'est un soulagement de le partager à nouveau avec quelqu'un.

Elle réfléchit un instant.

— Les bonbons au sirop d'érable, les romans d'amour et la cuisine de ma mère. Toi ?

— Les longs bains, la glace et les rares fois où je gagne aux cartes.

Lena sourit.

— Tu veux jouer demain, après dîner ? Il faut que tu sortes de cette chambre.

Je lui rends son sourire. Et enfin, il est sincère.

— C'est d'accord.

Elle se lève pour rejoindre son lit.

— Un dernier conseil. Ne te fais pas prendre à t'entraîner seule. Ça ne les dérange pas qu'on se serve de la magie, mais elles n'apprécient pas qu'on devienne douées.

— Pourquoi nous entraîner, alors ?

— Les femmes sont censées être compétentes en tout, mais n'exceller en rien. Tu n'étais pas au courant ? ironise-t-elle avec une esquisse de sourire au milieu de sa tristesse. Bonne nuit, Frances.

— Bonne nuit, Lena.

Je supplie Maxine de nous laisser examiner *L'Élémentaire*, mais elle prétend que c'est trop dangereux. Les risques me préoccupent de moins en moins.

L'impatience me ronge. Parfois, j'ai l'impression que mon âme essaie de sortir de mon corps par toutes les fissures possibles, telle une souris cherchant la chaleur dans un appartement miteux.

Un jeudi matin, je trouve un nouveau message à mon réveil. La lumière matinale baigne le bout de papier sur mon oreiller. Je me redresse d'un coup. C'est la même écriture qu'avant.

« Ce soir. Je t'attendrai dans les bois qui bordent le terrain est. Tu ne me connais pas, mais moi si. Nous sommes du même côté. »

J'ai tellement besoin que *quelque chose* se passe que, cette fois, je suis plus soulagée qu'effrayée.

Au petit déjeuner, je m'assieds près de Maxine qui sélectionne un pamplemousse avec la plus grande attention.

Entre deux bouchées de brioche, je soupire bruyamment. Maxine marque une pause pour se tourner vers moi.

— On est de mauvaise humeur, ce matin ?

— Je n'ai pas bien dormi.

— Les fantômes t'ont réveillée ?

Je lève les yeux d'un coup.

— Il y a des fantômes aussi ?

— Pas à ma connaissance, mais sait-on jamais ?

— Ce n'était pas drôle du tout.

— Pour toi peut-être pas.

Je me lance :

— On pourrait ressortir ?

— Non.

Mais une drôle de lueur passe dans ses yeux. J'ai l'impression qu'elle me cache quelque chose. J'insiste :

— Je pourrais le faire toute seule. J'ai réussi la dernière fois.

— Tu as réussi *en partie*. Que cherches-tu au juste, Frances Hallowell ?

— S'il te plaît, Maxine. *S'il te plaît*, laisse-nous le regarder.

Je n'ose pas évoquer le grimoire ici, en présence de toutes les autres filles. Je ne mentionne pas non plus les nouveaux messages. Je n'en ai plus parlé depuis le deuxième, et elles n'ont pas posé de question. Je sais très bien ce qu'elles en penseraient. Elles essaieraient de me convaincre que c'est une plaisanterie, ou pire, elles voudraient m'empêcher de rencontrer l'expéditeur.

— Peut-être, dit-elle en sirotant son verre d'eau.

— S'il te plaît. Il faut absolument que ce soit ce soir.

— Ce soir ? Je ne sais pas si je peux prendre mes dispositions si rapidement.

— Alors donne-moi la clé. (Elle lève les yeux au ciel. Il fallait bien tenter le coup.) S'il te plaît, Maxine, j'ai juste… J'ai juste besoin de sortir de cette école pendant quelque temps. Je le ferai seule s'il le faut.

Elle s'écarte de la table pour mieux m'observer. Elle sait que je ne plaisante pas. Je trouverai un moyen. À contrecœur, elle soupire et surveille la salle avant de se pencher à mon oreille.

— Retrouvez-moi en bas des escaliers ce soir à onze heures. Préviens tes camarades de chambre. Toutes.

— Tu vas finir par faire des trous dans la moquette, lance Ruby.

Il est onze heures moins cinq et je fais les cent pas dans la chambre depuis presque une heure.

Aurelia et Ruby n'ont pas été difficiles à convaincre de se joindre à nous ce soir : une mystérieuse réunion dans le secret de la nuit suffirait à attirer quiconque s'ennuyait autant que nous. Cependant, l'absence de Lena, qui n'a encore donné aucun signe de vie, commence à me rendre nerveuse. Je veux l'attendre mais j'ai peur que Maxine s'en aille sans moi.

Nous sommes en octobre ; j'ai emprunté un pardessus à Aurelia et j'ai laissé mes cheveux détachés sur mes épaules.

Maxine se tient en bas de l'escalier avec le port de tête et la grâce d'une reine. Elle arbore une chemise blanche d'homme rentrée dans un pantalon de cavalière, un gilet ample et des souliers de cuir marron. Elle a attaché ses cheveux blonds en chignon lâche sur le sommet de sa tête.

Maxine est belle comme seuls les garçons en ont le droit : elle porte sa beauté comme une bravade, et pas pour l'apparence.

Huit autres filles l'entourent ; parmi elles, Mabel, Sara et Cora. Certaines sont en uniforme ou en partie, comme moi, d'autres en tenue de ville.

Juste au moment où je crois qu'elle va se défiler, Lena sort de la véranda. Elle me jette un regard qui m'avertit que si tout cela tourne au vinaigre, elle va me le faire regretter.

— Je crois que certaines d'entre vous se connaissent déjà, annonce Maxine en désignant le groupe. Frances, Lena, Sara, Cora, Mabel, May, Aurelia, Ruby, Rebecca, Emily, Maria et Alicia.

Je ne connais pas Alicia, Emily, ni Maria, même si j'ai souvent vu cette dernière en compagnie de Maxine.

Pendant que les autres bavardent, je me glisse jusqu'à elle.

— Tu comptes m'expliquer pourquoi j'ai dû inviter Aurelia et Ruby ?

— On doit être treize, répond-elle en haussant les épaules.

— Pourquoi treize ?

— D'après le peu de texte lisible de ce livre, j'ai cru comprendre qu'il fallait être treize pour former un cercle de sorcières.

Un *cercle de sorcières*. Ces mots à eux seuls m'électrisent. Mais le secret sera difficile à conserver à treize.

— Où allons-nous ? demande Lena.

— Au Blockula, répond Maxine avec un sourire espiègle.

— C'est autorisé ? s'enquiert Aurelia alors que nous nous dirigeons vers la porte.

Un murmure d'approbation parcourt le groupe.

— Pour ce soir, oui. N'ayez crainte, mes petits poussins, et suivez maman poule. Je crois qu'il est temps que nous nous amusions un peu.

Elle porte à l'épaule une sacoche de cuir qui, je l'espère, contient le livre qui obsède mes pensées.

Elle nous emmène à l'extérieur dans la nuit froide, en sautillant et en agitant les bras en l'air. Il n'y a aucune adulte pour nous arrêter. Pas d'Helen en vue. Seulement nous treize sous le porche. Une pensée familière me revient. « C'est beaucoup trop facile. » Mais comme c'est agréable d'ignorer la petite voix dans notre tête quand elle dit des choses qu'on n'a pas envie d'entendre !

Maxine trottine sur la pelouse ; nous la suivons comme les enfants ont suivi le joueur de flûte de Hamelin.

Elle sort le passe-partout, ouvre la grille, et nous envahissons le parc.

— Au Blockula, au Blockula ! chante-t-elle, et je remarque que les élèves plus anciennes que nous se joignent à elle.

Nous empruntons un étroit sentier entre les grands chênes. De jours, nous aurions croisé quelques familles avec landaus, de vieilles femmes marchant bras dessus bras dessous, mais, dans le noir, il n'y a personne pour nous jeter des regards désapprobateurs.

Le sentier s'ouvre sur une grande pelouse déserte. L'herbe brunissante et les asters violets retournant à la terre humide d'automne donnent à l'endroit l'allure d'un royaume maudit de conte de fées.

Le ciel noir et sans nuage laisse les étoiles baigner la prairie de leur lueur argentée.

Maria lève les mains en l'air, ravie, et s'écrie :

— Le Blockula !

— C'est n'importe quoi, dit Lena. C'est quoi, le Blockula ?

— Oh, ma chère Lena, voilà une excellente question, répond Maxine qui continue sa comédie, les mains sur les hanches. Le Blockula est l'endroit où le diable tient salon avec ses maîtresses !

Elle tourne sur elle-même en détachant ses cheveux qui cascadent sur ses épaules.

Lena et moi rions devant le spectacle qu'elle nous offre, mais Aurelia, sincèrement effrayée, murmure :

— Le diable ?

— Venez, venez, mesdemoiselles !

Maxine s'éloigne dans le champ en balançant sa sacoche de cuir, Maria sur ses talons.

Nerveux, le groupe les suit en jetant des coups d'œil inquiets aux alentours. J'ignore ce que je m'étais imaginé en voulant sortir de l'école, mais je ne m'attendais certainement pas à ça.

Au centre de la prairie, Maxine dépose son sac et nous demande de former un cercle.

— Chères sœurs, anciennes et nouvelles, ce soir nous honorons nos pouvoirs, nos ancêtres, les sorcières qui nous ont précédées.

De son sac, elle tire bouteille après bouteille de vin de messe, de bourbon, ainsi qu'un bocal au liquide transparent.

— Trinquons !

Elle avale une grande gorgée de vin.

— À la magie ! déclare-t-elle en levant sa bouteille avant de la passer à Ruby à côté d'elle.

À son tour, Ruby boit avec entrain.

— Ta mère n'est pas présidente de sa section de l'Union chrétienne des femmes pour la tempérance ? lui demande Aurelia, scandalisée.

— Ma mère est une peau de vache.

Ruby passe ses cheveux blonds derrière son épaule, boit une autre gorgée et tend la bouteille à son amie.

Aurelia boit à peine, masque difficilement une grimace et passe à sa voisine.

Certaines filles portent un toast : « À nos mères ! » ou « À la jeunesse éternelle ! », ou lancent simplement : « Santé ! »

Quand la bouteille arrive à moi, son contenu rouge a sérieusement diminué.

Lena me jette un coup d'œil. Je prends la plus grande gorgée possible.

Ça sent un peu le jus de raisin qui aurait tourné. La brûlure de l'alcool est pire que le goût.

Je ne peux pas m'empêcher de scruter furtivement le bout de la prairie. Le message sur mon oreiller disait seulement « ce soir », sans donner d'heure. Je ne sais pas comment me séparer des autres filles. Être ici avec elles est le premier moment de joie que je vis depuis très longtemps, néanmoins je ne perds pas de vue ma véritable mission.

Maxine n'a pas apporté que de l'alcool dans son sac et, une fois satisfaite de nous voir toutes avinées, elle éparpille différents objets dans l'herbe. Il y a des chandelles noires, des bougeoirs en étain, des pièces d'or et des cristaux. Il y a même un fruit, une grenade rouge avec son couteau d'office.

Et, au milieu de tout ça, le vieux grimoire.

— Qui est prête à faire de la vraie magie ? demande-t-elle avec un sourire malin.

L'excitation m'envahit, ou alors c'est peut-être à cause du vin.

— D'où sortent tous ces trucs ? s'enquiert Sara en jetant un œil soupçonneux sur les objets.

Elle n'est pas la seule à se méfier.

— Mon travail comporte certains avantages, ma chère Sara. En allant chercher une nouvelle élève, il y a quelques mois, j'ai trouvé ce trésor sur une étagère de sa mère et je me suis dit que nous en avions plus besoin qu'elle. Parfois, le vol est une décision à prendre pour le bien de toutes.

Je suis soulagée qu'elle ait menti sur les origines du livre de sortilèges. Pour le reste, j'ignore si c'est un mensonge ou non.

Avec la confiance et la clarté d'un instructeur militaire, Maxine nous fait toutes asseoir en tailleur dans l'herbe mourante.

Au centre du cercle, elle allume les bougies qu'elle dispose en pentagramme.

À chaque pointe, elle pose un objet : un cristal, le couteau de cuisine, des allumettes, un coquillage ébréché et la bouteille avec ce qui reste de vin.

La brise d'automne fait danser la fumée. À côté de moi, Aurelia resserre son manteau.

— J'ai parcouru le livre cette semaine et je crois avoir trouvé un sort auquel nous pouvons nous exercer, déclare Maxine debout dans le cercle.

Les yeux vers le ciel léchés par la lueur des flammes, l'air fier, on dirait Jeanne d'Arc au bûcher l'espace d'un instant.

Elle ouvre le grimoire à une page où sont tracés des mains, des mots entremêlés et un petit soleil.

Puis, posant le livre dans l'herbe, elle joint ses mains en prière près de son cœur en récitant les paroles.

— **Déanann máthair dúinn ár…**

Dans sa bouche, les mots étranges sonnent élégamment et, bientôt, une petite sphère faiblement lumineuse, de moins de trois centimètres, apparaît devant sa poitrine. Elle disparaît presque aussi vite.

Mes camarades de classe se bousculent pour s'approcher du grimoire.

Mabel s'en empare. Elle répète le sortilège, sans résultat. La cire noire des bougies goutte sur l'herbe humide. Leurs flammes vacillent, en attente, tout comme nous. Au deuxième essai de Mabel, le silence est encore plus palpable. Tout le monde attend, le souffle court. Quand, la troisième fois, une lueur naît enfin entre ses mains, nous ouvrons de grands yeux.

Maxine émet un hurlement qui ne lui ressemble pas. Les autres filles l'imitent, ravies.

Ce sort est génial, certes, cependant je ne comprends pas leur réaction hystérique.

— Pourquoi sont-elles toutes… folles de joie à ce point ? demandé-je en me penchant vers Lena.

Elle marque une pause puis me chuchote à l'oreille :

— Je crois que c'est la première fois que nous créons quelque chose à partir de rien.

Ruby se saisit du grimoire. Elle met encore plus de temps que Mabel à réussir mais elle finit par y arriver. Sa sphère brille d'une lueur légèrement rouge et disparaît en une seconde.

Une par une, les filles s'entraînent en se passant le livre. Certaines y parviennent immédiatement, comme Maxine, d'autres mettent plus de temps. Cela me réconforte de constater qu'elles sont toutes aussi affamées de magie que je le suis. Aucune, cependant, n'arrive à faire durer la lumière.

Le grimoire atterrit enfin sur mes genoux. Les mots me semblent trop gros pour ma bouche.

— **Déanann máthair dúinn ár**, bégayé-je.

Au début, rien ne se passe. Mais soudain, du fond de ma gorge, des paumes de mes mains, de mon diaphragme, de *partout*, le pouvoir se réveille, et avec lui, un petit soleil aveuglant entre mes mains. Il flotte au-dessus du sol, brillant comme le jour, légèrement tiède.

Quelque chose en moi se stabilise. Je contemple la lumière jusqu'à en avoir les larmes aux yeux, puis secoue les mains et évacue la pression dans ma poitrine. L'instant n'a duré que quelques battements de cœur.

— Félicitations, dit Maxine.

— Pour quoi ?

— Ta lumière a été la plus rapide à apparaître et la plus brillante. Notre petite reine des sorcières.

Son compliment me va droit au cœur. J'ai tellement envie d'être douée pour ça.

Je ne sais pas encore qui je suis. Mais je pourrais être *cette personne*. Puissante. Téméraire. C'est un sentiment enivrant.

On n'en parle pas, mais à leurs expressions, je vois que les filles comprennent. À l'école, on nous enseigne une petite magie. Une magie qui nous permet de manipuler des objets existants pour accomplir des tâches modestes. Afin de devenir surtout de gentilles filles et de bonnes épouses. Certaines, comme Lena et Maxine, ont un lien à la magie qui leur permet de voir et de ressentir des choses invisibles pour les autres. Mais ce grimoire nous a donné à toutes, pour la première fois, la faculté de *créer*.

Je ne veux pas devenir une gentille fille. Je veux créer quelque chose, *être* quelque chose.

Quand tout le monde a eu le livre en main, Maxine déclare que nous nous sommes suffisamment amusées et le range dans sa sacoche. Ruby essaie de le lui reprendre, sans succès.

— Il ne nous reste pas beaucoup de temps, déclare Maxine. Ne le perdons pas à réciter nos leçons.

Elle ouvre une nouvelle bouteille de vin sans nous laisser le temps de la contredire.

Cora boit une grande gorgée et la passe à Maria. Toutes les filles ont des étincelles dans les yeux.

Elles se dispersent sur la pelouse en dansant et en riant aux éclats, vivantes comme jamais.

Le liquide épais, sucré, âcre et brûlant de la bouteille me rappelle l'odeur du diluant à peinture que les ouvriers utilisaient l'été dernier, quand Mme Carrey a insisté pour rénover l'atelier de couture.

Un groupe de filles m'entraîne dans une ronde dont le but est de tomber par terre à la fin.

J'oublie de chuter et, depuis le bout du terrain, Maxine me crie :

— Les instructions sont dans les paroles, idiote !

— Je refuse de me laisser manipuler aussi facilement par une chanson !

Cora se jette sur moi pour me plaquer au sol.

L'alcool libère nos corps, délie nos langues, et ma tête tourne tellement violemment que je reste étalée sur le dos dans la pelouse, sans tenir compte de l'humidité qui s'infiltre dans mon manteau.

Ce serait si simple de me laisser aller, agréable, même, d'autoriser l'alcool à brouiller mes pensées, avant de rejoindre mon lit douillet.

Le sol est froid. La cire noire des chandelles forme des flaques sur les feuilles mortes.

Oui, ce serait si simple, mais je décevrais William.

Maxine, qui a traversé le terrain pour venir s'étendre à côté de Lena et moi, se hisse sur un coude, un demi-sourire aux lèvres.

— Il était temps que vous vous amusiez pour de bon. On n'est pas obligées de passer nos vies entre les salles de classe et le regard perçant de Vykotsky.

— Tu m'as bien eue, je réponds en observant cette bête curieuse qu'est Maxine.

Une personnalité floue, dotée d'autant de tendresse que d'acidité, mère et mentor malgré elle de toutes celles qu'elle amène à Haxahaven sous ses ailes. Pour la première fois, je comprends à quel point elle doit se sentir seule.

Je songe à lui révéler mon projet de rencontrer le messager ce soir. Il y a une chance pour qu'elle comprenne, pour qu'elle m'aide.

Mais si elle m'en empêche, je ne découvrirai peut-être jamais l'identité de cette personne, et je ne peux pas prendre ce risque.

Aurelia vient s'allonger à côté de Maxine, une couronne de petites fleurs blanches sur la tête. Elle dépose la même sur celle de Lena.

Une par une, les filles nous rejoignent, étalant bras et jambes sur leurs amies, tête sur leurs épaules et leurs ventres, comme une grande constellation.

Elles rient, parlent des cours, de ce qui leur manque de leur vie d'avant Haxahaven, et de tous les garçons et les filles qu'elles aiment, chez elles.

Une image d'Oliver dans le soleil matinal flotte dans mon esprit ; je la chasse rapidement.

Aurelia nous parle d'une cousine qui connaît une fille qui connaît une fille dont la famille a fait fortune dans l'acier. La fille en question a été envoyée en Angleterre pour épouser un duc et vit dans un château.

— Ce serait le rêve, non ? soupire Aurelia. D'être une duchesse ?

— Sincèrement, ça me semble ennuyeux à mourir, rétorque Maxine.

— Pas à *moi*, souffle tristement Aurelia.

— Je ne supporte pas de jouer à la dînette, continue Maxine. Moi, j'aimerais aller vivre au Caire, dresser des pur-sang arabes et monter au sommet des pyramides.

— Je crois que j'aimerais bien être infirmière, dit une fille à ma gauche. (Alicia, je pense.) Peut-être pour aider les gens qui ont *vraiment* la tuberculose.

— Hé ! s'indigne Maxine. Je vous l'ai déjà dit et je vais le redire : n'importe laquelle d'entre nous pourrait *très bien* avoir la tuberculose.

Maria est prise d'un fou rire.

— J'aimerais seulement épouser un garçon qui m'aime *pour de vrai*, soupire Aurelia, les yeux sur les étoiles. Duc ou non.

— Et toi, Frances ? demande Maxine. Qu'est-ce que tu veux faire quand tu sortiras d'ici ?

— Je n'y ai pas vraiment réfléchi, en fait. J'ai toujours cru que je mourrais couturière.

— Déprimant, intervient Ruby.

— Que font les filles quand elles sortent, d'habitude ? demandé-je.

J'ai déjà posé cette question, à mon arrivée à Haxahaven. À présent, je meurs d'envie d'obtenir une réponse précise. Pas une explication ambiguë, ni un avertissement déguisé.

— Ça dépend de chaque fille et de ses capacités, explique Maxine. Celles qui viennent de familles fortunées, comme la duchesse Ruby ici présente, rentrent chez elles pour épouser un jeune homme de bonne famille et ne font usage de leur magie que pour de basses œuvres ménagères, dissimulant leur véritable identité jusqu'à la fin de leurs jours.

— Tu parles comme si l'argent était une malédiction, proteste Ruby en faisant tourner une bague de rubis à son petit doigt.

— Pas une malédiction. Mais ce n'est peut-être pas *tout* ce qui compte, s'exaspère Maxine. Certaines filles de milieux moins aisés utilisent leurs dons pour lancer une affaire. J'en connais au moins trois qui possèdent des boutiques de fleurs très renommées en ville. Les clairvoyantes gagnent souvent leur vie en jouant les médiums dans les soirées. Les manipulatrices sont douées pour les tâches domestiques… Vous pouvez laver les vêtements et nettoyer les appartements en un temps record. Tu vois, Frances, il est très possible que tu finisses couturière, après tout.

— Un rêve qui se réalise, dis-je platement.

— Et puis il y a nous autres, pauvres découvreuses. Le seul travail que je puisse exercer est ici, à Haxahaven. Récupérer les filles de toute la région afin de les intégrer dans nos rangs. Tu es peut-être destinée à mourir couturière, mais moi, je mourrai ici, termine-t-elle sombrement, sa plaisanterie révélant une insatisfaction profonde.

Je lui touche la main.

— Tu mourras au sommet d'une pyramide même si je dois te pousser moi-même.

La tristesse m'envahit, non seulement pour Maxine, prisonnière de ses pouvoirs, mais pour nous toutes. Nous sommes prisonnières de notre milieu, de notre magie et de la terrible malchance qui nous est tombée dessus quand nous avons eu la mauvaise idée de naître filles.

Je vois Ruby en icône, en star de cinéma comme Mary Pickford. Son sourire cruel et ses grands cheveux blonds sont faits pour la scène. Au lieu de cela, c'est un accessoire dont sa riche famille va se servir afin de maintenir son statut. Pas plus tard qu'hier, je l'ai entendue discuter avec Aurelia de la dernière lettre de sa mère. Elle parlait de trouver un médecin particulier pour surveiller la santé de sa fille. Elle craint que le garçon que Ruby est censée épouser, qui nage dans la fortune des chemins de fer, ne se désintéresse d'elle si sa « tuberculose » ne s'arrange pas bientôt.

Puis il y a Aurelia, ployant tellement sous les injonctions à être gentille et généreuse qu'elle n'a jamais pu développer la moindre force de caractère.

Maxine pourrait accomplir tout ce qu'elle veut si on lui donnait la moitié d'une chance de le faire et si elle se souciait moins du sort d'Haxahaven.

Quant à Lena, elle mérite le meilleur du monde. Elle devrait être chez elle, comme elle le souhaite, et pas retenue entre les murs d'une école où elle n'a jamais demandé à aller. Bien que l'on nous enseigne la magie, on nous a appris toute notre vie à faire profil bas et rester discrètes, et même ici il semblerait que nous soyons enfermées dans les cages que nous nous construisons nous-mêmes.

Cela leur brise-t-il le cœur autant qu'à moi ?

— Alors, Frances... ce sera la couture ? demande Maxine sur le ton de la plaisanterie.

— Je veux me servir de la magie pour aider les gens. Protéger ceux que j'aime. Je voudrais qu'elle serve à quelque chose d'important.

— Trinquons à ça !

Elle lève la bouteille de vin vers le ciel. Quelques autres l'imitent, terminant ce qui reste d'alcool.

— Bon, on s'est bien amusées, déclare Maxine. Il est temps de nous retirer dans notre humble demeure.

Nous soufflons les bougies et rangeons les objets du pentagramme dans le sac de Maxine.

L'espace d'un instant, je songe à en profiter pour m'emparer du grimoire et le cacher sous mon manteau, mais je résiste à la tentation.

Comme elle nous a guidées à travers le parc, Maxine nous mène vers la sortie, considérablement plus chancelantes qu'à notre arrivée.

La pleine lune brillante nous surveille au milieu du ciel.

C'est le désespoir qui me pousse.

Je n'ai pas oublié la raison de ma présence ici.

C'est imprudent, stupide, même, mais au moins c'est un danger que je me crée toute seule.

La tête et le corps encore bourdonnants, je prends une grande inspiration et m'écarte du sentier. Je me sépare prudemment du groupe et me glisse dans la nuit sans un bruit.

Je n'ai fait que deux pas entre les arbres quand j'entends le sifflement.

11

La note flotte dans les ténèbres de la forêt si doucement que je dois m'arrêter un instant pour m'assurer que je ne l'ai pas imaginée.

Ça vient de ma gauche, plus loin devant ; une mélodie envoûtante qui ressemble à quelque chose que mon voisin du dessous, M. O'Sullivan, aurait pu jouer au violon. Les murs étaient si fins dans mon ancien immeuble qu'on entendait absolument tout. Je détestais quand il jouait tard le soir, surtout que le bourbon ne lui réussissait pas, mais maintenant ça me manque presque.

Le sifflement m'attire au fond des bois. J'ignore si c'est l'alcool ou la magie qui me parcourt les veines, mais je me sens prête à affronter ce que je vais y trouver.

Au son de mes bottines sur les feuilles mortes, le sifflement s'interrompt.

— Qui est là ? je chuchote assez fort.

Pour toute réponse, je n'entends qu'un bruit de pas lourds.

Mon cœur accélère, plus par anticipation de l'inévitable que par peur.

— Hé ho ?

Toujours rien.

— **Déanann máthair dúinn ár**, murmuré-je avec maladresse.

Je ne suis même pas sûre que ce soient les paroles correctes. Rien ne se passe.

La forêt est extrêmement sombre. Ici, les branches touffues bloquent le clair de lune ; c'est un monde totalement différent de la clairière où j'étais avec mes amies.

Quelqu'un siffle tout bas. Impossible de savoir à quelle distance il se trouve.

Je me concentre sur les palpitations dans ma poitrine.

— **Déanann máthair dúinn ár.**

Répondant à mes ordres cette fois, une sphère de lumière aveuglante s'anime entre mon pouce et mon index, avant de disparaître. Je suis surprise que ça ait fonctionné. Je ne m'y attendais pas.

Le sifflement et les bruits de bottes s'arrêtent.

Je lève la tête en clignant des yeux pour me débarrasser des rémanences de la lumière.

Une voix grave fissure l'obscurité.

— Salut, Frances.

Le sursaut et le cri de surprise qui suivent sont involontaires. Je titube de quelques pas en arrière, cognant violemment ma cheville contre une pierre. La douleur remonte dans ma jambe, m'arrachant un juron. Je m'efforce de me redresser.

Entre les arbres se tient un garçon d'à peu près mon âge, bâti comme un roc, épaules larges, muscles définis. Ses boucles châtaines encadrent son visage et ses cernes violets sont tellement creusés qu'on les remarque malgré la pénombre. Il m'est terriblement familier.

« C'est lui, c'est lui, c'est lui. »

Il recule de quelques pas, les mains devant lui comme pour se rendre.

— Excuse-moi. Je ne voulais pas te faire peur, déclare-t-il avec un accent irlandais chantant et très marqué.

— Je n'ai pas peur.

Il éclaire mon visage de sa lanterne. Son menton est dessiné comme celui d'une statue et il a le genre de nez aquilin qui pourrait être cassé d'un coup de poing. Il m'a tellement effrayée que je songe sérieusement à le frapper aussi.

« C'est lui. »

Il sourit de toutes ses dents.

— Tant mieux. Je suis désolé, mais c'était le seul moyen pour qu'on puisse se parler.

Il y a deux types de personnes auxquels je ne fais jamais confiance : les charlatans, et les garçons qui sourient sans raison.

Il fait deux pas en avant. Je fais deux pas en arrière. Il tend la main. J'avance pour la serrer parce que je ne veux pas être impolie. Elle est étonnamment chaude et ferme.

— Je suis Finn D'Arcy, dit-il avec un demi-sourire plutôt rassurant.

— Nous nous sommes déjà rencontrés.

Ce n'est pas une question.

— Ouais, je me demandais si tu t'en souvenais.

Je n'y comprends rien.

— Tu es venu chez moi. Et maintenant tu es là. Pourquoi ?

— Je travaillais avec William, dit-il comme si ça expliquait tout.

— Je me rappelle… Tu l'as ramené ivre une nuit.

— William ne connaissait pas toujours ses limites.

— Je suis au courant. (Je prends une profonde inspiration.) C'est toi qui me laisses ces messages ?

Il passe une main dans ses boucles, les yeux sur le sol noir de la forêt.

— Oui. Désolé, mais on n'aurait jamais laissé entrer un pouilleux comme moi dans ton école de luxe.

Sa façon de parler m'agace. Ou alors c'est peut-être juste qu'il est comme ça.

— Comment fais-tu pour que les messages arrivent jusqu'à moi, alors ?

— Effraction. Crochetage de serrure. En un mot, virtuosité.

— Et tu n'aurais pas pu te contenter de me retrouver dans ma chambre ? Pourquoi me faire crapahuter jusqu'ici ?

— Je ne pouvais pas risquer de me retrouver nez à nez avec tes camarades de classe. Je te présente mes excuses.

— Mais pourquoi ? Pourquoi ces messages ?

Il fourre les mains dans les poches de son pantalon de travail en toile, l'air de rien.

— Il y a un mois, tu as débarqué dans ma tête en chemisier taché de sang, des ciseaux à la main. Je me suis souvenu de cette nuit chez toi, l'hiver dernier. Je savais qui tu étais et j'ai pensé que tu devais avoir besoin d'aide.

Je fais un autre pas en avant sans réfléchir.

— Toi aussi, tu fais ces rêves ?

— Je suis un marcheur.

Le vent qui se lève fait valser les feuilles mortes et emmêle ma jupe dans mes jambes.

— Et je suis censée savoir de quoi tu parles ?

— Un *siúlóir*. Je peux entrer dans les rêves.

— Entrer dans les rêves ?

Avec toute la magie qu'on m'a apprise ce dernier mois, je devrais être moins surprise d'entendre dire que quelqu'un est venu se promener dans ma tête.

— William était mon ami. J'aurais voulu pouvoir faire plus pour lui.

Il a l'air sincère. Je le crois, malgré tout.

— Je compte bien lui rendre justice. J'attends depuis des siècles que quelqu'un m'aide.

Ma voix se fêle sur les derniers mots.

Finn incline la tête.

— William aurait fait n'importe quoi pour te protéger. Il est parti, alors je me suis dit que quelqu'un d'autre devait veiller sur toi.

— Je ne mérite pas de vivre ma vie tant que je n'aurai pas découvert qui lui a volé la sienne.

C'est une chose horrible à dire tout haut. Et plus dramatique que je ne le voulais.

Il doit être d'accord, parce qu'il émet un rire triste.

— Tu crois que ton frère aurait voulu que tu partes en croisade pour lui ?

— Il ne voudrait pas que son assassin s'en tire impunément, je rétorque, sur la défensive.

— Puisque tu es si déterminée, accepte au moins ma protection.

Je lève le menton, espérant paraître aussi ferme que je le suis à l'intérieur.

— Je compte devenir si puissante que je n'aurai pas besoin de protection.

Finn me sourit avec une certaine fierté dans le regard. Il me rappelle tellement mon frère que je manque de m'effondrer.

— Je peux peut-être t'aider pour ça aussi. Un pas après l'autre, et tout ça.

Je ne sais pas si c'est le vin ou toutes ces nouvelles qui me donnent le tournis.

— William avait des pouvoirs magiques aussi ?

C'est une question énorme. Imaginer mon frère vivre une vie dont j'ignorais presque tout m'est douloureux. Je lui en veux d'avoir connu l'existence de la magie sans m'en parler. J'avais souvent l'habitude de répéter qu'il était incapable de garder le moindre secret même si sa vie en dépendait. Apparemment, je me trompais. Ça me rend aussi furieuse que triste.

— Non, pas le moindre. C'était un garçon de courses.

Dommage. Mon frère, si brillant, le méritait tellement plus que moi. Ce pouvoir aurait dû lui appartenir.

— J'ai vu votre petit groupe, reprend Finn. Les sortilèges fonctionnent difficilement. Je peux t'apprendre plus que créer une étincelle. Je peux t'apprendre à te servir du grimoire, si tu le désires.

Le grimoire. Cette idée m'enthousiasme, néanmoins je ne sais toujours pas comment prendre les déclarations de Finn.

— Tu nous observais ?

« Dans la prairie, à l'école, dans mes rêves. »

Il me sonde d'un regard presque implorant.

— Si tu comptes vraiment apprendre, alors laisse-moi t'aider à éviter les ennuis.

— Le grimoire, c'était un coup à toi aussi ?

S'il entre par effraction à Haxahaven pour me laisser des messages, ça ne serait pas complètement saugrenu de penser qu'il ait pu enterrer un livre dans Forest Park.

— Un coup à moi ? répète-t-il, perplexe.

— C'est toi qui l'as enterré ?

— Je n'arrive pas à savoir si tu me fais une blague ou pas.

Ça m'agace. Je dois avoir l'air ridicule.

— La première nuit où j'étais censée te rejoindre, je suis venue mais, à la place, nous avons trouvé le grimoire.

Il faudrait être un sacré comédien pour jouer la confusion sincère qu'il affiche.

— Ouais, ça, c'est bizarre. Mais c'était pas moi. Une raison de plus d'accepter mon aide. Un livre qui surgit de nulle part comme ça, c'est probablement un livre dangereux.

La voix de Maxine résonne dans les bois.

— Frances ? *Fraaances !*

Si seulement ma tête pouvait arrêter de tourner... Je me tapote les joues dans l'espoir de retrouver un peu de sensations. Finn s'esclaffe, le visage mangé d'ombre et de clair de lune.

— Ça va aller, chérie ?

— Ne m'appelle pas « chérie ».

— D'accord, chérie, ose-t-il avec un clin d'œil.

William m'a appris à donner des coups de poing. Je me demande s'il se froisserait de savoir que j'ai pratiqué ses leçons sur son ami.

— Frances ? appelle Maxine, de plus en plus proche.

D'un côté, je suis contente qu'elle vienne me chercher ; de l'autre, je préférerais rester pour écouter ce que Finn a encore à me dire.

— Approche, dit-il tout bas.

Je m'exécute avec hésitation. Nous sommes si proches que je sens la chaleur de son souffle.

— Frances, c'est toi ? demande Maxine.

Elle est juste derrière le bosquet où nous sommes cachés. Nous allons être découverts d'une minute à l'autre.

Finn me prend la main et m'attire contre lui, les bras autour de ma taille. Il me tient si près que je sens son cœur battre tranquillement sous sa chemise. Ses lèvres hésitent au-dessus des miennes.

— Il y avait un autre sort dans le grimoire, dis-je dans un murmure.

— Quel genre de sort ?

— Un sortilège de résurrection.

— Ça alors, Frances, tu es une fille dangereuse.

Les bruits de pas de Maxine ne sont qu'à quelques mètres.

Mais Finn est si proche ; je distingue des taches vertes dans ses yeux illuminés par la lanterne.

— Tu peux m'aider à l'exécuter ?

— Oui, souffle-t-il.

— Il faut le faire vite. Le sortilège disait « rapidement ».

Maxine apparaît entre les arbres.

— Frances, te voilà. On était toutes inqui…

Elle s'interrompt en me voyant dans les bras de Finn. Je reprends mes esprits, juste assez pour le repousser.

— Je n'avais pas compris, marmonne Maxine, interdite.

Je ne l'avais jamais vue prise de court.

— Ce n'est pas...

Mais elle m'arrête d'un geste de la main.

— Dépêche-toi, s'il te plaît. C'est dangereux d'être seule ici. Je t'attends, et on rentre ensemble.

Elle est fâchée et je la comprends.

Finn est très proche, toujours ; que je l'aie repoussé n'a pas fait beaucoup de différence. La chaleur de son torse irradie jusqu'à moi.

— Retrouve-moi ici dans trois nuits.

Je ne sais pas ce qui se passe entre nous, mais c'est intense.

— Comment ?

— Tu es intelligente, Frances, je suis sûr que tu trouveras un moyen, répond-il avec un autre sourire charmeur. Il vaut mieux que tu t'en ailles. Ton amie t'attend et elle n'a pas l'air contente. Je ne voulais pas te causer d'ennuis.

En jetant un coup d'œil à la silhouette de Maxine, je sens la culpabilité, la peur et le vin de messe s'emparer de moi.

Je me retourne pour répondre à Finn mais il s'éloigne déjà comme il est venu, en sifflotant la même mélodie entêtante.

— Viens, Frances ! crie Maxine.

— J'arrive.

Je repousse les branches pour la rejoindre.

La lune argentée éclaire sa peau. Elle fait la tête.

— C'était particulièrement stupide, même venant de toi, déclare-t-elle.

— Ce n'est pas ce que tu crois.

Comme si je pouvais expliquer ce que c'était…

— Je t'en prie, Frances, développe, parce que je meurs d'envie de tout savoir ! s'exclame-t-elle en levant les mains en l'air. Comment a-t-il fait pour te retrouver, déjà ?

Elle a l'air furieuse, comme Héra, l'épouse que Zeus trompait en permanence dans les histoires que nous lisions avec William quand nous étions petits.

— J'avais un frère avant, Maxine. J'essaie juste de comprendre ce qui lui est arrivé.

— En embrassant des garçons ? ricane-t-elle.

— Je te l'ai dit : ce n'était pas ce que tu crois.

Les feuilles mortes craquent sous ses pas furibonds.

— Je t'en supplie, éclaire-moi.

J'évalue mes options. Peut-être que parler de Finn à Maxine est imprudent. Il y a une chance pour qu'elle tente de m'empêcher de le revoir. Je ne pense pas qu'elle me dénoncerait à Mme Vykotsky, mais si elle me croyait réellement en danger, elle serait capable de m'enfermer à clé dans ma chambre ou de barricader les portes. De plus, une toute petite part de moi a envie de garder Finn secret. Juste pour moi.

L'inquiétude le dispute à la colère sur le visage fin de Maxine. C'est surtout la première qui m'adoucit. Et aussi parce que partager des secrets avec quelqu'un me manque. Je soupire.

— Je te raconterai tout, mais pas ici.

Quelque chose dans ce parc me rend très nerveuse.

— Viens, Frances.

Elle m'entraîne dans la nuit d'encre jusqu'à Haxahaven.

Maria a laissé la grille ouverte pour nous. L'immense porte d'entrée grince quand nous pénétrons dans le hall, heureusement sombre et désert. Nous sommes les seules imprudentes à quitter nos chambres après le couvre-feu.

Sur la pointe des pieds, nous traversons la pièce. Maxine me fait signe de la suivre.

Les nuages ont dû avaler la lune parce que sa chambre est plongée dans les ténèbres.

Je tends la main et me cogne contre elle.

— Fais attention ! souffle-t-elle.

— Chuut !

— Il faut trouver une bougie.

— Ce n'est pas toi qui es censée trouver les choses, découvreuse ?

Dans le noir, elle me donne un petit coup sur la tête.

— Va au diable, lâche-t-elle.

Le bruit soudain d'un craquement d'allumette nous pétrifie sur place.

Une silhouette sombre est assise à la coiffeuse de Maxine, les pieds tranquillement posés sur la tablette.

Au bout d'une seconde d'angoisse, la silhouette lève la flamme jusqu'à la mèche d'une bougie qui s'embrase, illuminant son visage.

12

— Quelles petites vipères vous faites, toutes les deux ! dit Lena.

Je soupire de soulagement.

— Bon sang ! s'exclame Maxine. Mais qu'est-ce que tu fabriques ici, toi ?

— Vous avez cru que j'allais me laisser exclure aussi facilement ? répond-elle.

Elle est confortablement assise dans le fauteuil de la coiffeuse telle une reine sur son trône, le visage éclairé par la bougie. Elle esquisse un sourire, une étincelle de joie dans les yeux d'avoir réussi à terrifier Maxine. Si moi-même, je n'avais pas été aussi surprise, je serais pliée en deux de rire.

— T'exclure de quoi, exactement ? demande Maxine en retirant les épingles de ses cheveux.

Elle en jette une à Lena qui l'esquive avec un rire. Puis elle entreprend de retirer la chemise d'homme qu'elle porte. Elle n'a pas de corset en dessous.

Avec une assurance qui n'appartient qu'à elle, elle traverse la pièce jusqu'à son armoire pour passer une robe de chambre en soie, sous nos regards ébahis.

— Oh, pitié, de tout ce que nous avons fait ce soir, c'est *ça* qui vous scandalise le plus ? Grandissez, lance-t-elle. Bon, Frances, s'il te plaît, explique-nous maintenant ce que tu faisais dans le parc avec ce garçon.

Lena me jette un regard.

— Tiens, tiens, Frances.

Elle a l'air impressionnée, je crois. Ou alors elle aussi se moque de moi.

Résignée, je m'assieds sur le lit où elles viennent me rejoindre.

— Il s'appelle Finn. C'était un ami de mon frère.

Maxine me donne un coup de coude dans les côtes.

— Ne fais pas comme si ça répondait à ma question.

Lena ferme les yeux en se frottant le front.

— Je crois qu'il va nous apprendre, dit-elle.

Je me tourne vers elle.

— Comment tu le sais ?

Elle ouvre grand les paupières.

— De la même façon que je savais que vous seriez là, répond-elle en se tapotant la tempe. Je suis clairvoyante, tu te rappelles ?

Maxine pose la tête contre le cou de Lena.

— Donc ce mystérieux garçon des bois va nous apprendre *quoi*, au juste ?

Lena réfléchit un instant. Je donnerais n'importe quoi pour être dans sa tête.

— Je nous vois toutes les trois avec lui dans la forêt. Nous avons le grimoire. Il fait nuit. Nous... (Elle secoue la tête, déconcertée par ce qu'elle voit.) Nous sourions. On a l'air heureuses.

Si c'est vrai, alors peut-être que le sortilège de résurrection fonctionne. Je pourrai parler à mon frère. Je suis prête à faire bien plus que rencontrer un garçon dans les bois pour avoir la chance de revoir William.

Maxine me donne un coup de pied.

— Je n'ai pas eu l'impression que nous étions conviées. On dirait que ça ne concerne que Frances. Qui sommes-nous pour nous mettre en travers d'une histoire d'amour ?

Je lui donne un coup à mon tour.

— Ne sois pas méchante. Ce n'était pas du tout ce que tu as cru. Je ne l'avais rencontré qu'une seule fois avant ce soir, il y a longtemps.

Je ne lui parle pas de ses yeux noisette, ni des traits de son visage qui me donnent des frissons. C'est idiot de penser à ce genre de choses alors que nous avons bien d'autres chats à fouetter.

— Si vous voulez venir, je vous invite.

Je ne leur dis pas non plus qu'il y a des choses bien plus importantes que n'importe quel garçon. Que cet instant précis représente tout ce que j'ai toujours voulu : un lit douillet rempli d'amies, trois cœurs brûlant du même feu, du désir d'avoir plus que ce qu'on veut bien nous accorder.

Lena hoche la tête, décidée.

— Je viens.

Maxine soupire, se retourne pour poser la tête sur ma poitrine, les jambes sur celles de Lena. Nous sommes emmêlées comme un bretzel, comme un seul être.

— Vous êtes bêtes, toutes les deux… Vous le savez, non ?

— Tu ne crois pas que nous avons le droit d'en apprendre plus sur notre pouvoir ? demande Lena. Nous sommes déjà sorties en douce deux fois ; ça ne doit pas être difficile de recommencer. Helen n'est manifestement pas une très bonne gardienne.

— Lena a tout à fait raison.

Lèvres pincées, Maxine se redresse, sûre d'elle.

— Bon. Si vous répétez à qui que ce soit ce que je m'apprête à vous dire, je vous écorche vives, compris ?

Nous acquiesçons solennellement.

— Vykotsky pense qu'un peu de rébellion est bon pour les filles, donc j'ai la permission spéciale de sortir en douce quelques fois dans l'année. Cette soirée était approuvée par l'école.

Je me sens hautement trahie. Moi qui croyais à un geste d'amitié de la part de Maxine, je découvre que ce n'était rien de plus qu'une sortie scolaire. Quoi qu'il en soit, je sais qu'elle aussi, elle veut plus que ces miettes.

— Et la nuit où on a trouvé le grimoire ?

— Une prise de risque. Je savais qu'il y avait une réunion des professeures ce soir-là, et qu'elles allaient sûrement être un peu éméchées à cause du cognac. C'était plus un coup de chance qu'autre chose. La prochaine fois, ça ne sera pas aussi facile.

Lena semble moins surprise que moi.

— Mais tu as une clé de la grille. Il doit bien y avoir un moyen, non ?

— C'est sortir du manoir, le problème, pas l'enceinte, lance Maxine.

Je décèle un drôle d'éclat dans ses yeux, alors je demande :

— C'est possible, n'est-ce pas ? Lena nous voit nous entraîner, c'est bien qu'il y a une issue quelque part. Pas facile, ce n'est pas impossible.

Depuis le temps, j'ai compris que la façade amusée et détendue de Maxine se fissure chaque fois qu'elle se concentre vraiment. Je le devine toujours aux coins de ses yeux plissés. C'est la tête qu'elle fait en ce moment.

— On pourrait essayer, si ça en vaut la peine.

Pour apprendre la magie afin de faire autre chose que de recoudre une robe, j'affronterais des créatures bien plus terrifiantes qu'Helen et Mme Vykotsky.

Lena et moi répondons en chœur :

— Ça en vaut la peine.

Me revoilà dans l'atelier de M. Hues, en train de faire tourner la roue de ma machine, le tissu doux passant dans mes mains.

Je sais que c'est un rêve, car la pièce est déserte. Pas de trace de Mme Carrey, ni de Jess ou de Violet.

Aucun bavardage à l'étage. Je suis totalement seule. Les bords de mon champ de vision ondulent, la lumière ne tombe pas comme d'habitude.

Le carillon de la porte me fait sursauter. Je ne devrais pas être surprise de trouver Finn sur le seuil, le halo du soleil matinal enveloppant ses boucles.

— Salut, Frances.

— Tu es réel ?

J'arrête de tourner la manivelle ; le cliquetis de la machine à coudre cesse.

— Plus réel que jamais.

Dans la lumière de mon rêve, ses cheveux sont dorés. On dirait une apparition, un fils de Zeus.

— Ce n'est pas une réponse.

— C'est plus facile de te parler maintenant que j'ai pu te toucher.

Retrouvant mes vieilles habitudes, je pose les yeux sur la robe que je suis en train de fabriquer plutôt que de croiser son regard. J'ai presque envie de rire à l'idée de travailler autant en rêve, jusqu'à ce que je m'aperçoive de quel vêtement il s'agit. C'est un manteau de velours bleu. Le rire se coince dans ma gorge.

— Alors ? Dans trois jours, tu viendras me rejoindre ?

Il hausse un sourcil charmeur, comme s'il essayait de me séduire.

Je me rappelle les garçons de courses, les maris des clientes qui venaient récupérer les commandes à l'atelier et leur façon de me détailler. Un jour, un type m'a sifflée alors que je lui tendais le vêtement sur lequel j'avais travaillé toute la semaine, enveloppé dans son papier de soie. « Je parie que tu es ravissante sous ta robe en laine », avait-il dit.

J'étais devenue tellement rouge que les autres filles m'avaient taquinée pendant des semaines. En remontant ce soir-là, j'avais pris un bain si long que mes doigts s'étaient flétris. Je m'étais frottée avec force pour essayer de débarrasser ma peau de son regard. Je n'y étais pas parvenue. Je le sentais encore sur moi en m'endormant.

Je n'ai pas la même sensation avec Finn. J'ai envie de le cogner, d'accord, mais c'est un sourire complice qu'il m'adresse.

— Si tu peux me parler dans mes rêves, pourquoi ne pas pratiquer la magie ici ? je demande.

— La magie du plan astral est différente. La seule limite ici est celle de ton imagination. La vraie magie ne fonctionne pas comme ça. Je t'en prie, imagine une fleur qui s'épanouit dans ta main.

J'ouvre ma paume et y découvre une tulipe blanche aux pétales tirant sur le rouge sang.

— Tu vois ?

J'ai fait assez de lévitations d'aiguille avec Mme Roberts pour savoir que la sensation est différente quand je suis réveillée.

— Alors, tu acceptes ? demande-t-il. Tu viendras t'entraîner avec moi ?

Le rêve est en train de se refermer ; les voix de mes camarades dans la chambre s'y infiltrent. Je ne vais pas tarder à me réveiller.

— J'essaierai.

L'atelier devient flou. Finn disparaît avant d'avoir eu le temps de répondre et, à la place, je trouve Aurelia penchée sur moi, qui me secoue légèrement par les épaules. Je cligne des yeux.

— C'est l'heure du petit déjeuner, Frances, chuchote-t-elle.

— Hallowell ne tient pas la liqueur, glousse Ruby, exaspérée. Lève-toi et occupe-toi de ta migraine sans te plaindre, comme nous toutes.

Mon estomac se soulève ; j'ai le crâne dans un étau.

— Laissez-moi tranquille, je marmonne, le visage enfoui dans l'oreiller.

Aurelia insiste :

— Frances, il faut s'habiller et descendre au réfectoire.

Ruby boutonne sa cape autour de ses épaules délicates pendant que Lena se tresse les cheveux devant le miroir.

Ruby a raison, je ne tiens pas l'alcool, mais rien que l'idée de me lever me donne envie de vomir. C'est une bonne excuse pour rater le petit déjeuner.

— Allez viens, Frances ! me crie Lena.

Elle aussi est un peu verdâtre, malgré ce qu'elle essaie de faire croire.

— Je ne peux pas. Dites-leur que je suis malade.

Mes cheveux collés sur mon front me grattent.

— Vous l'avez entendue, reprend Ruby. Elle veut qu'on lui fiche la paix. Il faut descendre avant que les deux mochetés Underwood aient dévoré toute la brioche.

Lena s'attarde à la porte.

— Tu veux que je reste avec toi ? propose-t-elle.

À son ton, je devine qu'elle ne détesterait rien tant que de devoir jouer les infirmières toute la journée, mais c'est ce qui rend sa proposition encore plus adorable.

— Non, merci. C'est gentil.

Elle hausse les épaules.

— Bois de l'eau, me conseille-t-elle avant de s'empresser de rattraper les autres.

Je suis trop fébrile pour me rendormir, alors je fixe le plafond en pensant à mon frère. Quand nous étions petits, avant que ma mère ne soit trop écrasée par le poids de sa vie pour se préoccuper de nous, il nous arrivait d'aller à la plage. Assis dans le sable, nous creusions des trous au bord de l'eau. C'était une tâche vaine. Le sable s'effondrait toujours et nous éclations de rire lorsque les trous se remplissaient d'eau.

À présent, j'ai un trou dans la poitrine comme ceux que nous creusions à la plage. Chaque fois que je crois avoir surmonté un peu la douleur, une nouvelle vague arrive. C'est un puits sans fond de souffrance, aussi infini que l'océan. Depuis la mort de William, je me dis que, si je trouve son assassin, peut-être alors que le trou dans ma poitrine arrêtera de s'effondrer sur lui-même. Je veux croire que l'apparition de Finn est ma première véritable chance de faire cesser tout cela.

Je rate le petit déjeuner mais arrive à la salle de Mme Roberts à temps. À la porte, elle me tend une petite brosse. C'est le jour de la vaisselle magique.

Entre deux lavages d'assiettes, Lena me passe son manuel en hochant le menton.

Je découvre un petit morceau de papier plié à l'intérieur. Je le glisse dans la poche de mon tablier. Il y reste, pesant, le temps du déjeuner, de toutes les classes et du dîner. À Haxahaven, les murs ont des yeux et des oreilles. Enfin, après le dîner, seule dans la chambre, je le déplie. L'écriture de Maxine est petite et pointue.

> Jeudi soir à 22 h.
> Retrouvez-moi dans ma chambre.
> MDP.

Le gros chat tigré sur le lit de Lena me scrute.

— Ne le dis à personne, je lui chuchote.

Je tiens le mot au-dessus de la flamme de la lampe à huile. Mon impatience est aussi sombre et virulente que la fumée qui s'élève du papier brûlé.

13

Les deux jours suivants, je suis si nerveuse que j'ai du mal à supporter les cours. Dans la classe de Mme Roberts, j'arrive à peine à me concentrer pour faire voler une aiguille. Mme Li est tellement fâchée de mon manque d'implication que je me prends à raconter que je me souviens du visage de mon père, juste pour qu'elle arrête de me fusiller du regard.

Ce n'est qu'au coucher du soleil, jeudi soir, que je commence à me demander si je prends la bonne décision. Aucun choix ne me semble facile, aussi je décide d'écouter le vrombissement dans ma poitrine qui me supplie de trouver des réponses et un moyen de revoir mon frère.

Assises au bord de son lit avec Lena, nous attendons que l'horloge égrène les minutes jusqu'à dix heures. De ses doigts agiles, elle coud de petites perles en spirales élégantes sur une pièce de cuir. Quant à moi, j'intègre des roses noires sur un morceau de coton rose pâle. Lena est plus rapide que moi. Nous pourrions nous servir des sortilèges de la classe de Mme Roberts, mais la sensation familière dans mes doigts me réconforte.

À dix heures moins le quart, nous nous levons, laçons nos bottines et enfilons des manteaux sur nos chemises de nuit.

Maxine nous attend dans sa chambre, comme prévu. Elle s'est enveloppée dans une cape qu'elle utilise pour dissimuler le grimoire. Avec sa tresse de cheveux presque blancs sur son épaule, elle est l'incarnation de la sorcière, comme c'était son intention, très certainement.

Haxahaven est encore plus déroutant de nuit que de jour. Sans le brouhaha des filles, l'endroit ressemble aux cavités d'un cœur sans vie.

Nous traversons des couloirs venteux jusqu'à une porte en bois. Maxine tape trois petits coups rapides. Après un long moment, le battant s'entrouvre, dessinant un éclair de lumière sur le sol sombre.

Sur le seuil se tient une femme d'âge moyen. Elle a la peau la plus noire que j'aie jamais vue. Elle porte une robe de mousseline blanche et ses boucles serrées sont relevées en chignon fixé par un peigne de nacre. Ses yeux sont doux mais elle pince les lèvres.

— Dépêchez-vous, s'il vous plaît.

Nous entrons dans la tiédeur d'une cuisine.

— Merci encore pour ton aide, Florence.

Maxine traverse la pièce en passant un doigt sur le billot de boucher impeccable.

— Je ne trouve toujours pas que cela soit une très bonne idée, les filles, proteste Florence en nous observant, les sourcils haussés.

— Alors merci pour ton aide quand même, dit Maxine en se tournant vers Lena et moi. Florence dirige la cuisine. La porte arrière est moins surveillée que les autres.

— Comment on sait qu'on peut lui faire confiance ? s'interroge Lena.

Florence lui sourit.

— Je l'aime bien, cette petite.

Maxine glousse.

— On peut lui faire confiance parce que je lui fais confiance.

Ça me suffit.

Nous suivons Florence dans la cuisine pavée de brique jusqu'à une porte en chêne à hublot qui donne sur l'extérieur.

— Helen est de garde ce soir. Je l'ai encouragée à prendre un cognac avec moi après dîner, donc, avec un peu de chance, elle a perdu de sa lucidité. Soyez prudentes, les filles. C'est promis ? demande Florence.

Maxine lui prend la main avec une chaleur que je ne lui connaissais pas.

— C'est promis, Flo.

Sur ce, elle ouvre la porte et nous sortons dans la nuit froide.

Malgré l'humidité, c'est un soulagement de pouvoir emplir mes poumons, après avoir passé tant de temps enfermée.

Maxine déverrouille la grille et nous pénétrons dans le parc.

— Merci, lui dis-je. De nous avoir fait sortir ce soir. Je sais que tu prends des risques aussi.

Elle hausse les épaules.

— On a de la chance d'avoir Florence.

Lena acquiesce.

— Ça fait du bien d'enfreindre les règles d'un endroit que je hais. Je crois que le mot, c'est « cathartique ».

En silence, nous nous approchons de l'orée de la forêt et nous arrêtons au bord est du terrain. J'attrape leurs mains.

— Pour qu'on ne se perde pas dans le noir.

Maxine ricane.

— Si tu as envie de me tenir la main, tu n'as qu'à demander, tu sais.

Je la pousse de l'épaule sans la lâcher.

Le parc nous entoure. Pour un lieu qui me donne autant la chair de poule, j'y passe un sacré bout de temps.

Nous ne mettons pas longtemps à apercevoir la lanterne de Finn se balancer dans un bosquet de trembles.

— Ah, Frances, je savais que tu viendrais.

Il s'interrompt à la vue de Maxine et Lena.

Nous le dévisageons toutes les trois, comme pour le défier de protester.

Au bout d'une longue seconde, il ouvre la bouche.

— Nous n'avions pas parlé de la présence de tes amies.

Il plisse les yeux, pensif. Finalement, il hausse les épaules.

— Mais plus on est de fous... Mesdames, je suis Finn D'Arcy, un ami du défunt frère de Frances.

— Maxine DuPré, pas de madame.

— Lena Jamison.

— Pourquoi avez-vous suivi notre Frances dans les bois ?

La réponse est évidente : nous partageons le même désir ardent de magie.

— Nous n'avons pas pour habitude de laisser nos amies faire le mur seules afin de retrouver des garçons louches, rétorque Maxine avec un sourire sarcastique.

— Ah. William serait ravi de savoir sa sœur si bien entourée.

Entendre le prénom de William prononcé tout haut me fait chaud au cœur. Comme s'il était un peu moins absent. Il trouverait tout cela proprement hilarant. Il aurait sûrement apporté un pique-nique.

— Il fait un froid de canard, ici. Je suis sûr que vous préférez faire ça vite, chantonne Finn.

— En fait, on a quelques questions à te poser, intervient Maxine.

Je ne m'y attendais pas, même si j'aurais dû.

— Je vous en prie.

— Ce n'est pas que nous doutons de notre chère Frances… mais nous aimerions nous assurer que tu es bien qui tu prétends être.

— Maxine, il connaissait mon frère.

— Eh bien, pardonne-moi de ne pas faire confiance aux garçons qui surgissent de nulle part. Il ne devrait même pas connaître l'existence d'Haxahaven.

— Ce n'est pas faux, concède Finn. Je connais Haxahaven parce que j'appartiens aux disciples de saint Druon, une organisation d'hommes dotés de pouvoirs magiques très semblables aux vôtres, sorcières.

Je suis bouche bée. Je connaissais les disciples, mon frère travaillait pour eux, mais je croyais que ce n'était qu'un vieux club de gentlemen, semblable aux douzaines d'autres éparpillés dans la ville. Des hommes qui se rencontrent pour manier argent et influences politiques. Dans un sens, c'est logique qu'ils trafiquent aussi d'autres sortes de pouvoirs.

Lena a l'air nerveuse, Maxine pas surprise pour un sou. Quant à moi, je ne sais pas quoi penser… Mon visage est engourdi par le froid, mais je dois paraître déroutée.

— J'ai entendu parler des disciples, répond Maxine avec sévérité. On m'a dit de m'en méfier comme de la peste.

Finn s'esclaffe, mal à l'aise.

— Et on m'a conseillé la même chose à votre égard.

— Alors que fais-tu là ? demande Maxine, bras croisés.

Il hausse les épaules.

— Quand c'est important, prendre des risques ne me dérange pas.

C'est Lena qui s'exprime ensuite :

— Que diraient ton patron et notre directrice si nous étions attrapés à conspirer tous ensemble ?

Finn sourit une fois de plus jusqu'aux oreilles, découvrant une rangée de dents parfaitement alignées, mais c'est bien de la peur qui traverse son regard.

— Espérons ne jamais le découvrir.

— Si nous sommes ennemis à ce point, comment savais-tu où se trouve Haxahaven ? demandé-je.

— Les disciples et les sorcières d'Haxahaven ont un accord tacite qui consiste à se laisser mutuellement tranquilles, explique-t-il avec naturel. Mais ça ne veut pas dire que nous ne gardons pas un œil les uns sur les autres.

— Nous ne sommes pas comme vous autres, rétorque Lena.

— Pour être tout à fait honnête, moi non plus, je ne suis pas comme eux, dit Finn.

— Et on est censées te croire sur parole ? insiste Lena, le visage fermé.

— Je ne suis qu'un garçon de courses trop humble pour être dans le secret de ce qui se trame au club. Si tout cela était une manigance des disciples de saint Druon, ce n'est certainement pas moi qu'ils auraient envoyé.

— Mais tu es un magicien aussi ? interroge Maxine.

Elle pince les lèvres comme si elle trouvait le concept d'un garçon doté de pouvoirs magiques fondamentalement louche.

Finn opine du chef.

— Je peux entrer dans les rêves et jeter des sorts. William n'en était pas capable, mais ça ne nous a pas empêchés de nous lier d'amitié rapidement. Quand j'ai appris que sa sœur était emmenée à Haxahaven, j'ai voulu apporter mon aide. William a toujours été fasciné par la magie, même s'il en était dépourvu. Je me suis dit qu'il aurait sûrement voulu que sa sœur bénéficie d'un enseignement sérieux. Je ne suis pas un professeur, mais j'ai pensé que ça valait le coup d'essayer.

Le regard de Maxine passe de Finn à moi.

— Frances ?

— Je le crois.

Lena me jette un regard désapprobateur. J'ouvre de grands yeux pour lui dire : « Fais-moi confiance. »

Finn lève les mains, en signe de paix.

— Qu'ai-je à gagner en venant ici, à part mourir de froid et dormir peu ?

— Notre pétillante compagnie ? assène Lena.

Cependant, l'explication de Finn doit lui convenir car Maxine sort le vieux grimoire de sous sa cape.

Elle le feuillette d'une main frigorifiée avant de le déposer ouvert sur une souche d'arbre. La lanterne jette des ombres longilignes dans la clairière.

Un sortilège est inscrit sur la page, dans une langue inconnue.

— Ce n'est pas le sortilège de résurrection, je chuchote, agacée.

— Ne sautons pas en enfer à pieds joints, si tu veux bien, répond-elle.

Elle fait craquer ses articulations puis se met à lire. Les mots ne sont pas naturels, épais comme de la mélasse dans sa gorge. Rien n'apparaît dans ses mains en coupe. Perplexe, elle réessaie. Toujours rien que le silence.

Lena pose la tête sur son épaule afin de mieux voir le livre et d'essayer à son tour. Là encore, rien.

— Pourquoi ça ne marche pas ? s'énerve Maxine en serrant les poings.

Finn s'approche prudemment.

— Je peux ?

Il examine la page un instant.

— Il y a des notes en marge, explique-t-il.

— Je ne suis pas idiote, je le vois bien, lance Maxine. Mais je ne comprends pas la moitié de ce qu'elles racontent.

Difficile de lire le sortilège à la lueur d'une seule lanterne. Les ombres des branches dansent sur les pages abîmées, donnant l'illusion d'être vivantes. Les notes ont été griffonnées si précipitamment que l'auteur a laissé des taches d'encre plein la page. Je discerne certains mots comme « souffle ». D'autres sont en latin : « *fiat lux* ». Mais le reste est un mélange de lettres incompréhensibles.

Finn me regarde droit dans les yeux. Je ne m'étais pas aperçue que nous étions si près l'un de l'autre.

— C'est du gaélique, déclare-t-il avec un grand sourire. Quelle chance vous avez d'avoir justement sous la main un Irlandais.

Il se retourne vers le livre.

— C'est différent de la magie qu'on vous enseigne à l'école. C'est une magie de création, le genre qui vient du plus profond de vous. Les mots peuvent aider à guider l'énergie, mais ce n'est pas aussi... aussi spécifique que ce qu'on vous a appris à Haxahaven.

— Spécifique, c'est-à-dire ? s'enquiert Lena.

— Il faut voir les sortilèges basiques comme des marteaux avec des clous. Pas de créativité là-dedans, même s'ils accompliront la tâche. La magie de ce livre, elle, ressemble plus à de la peinture sur une toile.

Je me demande comment Finn sait tout cela. D'où vient sa connaissance ? Comme s'il lisait dans mes pensées, il porte son attention sur moi.

— La magie est un art, pas une science. Dis-toi que ce livre te donne des suggestions, pas des instructions.

Maxine plisse les yeux.

— Comment ça marche, en pratique ?

— Voyons voir si je peux traduire.

On n'entend plus que nos respirations profondes et les arbres qui respirent avec nous.

— La première chose à comprendre au sujet de la magie, c'est que le langage a un rôle puissant. Mais le plus important, ce sont les intentions.

Nous hochons la tête, bien que je ne sois pas sûre de comprendre tout à fait ce qu'il raconte.

Finn fait courir son index sur la page.

— Ces notes parlent d'une lumière intérieure qui existe en chacun de nous. Le sort auquel vous vous entraîniez la dernière fois est un ordre, ce qui est très bien. Cependant, la magie n'est pas un chien que l'on siffle. C'est une partie de vous. Les mots dont vous vous servez pour l'appeler doivent l'être également.

Quand il ferme les yeux, ses longs cils effleurent ses pommettes. Il murmure tout bas :

— **Solas m'anam**, Aisling.

Une étincelle crépite entre son pouce et son index. Il ramasse une feuille morte qu'il embrase. Un sourire aussi lumineux que sa magie lui fend le visage.

Fascinées, nous regardons les cendres tomber par terre.

— Que signifie « Aisling » ? demande Lena.

— C'est le prénom de ma mère. Le sortilège requiert une part de vous, un détail personnel. Une émotion. Penser à quelque chose qu'on aime est souvent d'une grande aide.

C'est étrange de me dire que Finn a une mère, et qu'il a existé ailleurs avant d'apparaître dans ma vie.

— Mais pourquoi on ne nous apprend pas ce genre de magie à l'école ? poursuit Lena.

— Parce que c'est une magie indomptable. Elle est imprévisible…

— Et le monde n'aime pas les filles indomptables et imprévisibles, termine Maxine.

Finn m'adresse un signe de tête.

— À toi, Frances. Essaie.

Je songe à dire le nom de mon frère, mais la place qu'il occupe dans mon cœur ressemble plus à un horrible bourbier de souffrance qu'à un endroit rempli de lumière. Celle où loge ma mère est encore pire, hérissée de culpabilité écœurante. Alors je me représente Percy, le vieux matou qui vivait dans notre appartement quand j'étais petite. Il était noir et grincheux, il allait et venait comme bon lui semblait, mais William et moi l'adorions.

Je me frotte les mains en visualisant la longue queue noire passant sur le rebord de notre fenêtre et je murmure :

— **Solas m'anam**, Percy.

Autour de moi, la forêt tremble d'impatience. À mon troisième essai, une toute petite étincelle apparaît entre mes doigts. La chaleur me surprend. Je plaque les mains sur ma bouche, ravie. Je la sens dans tout mon corps, comme si la lumière faisait partie de moi aussi. Pour la première fois, j'ai la sensation qu'elle m'appartient, que je contrôle *cette chose*, la magie.

Finn sourit avec fierté.

— Félicitations, Frances.

Maxine prend la suite.

— **Solas m'anam**, Nina.

La lumière prend vie entre ses mains au deuxième essai.

Dès qu'elle s'éteint, c'est au tour de Lena.

— **Solas m'anam**, Jonathan.

Son étincelle apparaît immédiatement dans les ténèbres.

Nous échangeons un sourire.

Nous réessayons avec différentes incantations et d'autres choses que nous aimons. Quand Maxine utilise « gâteau à la noix de coco », nous éclatons de rire, Finn inclus.

J'ai les mains engourdies et des flashs devant les yeux à force de regarder la lumière, mais les joues rouges de mes amies m'indiquent qu'elles se sentent aussi vivantes que moi.

Notre succès dans la création d'étincelles nous donne confiance et, bientôt, nous dévorons le reste du livre. Allongée sur un lit de feuilles mortes, je fais défiler des pages qui parlent d'astrologie, de numérologie, de travail des énergies, d'envoûtements et de malédictions. Il y a un chapitre entier dédié aux herbes et à leurs propriétés, un autre qui détaille quelle couleur de bougie utiliser pour quel rituel.

Lena n'a pas besoin que Finn traduise les notes sur les herbes. Elle reconnaît les dessins délicats de gingembre sauvage et de chardon des champs rien qu'en les regardant. Maxine explique les constellations tracées sur les pages et nous désigne leurs emplacements à cette époque de l'année, si nous avions pu les voir sous les arbres.

Ce grimoire est un véritable soulagement, la confirmation qu'être une sorcière est bien plus que de savoir coudre par la pensée.

Nous sommes assis tous ensemble au-dessus du livre, et la chaleur émanant de la large poitrine de Finn m'empêche de frissonner.

Je tends la main pour toucher le dessin d'un mauvais œil au moment où Finn fait de même. Nos doigts s'effleurent. Il retire le sien comme s'il s'était brûlé.

Je m'écarte en me rappelant qu'il représente un moyen et non une fin. Ce serait une énorme perte de temps de contempler la forme de ses mains.

Au lieu de quoi, je reporte mon attention sur l'ouvrage. J'entrevois les mots « Amour véritable » en haut d'une page, alors, sans réfléchir, je m'y arrête. Finn s'esclaffe.

— On s'intéresse déjà aux sortilèges d'amour, mademoiselle Hallowell ?

Pourvu qu'il fasse trop sombre pour qu'il voie mes joues s'empourprer.

— C'est de ça qu'il s'agit ?

— Non, pas tout à fait. C'est un sort qui est censé vous donner la première lettre du prénom de votre véritable amour.

— Le véritable amour ? grogne Maxine. Quel concept absurde.

— Vous ne souhaitez pas voir si ça marche, mademoiselle DuPré ? la taquine-t-il.

Elle lui arrache le livre en tirant la langue.

— Il nous faut quelque chose à brûler, nous informe-t-il. C'est un sort relativement simple... Essayons.

Maxine lui désigne une note dans la même écriture brouillonne.

— Qu'est-ce que ça dit ?

— Ça dit que tu dois imaginer ce que ça fait d'être amoureuse.

« Comment pourrait-on le savoir ? » Mais, pas d'humeur à philosopher sur la nature de l'amour, je me tais.

Maxine ramasse quelques feuilles mortes. Puis elle retire soigneusement le couvercle de cuivre de la lanterne afin de libérer la flamme.

Après avoir lu les instructions, elle presse les feuilles entre ses paumes et lève la tête vers le ciel. Elle reste muette une seconde avant de murmurer le mot « **taisdomliad** ».

Quand elle rouvre les yeux, ses pupilles reflètent la flamme. Elle y jette la poignée de feuilles.

Au début, rien ne se produit. Les feuilles prennent feu mais s'éteignent aussi vite. Maxine secoue la tête, agacée, des cendres prises dans ses cheveux.

Finn se lève, les bras croisés.

— N'abandonne pas si rapidement. Réessaie.

Avec un soupir, elle se concentre sur le livre, ferme les yeux et articule :

— **Taisdomliad.**

Les feuilles s'embrasent immédiatement. Elles disparaissent dans un éclair blanc, laissant dans leur sillage une volute de fumée qui monte dans le ciel nocturne et prend, peut-être, la forme d'un M. C'est bref et il fait très noir, mais je pourrais jurer l'avoir vu.

Maxine s'esclaffe, satisfaite.

— On dirait bien que je suis mon seul véritable amour. M comme Maxine.

Exaspérée, Lena ramasse à son tour une poignée de feuilles.

Pour elle, le sort fonctionne tout de suite. Une fois de plus, des étincelles jaillissent, la fumée s'élève et forme un M.

Maxine part d'un grand rire d'une sincérité rare, sans la moindre trace de sarcasme.

— Vous croyez que c'est tout ce que peut faire ce sortilège ? Des M à l'infini ?

Lena lui jette un regard noir.

— Ou alors, le M est une lettre extrêmement commune.

— À toi, me dit Maxine en me tendant le livre.

Le regard amusé de Finn me chatouille la nuque.

— Je passe mon tour.

Ça m'agace de perdre du temps à apprendre un sort aussi inutile. C'est le genre de tour qu'on fait dans les soirées ou les fêtes foraines. Quel intérêt de le retranscrire dans un grimoire aussi puissant – un livre qui pourrait détenir la clé pour ressusciter mon frère ? Toutefois, Maxine tenait à ce que nous nous entraînions avant d'essayer le sort de résurrection. Alors je me force. Si la pratique peut me rapprocher de l'unique sortilège qui m'intéresse, ça ne peut pas me faire de mal.

— Bon, d'accord. Essayons.

Maxine prend ma place sur le tronc d'où je me suis levée :

— J'espère être le véritable amour de tout le monde.

Je ramasse des feuilles. Les instructions du livre sont brèves : regarde le ciel et récite le sortilège.

C'est la partie « imaginer être amoureuse » qui me pose problème.

Je lève la tête vers le ciel.

Au début, je me sens bien en écoutant le vent dans les arbres. Ça me rappelle les carillons dans l'appartement d'une voisine, suspendus près d'une sortie de secours, il y a bien longtemps.

Qu'est-ce que ça fait d'être amoureuse ? Je me le demande. J'espère que c'est comme rentrer chez soi.

Le visage d'Oliver Callahan apparaît dans ma tête.

La surprise me fait ouvrir les yeux. Je chasse de mon esprit son menton bien dessiné, ses yeux doux et sa façon de me regarder, comme si j'avais de l'importance.

Je récite le sort :

— Taisdomliad.

Ça ne sonne pas aussi élégamment que dans la bouche de Maxine, ni aussi déterminé que dans celle de Lena, mais j'ai hâte d'en finir.

Je dois me concentrer pour ne pas retirer immédiatement ma main de peur de me brûler en déposant les feuilles sur la lanterne. La flamme crachote et produit son éclair blanc, mais la volute de fumée noire est énorme comparée à celles de mes amies. Elle ne forme rien qui ressemble à une lettre et se contente de se déverser furieusement et abondamment dans le ciel. Ça m'irrite le fond de la gorge. Je ravale une quinte de toux.

Le silence collectif est douloureux. Un malaise s'installe tandis que Finn me scrute. Il fait mine de tendre la main pour la poser sur mon épaule mais se ravise à la dernière seconde et serre le poing.

— Eh bien, au moins, ce n'est pas Maxine, ricane Lena.

Curieusement, ne pas avoir réussi ce sort m'agace beaucoup.

— Je n'ai peut-être pas de véritable amour, hasardé-je.

C'est toujours mieux que la possibilité de ne pas être assez puissante pour faire apparaître une lettre dans un numéro de foire. Si je ne sais même pas faire ça, comment vais-je effectuer le sortilège de résurrection ? *Non*. Je chasse cette idée de ma tête.

Maxine se racle la gorge.

— De toute façon, personne n'a de véritable amour. C'est un concept ridicule.

Ça ne me console pas tant que ça. Finn me sonde d'un regard qui me fait mal.

— C'est au tour de Finn, décrète Maxine.

Mais ce dernier secoue la tête sans me quitter des yeux.

— Je crains que non. Il faut que je m'en aille.

— Tu as peur ?

Il sourit et repousse ses boucles en arrière.

— Je sais peut-être déjà qui est mon véritable amour. Ou peut-être ai-je un train à prendre. Qui sait ?

Tout sourire, Maxine lève la tête vers la lune.

— On est déjà restées dehors trop longtemps. Il vaudrait mieux rentrer aussi.

Mon irritation d'avoir perdu mon temps avec ce sort d'amour revient à la charge.

— Mais pour la Résurrection ?

Nous ne pouvons perdre notre but de vue. Je sais que j'ai l'air désespérée, mais je ne peux pas dissimuler ma détresse.

— La magie est comme un muscle, Frances. Il faut être suffisamment fort, soutient Finn. Nous devons nous entraîner. Ensuite, nous essaierons tout ce que tu voudras.

— On n'a qu'à espérer que je sois déjà assez forte, parce que le seul sortilège qui m'intéresse est celui qui me permettra de parler à mon frère.

Tous les trois échangent un regard gêné.

— Frances, murmure Lena comme si j'étais un cheval effrayé qui a besoin qu'on l'apaise.

— Si vous ne m'aidez pas, je peux le faire toute seule.

— Très bien, concède Finn. La semaine prochaine, nous parlerons de la Résurrection. Vous reviendrez ?

— Parfait.

C'est le mieux que je puisse espérer pour le moment. Je devrais me sentir coupable d'avoir plombé l'ambiance de notre joyeuse soirée. Ce sera sûrement le cas demain matin. Mais pour l'instant, je suis en colère.

— Je ne vais pas laisser Frances errer dans les bois toute seule. Si tu veux bien enseigner la magie, moi, je veux bien l'apprendre, ajoute Maxine.

Lena ne dit rien.

— Alors nous nous reverrons dans une semaine. Même heure, même endroit, conclut Finn.

Je ne sais pas si nous pourrons sortir de nouveau, mais comme Maxine ne proteste pas, je m'abstiens de toute remarque.

Finn s'approche de moi et me murmure :

— Moi aussi, je veux parler à William. Plus que tout. Mais je veux m'assurer que tu sois bien préparée, que *nous soyons* préparés au genre de magie que cela requiert. Quand nous le ferons, il faudra le faire correctement.

Sans me laisser le temps de répondre, Maxine nous attrape par la main, Lena et moi, et nous entraîne sur le sentier en direction de l'école.

— Bonne nuit, mystérieux homme des bois ! crie-t-elle à Finn.

— Bonne nuit, terrifiantes enchanteresses.

14

Deux nuits après notre première leçon avec Finn, je m'endors tard après un interminable gin-rami avec Lena.

Finn m'attend dans un rêve brumeux.

Je le trouve au cœur d'une forêt dorée. La magie est palpable dans la lueur qui nous enveloppe.

Il m'accueille avec un sourire.

— Je me demandais quand tu arriverais.

— Une partie de cartes qui a dégénéré.

L'air est doux et épais comme de la mélasse.

— Tu as gagné ?

— C'est Lena qui a fini par m'avoir.

— Ah, tu prendras ta revanche la prochaine fois.

Je porte une robe blanche d'intérieur à col montant. Finn arbore les mêmes vêtements qu'à notre dernière rencontre : chemise blanche et pantalon de toile.

Après une courte pause, je demande :

— Que fais-tu là ?

— Est-ce que j'aurai l'air bête si j'avoue que j'avais envie de te voir ?

Je réprime le sourire qui me vient aux lèvres.

— Pourquoi aurais-tu envie de me voir ?

Je n'ai pas bougé, pourtant nous sommes soudain plus près l'un de l'autre.

Finn baisse les yeux.

— Je veux dire que j'avais envie de voir comment se développait ta magie. Si tu as eu l'occasion de t'entraîner.

— Un tout petit peu. Malheureusement, les leçons approuvées par Haxahaven ont la priorité. Je suis sûre que tu seras ravi d'apprendre que mes talents de pétrissage magique de pain progressent rapidement.

Son rire résonne comme le carillon des cloches d'église, agréable et familier.

— Ah oui, je suis transporté de joie.

Un nouveau silence s'étire entre nous.

— Tu veux bien m'en dire plus sur mon frère ?

Je veux tellement voir William à travers les yeux d'un autre... Je ne supporte pas qu'il ne puisse exister que dans ma tête.

Songeur, Finn se mordille la lèvre, puis il sourit.

— Un membre des disciples de saint Druon, Horace Kipling, dirigeait une fabrique de cravates. Il n'avait pas de magie, mais une fortune familiale, ce qui peut s'avérer tout aussi précieux quand on parle de pouvoir. Quoi qu'il en soit, Horace n'appréciait pas beaucoup les Irlandais. Il s'appliquait à me rendre la vie infernale, surtout à mon arrivée. Un soir, il a craché dans mon dîner devant tout le monde. Une véritable ordure. William l'a très mal pris. Ton frère n'appréciait pas beaucoup les brutes.

Le trou béant dans mon cœur se remplit un instant d'une lumière aussi dorée que la forêt où nous nous trouvons.

— C'est vrai.

— Il aurait pu s'en prendre à Horace devant les autres, poursuit Finn, mais ça n'aurait rien arrangé, et il le savait. Alors il s'est rendu à la fabrique de cravates et il a parlé à tous ses employés. Le lundi suivant, Horace les a trouvés à la porte de son bureau, faisant la queue pour donner leur démission. William leur avait déniché, à chacun d'entre eux, un meilleur emploi, ou un plus près de chez eux, ou avec des horaires plus supportables. Il lui a pris ses ouvriers et s'est assuré que tout le monde sache qu'Horace Kipling était l'homme à éviter. Le riche père d'Horace était si déçu de son fils qu'il l'a envoyé à Pittsburgh gérer des entreprises commerciales risquées, dans l'acier. (Il se tape les genoux en riant.) Pittsburgh ! Existe-t-il un pire sort que d'échouer à Pittsburgh ? Ce bon vieil Horace le savait. Je n'ai jamais vu un adulte piquer une telle colère.

Je ne peux pas réprimer mon sourire.

— Mon frère a vraiment fait tout ça ?

— C'était du génie. Il était génial. Il ne m'a même pas laissé le remercier comme il se doit. Il a seulement ri en disant qu'Horace l'avait bien cherché.

Les larmes me montent aux yeux.

— Il était unique.

— Ouais, répond Finn. Tu sais, nous allons le rendre fier.

J'ai la poitrine serrée. Des papillons brillants s'envolent d'un buisson surchargé de fleurs.

— J'essaie. C'est tout ce qui me reste à faire sans lui.

Lena n'évoque pas Finn le reste de la semaine. Ni quand nous jouons aux cartes, ni en allant en cours, ni pendant les repas. Maxine, qui virevolte constamment entre ses groupes d'amies, ou qui quitte l'école avec Helen, est encore plus difficile à croiser qu'auparavant. C'est presque facile de faire comme si notre réunion dans le parc était un rêve. Du moins, ça le serait sans les vrais rêves que je fais.

En applications pratiques, mercredi, Lena m'accorde à peine un regard au-dessus du vase de fleurs que nous n'arrivons pas à arranger. Aucune de nous n'est douée pour la symétrie et la rose de Lena n'a éclos qu'à moitié. Mme Roberts accueille notre œuvre par un claquement de langue désapprobateur et met notre médiocrité sur le compte de nos origines modestes.

— Tout le monde n'a pas le sens des belles choses, très chères. Il est rare que des filles venant de vos milieux respectifs sachent reconnaître la beauté. Faites de votre mieux, s'il vous plaît, mais je ne m'attends pas à des merveilles.

Elle s'exprime avec chaleur, comme si elle nous faisait une faveur, mais nous sommes prises d'un fou rire à la seconde où elle s'éloigne de notre table. La gêne qui flottait entre nous est enfin dissipée.

— Comment vais-je trouver un mari, maintenant ? gémit Lena.

— Tu vas être obligée de te rabattre sur un cadet, c'est certain.

Je profite d'avoir son attention pour écrire un mot sur une page de mon manuel. « Tu viens demain ? » J'hésite avant d'ajouter : « S'il te plaît. »

Lèvres pincées, elle acquiesce à contrecœur. Le soulagement m'envahit.

J'articule un merci.

Elle se remet à rire ; c'est sûrement la première fois que je la vois rire comme ça.

— As-tu envisagé que je ne le faisais pas pour toi ?

Notre deuxième séance avec Finn a lieu par une nuit glaciale de la fin octobre. Il arrive avec un sac à l'épaule, en sort trois paquets emballés dans du papier marron avec de la ficelle et nous en tend un à chacune.

Les doigts engourdis, j'ouvre le mien et découvre une paire de mitaines bleues tricotées main.

— Je ne savais pas quelles couleurs vous préfériez, alors vous pouvez vous les échanger si vous voulez.

Lena et Maxine tiennent des paires violettes et rouges.

— Je prends les rouges ! s'exclame Maxine.

— Les bleues me vont très bien, dis-je.

— C'est difficile de pratiquer la magie avec les mains tremblantes, et j'avais un peu de temps libre cette semaine.

— C'est toi qui les as tricotées ?

— Ouais. J'ai grandi dans un élevage de moutons. Pas grand-chose à faire le soir, et plein de laine à filer. Si vous vous débrouillez bien, la prochaine fois, je vous apporte des pulls.

J'enfile mes mitaines. Finn sourit.

— Elles te vont. Elles ont moins de trous que celles que tu portais la nuit de notre rencontre.

— Tu t'en souviens ? C'est étonnant.

Je ne me rappelle plus la dernière fois qu'on m'a fait un cadeau.

Mais les cadeaux et les sourires de Finn cachent quelque chose. Même dans la pénombre, je vois bien qu'il a les épaules affaissées et les yeux rougis.

— Qu'y a-t-il ? je souffle tout bas.

Lena et Maxine sont déjà occupées à discuter du sortilège qu'elles veulent essayer ce soir.

— Mauvaise journée... Ce n'est pas grave ; c'est fantastique de vous voir.

— Que s'est-il passé ?

Il évite ma question en s'affairant à allumer une lanterne pour l'accrocher à une branche. Elle jette des ombres effilées comme des doigts sur la clairière. Je resserre mon manteau.

Puis il se retourne.

— Je suis content que les mitaines te plaisent.

— C'est assez épatant, dis-je en agitant les doigts. Tu ne tricotes pas si mal.

— Je sais.

Il sourit malgré son expression tourmentée.

Maxine nous jette un regard.

— Hé, tristounet ! Tu vas nous dire ce qui ne va pas, oui ou non ?

Finn baisse la tête en triturant un fil de sa veste et, quand il ouvre la bouche, sa voix ne résonne plus de la même manière.

— Le frère d'un ami proche a disparu il y a quelques jours. Le pauvre est sorti de chez lui le matin pour aller au travail et n'est jamais rentré. Le chef d'équipe a dit qu'il n'était pas à son poste. Je ne le connais pas très bien mais, chaque fois que nous nous sommes croisés, il était gentil. Son frère est dévasté.

Il est très tendu. Ça me serre le cœur.

— Je suis vraiment désolée, Finn.

Les premiers jours après la disparition de mon frère, je me souviens d'avoir énormément pleuré par terre dans la cuisine. Je crois qu'à un moment, j'ai hurlé à un policier de faire plus d'efforts. Finn a lui aussi perdu William. Les souvenirs doivent encore être douloureux pour lui également.

— Merci, ça va aller. Je prie pour que ce soit un malentendu et qu'il revienne bientôt. Il a peut-être fui avec une fiancée ou rejoint un cirque, qui sait.

— Prions pour le cirque, conclut Maxine.

J'ai envie de poser la main sur son épaule mais je m'en empêche. Ça ne me semble pas un geste approprié.

Finn hoche fermement la tête. Il prend une grande inspiration comme pour écarter ses émotions.

— Bon. Ne parlons plus de mes ennuis et mettons-nous au travail.

Il ouvre *L'Élémentaire* vers la fin.

Pas de schémas sur cette page, seulement un grand texte écrit en pattes de mouche difficilement déchiffrables.

Finn semble tout droit sorti d'un roman gothique. Le vent d'automne souffle sur ses boucles et ses cernes sont plus foncés que jamais. Le col de son manteau de laine noir est remonté autour de son cou.

— Il y a quelque chose que j'aimerais essayer ce soir, dit-il en levant les yeux sur moi.

— Moi, je veux essayer la Résurrection. On ne sait pas combien de temps il nous reste.

— Pratiquer ce genre de magie rendra les sortilèges puissants tels que la Résurrection plus faciles, je te le promets.

— Comment ?

— Tu ne me fais pas confiance ? Frances, j'aimerais voir si tu arrives à faire bouger ma main.

— Ta main ? Pourquoi...

— On nous a expliqué que contrôler une autre personne est dangereux et même interdit, coupe Maxine, glaciale.

Finn secoue la tête.

— Votre école adore ses règles, hein ? Mais ce n'est pas ce que nous faisons ici. Et puis, je n'ai jamais trouvé d'âme humaine qui obéisse à la moindre règle. Alors essayons quand même, d'accord ?

— Il y a une formule à prononcer ? interroge Lena.

— Non, ce n'est qu'une question de concentration. Il faut penser que votre âme dépasse les limites de votre enveloppe charnelle.

C'est à peine si je comprends ce que ça veut dire. Je scrute la main gracieuse de Finn jusqu'à en avoir mal aux yeux, mémorisant chaque croissant blanc de chaque ongle. Rien.

— Je ne sais même pas ce que je suis censée faire.

Il laisse le livre en équilibre sur son tronc d'arbre et me rejoint, le nez juste au-dessus du mien.

Lena et Maxine nous observent avec méfiance.

Dans un murmure, il me souffle :

— Fais bouger ma main.

— Je n'y arrive pas.

C'est un exercice totalement futile. Ça n'aide pas du tout William.

Très lentement, il lève sa main pour dégager une mèche de cheveux de mon front. Ce léger contact suffit à envoyer un frisson brûlant dans mon dos.

Il pose son pouce sur ma tempe.

— Fais bouger ma main, murmure-t-il à nouveau.

Je secoue la tête. Je n'arrive pas à réfléchir à cause de mon cœur qui s'emballe, sans compter les filles qui nous fixent avec attention.

Ses doigts descendent vers ma bouche. Tremblante, je rassemble tout mon courage pour lever les yeux vers lui. Son pouce effleure ma lèvre.

Il plisse ses yeux noisette et, soudain, quelque chose change.

« Non. Pas comme ça. »

Puis, comme s'il avait reçu une décharge électrique, il écarte la main et titube de quelques pas en arrière.

— Bravo, fait-il avec un sourire espiègle.

— C'est moi qui ai fait ça ?

J'ai senti l'énergie se libérer, mais je suis sous le choc.

— Oui.

— Tu as l'air surpris, lui dit Lena.

— C'est le cas. Je n'avais vu ça qu'une seule fois auparavant. Moi-même, je n'y suis jamais parvenu. Et notre chère Frances y arrive en moins d'un quart d'heure.

« Prends ça, stupide sortilège d'amour véritable. »

Lena et Maxine parlent toutes les deux en même temps.

— Comment... ?

— À mon tour !

Finn n'utilise pas la même stratégie avec elles. Il se doute qu'elles ne le laisseront pas envahir leur espace comme moi. Peut-être sait-il que je suis la plus faible des trois. Pendant plus d'une heure, elles méditent, se concentrent et serrent même un onyx que Finn sort de sa poche.

— Ton petit doigt ! Il a bougé ! crie Maxine à Lena.

— Pas du tout !

— Ne me mens pas !

— Peut-être que je tremble parce que je vais mourir de froid, rétorque Lena.

— Si seulement un bon samaritain t'avait tricoté des mitaines, intervient Finn au milieu de la prise de bec.

C'est étrange de le voir s'insérer dans notre petite sororité.

— J'ai froid. On a cours demain matin. Je laisse tomber, déclare Maxine qui se lève en époussetant son manteau.

Mes deux amies se dirigent vers l'orée de la forêt. Je m'attarde tout près de Finn qui ramasse son sac.

— Tu prends le train pour retourner en ville ?

— Ouais. La gare n'est pas très loin.

— Merci d'être venu.

Je ne sais pas pourquoi je dis ça. Ce n'est pas comme si je lui avais demandé de devenir mon tuteur.

— C'est un plaisir.

Je baisse la voix.

— C'est normal que la manipulation me vienne plus facilement qu'aux autres ?

Ce nouveau visage de la magie semble venir frapper à ma porte alors que je ne suis pas sûre de vouloir savoir ce qui se trouve de l'autre côté.

Finn hausse les épaules.

— Certaines personnes sont simplement plus puissantes que d'autres. L'univers est un endroit étrange, mademoiselle Hallowell.

— Viens, Frances ! appelle Maxine.

Saluant Finn, je les rejoins en courant, une terrible migraine en préparation et la peur chevillée à cette nouvelle révélation.

Une semaine plus tard, Finn nous retrouve dans notre clairière habituelle, en pire état encore que la fois dernière. Échevelé, les yeux gonflés, le manteau froissé. Il n'est pas venu me voir en rêve de toute la semaine. Je me suis inquiétée et on dirait que mes soucis étaient justifiés.

— Bon sang, mais qu'est-ce qui t'est arrivé ? s'exclame Maxine.

— C'est un plaisir de te revoir aussi, Maxine.

Son sourire ne trompe personne.

— Est-ce que tout va bien ?

J'ai envie de le prendre dans mes bras. Il a l'air d'en avoir bien besoin.

— Tu sais, je commence à me dire que Lena est ma préférée. Elle au moins, elle n'est pas indiscrète.

Lena hausse un sourcil.

— Tu te surestimes. Peut-être que c'est seulement parce que je m'en fiche.

— C'est de bonne guerre, dit-il avec un éclat de rire sincère.

Je profite d'accrocher la lanterne à une branche pour lui souffler :

— Ils ont trouvé le frère de ton ami ?

— Ouais.

Au ton de sa voix, je connais déjà la réponse à ma question suivante.

— Vivant ?

Les yeux par terre, il fait signe que non.

— Sans ses mains, échoué sur une plage de Brooklyn.

— Sans ses mains ?

Heureusement qu'il ne peut pas voir l'horreur et le dégoût sur mon visage dans le noir. J'ai envie de vomir.

— Il y a pire.

De sa poche, il sort une feuille de journal pliée. Je mets un moment à déchiffrer le gros titre dans la faible lumière. « UN DEUXIÈME GARÇON SANS MAINS RETROUVÉ SUR LA PLAGE. UN TUEUR DANS LA NATURE ? »

— Un deuxième garçon ?

— Sans mains ? s'exclame soudain Maxine par-dessus mon épaule.

Lena s'empare de l'article pour lire à voix haute.

— « Le corps de Mario Gianetti, retrouvé sur le littoral de Brooklyn hier, est le deuxième échoué à Sheepshead Bay cette semaine. Plus perturbant encore pour les habitants de la région, M. Gianetti, dix-sept ans, a été retrouvé sans ses mains, tout comme John O'Farrell, dix-neuf ans, échoué sur la même plage seulement deux jours plus tôt. Les familles de M. Gianetti et M. O'Farrell avaient signalé leur disparation la semaine précédente. Les deux garçons résidaient dans le Lower East Side. Bien que les services de police nient que ces deux cadavres soient la preuve de la présence d'un tueur dans la zone de ces découvertes atroces, les riverains restent inquiets. »

— C'était Johnny O'Farrell, le frère de mon ami, dit Finn qui a l'air d'avoir le cœur brisé.

— Et l'autre garçon ? Tu sais quelque chose sur la victime d'hier ?

— Jamais entendu ce nom.

Mes méninges chauffent et une sensation effroyable dont je n'arrive pas à me débarrasser s'empare de moi. Ça me donne la nausée. Toutefois, derrière l'horreur abjecte, je m'aperçois que c'est mon premier vrai indice depuis des mois. Devrais-je avoir honte que dans ma poitrine s'agite quelque chose qui ressemble à de l'excitation ?

— Ton ami est membre des disciples ?

— Oui, mais pas son frère Johnny.

— Et l'autre garçon ? Il pourrait être membre ?

Ma question est pressante ; j'ai l'air surexcitée. Je *suis* surexcitée. Mes pensées défilent à une vitesse vertigineuse.

— J'en doute, même si ce n'est pas impossible. Je n'ai jamais entendu ce nom mais nous sommes une grande organisation. Je ne vois pas le rapport, cependant. Deux personnes, ça peut encore être une coïncidence.

Je regarde successivement Finn, Lena et Maxine qui m'observent les yeux écarquillés de perplexité.

— Deux, c'est peut-être une coïncidence, mais pas trois. C'est sur la plage de Sheepshead Bay qu'ils ont retrouvé mon frère.

15

L'estomac retourné, mais avec une détermination en acier trempé, je sors *L'Élémentaire* du sac de Maxine.

Le grimoire s'ouvre pile à la page de la Résurrection, comme s'il m'attendait.

— Vous pouvez m'aider ou non, mais si l'assassin de William est dehors et continue à massacrer des gens, je ne vais pas rester là à me tourner les pouces. Nous pouvons demander à William qui l'a tué. Nous pourrions empêcher cet homme de nuire.

J'ai le cœur qui bat la chamade ; mes mots sont agressifs et empressés.

Maxine et Lena échangent un regard gêné. Ça leur arrive de plus en plus souvent ces derniers temps.

— Tant pis, alors je vais le faire moi-même, dis-je devant leur indifférence insupportable.

Retirant mes mitaines râpeuses, je parcours la page aussi froide que le sous-bois gelé.

J'examine l'illustration représentant une personne assise devant un miroir, entourée de divers objets.

Ils sont dessinés à l'encre noire et accompagnés d'indications à l'écriture penchée. Un miroir de divination, une fiole de terre de cimetière, une brosse à cheveux légendée « objet appartenant au défunt », et une dague avec écrit « freagarthach ».

Comme le reste du livre, la plupart des notes en marge sont en gaélique. Cependant, une mention se détache, plus foncée que les autres, en anglais : « Efficace seulement peu après le départ de cette dimension. » C'est la phrase qui hante mes nuits d'insomnie.

Les autres se rassemblent autour de moi.

— Qu'est-ce que c'est, « freagarthach » ? demandé-je.

— C'est un genre de dague, ancienne, répond Finn à contrecœur, en se frottant la nuque d'un geste nerveux. Je peux t'aider à l'obtenir, si tu tiens vraiment à faire ça.

— On va en avoir besoin rapidement.

— Avant que d'autres corps ne s'échouent dans la baie.

Je suis soulagée qu'il comprenne ma préoccupation.

Maxine s'exprime d'un air grave :

— Moi qui commençais à m'ennuyer, voilà justement la pire idée qu'on ait jamais eue. Pourquoi ne pas parler aux morts et résoudre quelques meurtres ?

Lena nous observe, songeuse, les sourcils froncés. Pour finir, elle ferme les yeux et soupire.

— Si seulement je pouvais voir comment ça va se passer. Je n'y arrive pas.

Il n'y a pas de lune ce soir et les bois n'ont jamais été aussi sombres. Un frisson qui n'est pas seulement lié au froid me traverse.

— Il va falloir minimiser les risques.

Je n'ai jamais vu Finn aussi perdu alors que, de mon côté, je me sens sur le point de trouver enfin quelque chose de tangible.

— Le dirigeant des disciples est un grand collectionneur. Il entrepose les artefacts magiques dans son bureau. Quel est votre rapport moral au cambriolage ?

— C'est gentil de penser que les sorcières ont une morale, rétorque Maxine. Très moderne de ta part.

— Pouvez-vous vous rendre au Commodore Club du Lower East Side, samedi ? Il y a un événement, tout le monde sera occupé, la sécurité des étages sera moindre. Ce serait l'occasion idéale pour se glisser dans le bureau.

« Bien sûr, tout ce que tu voudras », répond mon cœur surexcité.

Lena fronce les sourcils.

— Pourquoi devrions-nous entrer par effraction dans ta propre organisation ?

— Je n'envoûte pas les objets aussi bien que vous. Il y aura des verrous, des portes que je n'ai pas le pouvoir de passer moi-même. Du moins pas discrètement.

Ma réponse est immédiate :

— Oui.

— Il faut obligatoirement que ce soit dans deux jours ? s'étonne Maxine.

— Hélas, oui.

Quelque part non loin, un animal détale dans le sous-bois. Le bruit me fait grincer des dents.

— Et pour le miroir ? demandé-je.

Nous devons penser à tout. Si nous nous lançons là-dedans, il faut le faire correctement.

— Je ferai des recherches, déclare Finn.

— Est-ce que ton frère a une tombe ? s'enquiert doucement Lena.

— Oui, à Manhattan. Récupérer la terre sera facile.

Maxine écarte une mèche de son front.

— Et « l'objet appartenant au défunt » ? Tu as quelque chose de ton frère ?

— Non, mais je sais où trouver ça.

Tout à coup, nous avons un plan. Un plan qui commence par entrer par effraction chez les disciples de saint Druon.

Je m'accroche à *L'Élémentaire* sur tout le chemin du retour. Il reste glacial malgré tout.

Maxine déverrouille la grille et nous nous glissons dans la cuisine sombre de Florence. Elle n'a pas attendu notre retour pour se coucher ce soir, toutefois elle nous a laissé une théière chaude sur la cuisinière.

— Ça devient dangereux, commente Lena d'une voix lugubre qui résonne contre le sol de brique.

— Oui, concède Maxine. Mais au moins, on ne s'ennuie pas.

Je suis surprise de découvrir Finn dans mes rêves, plus tard cette nuit-là. Nous sommes dans une forêt féerique près d'un cours d'eau bouillonnant. Les oiseaux chantent au-dessus de nous, et un papillon vient se poser sur une immense fleur à mes pieds. Ici aussi, cependant, la lumière est anormale ; les couleurs sont trop vives, à une nuance d'écart de la réalité.

— On vient de se quitter.

Je suis contente de le voir, mais il n'a pas besoin de le savoir.

Il arbore le même air tourmenté que plus tôt.

— Je voulais m'assurer que tout allait bien.

Je réponds honnêtement :

— Mieux que bien.

— Je m'inquiète.

Inutile de le préciser, c'est écrit sur son visage.

— C'est sans importance. Je le ferai quoi qu'il arrive.

— Et si nous nous faisons prendre, Frances ? Je suis l'un des leurs. Mais toi, tu es une sorcière. Je ne sais pas ce qu'ils pourraient te faire.

Son vernis d'assurance s'est craquelé, révélant l'adolescent qu'il est.

— C'était ton plan, pourtant.

— Et je le regrette déjà, soupire-t-il.

— Je vais le faire avec ou sans toi. Ce sera plus facile ensemble.

— Si on se fait prendre, je ne pourrai peut-être pas te protéger.

— Et alors ? Tu ne me connais même pas.

Malgré son air blessé, je ne retire pas ce que j'ai dit. J'apprécie Finn, peut-être même un peu trop, mais ses préoccupations concernant ma sécurité semblent aller bien au-delà de ce qu'il doit à la petite sœur de son défunt ami. Oliver et moi avons grandi ensemble, pourtant il ne s'est que vaguement demandé si j'allais bien depuis la mort de William. Que Finn s'en soucie autant me semble illogique.

Il laisse le silence s'étirer entre nous.

— Tu ne me dois rien du tout, dis-je au bout d'un moment.

Il passe une main dans ses cheveux, qui retombent en bataille autour de son visage. Ils sont plus longs qu'à notre première rencontre.

— Non. En effet. Mais pourtant si. C'est difficile à expliquer.

— Je suis intelligente. Essaie pour voir.

Il donne quelques coups de pied dans la terre.

— Je peux t'avouer quelque chose ? Ça me terrifie.

Je n'avais jamais entendu un homme admettre qu'il a peur. Ça me fait sourire.

— Sois courageux pour moi ?

Son soupir pèse le poids de centaines d'insomnies.

— Je vais essayer.

Il se hisse sur un tronc couché couvert de mousse, les yeux ailleurs, avant de revenir sur moi.

— J'ai grandi dans une ferme du comté de Galway avec quatre frères et trois sœurs, commence-t-il, ses fossettes creusées par un petit sourire. Mon père est mort quand j'étais petit et ma mère s'est vite remariée à Alfie, qui était un salopard. Il la battait et, quand il en avait marre, il me tapait dessus, ou sur mes frères, ou mes sœurs, voire parfois sur nous tous quand il était d'humeur particulièrement massacrante. C'était tous les jours la même rengaine. Se lever avec le soleil. S'occuper des moutons. Vendre la laine au marché du samedi. S'occuper des frères et sœurs. Panser les plaies de ma mère. Soigner les miennes. Mais il y avait une lumière au milieu de cet enfer : mes rêves.

Je m'assieds près de lui, jambe contre jambe, les pieds au-dessus des jacinthes.

— Parle-moi des rêves, dis-je à peine plus fort qu'un murmure.

— Ça a commencé à mes douze ans. C'était la première fois qu'Alfie me cognait au point que j'en perde connaissance. Au début, j'ai cru que j'avais des hallucinations ; c'était si *réel*.

L'émotion dans sa voix me fait mal au cœur. J'ai envie de poser ma main sur son genou mais je me retiens.

— Le premier rêve dans lequel je suis entré était celui de ma mère. Elle rêvait de mon père. J'avais oublié son visage. Mais ensuite… les rêves ont changé. J'ai commencé à voir ceux des gens que j'avais croisés au marché. Ou des paysannes qui filaient la laine.

Il regarde l'horizon imaginaire en se remémorant les rêves passés d'un pays lointain. Malgré sa mâchoire forte à présent, je perçois bien le visage qu'il devait avoir à douze ans, avec de bonnes joues creusées de fossettes. Et dans ses yeux, tellement de peur... de son beau-père, et des rêves qu'il explorait. Un instinct primaire de protection s'empare de moi.

— C'était imprévisible. Je ne savais pas encore comment les contrôler. J'atterrissais tout le temps dans les rêves des autres. Des gens que je n'avais vus qu'une seule fois dans ma vie. Mais il y avait une constante. *Il y avait une fille.*

Il dit ça avec révérence, tout bas, comme une prière, les yeux fermés, la tête légèrement levée vers le ciel. Il a une cicatrice le long du menton. Je n'avais jamais été assez proche pour la remarquer ; une autre surligne le bord de son sourcil gauche tel un serpent d'argent.

Je ne sais pas comment fonctionne mon corps en rêve, mais nos poitrines se soulèvent en chœur. J'ai des frissons partout.

— Elle était belle et triste. Différente des autres, parce que je savais que je ne l'avais jamais rencontrée. Sinon, je me serais souvenu de son visage. Je ne savais pas qui elle était, seulement qu'elle n'était pas en Irlande. Elle ne parlait pas comme moi, et plus fort aussi.

« À douze ans, je n'arrivais à la voir que de loin, plus une silhouette qu'autre chose. Elle était floue. À treize ans, elle est devenue un peu plus nette. Elle s'est mise à coiffer ses cheveux en une seule tresse au lieu de deux.

Ma poitrine se serre ; je vois tout très clairement. Je me rappelle les mains de ma mère dans mes cheveux pendant qu'elle les tressait, et l'avoir suppliée de m'autoriser à n'en avoir qu'une seule, comme les grandes à l'école.

— À quatorze ans, je l'ai entendue parler distinctement pour la première fois. Elle ne me voyait pas dans ses rêves, ce qui n'avait rien d'inhabituel. La plupart des gens ne remarquaient pas ma présence, mais là, c'était différent, parce que je voulais vraiment qu'elle me voie. J'aurais tout donné pour pouvoir lui parler.

Les larmes me montent aux yeux. J'étais horriblement seule, à quatorze ans.

— À quinze ans, Alfie m'a cassé la jambe et je suis resté alité une semaine avec une fièvre violente. J'ai cru que j'allais mourir.

Mon cœur se serre en imaginant Finn si mal en point à cause de quelqu'un qui aurait dû le protéger.

— Maman avait fait venir le prêtre pour l'extrême-onction. J'étais tellement souffrant que je me suis aperçu trop tardivement que j'étais entré dans le rêve du chef Olan, le dirigeant des disciples de saint Druon, qui était en voyage d'affaires à Galway. C'était la première personne qui me reconnaissait pour ce que j'étais.

Je crois comprendre enfin tous les événements qui, comme des dominos, ont mené Finn jusqu'à moi.

— La fièvre est tombée au moment où il est venu me chercher à la ferme. Cinq jours plus tard, j'étais à New York.

J'ai l'impression qu'il m'offre son cœur battant, à vif et ensanglanté, dans ses deux mains.

Il respire profondément et se redresse.

— Nous sommes arrivés en ville. J'ai commencé à travailler pour les disciples. Les gens comme moi sont des denrées précieuses. Je suis un espion impossible à attraper. Tout allait bien jusqu'au jour où j'ai descendu Broome Street, et où je l'ai vue, la fille. Je *t'ai* vue, Frances.

Je ferme les yeux brièvement, le temps de savourer la chaleur de cette confession.

— Tu m'as vue ?

— Tu traversais la rue. Tu étais *réelle*. Je n'arrivais pas à le croire.

Je parviens presque à me voir à travers son regard, quinze ans, les genoux cagneux, la croyance que le monde recelait des tas de bonnes choses dans les yeux.

— Alors je t'ai suivie dans quelques rues jusqu'à ton appartement. Je n'ai pas pu m'en empêcher. Tu as attendu quelqu'un devant la porte. Quand William est arrivé, les bras chargés de provisions, ça m'a fait comme un coup de poing dans le ventre. Mon collègue de travail chez les disciples. Nous étions amis. Tout est devenu limpide : vous aviez le même nez, les mêmes cheveux. C'était *toi*, la petite sœur dont il ne cessait de parler. Mais comment lui dire : « Je rêve de ta sœur depuis des années et j'aimerais que tu me la présentes » ? (Finn secoue la tête, l'ombre d'un sourire aux lèvres.) Notre amitié et ma réputation comptaient trop pour prendre ce risque. Alors j'ai tout fait pour t'oublier. J'ai cru qu'en les ignorant, les rêves finiraient par disparaître, et que je pourrais tourner la page.

« Ça n'a pas marché, évidemment. Et puis William est mort. Je n'ai pas pu le sauver, mais j'ai pensé que je pouvais te sauver, toi. C'était peut-être même mon destin. C'est agréable d'imaginer que tout est lié, que tout a un but. Alors je suis venu à Haxahaven les nuits où j'étais censé travailler parce que je n'arrivais pas à rester loin de toi. Tu as hanté toute ma vie.

« Tu as hanté toute ma vie. » « Hanter », c'est le mot juste. Ces derniers mois, je suis plus un fantôme qu'une fille.

Son histoire devrait me perturber ; j'en ai conscience. C'est intrusif, intime, d'avoir vu mes rêves depuis des années, et encore plus troublant qu'il m'ait suivie à New York. Mais la gêne rampante cède la place à la chaleur pétillante qui naît de se sentir spéciale pour quelqu'un.

Il finit par se tourner vers moi, et c'est comme regarder le soleil en face. Il ouvre de grands yeux interrogateurs : « Tu es importante pour moi ; le suis-je pour toi aussi ? »

Sa main se rapproche de la mienne, nos doigts s'effleurent et j'ai l'impression de brûler vive.

Je devrais dire quelque chose de gentil. Lui avouer que je ne me suis jamais sentie aussi importante aux yeux de personne, que je suis contente qu'il m'ait vue pendant toutes ces années, que j'aimerais remonter le temps et lui épargner les souffrances de son enfance. Mais son regard me rend nerveuse. Je me sens complètement nue.

— J'apprécie que tu me racontes tout cela, mais ça ne signifie pas que tu peux me protéger, dis-je d'une voix horriblement lointaine.

— Je sais. Mais je ne sais pas si ça m'empêchera d'essayer.

— Et si nous nous promettions de nous protéger mutuellement ? Un partenariat. Sherlock et Watson.

— D'accord, mais regardons la vérité en face : nous sommes deux Watson, donc cette métaphore est loin d'être parfaite.

Il sourit sans parvenir à dissimuler son inquiétude.

— Tu ne peux pas me protéger. Tu peux seulement m'apprendre comment me servir de ce que j'ai reçu.

— C'est un marché que je peux accepter.

Soudain, son regard se porte vers un endroit invisible.

— Je dois y aller. À samedi, Frances.

Il disparaît dans un scintillement, tel un spectre.

— S'il te plaît, Finn…

J'ai encore tellement de questions.

Je me réveille d'un coup dans ma chambre, en sueur et frustrée.

Je suis fébrile et certaine de deux choses seulement.

« Il me voit depuis toujours. »

« Et je vais entrer par effraction au Commodore Club. »

Au matin, la culpabilité me ronge pendant tout le petit déjeuner. J'ai l'impression qu'il me faut raconter cette nuit à mes amies. Je n'aime pas faire de cachotteries mais, pour l'instant, j'ai envie de garder tout ça au fond, juste pour moi.

Une fois que mes œufs brouillés à peine touchés ont trop refroidi, Maxine nous entraîne jusqu'à notre quartier général dans la bibliothèque afin de mettre au point notre plan pour samedi.

Elle semble épuisée, comme si elle non plus n'avait pas beaucoup dormi. Elle pose le menton dans ses mains avec un soupir.

— J'ai essayé de penser à tout, déclare-t-elle. J'ai une idée, mais elle n'est pas idéale.

— Raconte, la presse Lena.

— Helen et moi sommes censées assister à une réunion de l'Association nationale pour le suffrage des femmes américaines, samedi. Il y a une fille là-bas, une nouvelle élève que nous allons chercher. Et si je persuadais Helen de vous emmener avec nous ?

— Elle accepterait ?

— Il faudrait mentir un peu.

Lena s'esclaffe.

— Et mentir pose problème maintenant ?

Maxine grimace.

— C'est juste que je ne suis pas une très bonne menteuse.

Cet aveu m'emplit d'une grande tendresse.

— Même si on mentait avec plus ou moins de crédibilité, elle nous déposerait en ville comme ça ?

— C'est plus simple pour elle de vous emmener que de se fâcher avec moi, répond-elle avec désinvolture.

Lena tourne la tête vers la fenêtre.

— Le pari semble risqué.

— Je ne pense pas. Quand j'avais seize ans, Mme Vykotsky a refusé que ma petite sœur me rende visite. Pour la peine, j'ai refusé d'utiliser mon pouvoir pendant des semaines. Helen ne s'en sortait pas toute seule. Elle a fini par amener une fille qui n'avait pas une once de magie en elle, la mauvaise Sarah Simmons, ou quelque chose comme ça. Ça a été un cauchemar. Mais c'était hilarant, je l'avoue. Enfin bref, Nina a pu venir me voir et, depuis, j'ai toujours obtenu tout ce que je voulais.

— Qu'est-il arrivé à la fille ?

— Sarah ? Je crois qu'on l'a payée et renvoyée dans sa famille.

— Tu es un monstre, dis-je en riant. Bon, admettons que nous allions à la réunion, et ensuite ? Je m'échappe ?

— C'est l'idée. Lena et moi restons pour détourner l'attention d'Helen. Finn et toi, vous récupérez la dague. Et puis, on ne ment pas vraiment. Au pire, on déforme la vérité, ajoute-t-elle en agitant la main. Vous pensez que les femmes devraient avoir le droit de vote, non ?

— Bien sûr…

— Alors c'est décidé.

Notre plan s'échafaude donc ainsi, dans un coin tranquille de la bibliothèque. Maxine insistera pour nous emmener en ville. Les réunions des suffragettes se tiennent le samedi soir au sous-sol d'une église du Lower East Side. Je ne mettrai pas longtemps à sortir en douce pour retrouver Finn au Commodore Club. Maxine insistera pour qu'Helen m'attende, et je les retrouverai devant l'église à vingt et une heures tapantes.

Je me confondrai en excuses, prétexterai qu'une amie me manquait tellement que je n'ai pas pu résister à l'envie de lui rendre visite et j'accepterai mon châtiment sans broncher. Maxine est certaine qu'Helen ne m'astreindra à rien de pire qu'une semaine de plonge en cuisine. Si tout se passe bien, à cette heure-ci samedi, j'aurai fait un grand pas pour revoir mon frère.

16

Samedi arrive trop et pas assez vite à la fois. Contrairement à d'habitude, je saute du lit avant les autres, trop nerveuse pour y rester plus longtemps. Je me suis retournée toute la nuit, assaillie par des cauchemars de visages sans yeux, de corps noyés et de fantômes. Je n'ai pas vu Finn ; ces rêves horribles n'appartenaient qu'à moi.

Le jour passe comme de la mélasse au travers d'un tamis, et quand en fin d'après-midi Maxine vient me chercher après le cours d'histoire, je suis une boule de nerfs.

Lena et moi montons nous habiller. Je suis arrivée à l'académie dans ma tenue de travail miteuse et Lena dans l'uniforme de son ancienne école, alors Maxine nous laisse gentiment lui emprunter des vêtements. Elle possède des robes magnifiques, d'excellente facture, qui respirent la fortune familiale.

Nous faisons toutes les trois à peu près la même taille et, avec quelques épingles ici et là, les robes nous iront comme des gants. C'est amusant de me servir à nouveau de mes talents de couturière. J'avais presque oublié cette satisfaction particulière que l'on éprouve à créer un vêtement sur mesure.

Lena porte une robe émeraude à petites fleurs roses qui se noue à la taille avec une ceinture en mousseline. Je prends mon temps pour enrouler ses longs cheveux noirs brillants en chignon à la base de sa nuque, mais sa chevelure, aussi têtue qu'elle, s'évertue à m'échapper. Je n'ai jamais vraiment été douée en coiffure. Lena m'observe dans le miroir pendant que je peste en fixant de plus en plus d'épingles.

Ensuite, elle m'aide à passer une robe couleur crème. Les manches courtes en tulle sont brodées de délicats bourgeons d'ivoire presque invisibles qui rappellent la jupe. Des branches en fleur remontent sur le côté du tissu vaporeux et se terminent sur la ceinture rose pâle attachée à ma taille. Contrairement à celle de Lena, ma robe est décolletée, et l'automne qui s'insinue dans notre chambre pour me caresser les clavicules me fait frissonner.

Maxine entre dans la pièce en robe de soie bleu pastel sous un manteau cobalt. Elle a relevé ses cheveux avec un ruban de soie assorti qui lui enveloppe la tête comme un halo. Je n'aurais jamais l'air aussi à l'aise dans mon propre corps qu'elle l'est ainsi, appuyée contre la porte.

— Comment t'es-tu habillée si vite ? marmonne Lena, occupée à me coiffer, une pince entre les dents.

— J'ai obligé des filles à m'aider. Elles étaient sacrément jalouses de ne pas avoir été conviées.

— Et tes cheveux ? je demande.

— Cette petite Cora est incroyablement douée. Sa tante était la femme de chambre d'une Rockefeller.

— Gnagnagna, murmure Lena.

Nous nous regardons dans le miroir et haussons les épaules en même temps. Mon aspect me convient. Je n'aurai jamais la beauté glacée de Maxine, ni la lumière qui émane de Lena, mais ça va. Je suis jolie.

Quand nous sortons, Ruby lève le nez en l'air en déclarant que c'est antiaméricain de croire que les femmes devraient voter. Aurelia nous adresse un sourire triste et hoche la tête en signe d'approbation.

Helen nous attend près de l'ambulance, vêtue d'une tenue de voyage bordeaux. Un feutre à larges bords retient ses cheveux frisés.

— Encore merci de nous emmener, lui dis-je en arrivant.

Elle a l'air pour le moins agacée.

— Eh bien, Maxine adore que tout aille dans son sens, n'est-ce pas ? Et puis ce n'est pas comme si quelqu'un pouvait vous reconnaître, toutes les deux.

— Mais je suis de New York.

— Pas ce genre de New York.

Mal à l'aise, Lena et moi échangeons un regard.

Depuis le siège avant, Maxine lève les yeux au ciel en articulant : « Ignorez-la. »

Helen nous fait monter à l'arrière de l'ambulance branlante et nous empruntons de sinueuses routes de campagne jusqu'à la ville.

Au bout de quelques kilomètres seulement, l'odeur de la pluie se fait sentir, suivie du craquement électrique annonciateur de l'orage.

Une fois le pont passé, nous nous engageons dans les rues de Manhattan entre les chevaux et les piétons. J'ai une telle nausée que c'est un soulagement quand Helen gare enfin l'ambulance.

Être de retour en ville me paraît irréel ; je me demande comment tout a pu rester pareil si longtemps. Mon séjour à l'écart m'a profondément changée alors que la ville a continué à exister sans moi.

Des carrioles nous dépassent à toute allure. De jeunes garçons crient les nouvelles, les bras chargés des journaux du soir. Nous zigzaguons entre les gens qui rentrent chez eux. Par habitude, je cherche le visage d'Oliver dans la foule.

Près de moi, Maxine et Lena restent muettes. Une énergie fébrile passe entre nous. Après plus d'un mois dans le Queens si désert, c'est un soulagement de me retrouver entourée de grands immeubles. J'ai l'impression qu'ils m'enveloppent et me souhaitent la bienvenue chez moi.

Helen râle en se plaignant que la cité est néfaste pour ses nerfs. Nous acquiesçons toutes les trois en silence et sourions quand il le faut, mais nous sommes focalisées sur la Résurrection. Nous arrivons quelques minutes avant le début de la réunion.

L'association pour le droit de vote des femmes de New York tient ses réunions au sous-sol lugubre d'une église méthodiste, à l'ouest de la 13e Rue. La porte voûtée est toute petite et sombre comparée aux autres, vivement éclairées à l'électricité. Nous descendons un escalier en moquette jusqu'à la salle.

De grandes banderoles de feutre aux murs déclarent : « EN AVANT ! DANS LES TÉNÈBRES. EN AVANT ! VERS LA LUMIÈRE. » Et : « LE SUFFRAGE DES FEMMES POUR LA FIN DES ATELIERS DE MISÈRE. » Des chaises en bois sont alignées devant une estrade déserte. Un groupe de femmes, la plupart d'âge mûr, toutes blanches, bavarde joyeusement. Helen en salue plusieurs comme de vieilles amies et nous présente avec un sourire chaleureux.

Elle s'approche d'une jeune femme brune aux joues roses.

— Anna, je te présente ma nièce Maxine et ses camarades de classe.

Une grande femme blonde aux cheveux bouclés qui s'échappent de son chignon nous approche. Sa robe grise est décorée de badges « VOTE DES FEMMES ».

— Mesdemoiselles, nous dit Helen, voici Ethel, la sœur d'Anna, notre chef de circonscription électorale.

Ethel n'a pas l'air beaucoup plus vieille que Maxine ; elle doit être très talentueuse pour diriger une telle association si jeune.

Avec un rire, elle répond :

— Oh, ce n'est que temporaire. Quand Alice sortira de prison, elle récupérera son poste. Espérons seulement que ce sera avant *ma* prochaine arrestation.

— Arrestation ? je répète.

— Oh oui, nous sommes envoyées en prison assez fréquemment. Pour trouble à l'ordre public, défaut de paiement de contraventions, effraction…

Elle trouve mon silence horrifié amusant. L'étincelle dans ses yeux de chat rappelle celle de Maxine.

— De temps à autre, la prison est un répit comparée aux fois où l'on nous jette des ordures à la tête dans la rue.

Bouche bée, j'imagine la force nécessaire pour supporter une chose pareille. Aurai-je jamais ce courage ?

Elle se tourne vers Helen pour bavarder de l'avancée des grèves et des manifestations. À côté de moi, Lena s'agite, mal à l'aise.

— Que se passe-t-il ? chuchoté-je.

Comme elle hausse les épaules, je lui donne un petit coup de coude.

— Lena ?

— Regarde autour de toi. Aucune de ces femmes ne fait attention à moi.

Je n'avais pas remarqué.

— Je ne comprends pas.

— Ces femmes ne se soucient pas de moi. Elles se battent pour que les filles comme toi puissent voter avec leurs maris blancs. Pas les filles comme moi.

La tristesse dans ses yeux est vite remplacée par la colère.

Je suis rouge de honte. Elle a raison. Je n'en avais pas conscience, et je ne l'aurais pas remarqué si elle n'avait rien dit. Le monde ne fonctionne pas comme il le faudrait. À quoi ça sert d'avoir des pouvoirs magiques, si on ne peut pas le réparer ? À quoi je sers, si je suis égocentrique au point de ne même pas identifier les problèmes ?

Mais ressasser ma culpabilité sans agir ne risque pas d'aider Lena.

— Tu veux que je te dise le plus bête ? poursuit-elle. Les Pères fondateurs ont volé le modèle démocratique de la Confédération iroquoise ; ils l'ont modifiée à leur sauce et tout le monde les a considérés comme des génies. Ces femmes ne valent pas mieux. Seulement certaines personnes ont droit à l'égalité.

Je lui prends la main.

— Tu mérites un meilleur monde que celui-ci.

Elle pose sur moi son regard dur.

— Alors on se bat, ou on cherche la sécurité ?

— Je crois que je veux me battre.

Lena jette un coup d'œil aux femmes autour de nous.

— Dans ce cas, il ne faut pas perdre.

Anna monte sur l'estrade et tape sur le pupitre avec un marteau. Le bruit résonne dans la salle et tout le monde prend place en silence.

— Bienvenue, mes sœurs. Aujourd'hui, nous avons quelque chose à célébrer. Depuis notre dernière réunion, l'État de Californie a adopté un amendement à sa Constitution pour le droit de vote des femmes. Quelle merveille d'avoir une victoire à fêter !

Je recule de quelques pas pour me poster près de l'escalier. Lena scrute la salle avant de m'adresser un signe de tête. Je profite de l'enthousiasme de l'assemblée pour me glisser dehors, et émerger dans l'humidité caractéristique de New York avant la tempête. Une odeur de terre flotte dans l'air. Les nuages noirs s'accumulent à l'horizon, bloquant partiellement les dernières lueurs du jour.

Je parcours les douze pâtés de maisons jusqu'au Commodore Club à toute allure ; mon pas agile, habitué à la ville, me porte à travers l'océan humain, évitant le crottin de cheval et les ordures, les chariots et les automobiles. C'est un ballet que je connais bien. Et qui me manque.

Le club se situe dans le secteur de mon ancien atelier de couture et de l'appartement où je vivais avec ma mère et William. Je les évite soigneusement, par lâcheté, craignant de devoir y faire face avec les yeux de la personne que je suis devenue.

Je dépasse le coin de rue où je suis tombée sur Oliver Callahan il y a très longtemps, me semble-t-il. Il doit être quelque part au bout de la ville, au chaud, sûrement en train de rire avec ses camarades dans sa résidence, sans penser une seconde à des dagues magiques et des communications spectrales.

Quelques rues plus loin, j'arrive à destination. Impossible à rater, le Commodore Club est tout ce que l'église des suffragettes n'est pas. Ce n'est pas un bâtiment discret. Il rugit ; il occupe presque tout le pâté de maisons, avec ses colonnes blanches comme les dents d'une gueule béante. Je tapote la tête d'un des lions en pierre en gravissant les marches de granite. « Bonsoir. Ne me dévore pas toute crue, s'il te plaît. »

J'arrive à la grande porte de chêne sculptée sans me laisser le temps de me raviser et, attrapant le heurtoir à tête de cerf en cuivre, je frappe trois fois. Un battement de cœur plus tard, un vieil homme en veste de velours rouge ouvre la porte.

Il est plus petit que moi ; ses cheveux blancs épars sont rabattus sur sa tête d'œuf. Sa fine moustache noire semble avoir été dessinée à la main. En d'autres circonstances, ça m'aurait probablement fait rire.

— Bonsoir, mademoiselle, m'accueille-t-il en me regardant de haut malgré sa taille. Que puis-je faire pour vous ?

Quelle idiote de ne pas avoir réfléchi plus loin que ça ! Je pensais que Finn m'attendrait devant, qu'il me ferait peut-être entrer par une porte dérobée, comme dans un roman policier. J'étais tellement nerveuse pour ce soir que je n'ai pas voulu penser aux détails. Je n'aurais pas dû frapper. J'ai sûrement déjà tout gâché.

— Frances Hallowell, monsieur. Je viens voir Finn D'Arcy.

— Le jeune monsieur D'Arcy ne nous a pas informés de la venue d'une invitée ce soir.

Je me balance d'un pied sur l'autre. Que ferait Maxine à ma place ?

Mais soudain, Finn apparaît en haut de l'escalier du hall. Il porte un smoking et tout le tralala. Il n'a pas essayé de dompter ses boucles et ses cernes sont encore plus foncés à la lumière électrique du Commodore Club que dans les ténèbres de Forest Park. Il est beau, digne, redoutable.

À ma vue, il esquisse un sourire, découvrant ses dents droites et blanches, aussi impeccables que le reste de sa personne.

— Tu es venue.

— En effet.

Il descend les marches avec une lenteur délibérée, dépasse le petit moustachu avec assurance et vient me prendre le bras. Le contact de son smoking sur ma peau nue me donne des frissons.

— Une femme ici, et ce soir qui plus est, monsieur D'Arcy ? demande le portier d'un ton accusateur.

— Le chef l'a invitée, prétend-il.

Il me fait monter l'escalier et me guide à travers les couloirs sinueux, devant les têtes de cerf, les ours empaillés, les épées exposées et ce qui ressemble à une main humaine conservée dans un bocal.

Malgré les nombreuses appliques électriques aux murs, quelqu'un a jugé bon d'allumer des centaines de chandelles blanches qui gouttent sur chaque surface plane.

Je suis crispée. Ma robe me démange, les épingles à cheveux m'écorchent le crâne, la chaleur qui émane de Finn, si près de moi, me noue l'estomac. Je me concentre autant que je le peux sur ma mission. Je ne peux pas me permettre de me disperser.

Cet endroit désert m'inquiète. Nous ne croisons pas âme qui vive, même si de temps en temps une porte s'ouvre en bas et des rires masculins flottent jusqu'à nous.

Nous nous arrêtons devant une double porte en acajou sculpté, qui monte jusqu'au plafond.

— Prête, Watson ? demande Finn avec un sourire.

Les coins de ses yeux se plissent comme si son visage allait se fissurer.

— Autant que toi, Watson, je réponds.

J'ai le cœur qui bat la chamade ; je me demande s'il l'entend.

— Tu déverrouilles la porte et, moi, je fouille le bureau. Tu feras le guet. Si quelqu'un arrive, fais claquer une autre porte pour me prévenir, et essaie de les retenir. Si on te demande ce que tu fais ici, réponds que tu cherches le juge Callahan.

« Le père d'Oliver ? »

— Comment tu connais le juge Callahan ?

Il désigne la poignée en laiton.

— On n'a pas le temps. Je n'ai jamais réussi à crocheter cette serrure, ni à manipuler les objets comme toi. Tu peux ouvrir cette porte, Frances. Je le sais.

La confiance qu'il m'accorde me fait gonfler la poitrine de fierté. William me faisait toujours confiance.

Je me tourne vers la porte et ferme les yeux.

— Dis « **dighlasáil** », s'il te plaît, Frances, murmure Finn de loin.

J'obéis. Le mot est moins élégant dans ma bouche, mais je sens l'onde d'énergie et la porte se déverrouille avec un cliquetis satisfaisant.

Finn hoche la tête.

— Bien joué.

Ma fierté redouble. J'ai tellement besoin d'être aussi douée qu'il le croit.

Il tourne la poignée et se glisse à l'intérieur tandis que je reste seule dans le couloir.

Les premières minutes sont les pires. Je tressaille chaque fois qu'une porte s'ouvre au rez-de-chaussée. Je me ronge les cuticules jusqu'au sang.

— Tout va bien ? je souffle à travers la porte fermée.

— Oui, un instant, répond sa voix étouffée.

Comme je n'ai plus de peau à arracher autour de mes ongles, je compte : vingt secondes, soixante, cent, deux cents. Il y a des bruits de pas dans le couloir. Lointains, mais pas assez pour me détendre.

Le bureau est silencieux.

— S'il te plaît, dépêche-toi, je chuchote, peut-être trop bas pour que Finn m'entende.

Des voix se joignent aux bruits de pas. Masculines, évidemment. Basses et graves, indistinctes.

— Finn, supplié-je.

— J'ai presque fini.

Derrière la porte, j'entends un papier qu'on déchire, des tiroirs qu'on referme et des semelles souples sur un tapis luxueux.

Les pas se rapprochent. Beaucoup trop.

La terreur m'envahit.

Avec une décharge d'énergie, je souffle : « Dorrstanga. » Un sort simple destiné aux tâches domestiques, que j'ai appris il y a quelques semaines.

Au bout du couloir, près de l'escalier, ma magie fait claquer une porte avec une force qui aurait ébranlé le plancher d'une bâtisse moins imposante.

Les pas, plus rapides cette fois, se dirigent vers le vacarme.

Mon soulagement n'est que momentané car, soudain, au coin du couloir, apparaît un homme qui n'a pas l'air aussi surpris de me voir que moi, lui.

Il est vêtu comme doit l'être un diplomate austro-hongrois dans mon imagination. Sa tenue mêle des bleu marine et des rouges soulignés par des boutons de manchettes en or. La chaîne d'une montre de gousset s'étire sur sa veste. Il est bâti comme une barrique, avec le menton en galoche. Il a l'air d'avoir l'habitude de prendre toute la place.

Il m'adresse le sourire terrifiant d'un homme qui a conscience de dominer la situation.

— Comme c'est gentil de vous joindre à nous, déclare-t-il.

Je regarde dans le couloir en essayant de débloquer les mots coincés dans ma gorge.

— Je ne reste pas. Je cherche le juge Callahan. Je crois que je me suis perdue.

Il adopte une expression de tristesse exagérée.

— Et pas un des domestiques n'a eu la politesse de vous accompagner ? Croyez-moi, ma chère, des têtes vont tomber demain. Pour l'heure, laissez-moi vous guider.

Il s'avance, une main tendue.

Je recule d'un pas, les yeux sur l'énorme horloge murale au bout du couloir.

— Vous êtes trop aimable, monsieur, mais je viens de voir l'heure et ma famille va se demander où je suis. Pardonnez-moi d'avoir interrompu votre soirée. Je contacterai le juge à son bureau demain.

Tout est sorti trop vite, d'un seul souffle. J'affiche un sourire de façade en m'efforçant d'avoir l'air douce et inoffensive.

— Balivernes ! Puisque vous êtes déjà là, profitons-en !

Il joint les mains et s'avance encore un peu plus.

Je suis dos au mur. La cimaise me rentre dans les vertèbres. Cette situation d'un homme monstrueux qui se penche sur moi m'est trop familière.

« Bon sang, Finn, où es-tu ? »

Comme invoqué par ma panique, il sort du bureau en trombe.

— Finn, l'accueille le gros homme d'une voix enchantée, que fais-tu à l'étage ? Les festivités vont commencer.

— Ah, oui, monsieur. Nous cherchions le juge.

Finn m'attrape par la main et essaie de s'échapper, mais le diplomate austro-hongrois le retient par l'épaule.

— À ta place, je n'aurais pas commencé par mon bureau.

— Vous avez raison, monsieur. Nous ne l'avons pas trouvé. Je vais raccompagner Frances à la porte.

Il serre fort ma main moite pour l'empêcher de trembler.

— Ah, les jeunes, toujours si pressés ! De mon temps, nous savions recevoir nos invités. Dites-moi, ma chère, comment vous appelez-vous ?

Je réfléchis à un mensonge mais Finn ne me donne pas l'occasion d'y recourir.

— Je vous présente Frances Hallowell.

— Un rapport avec notre défunt William ? demande le diplomate.

Je desserre les dents pour répondre :

— C'était mon frère.

Difficile d'imaginer que William connaissait cet homme, qu'il vivait dans un monde complètement différent et dont j'ignorais tout.

— Toutes mes condoléances. C'était un bon garçon. Je suis le chef Olan. Dirigeant de notre modeste club.

Les lumières du couloir vacillent. Il faut que je sorte d'ici à tout prix.

— Je ferais vraiment mieux de m'en aller. Comme je l'ai dit, ma famille m'attend. Ils vont finir par se demander où je suis passée.

Mais le chef Olan hausse un sourcil amusé, un rictus aux lèvres.

— Hors de question ! Nous vous invitons à vous joindre à notre petite sauterie, c'est la moindre des politesses.

— Chef, Frances ne peut pas rester, intervient Finn.

— Oh, sottises. (Il sourit mais dévisage Finn en plissant les yeux.) Bien sûr, tu peux attendre dans mon bureau, si tu préfères. Je ne savais pas que tu lisais assez bien pour apprendre un sortilège d'ouverture de porte. Je suis fier de toi, mon garçon, vraiment.

Les oreilles de Finn rougissent.

— Je sais lire, monsieur.

Le chef Olan s'esclaffe.

— Oh, donc tu es seulement lent d'esprit. Ou alors tu ne peux pas jeter de sort. Les deux, peut-être ?

Il ébouriffe les cheveux de Finn comme si c'était un enfant, mais avec une force qui projette violemment sa tête sur le côté. Finn grimace mais reste muet.

Le chef Olan reporte son attention sur moi.

— Venez, jeune Hallowell. Je refuse de vous laisser partir comme ça.

Il a l'air de vouloir me dévorer.

Paniquée, je me retourne vers Finn, qui hoche la tête d'un air rassurant. Il tapote sa poche de poitrine. Au moins, il a récupéré la dague.

Le chef Olan devant moi, Finn derrière, nous avançons dans le couloir, croisant d'autres têtes de cerf, d'autres vitrines pleines de trophées, jusqu'à un nouvel escalier d'où remontent un brouhaha et la chaleur d'un rassemblement humain.

Quel genre de soirée peut se tenir au sous-sol d'un tel manoir ?

Je me retourne vers Finn et articule : « Qu'est-ce qu'on fait ? »

Les yeux écarquillés, il se penche à mon oreille pour chuchoter :

— Tu peux surmonter tout ce que tu vas rencontrer là-dedans. Tu es courageuse, Frances. Je le sais.

Sa réponse ne fait qu'accentuer mon affolement.

— Qu'y a-t-il dans ce sous-sol, Finn ?

J'ai l'air d'une enfant apeurée ; je ne contrôle pas ma voix.

Mais il ne répond pas.

Nous descendons, encore et encore, dans l'escalier si étroit qu'en écartant les deux bras, je pourrais toucher les murs de chaque côté.

Un sous-sol caverneux se déploie devant nous. Les lambris foncés aux murs sont décorés de chandeliers dorés qui jettent des ombres dans leur faible lueur. Au plafond, un lustre poussiéreux fait goutter la cire de ses bougies par terre. Un musicien en habit joue du violon.

Des dizaines d'hommes sont rassemblés dans la pièce. Jeunes, vieux, d'âge mûr, tous riches. L'odeur de l'argent transpire des murs.

L'air est chargé de la fumée de leurs cigares et des émanations du bourbon. Tous les yeux de leurs visages pâteux sont braqués sur moi, frémissant d'un intérêt cru et débridé.

Depuis les marches, j'aperçois derrière eux, au centre de la pièce, un cercle de marbre bordé d'or incrusté dans le sol.

— Où sommes-nous ? je murmure plus à moi-même qu'à Finn à côté de moi.

Mais je connais déjà la réponse : je viens d'entrer dans la fosse aux lions et je n'ai aucun moyen d'en sortir.

17

Quand j'arrive au bas de l'escalier, le chef Olan, devant moi, donne trois coups de sa canne à tête d'aigle sur la dalle. La foule s'ouvre pour le laisser passer et le silence s'abat sur la pièce.

L'odeur du tabac et de la sueur me pique les yeux. Je lève la tête vers le plafond. « Qu'est-ce que j'ai fait ? »

— Messieurs ! tonne-t-il en traversant la salle. Nous sommes rassemblés ici ce soir afin d'observer notre tradition préférée entre toutes : *Cath Draíochta.*

Les hommes éructent de joie.

Je me tourne vers Finn, pétrifié à côté de moi.

— C'est quoi, *Cath Draíochta* ?

Ma question le ramène à la réalité.

— C'est un rituel qui sert à éveiller la magie chez les plus jeunes membres. Pour voir s'ils valent quelque chose ou non.

— Une diversion idéale. Comment on sort d'ici ?

Nous ne sommes pas loin de l'escalier. Une fuite est encore possible.

Finn secoue la tête.

— On ne peut pas.

Arrivé devant l'assemblée, le chef Olan frappe une fois de plus sa canne par terre. Le coup se répercute dans les semelles de mes bottines.

Le silence est palpable, révérencieux.

La panique me donne la nausée. Je tire sur la veste de Finn pour essayer de l'entraîner vers la sortie. Il continue de secouer la tête avec une expression de peur résignée sur le visage ; c'est ce qui m'effraie le plus.

— Freddie prendra les paris, reprend Olan. Les tricheries, comme d'habitude, seront lourdement sanctionnées.

Une onde de rires parcourt la foule. La pièce semble se remplir de plus en plus d'hommes en smoking. L'air est imprégné de l'odeur du cirage, de la fumée âcre et de l'eau de Cologne. Je crois que je vais être malade.

Le chef Olan sourit, cogne encore une fois le sol avec sa canne.

— Commençons.

La lumière se tamise, puis un lustre s'illumine tout à coup pour éclairer le cercle de marbre blanc.

La pièce retient son souffle. Le violon se tait. Rien ne bouge. Mon estomac se soulève.

Fendant la foule, un homme avance dans le cercle. Pas très grand, de larges épaules, il porte un costume marron et arbore une expression renfrognée. Il fait le tour du cercle en levant les bras en l'air. La foule rugit. Puisque je ne peux pas m'en aller, j'observe le spectacle avec autant de curiosité que de crainte.

Il y a un bref mouvement de foule, puis un autre homme est poussé au centre. Il est en habit et titube dans ses souliers vernis. Il tourne la tête de tous les côtés, scrutant la foule, l'air désemparé.

« Bon sang, mais c'est Oliver Callahan ! »

Bien sûr qu'il est avec eux. Sous ma colère et ma frustration, je ressens une certaine pitié : il paraît aussi terrifié que moi.

Chaque fois qu'il tente de s'éloigner du cercle d'or, la foule le repousse un peu plus à l'intérieur. Il est grand mais trop maigre, tout en coudes et en jambes grêles ; il n'a aucune chance d'échapper aux hommes qui le malmènent. On dirait un lapin pris au piège.

La foule s'impatiente. Quelqu'un crie : « Froussard ! » depuis le fond de la salle.

Je n'entends pas bien, mais je crois qu'il dit quelque chose à ceux qui le retiennent, qui ressemble à : « Pitié, non. »

Et malgré ma colère contre Oliver, malgré ma méfiance après l'avoir trouvé ici, la tension entre nous, mon cœur se serre pour lui et j'entends la voix de William. « Aide-le, Frances. Il n'est pas aussi débrouillard que nous. »

La tête d'Oliver produit un horrible craquement quand elle heurte le marbre. C'est allé si vite que je ne l'ai même pas vu tomber. Je ne distingue que ses yeux vitreux tout près du sol. Je vais vraiment être malade.

L'autre homme le toise avec dégoût et le pousse du pied.

— Debout !

« C'est un ring. Un ring de boxe. »

La pièce s'anime. Cris, huées, sifflements. J'ai les oreilles qui vibrent.

Horrifiée, je me tourne vers Finn.

— Il faut l'aider !

Il se penche à mon oreille.

— Regarde.

Oliver se protège le visage de ses poings, mais il a l'air si jeune et si effrayé... Soudain, me revoilà petite, à boire des sodas à la vanille avec lui et à jouer à cache-cache. Je le vois avec son visage enfantin, assis sur notre perron, plaisantant avec William quand mon monde ne se résumait qu'à huit pâtés de maisons et que la chose la plus intéressante dans ma vie était la couleur des yeux d'Oliver.

Mais avant que je reprenne mes esprits, la montre de gousset d'un homme à côté de moi dans le public est arrachée de sa poche de poitrine par une force invisible. Elle traverse la pièce pour aller s'enrouler autour d'un des poings d'Oliver et le forcer à baisser sa garde.

Utilisant cette diversion, son adversaire tend le bras, et une coupe de champagne saute de la main d'un spectateur près du ring. Le verre flotte un instant avant de s'écraser par terre.

Le plus gros éclat s'envole vers Oliver qui parvient à l'esquiver.

— Oliver !

Nos regards se croisent. Il ouvre de grands yeux.

— Frances ?

— Qu'est-ce que tu fais là ? crié-je par-dessus le vacarme.

Mais je l'ai distrait et c'était la pire chose à faire. Cette fois, son adversaire ne se sert pas de la magie mais de ses poings pour lui assener un coup dans la pommette. À ses yeux brillants, je devine qu'il n'avait jamais été frappé. William le défendait autant qu'il me défendait moi.

La vue des larmes sur la joue d'Oliver qui enfle rapidement me coupe le souffle à moi aussi.

Je ne peux pas rester sans rien faire. Malgré notre passé, peut-être *à cause* de notre passé, j'avance, je bouscule la barrière d'hommes agacés qui veulent voir plus de violence. Je hurle le nom d'Oliver tandis que, dans mon dos, Finn me crie de m'arrêter.

Mon frère ne se serait pas arrêté, et moi non plus.

Sans écouter la raison qui m'ordonne de fuir, j'entre sur le ring.

La panique facilite l'invocation de la magie. Le pouvoir monte rapidement. J'envoie une bouteille de bourbon de l'étagère du fond s'écraser sur le crâne de l'assaillant. Il ne m'a suffi que d'un coup. L'homme s'effondre par terre comme un pantin séparé de ses fils.

La foule s'embrase. Leurs pieds font vibrer le sol. Je n'avais jamais utilisé la magie pour faire volontairement du mal à quelqu'un.

« Non, je me corrige. Tu n'as fait de mal à personne... Tu as *sauvé* quelqu'un. »

Devant moi, Oliver ne bouge plus. Son sang forme une tache pourpre sur le marbre blanc.

Je m'agenouille et saisis les revers de son smoking.

— Tu vas bien ? Est-ce que je dois faire venir un docteur ?

Il tourne la tête, crache du sang par terre.

— Il y a au moins dix docteurs dans cette pièce.

Finn apparaît derrière moi, visage fermé.

— T'aurais pas dû faire ça.

Le chef Olan fait taire la foule d'un coup de canne sur le sol.

— On dirait que c'est une défaite pour messieurs Callahan et Bertram ! (La foule gronde.) Vos paris sont donc nuls et non avenus, bande de vermine !

Le grognement collectif devient un éclat de rire. Les verres tintent. Le sang d'Oliver coule tout près de ma chaussure. Ses mains tremblent.

Je me consume de rage contre Finn et contre moi-même. J'ai pris trop de risques en venant ici. J'ai agi comme une idiote.

— Ça suffit. Je m'en vais, dis-je à Finn entre mes dents serrées.

L'escalier est bloqué par des hommes, mais je crois que c'est notre meilleure chance.

— Je suis désolé, Frances, je suis tellement désolé, répète Finn.

Il a l'air aussi désemparé que la nuit où il m'a avoué que j'avais hanté toute sa vie.

Je n'ai pas le temps de lui demander pourquoi, car la canne heurte une nouvelle fois le sol.

— Gentlemen, vous pouvez miser : notre prochain match est probablement le plus excitant auquel nous assisterons ce soir.

Un murmure roule sur l'assemblée comme le tonnerre.

Oliver tend les mains vers moi, mais on l'extrait de force du ring. Il a toujours l'air hébété. Il faut que je trouve un médecin pour examiner sa tête.

Je m'apprête à le suivre quand l'homme le plus costaud que j'aie vu de ma vie entre sur le ring. Contrairement à la plupart des autres, il n'est pas en habit. Il est torse nu et affiche les muscles de sa large poitrine et de ses bras. Il arpente le périmètre doré pieds nus, comme un lion en cage.

— Vlad l'Empaleur, annonce le diplomate austro-hongrois avec une joie débridée. (Les hurlements et les sifflets redoublent dans la foule.) Contre…

Il marque une pause pour l'effet dramatique.

Je scrute la salle à la recherche du passage le plus direct jusqu'à la sortie. Cette situation est une dangereuse perte de temps.

— Frances Hallowell !

Le silence retombe dans la pièce. Toutes les têtes se tournent vers moi. Je cligne des yeux, incrédule.

Je me tourne vers Finn.

— Pardon ?

Deux hommes surgissent de la foule pour m'attraper par les bras. Ils me portent à moitié vers le centre du ring.

Finn agrippe ma main et tire pendant que je me débats de toutes mes forces.

— Lâchez-la ! crie Oliver, qui tente de me rejoindre.

— Ne la touchez pas ! hurle Finn.

Il est réduit au silence par un coup de poing en plein visage. Il lâche ma main.

— Non, non, s'il vous plaît… Finn ! *Finn !*

Dans un instant figé au milieu du chaos, nos regards se croisent.

Je plante les talons dans le sol pendant que les hommes me poussent. Mes bottines tracent une ligne droite dans le sang encore chaud. Je donne des coups de pied et tourne la tête de tous les côtés à la recherche d'un sauveur qui ne viendra pas.

Ma magie refuse d'obéir.

« Je suis désolé », articule Finn.

Oliver reste muet, frappé d'horreur.

Les visages dans la foule se fondent pour n'en former qu'un. Le cercle de marbre est l'œil d'un cyclone de rires gras et de liasses de billets.

À l'intérieur, Vlad tourne en rond. Son sourire me rappelle le visage de M. Hues quelques minutes avant que je ne le tue.

Je suis une idiote et je vais en payer le prix.

Vlad continue à décrire des cercles autour de moi.

Je tremble comme un animal pris au piège. Je suis terrifiée. Mais par-dessus tout, je suis véritablement furieuse contre moi-même.

Aucune bouteille lancée à pleine vitesse ne suffira à l'achever. Ça paraît tellement bête d'être arrivée si loin juste pour finir tuée dans un match de boxe magique par un adulte qui se fait appeler Vlad l'Empaleur... Je ne sais pas trop si le son qui s'échappe de mes lèvres est un rire hystérique ou un sanglot.

Une vague plaisanterie sur le fait de revoir bientôt mon frère me passe par la tête.

Vlad se jette sur moi.

Je l'esquive. Les bris de verre crissent sous mes semelles.

Il s'avance de nouveau.

Un cristal tombe du lustre droit vers mon œil. Je l'évite à la dernière seconde en me penchant sur le côté. Je me mords la langue au passage ; le goût du sang m'emplit la bouche. Je suis sûre que les disciples sont en train de crier, mais je n'entends qu'un bourdonnement dans mes oreilles.

Je tente de nouveau d'invoquer ma magie, de me concentrer, mais je ne réussis qu'à faire s'effondrer toute l'étagère d'alcool. Le public proteste quand les bouteilles l'éclaboussent, mais ça n'arrête pas Vlad.

Mes leçons de magie me semblent à des siècles d'ici. La terreur noie tout ce que j'ai appris en classe et dans la forêt.

Vlad avance ; je titube en arrière. Il n'y a aucune échappatoire, la foule est un flou chaotique et fourmillant. Je ne vois plus ni Finn, ni Oliver.

Personne ne va voler à mon secours. Je suis seule, perdue en mer, et c'est le canot de sauvetage qui m'inquiète le plus.

Un bout de verre s'élève du ring et entaille ma clavicule exposée. Je le chasse comme une guêpe. Ce n'est qu'une éraflure, mais elle me brûle horriblement.

Vlad continue de m'attaquer, me repoussant jusqu'au bord du cercle. Des mains dans le bas de mon dos me repoussent vers l'intérieur.

Non.

Non.

C'est la sensation de mains étrangères sur mon corps qui me réveille enfin. Un interrupteur s'actionne et, tout à coup, la rage remplace la peur. Elle me consume.

Je refuse de souffrir pour les divertir. Ils ne me toucheront pas.

Ni maintenant. Ni jamais. *Plus jamais.*

Cette fois, la magie ne s'anime pas sous ma peau comme une petite étincelle. Elle s'embrase comme un feu de forêt.

Dans un fracas assourdissant, tous les verres de la pièce éclatent, jusqu'au dernier.

Les cris s'éteignent une fraction de seconde.

Mais Vlad, lui, n'hésite pas. Levant les mains, il envoie un torrent de débris dans ma direction.

J'appelle mon pouvoir. Je ne sais pas quoi lui dire, seulement que nous parlons la même langue.

Une bougie tombe du lustre et met le feu à une mèche de mes cheveux en bataille. Je l'éteins sans lui laisser le temps de causer plus de dégâts et, dans le même moment, j'envoûte une chaise de bois que je lance à la tête de Vlad. Il ne l'a pas vue venir. La chaise se brise sur son crâne.

Les leçons dans la forêt avec Finn me reviennent subitement.

Vlad est si massif que ça ne l'arrête pas, mais son regard a changé. Il n'est plus là uniquement pour la bagarre. Il me hait. Il veut me tabasser.

Et moi encore plus.

Je n'entends plus la foule, mais je sens les voix vibrer dans mes os. Je suis entièrement concentrée sur l'homme qui m'assaille.

Vlad jette son corps gigantesque sur moi alors que je lui envoie un nouvel éclat de verre ; il lui entaille l'avant-bras sans l'arrêter pour autant.

Il n'est qu'à quelques centimètres, fou de rage.

Il avance.

Je l'esquive en crachant le sang que j'ai dans la bouche.

Quand il lève le poing, je plonge dans la mauvaise direction. Son coup m'atteint à la pommette.

Oliver hurle mon nom par-dessus les sifflets de la foule.

Les larmes me montent aux yeux. Le coup m'a fait plus mal que je le croyais, même si le choc m'empêche sûrement de ressentir réellement la douleur. Aucune importance : ça ne fait qu'attiser ma colère et me donner envie de me battre plus violemment.

Il lève le coude, prêt à m'assener un nouveau coup.

Les yeux sur lui, j'ordonne aux vrilles de mon âme de s'emparer de son corps.

Il se fige, bras en arrière, les yeux écarquillés de peur.

Une fois de plus, le silence s'abat sur l'assemblée.

— Ne. Me. Touche. Pas, je murmure.

La magie que j'ai ressentie il y a deux nuits avec Finn rugit. C'est alarmant à quel point la peur et le désir se mélangent si bien.

Le souffle court de Vlad siffle par ses narines ; le reste de son corps est pétrifié. Je sens mon emprise sur lui. C'est un pouvoir plus difficile à canaliser qu'avec les objets. Je commence à apprendre les sensations de cette magie différente dans mon corps, la brûlure qu'elle provoque au fond de ma gorge. Prendre le contrôle de Vlad a un goût métallique, ou alors ce n'est qu'à cause du sang dans ma bouche. J'ignore combien de temps je peux le retenir, mais je ne le lâche pas.

Le gloussement d'hyène du chef Olan brise le silence et, avec lui, mon emprise sur Vlad. Je crains une fraction de seconde qu'il n'en profite pour m'attaquer de nouveau, mais il reste immobile à me regarder, hors d'haleine.

— Merveilleux ! s'écrie Olan. C'est fantastique !

J'ai déchiré la fragile manche de la robe de Maxine dans la bagarre.

Le chef Olan entre dans le cercle et saisit ma main pour la lever victorieusement.

La sienne est froide et moite. Je me libère difficilement.

Il se penche à mon oreille et chuchote :

— Nous allons accomplir de grandes choses ensemble, Frances.

— Vous en aviez promis autant à mon frère, n'est-ce pas ?

Sans attendre de réponse, je sors du ring, les bras tendus, prête à défoncer le mur de corps qui m'encerclent. Mais je n'ai pas besoin de me battre. Les hommes s'écartent sur mon passage comme la mer Rouge pour Moïse.

Être crainte me fait du bien.

Je suis presque à l'escalier, loin de la foule, quand Finn me rattrape.

— Frances, attends !

La rage et la tristesse me remontent dans la gorge.

— On dirait bien qu'on ne peut pas se protéger mutuellement, hein ?

— Frances, s'il te plaît.

Il s'avance, mais je recule jusqu'à ce que le mur froid de la cave morde mes omoplates découvertes. Il est si rapide ; je me rends compte qu'il m'a coincée quand il est déjà trop tard.

Il se penche vers moi et le brouhaha baisse un peu. Tout près, trop près, il murmure :

— Tu as été incroyable.

Son émerveillement m'agace.

— Tu as trouvé la dague ? Je n'ai pas beaucoup de temps.

De sa poche, il tire un poignard d'aspect ancien, une lame de dix centimètres, peut-être, avec un manche incrusté de perles.

Je tends la main pour la toucher.

— Est-ce que ça va marcher ?

— Il n'y a qu'un moyen de le savoir. Ce n'est pas tout, j'ai trouvé autre chose.

Il sort de sa veste un rouleau de pages jaunies, qu'il déroule. C'est une liste de noms.

— Ce sont des adhésions. Je voulais voir si les garçons de Sheepshead Bay avaient un lien avec les disciples. Ça va peut-être nous aider pour ton frère.

Dans la pénombre, je mets un moment à déchiffrer la liste. Frank Garza, Samuel Gantt, Theodore George, Vincenzo Gianetti, Lorenzo Gianetti, Matthew O'Farrell.

Mon sang ne fait qu'un tour.

— Deux Gianetti, mais pas de Mario. Il y a un O'Farrell aussi.

Les derniers adhérents ont un rapport avec les garçons morts échoués sur la même plage que William. C'est la preuve que les disciples, ou des gens en lien avec eux, sont peut-être les cibles d'un meurtrier.

Finn acquiesce.

— C'est déjà quelque chose. Ils pourraient viser les proches. Ou peut-être que cette liste est obsolète.

— Alors, qu'est-ce qu'on fait maintenant ? je chuchote.

— On trouve qui a tué William, qui a tué les autres. On leur montre la sorcière redoutable qu'est sa sœur.

Il règne dans la pièce une odeur d'orage imminent ; la magie et l'électricité crépitent dans l'air.

— Je dois m'en aller.

Je veux qu'il me croie forte, mais les larmes me piquent les yeux. Je tremble de rage. Il faut absolument que je sorte d'ici.

— Je viendrai te voir ce soir. Pour m'assurer que tu vas bien, dit Finn.

Je passe sous son bras qu'il appuie contre le mur et m'apprête à partir. Le sous-sol est une véritable serre remplie de transpiration, de fumée et d'hommes dont les regards m'écœurent.

Je pose le pied sur une marche, prête à fuir, quand Oliver place une main hésitante sur mon épaule. Je la repousse et il serre le poing contre son flanc.

— Qu'est-ce qui s'est passé à l'instant ? demande-t-il, incrédule.

Je me rappelle comment mon monde a chaviré le jour où l'on m'a dit que la magie existait. J'aimerais pouvoir le lui expliquer de manière cohérente. Je me décide pour :

— Le monde est plein d'étrangetés.

— C'était plus qu'étrange, Frances. (Il aperçoit Finn et cligne des yeux, surpris.) Ça fait un bout de temps. Finn, c'est ça ?

— Ravi de te revoir, répond Finn avec un sourire forcé.

Je me sens toute petite entre les amis de mon frère, dans ce monde qu'il habitait sans moi. Oliver reporte son attention sur moi. Il a toujours le regard aussi doux. Mes épaules se relâchent un peu. Il hoche le menton vers l'escalier.

— Je peux t'accompagner ?

J'accepte. Je le suis dans les marches tout en sentant le regard de Finn qui me transperce. Il ne nous emboîte pas le pas.

Mon cœur ralentit à chaque enjambée qui m'éloigne un peu plus de cette cave. Nous sommes presque à la porte d'entrée quand un raclement de gorge me fait sursauter.

Le chef Olan se lève d'un fauteuil placé devant une immense cheminée où gronde un feu.

Je ne l'avais pas vu sortir du sous-sol.

— Vous nous quittez déjà, mademoiselle Hallowell ? (Il caresse la tête d'aigle du pommeau de sa canne en toisant Oliver.) Oh, et vous vous êtes trouvé un cavalier.

— Nous partons, dis-je.

— Quel dommage.

La magie rampe sous ma peau.

— Vous savez que vous ne pouvez pas m'arrêter.

— Je n'en ai pas l'intention. Vous êtes notre invitée.

— C'est comme ça que vous traitez vos invités ? je rétorque avec un rire amer.

J'arrive à peine à voir à cause de mon œil enflé. Le même hématome apparaît autour de celui d'Oliver.

— Vous êtes une créature extraordinaire, Frances. Je veux vous aider. Quant à vous, Oliver, mon garçon, je suis désolé si tout cela est un choc pour vous. Nous espérions que vous auriez… du talent. Mais il semble qu'à l'instar de votre père, vous deviez nous servir d'une autre manière.

Oliver serre les dents.

Les fenêtres s'assombrissent. La tempête qui couvait tient enfin ses promesses et la pluie torrentielle se met à marteler le trottoir. Je préférerais être dehors sous le déluge plutôt qu'ici. J'entends encore les bruits de lutte infâmes suivis de cris de joie qui remontent depuis le sous-sol.

— Quel genre de talent ? demande Oliver, plus furieux que jamais. Mon père était au courant que vous alliez me jeter sur ce ring ? Quel genre d'opération est-ce là ? Quel tour êtes-vous en train de jouer ?

Le chef Olan éclate d'un rire tonitruant en se rasseyant dans son fauteuil. Il fait trop chaud ici, à cause du feu.

— Mon cher garçon, vous comprendrez le moment venu. *Cath Draíochta* n'est pas une tradition élégante, cependant elle a son utilité. Je suis désolé que vous soyez amer d'avoir échoué.

— Je n'ai pas *échoué*. Je ne suis pas amer. J'aimerais simplement savoir quel genre d'organisation vous dirigez dans cet endroit. On m'avait laissé entendre que c'était un club de gentlemen.

Oliver lève le menton d'un air de défi, comme si utiliser un millier de mots pour poser une question simple le rendait plus adulte.

— Nous formons l'ordre ancien des disciples de saint Druon ; nous sommes les rois de New York, des magiciens de haut rang, des épicuriens, etc. Nous pouvons être des gentlemen. Nous pouvons être beaucoup de choses.

— Je ne dois pas être la première à vous faire remarquer que ce n'est pas une description très parlante, lancé-je.

Il a des bagues en or à tous les doigts. Sa veste de soie pourpre brille comme le sang que nous avons laissé sur le marbre au sous-sol.

— Oh, vous êtes délicieuse, jeune Frances ! Votre frère était charmant, lui aussi. Je suis impatient de voir tout ce que nous allons accomplir ensemble.

Je me mords la lèvre si fort que je me blesse. Je lèche le sang avant de demander :

— Accomplir quoi ?

— Vous êtes muselée dans votre petite école. On vous apprend une magie ridicule. Vous, ma chère, vous n'êtes pas destinée à pratiquer la petite magie domestique.

« Est-ce ma seule alternative pour exercer la magie ? Les tâches ménagères ou le combat à mains nues ? » Cette idée est trop déprimante pour que je puisse m'y résoudre.

Je désigne mon œil au beurre noir.

— Je ne suis pas sûre de trouver les combats magiques plus attrayants que la couture.

Olan s'esclaffe de nouveau.

— La véritable magie, c'est le pouvoir, et ces tours de passe-passe nous permettent de garder la main sur ce pouvoir. Quittez vos sorcières et nous vous montrerons ce dont nous sommes réellement capables.

J'ai tellement envie qu'il dise vrai que c'en est terrifiant. Mais mon œil me fait mal et j'ai peur que Maxine et Lena n'aient déjà quitté la ville ; de plus, ma mère m'a appris à ne jamais croire ce que racontent les hommes aux souliers vernis.

— Je m'en vais.

Le chef Olan ne bouge presque pas. Il lève paresseusement deux doigts de son accoudoir et, instantanément, le feu triple de volume. En même temps, une bourrasque glaciale arrivée de nulle part balaie la pièce, l'horloge de l'entrée sonne, une pile de courrier s'élève d'une console en tourbillonnant et, plus terrifiant encore, mes pieds se déplacent contre ma volonté. Le chef Olan me fait avancer à pas saccadés jusqu'à lui. Avec horreur, je m'aperçois qu'il pourrait me forcer à m'agenouiller s'il le voulait. Il ne le fait pas. Il lève les yeux vers moi avec l'assurance d'un homme qui se sait intouchable.

Oliver proteste mais je tourne la tête vers lui.

— Je m'en charge, Oliver.

Je n'aime pas le chef Olan, cependant je ne le crains pas. Du moins pas à cet instant. Il essaie simplement de prouver ce qu'il dit. J'ai tellement besoin d'informations que j'accepte son manège. Mieux vaut laisser croire aux hommes comme Olan qu'ils ont gagné.

La lueur de la cheminée fait danser des ombres fantomatiques sur son visage.

— Les rues de cette ville sont irriguées par le sang d'une guerre qui fait rage depuis l'époque où elle se nommait La Nouvelle-Amsterdam. Ces sorcières vous racontent de belles histoires sur le devoir et la solidarité féminine (il affiche une grimace de dégoût), mais nous sommes les seuls à pouvoir vous aider à obtenir tout ce dont vous rêvez.

Il relâche son emprise sur moi et je réplique en manipulant ses doigts pour les faire retomber sur le fauteuil. Il sourit. Je ne lui accorde pas la satisfaction de réagir.

Il faut à tout prix que je sorte d'ici. Je rebrousse chemin sans me retourner, traînant Oliver avec moi.

Le chef Olan m'appelle depuis sa place devant la cheminée.

— Quand vous retournerez dans votre petite école à votre petite magie, rappelez-vous ce que vous avez fait ici, ce soir. Rappelez-vous, et venez nous trouver.

L'air glacial qui m'accueille en passant la porte est un soulagement. Juste avant qu'elle ne se referme, un tout dernier rire flotte jusqu'à moi depuis la cheminée.

18

Oliver et moi sortons sous la pluie. L'odeur des égouts et des ordures mouillées imprègne l'air.

La robe de Maxine me colle à la peau.

Mon corps est électrisé. Pour la première fois depuis des lustres, je me suis montrée courageuse. C'est difficile d'être courageux quand on est triste, et j'ai été triste si longtemps...

— Tu vas bien ? demande Oliver.

Le tonnerre emporte sa question dans le caniveau où elle se déverse avec tout ce qui n'a pas d'importance.

Comme je ne réponds pas, il en pose une autre :

— Que fais-tu en dehors du sanatorium ?

Ah oui, ma couverture. J'ai vite oublié que j'étais censée être couchée avec la tuberculose.

— Comment es-tu au courant ?

— Tu te souviens que, dans la lettre que tu m'avais écrite, tu disais que tu allais au commissariat tous les dimanches à dix heures pour te renseigner au sujet de Will ? (Il baisse les yeux sur ses chaussures.) J'y suis allé il y a quelques semaines. J'aurais dû le faire plus tôt, mais je me sentais enfin prêt, et je voulais te revoir après… (Il soupire.) Enfin bref, tu n'es jamais venue, et un agent m'a raconté ce qui s'était passé. Le patron de ton atelier retrouvé mort et ta tuberculose le même jour. Une sacrée histoire.

— La guigne.

— Tu as l'air plutôt en forme à présent.

— Je suis sortie en douce.

Quel mensonge minable. Il ne me croit pas et je ne peux pas lui en vouloir.

Il respire calmement. Ses cheveux bruns lui collent au front. J'ai l'impression qu'il a encore vieilli.

— C'est vraiment étrange… J'ai voulu t'écrire, mais personne n'a été capable de me donner l'adresse. J'ai fait parvenir des dizaines de lettres à tous les sanatoriums de l'État, pour être sûr, mais tu sembles n'en avoir reçu aucune.

— Tu… Tu m'as écrit ?

Une petite voix dans ma tête, celle que je m'efforce d'ignorer, comprend ce qu'il dit : « Il a essayé de me retrouver. »

— Bien sûr, murmure-t-il.

J'ai l'impression qu'on vient de me pousser sur le ring. Mes émotions font rage, comme la cloche d'une église dans la tempête. Je n'ai pas le temps pour ça, pas le temps de réfléchir à ce que ça signifie. Alors je hausse les épaules.

— Tu sais ce que c'est, le courrier, dis-je en guise d'excuse.

Il plisse les yeux. Le doute dans son regard fait mal, même si je le mérite.

— Que fais-tu là, exactement ? demande-t-il.

— J'ai été invitée par un ami. C'était très bête de ma part d'accepter de venir.

— C'était Finn ?

Je m'autorise un instant à imaginer qu'il est jaloux que je passe du temps avec un autre garçon.

— Je ne savais pas que vous vous connaissiez.

— Je ne le connais pas suffisamment pour en dire du mal, reprend-il. Je n'ai jamais compris pourquoi ton frère était si fasciné par lui et ses amis. Peut-être étaient-ils plus intéressants que moi.

Je n'avais jamais songé jusqu'à maintenant qu'Oliver pouvait aussi avoir été blessé par l'obsession de William pour les disciples de saint Druon et son nouveau travail chez eux.

— Et toi, que faisais-tu là ce soir ?

Même dans la rue sombre et pluvieuse, l'hématome autour de son œil est très visible. Lui qui m'a toujours paru si sûr de lui, intouchable... Le voir aussi dérouté m'attriste.

— Le club de gentlemen de mon père se rassemble au Commodore Club. J'y ai été invité ce soir. Je croyais qu'il me considérait enfin assez mûr pour me joindre à eux sans lui faire honte. Un instant, j'étais en train de boire du scotch, la seconde d'après, on me poussait dans cette cave, et... j'ai l'impression de perdre la tête.

Il regarde vers le ciel et laisse la pluie dégouliner sur son visage fin, contusionné par le combat.

— Tu as fait quelque chose là-bas. C'était comme... de la magie. Un type a parlé de magie.

Il a du mal à articuler le mot.

— Tu n'étais pas au courant ?

Entre son père et William, je suis surprise qu'Oliver soit resté si longtemps dans l'ignorance. Il a dû se sentir très seul.

— Je commence à comprendre que je ne sais rien du tout. Le plus bête, c'est que je n'ignorais pas que mon père me préférait William. Mais j'étais quand même jaloux qu'il lui ait trouvé une position chez les disciples alors qu'il refusait de me laisser passer la porte de l'établissement. Selon lui, j'étais trop jeune, et il ne voulait rien savoir quand je lui rappelais que Will n'avait que trois mois de plus que moi. Mais il avait raison. Will était mieux armé pour gérer tout cela. Il avait une meilleure tolérance à l'absurde ; ça l'agaçait que j'aie toujours besoin que tout soit logique... Je crois qu'il faut que je rentre, j'ai envie de vomir.

— J'aimerais savoir quoi te dire. Tu n'es pas fou, tu n'as pas d'hallucinations.

— Donc c'était vraiment de la magie ? demande-t-il, affligé.

— Si c'est le mot que tu veux utiliser.

Son expression change ; c'est comme s'il me voyait pour la première fois. Ça me déstabilise.

— Je suis désolée, Oliver. J'aimerais pouvoir rester, t'expliquer…

Ma voix tremble légèrement, mais je ne laisserai pas mes sentiments me dominer alors que Maxine et Lena m'attendent. Si elles ne sont pas déjà parties, évidemment. Dieu sait quels ennuis nous nous sommes attirés.

— Je dois vraiment m'en aller.

Mes bottines dérapent sur le trottoir mouillé quand je m'éloigne, le laissant planté là, encore une fois.

— Pardonne-moi, Frances ! me crie-t-il.

Je suis déjà loin ; sa voix est presque inaudible sous la pluie.

— Pour quoi ?

C'est un instant douloureux.

Oliver hausse les épaules dans son smoking détrempé.

— Pour tout.

Mon cœur bat la chamade. Je sais ce qu'il veut dire.

Je parcours les douze pâtés de maisons jusqu'à l'église des suffragettes en courant.

Quand j'arrive, j'ai les cheveux dégoulinants et collés à l'arrière de mon crâne, et l'ourlet de la belle robe de Maxine est couvert de boue. Pourvu qu'elle me pardonne. Pourvu que je puisse arranger ça.

La rue est déserte, la pluie se dissipe rapidement.

J'entre dans le sous-sol humide où les femmes conversent par petits groupes.

J'attrape des bribes au passage : « grèves », « protestations », « manifestations ».

Maxine ouvre de grands yeux horrifiés à ma vue.

— Mais que t'est-il arrivé ? demande-t-elle entre ses dents serrées.

— J'ai été surprise par la pluie.

Je souris parce que Helen nous fusille du regard à travers la pièce. Je ne crois pas que Maxine parle de la pluie, mais plutôt de mon orbite violacée.

Helen s'approche à grands pas.

— Où étiez-vous, Frances ?

Je simule une crise de larmes. Ce n'est pas difficile après la soirée que je viens de vivre. Je récite l'histoire que Maxine, Lena et moi avons mise au point il y a deux jours en échafaudant cette supercherie : mes amies de l'atelier de couture me manquaient tellement que je n'ai pas pu m'empêcher de quitter la réunion pour les retrouver.

— Vos amies ne devaient pas être ravies de vous voir, lance-t-elle en observant mon visage tuméfié.

— J'ai trébuché. Le trottoir glissait à cause de la pluie.

— Je ne peux pas dire que vous ne l'avez pas cherché. Enfin, nous avons des affaires plus urgentes à régler.

Elle s'approche de la grande blonde à qui j'ai parlé plus tôt dans la soirée.

— Ethel, tu es prête ? demande-t-elle tout bas.

Ethel déglutit.

— Je crois que oui.

Suivie de près par Ethel, Helen nous emmène jusqu'à l'ambulance.

Même avec Maxine à l'avant, l'habitacle est terriblement petit pour accueillir une personne supplémentaire.

— Désolée pour ta tuberculose, dit Lena à Ethel.

— Helen m'a expliqué où nous allions. Par courtoisie.

— Dans ce cas, désolée pour ta magie.

Ethel renifle.

— On se lance dans une grève de la faim et on en ressort avec des pouvoirs magiques. Je me sens mal pour ce garde qui en a fait les frais, cela dit.

— Ne t'en fais pas.

Le trajet de retour est long et affreusement silencieux.

Helen bouillonne au volant, furieuse de ma disparition pendant sa sortie soigneusement planifiée.

Maxine bouillonne à l'avant, sûrement furieuse pour sa robe que j'ai détruite.

Lena bouillonne à l'arrière de l'ambulance, furieuse à raison contre toutes ces suffragettes étroites d'esprit.

Ethel bouillonne peut-être. Je ne la connais pas suffisamment pour le dire.

Quant à moi, je suis terrifiée, et *terrifiante*.

Assaillie d'émotions contradictoires, je suis incapable de digérer tout ce que j'ai appris sur la magie et sur moi-même ce soir. Je sens encore la vibration du pouvoir, ce qu'il m'a fait ressentir. J'ai déjà envie de le retrouver. C'est enivrant. Mais je pense aussi au bruit de la bouteille de bourbon qui s'est écrasée sur le crâne de cet homme, et à la peur panique dans les yeux de mon adversaire quand j'ai pris possession de son corps ; ça me fait froid dans le dos. Ce soir, j'ai été obligée de me servir de la magie délibérément pour faire du mal. Et je l'ai fait avec brio. « Qu'est-ce que cela révèle de moi ? »

La proposition du chef Olan me trotte dans la tête. Fuguer d'Haxahaven pour rejoindre un homme plein de belles promesses ressemble un peu trop à ce qu'a fait ma mère. En même temps, maîtriser mes pouvoirs pourrait-il m'empêcher de commettre les mêmes erreurs qu'elle ?

Le gravier devant l'école crisse sous les pneus de l'ambulance. Dans le noir, les colonnes blanches du bâtiment paraissent bleues.

Helen saute du véhicule.

— Frances, vous serez de corvée de cuisine pendant deux semaines. Présentez-vous demain matin au réfectoire à cinq heures.

Comme si je ne méritais pas une seule autre seconde de son temps, elle entre dans Haxahaven sans un regard en arrière, la pauvre Ethel sur ses talons.

— Tu vois, je te l'avais dit, déclare Maxine. Il faut absolument que tu nous racontes ce qui s'est passé.

Elle nous entraîne jusqu'à sa chambre.

Je sursaute à la vue d'une fille rousse que je connais, assise en chemise de nuit sur son lit.

— Je suis désolée, ma chérie, on ne sort pas ce soir, lui dit Maxine.

Déçue, la fille sort sans protester.

— C'était May ?

— Oui.

Je laisse tomber les questions. Nous avons des choses plus importantes à discuter.

Je m'approche de la coiffeuse couverte de bijoux. Telle une pie incapable de résister aux objets brillants, je caresse les contours d'une broche de saphir. Il y a aussi toute une collection de magazines aux pages cornées qui montrent des dandys vêtus de costumes aux couleurs vives et de cravates rayées.

La voix de Maxine me ramène à la réalité.

— Je t'ai dit de prendre ce qui te faisait plaisir. Une broche, une robe, tout ce qui te plaît, annonce-t-elle froidement. Ça ne me sert à rien. Je vais porter cette cape jusqu'à la fin de mes jours.

Elle s'effondre sur le lit, épuisée. Je ne prends pas la peine de lui rappeler qu'elle n'a pas porté sa cape ce soir.

J'ai tellement envie de me débarrasser de cette robe trempée que je m'apprête à accepter son offre, mais elle ne m'en laisse pas le temps.

— Alors, Hallowell, que t'est-il arrivé ce soir ? J'ai senti la magie opérer… quelque chose.

C'est un soulagement de pouvoir tout leur raconter. Je parle si vite que je bégaie à moitié. Je n'arrive même pas à soutenir leurs regards choqués jusqu'à la fin.

Lena m'observe, bouche bée.

— Pourquoi tu n'es pas simplement partie ?

Je n'ai aucune réponse logique à lui apporter. Je ne crois pas pouvoir expliquer l'impression d'être responsable d'Oliver, le poids du regard de Finn, ou pire, l'exaltation de me servir de ma magie.

— Je ne sais pas.

Maxine fait les cent pas dans la pièce en défaisant son chignon avec une expression indéchiffrable.

— Ce que j'ai senti… marmonne-t-elle. Je n'arrivais plus à respirer, comme si on me comprimait la poitrine.

— Je ne sais pas comment j'ai fait.

Ce n'était pas très différent de notre entraînement dans les bois, mais c'était *plus intense*, comme si on avait enfin débouché une bouteille qui auparavant ne faisait que fuir. Pour la première fois, j'ai ressenti la véritable ampleur de ce pouvoir. Je n'évoque pas devant elles la terrible satisfaction que cela m'a procurée. Je me sens encore un peu étourdie. Je ne peux pas leur avouer l'avidité que je ressens.

Finn avait raison. Cette magie est dangereuse.

À force de tourner en rond, Maxine va trouer le tapis.

— Frances, tu ne dois en parler à personne. Nous emporterons ce secret dans la tombe. Si Vykotsky l'apprenait…

— Oh oui, Maxine, Mme Vykotsky est la première personne à qui j'ai pensé avouer nos sortilèges interdits, et d'avoir participé à un combat de boxe magique à mains nues.

— Tais-toi.

Après tout ce qui s'est passé ce soir, je suis à cran et pas d'humeur à tolérer ses piques.

— Je ne comprends pas pourquoi tu es méchante avec moi ! m'écrié-je trop fort.

Le silence retombe pendant que nous tendons l'oreille, aux aguets. Nous n'avons vraiment pas besoin que quelqu'un vienne voir ce qui se passe.

Après un moment pesant, Maxine soupire et regarde le plafond.

— Je ne suis pas méchante. C'est juste que j'aurais voulu être à ta place.

Je ne l'ai jamais vue si vulnérable. Et je n'en reviens pas d'apprendre qu'elle puisse être *jalouse*.

— Si je pouvais te donner ce pouvoir, je le ferais, dis-je.

Pas sûr que ce soit la vérité. S'il peut me rapprocher du sortilège de résurrection et m'aider à découvrir ce qui est arrivé à mon frère, je ne m'en débarrasserais pour rien au monde.

Lena ouvre à peine la bouche. Elle se contente de m'observer, les yeux plissés, en jouant avec une mèche de cheveux. Son regard fixe est plus déroutant que l'agitation de Maxine.

Une fois que celle-ci est convaincue que je n'ai plus rien à lui raconter, Lena et moi remontons à notre chambre.

Je suis blessée et frustrée. J'avais besoin de leur soutien ce soir ; au lieu de ça, je me sens punie.

— Est-ce que ça va ? me demande Lena à la porte.

Elle a l'air d'avoir autant besoin d'un câlin que moi.

— Non. Et toi ?

— Non.

Je l'attire contre moi, un peu maladroitement. Je suis trop maigre et elle est trop grande, mais je me sens un peu mieux.

Nous échangeons un sourire triste avant d'entrer en faisant attention à ne pas réveiller Ruby et Aurelia.

Je suis toujours contrariée par ma conversation avec Maxine. J'aurais pitié d'elle si je n'étais pas aussi irritée. Évidemment, il a fallu qu'elle trouve le moyen de ramener cette histoire à elle.

Je m'endors rapidement. La magie a consumé mon énergie comme la mèche d'une chandelle.

Je rêve que je suis au milieu de la prairie du Blockula, où m'attend Finn. L'herbe est couverte de minuscules fleurs pourpres, comme si du sang avait giclé dessus. La lumière est distordue.

Le col de sa chemise blanche est déboutonné. Ses yeux sont soulignés de croissants violacés. Depuis quand ne s'est-il pas réellement reposé ?

— Bonsoir, Finn.

Je me demande vaguement si je pourrais contrôler son corps dans ce rêve.

Il baisse les yeux, nerveux.

— Je n'aurais pas dû t'emmener. Tu aurais pu y rester.

— Mais je m'en suis sortie.

Il se frotte le menton, tourmenté.

— Ton œil te fait souffrir ?

Dans mon rêve, mon orbite est sensible mais la douleur supportable. Je ne sais pas comment se traduit la réalité ici. Lui aussi a un œil tuméfié, d'un coup qu'il a pris en me traînant hors du ring.

— Et le tien ?

Il hausse les épaules.

— J'ai connu pire. Ce que tu as fait ce soir était... extraordinaire, continue-t-il en me regardant avec vénération. Le chef Olan t'a invitée à nous rejoindre, n'est-ce pas ?

— Comment le sais-tu ?

— Je le connais bien, fait-il d'une voix lasse. Il collectionne les gens aux pouvoirs extraordinaires comme un simple mortel collectionne les timbres.

Est-ce ce qui lui est arrivé ? Un adolescent à la jambe cassée emmené par un homme de l'autre côté de l'océan dans une ville inconnue... Il devait être terrifié.

— Pourquoi aurait-il besoin de moi ? Les disciples semblent avoir suffisamment de pouvoir.

— Chaque magie est complexe et personnelle. Nous avons nos découvreurs, nos clairvoyants, nos télépathes. Mais nous n'avons personne capable de manipuler comme toi, à part le chef... Il cherche un protégé depuis longtemps, mais aucun de nous n'est assez puissant.

« Assez puissant ». Cette idée me fascine autant qu'elle me met mal à l'aise. Je ne peux pas avouer la vérité à Finn, admettre que je ne suis pas persuadée de posséder un pouvoir spécial. Je suis convaincue que Maxine, Lena, ou n'importe laquelle de mes camarades de classe auraient réagi exactement de la même manière sur ce ring.

Il se mordille la lèvre.

— Alors, tu vas accepter son offre ?

— Est-ce qu'une sorcière a déjà été invitée auparavant ?

L'idée de quitter Haxahaven me tourmente. Malgré tous ses défauts, cet endroit est devenu un foyer pour moi et, après ce que j'ai vu ce soir, les disciples ne me paraissent guère une meilleure option.

— Pas à ma connaissance.

— Tu veux que j'accepte ?

C'est la question qui m'angoisse le plus.

Finn réfléchit un instant.

— Bien sûr.

— Et si je n'ai pas vraiment envie de partir pour le moment ? On mange bien, ici.

Il fronce les sourcils. J'aurais cru qu'il rirait.

— Et si partir t'aidait à découvrir ce qui est arrivé à ton frère et aux autres garçons ?

J'aurais dû m'en douter. Il utilise l'unique argument que je ne peux réfuter.

— Je n'en suis pas convaincue. Pas encore.

J'ignore comment le lui expliquer sans passer pour quelqu'un de faible.

— Peut-être que je changerai d'avis quand mes hématomes auront guéri. On peut dire ce qu'on veut sur les sorcières d'Haxahaven, mais elles, elles ne m'ont jamais donné de coups de poing dans la figure.

— Je leur ferai payer ce qu'ils t'ont fait ce soir.

Je veux lui demander comment il compte se venger, au juste, mais je doute que ma condescendance soit bien accueillie. Il m'est apparu clairement ce soir que l'influence de Finn au sein des disciples est minime.

— Ça n'en vaut pas la peine.

— Quel que soit ton choix, nous sommes dans le même bateau. À bientôt, Frances.

Une étincelle violemment réelle passe dans ses yeux noisette.

Ma repartie cinglante reste coincée au fond de ma gorge.

Je me réveille en sursaut. Mon œil me fait un mal de chien.

« Terrifiée et terrifiante. »

Avant l'aube, quand la lumière est encore violette, je me lève pour ma corvée de cuisine. Je suis épuisée, énervée contre moi-même, mais c'est une punition bénigne, alors je boutonne ma pèlerine, natte mes cheveux et sors sans bruit de la chambre.

Florence m'accueille à la porte, comme le soir où nous sommes sorties retrouver Finn avec Maxine et Lena.

Elle hausse un sourcil.

— Helen dit qu'aucun groupe de filles ne lui avait causé autant d'ennuis depuis qu'Alice Roosevelt et ses amies ont mis le feu à un sénateur. Qu'est-ce que tu as fait ?

— J'ai fait le mur pour retrouver mes amies.

— Et elles t'ont frappée ?

— J'ai trébuché.

— Allez, viens. Je vais t'apprendre à faire de la brioche.

En plus de Florence, il y a Ann, une femme replète et pâle comme la pâte que je pétris. Ann me fait récurer les fours avec un sort pour faire léviter la brosse, mais ça ne me dérange pas. Le nettoyage m'a toujours procuré une certaine satisfaction.

La cuisine est paisible, toute en sols de brique et âtres brillants. C'est le cœur d'Haxahaven, s'il en possède un.

Les corvées répétitives me permettent de démêler les nœuds que j'ai dans la tête.

« Les sorcières peuvent manipuler les gens. »

« Je ne devrais pas avoir le droit de manipuler les gens. »

« Ai-je seulement envie de manipuler les gens ? »

« Je crois que je suis assez douée, en tout cas. »

Une meilleure personne que moi se sentirait terriblement coupable de ce qui s'est passé au sous-sol du Commodore Club, au lieu de brûler d'impatience de réessayer. Les gentilles filles ne volent pas les dagues et ne cassent pas de bouteilles de bourbon sur la tête des gens. Les gentilles filles n'ont pas de feu dans la poitrine qui demande encore et toujours plus de choses à dévorer.

Travailler en cuisine ressemble un peu à des cours particuliers, mais sans les professeurs qui vous donnent envie de vous arracher les cheveux d'ennui. Florence est capable de préparer une poêlée d'œufs brouillés à l'autre bout de la pièce par la force de son esprit, tout en remuant une casserole de porridge avec ses mains : c'est la magie pratique que Mme Roberts nous enseigne, rapide et efficace, seulement Florence et Ann sont bien plus puissantes que n'importe qui de ma connaissance.

— Peux-tu faire venir le balai par là, ma petite ? me demande Ann le deuxième jour.

Le pouvoir qui s'éveille dans ma poitrine n'a rien de terrifiant. Et pour cause, le balai retombe là où il se trouve. Déplacer un balai s'avère plus difficile que déplacer une personne. La magie est un art minutieux et imprévisible.

— Bien, mais ce n'est pas tout à fait ce qu'il me faut, dit-elle gentiment. Essaie ça. **Soppa golvettia**, murmure-t-elle.

Le balai décrit un arc élégant.

Maladroitement, je répète les paroles :

— **Soppa golvettia.**

Le balai se lève à la verticale et se met à balayer le sol par à-coups.

Florence sourit en s'essuyant les mains sur son tablier.

— Bravo. Continue de t'entraîner.

C'est ce que je fais. Chaque matin, je me rends à la cuisine et, chaque matin, ma maîtrise s'améliore. Je saute du lit avec enthousiasme, motivée par la compagnie d'Ann et de Florence. Le moindre petit progrès me donne la sensation de me connaître un peu mieux. Le mercredi, je suis capable de balayer toute la cuisine avec un rythme cardiaque à peine plus élevé que d'habitude.

Selon Florence, j'apprends plus vite que toutes les élèves qu'elle a connues. Je déborde de fierté.

— C'est ce que vous faites au parc ? Vous vous entraînez à balayer ? me demande-t-elle avec un sourire.

Elle est tellement gentille que j'ai presque envie de lui dire la vérité. Parler de tout cela à une adulte pourrait me soulager. Je me l'imagine : elle me caresserait le dos en me disant que tout va bien. Elle saurait sûrement quoi faire. Cependant, elle ne m'aiderait jamais à exécuter la Résurrection, alors je me contente de sourire.

— Non, c'est juste que vous êtes une excellente professeure. Pourquoi n'avez-vous pas votre propre classe ?

Elle pince les lèvres. Aux fourneaux, Ann se fige.

— Mme Vykotsky considère qu'Ann et moi sommes plus utiles à l'école ici. Toutes les deux, nous avons beaucoup de différends avec Ana. On peut parler de divergences philosophiques. Mais nous partageons le même amour pour les filles d'ici, n'est-ce pas, ma chère ?

Ann se tourne, spatule serrée dans la main.

— Certainement, ma chère.

Pendant la journée, je reste silencieuse en cours et, malgré mes efforts pour suivre, je n'arrive qu'à remarquer la futilité des leçons.

J'ai commencé à mentir ouvertement dans la classe de Mme Li. Parler de mon père absent à qui je n'ai jamais franchement pensé est plus facile que de parler de ce qui me fait mal pour de vrai, donc je brode des contes tragiques d'anniversaires et de Noël manqués jusqu'à ce que ma souffrance convienne à Mme Li.

Les disciples de saint Druon ont raison sur un point : Haxahaven n'a aucun intérêt à nous apprendre à devenir fortes. Chaque leçon, chaque conversation, chaque compétence enseignée n'a pour but que de tenir nos pouvoirs sous les verrous. De laisser s'évaporer la magie tout doucement comme une fuite de pétrole, de peur que nous n'explosions.

Si mes leçons matinales avec Florence et Ann m'aident, ce n'est pas aussi efficace qu'au Commodore Club.

Maxine et Lena remarquent mon inattention. Nous sommes allongées sur le lit de Maxine un soir, après dîner. J'ai la tête sur son ventre et les jambes sur Lena. L'une lit, l'autre coud ; quant à moi, je regarde le plafond.

— À quoi tu penses ? demande Maxine.

— Rien qui en vaille la peine.

— Tout est toujours si dramatique avec toi, soupire-t-elle en retournant à son livre.

— C'est l'hôpital qui se moque de la charité, je lance.

Ça m'agace, mais elle a raison. J'ai honte d'avoir envie de plus que tout ça. Je suis au chaud, j'ai des amies, j'étudie dans une école de magie, bon sang ! Et ça ne me suffit pas.

J'ai l'impression que mon âme grandit à l'intérieur de moi. Elle bâille pendant les cours. Le soir venu, elle me démange et me supplie de la laisser se défouler sur quelque chose.

D'effroyables pensées viennent taper à ma fenêtre comme la grêle, lentement au début, et puis sans s'arrêter. « Et si j'obligeais Maxine à me donner cette dernière part de tarte ? Et si j'obligeais Lena à se lever ? Et si j'obligeais Aurelia à gifler Ruby ? Et si, et si, et si… »

J'essaie de les ignorer mais elles reviennent toujours en force, en hurlant dans ma tête. La plupart des soirs, je me retire dans ma chambre rapidement ; je ne reste pas bavarder avec les autres sur la véranda, comme les filles de mon âge. La corvée de cuisine matinale est une bonne excuse.

J'arrête de dormir.

« Je suis terrifiée et terrifiante. »

19

Je ne suis pas surprise que Finn en veuille plus, lui aussi.

Il me vient en rêve, plus beau et fatigué que jamais. Nous sommes au Blockula une fois de plus. Le crépuscule est orange et pourpre.

— J'ai eu du mal à te trouver, dit-il.

Il a les mains dans les poches, les boucles en bataille.

Je suis en chemise de nuit, les cheveux défaits sur mes épaules.

— J'ai du mal à dormir.

— Je connais ça. Ton œil a l'air d'aller mieux.

L'hématome est passé du violet au verdâtre. Il a le même sur la pommette.

— Merci. Je trouve que le vert me sied au teint, dis-je pour plaisanter.

Mais il a l'air si grave ce soir qu'il n'esquisse pas l'ombre d'un sourire. Son visage de marbre me rend nerveuse.

— Je n'ai pas beaucoup de temps, mais j'ai une question à te poser.

J'essaie de conserver un ton léger.

— Je t'en prie.

— Au lieu de notre leçon de cette semaine, pourrais-tu me retrouver sur la route juste derrière les chênes qui bordent l'allée d'Haxahaven, à dix-huit heures ? (Il marque une pause.) Seule.

Un frisson me parcourt le corps.

— C'est pile à l'heure du dîner. Je ne sais pas trop. Pourquoi ? Tu as découvert autre chose ? C'est le miroir de divination ?

— Je dois y aller. Je t'attendrai. J'espère que tu viendras.

Et il disparaît. Je me réveille fâchée contre moi-même car je sais déjà que j'irai le retrouver, coûte que coûte. En pleine journée, pendant un repas, c'est ma fugue la plus risquée jusqu'à présent.

J'informe Maxine que le cours avec Finn est annulé cette semaine et qu'il veut que je sorte discrètement, prétendant qu'il a trouvé un élément important pour le sortilège.

Déçue, elle répond à peine mais, trois jours plus tard, elle me coiffe pendant que Lena place des oreillers sous ma couverture.

— Tu peux taper dessus autant que tu veux, ça ne ressemblera pas à Frances, commence Maxine en tirant si fort sur mes cheveux que ma tête bascule en arrière.

— C'était ton plan ! proteste Lena.

Elle jette la couverture par-dessus et, si on plisse un peu les yeux, ça peut ressembler à un corps humain.

— Je n'ai jamais dit que c'était un bon plan, rétorque Maxine.

— Vous ne me rassurez pas, dis-je avec un soupir.

— En tant qu'amies, il est de notre devoir moral de te prévenir quand tu te comportes comme une idiote pour un garçon, déclare Maxine.

— Ce n'est pas juste. Il…

— Et en tant qu'amies, coupe-t-elle, il est de notre devoir moral de ne pas t'en empêcher.

Elle noue ma tresse avec un ruban de satin noir.

Je me demande si c'est ça, d'avoir des sœurs, mais Maxine interrompt mes pensées en me donnant une pichenette sous l'oreille.

— C'est en quel honneur ?

— Pour te porter chance. Prête ?

Elle me met la clé de la grille dans la main.

— Plus que jamais.

Je boutonne ma cape en regrettant de ne pas pouvoir enfiler quelque chose de plus flatteur que mon uniforme, mais la règle numéro un étant de ne pas attirer l'attention, il faudra faire avec.

Maxine pose la main sur mon épaule alors que je m'apprête à passer la porte de la cuisine. Dans l'agitation du dîner, personne ne m'arrêtera.

— Tu nous dois un service maintenant… tu le sais ?

— Tu tiens des comptes ? je réplique. (Elle incline la tête, sourcils haussés.) Ah, tu as déjà quelque chose à me demander, c'est ça ?

Ces petites taquineries sont amusantes. Un jour, Maxine m'a ordonné de ne pas être ennuyeuse et j'essaie de m'exécuter, mais au fond, elle doit savoir que je céderais à tous ses caprices.

Comme promis, Finn m'attend sur la route. Appuyé contre la portière d'une Ford T dans son pardessus noir, on dirait le méchant d'un roman gothique et, même si je suis encore contrariée par ce qui s'est passé au Commodore Club, mon cœur s'emballe.

— Pile à l'heure.

Son sourire éclaire tout son visage comme un rayon de soleil à travers les nuages.

— On ne m'appelle pas Frances la Rebelle d'Haxahaven pour rien.

— Qui t'appelle comme ça ?

— Je me disais qu'on pouvait lancer la mode.

Je me mords la joue pour m'empêcher de lui rendre son sourire.

— D'accord, petite rebelle. Monte en voiture… Je veux y être avant la nuit.

— Tu l'as volée ?

— Empruntée.

Je ne suis pas sûre de le croire.

— Où allons-nous ?

— C'est une surprise.

— Tu as trouvé quelque chose ? Les disciples ont des miroirs de divination ? J'ai fait des recherches à la bibliothèque mais je n'ai pas trouvé beaucoup de…

— Il n'y a pas que la résolution de meurtres dans la vie, Frances, glousse-t-il.

— Mais tu as trouvé quelque chose, non ?

— Monte.

Je m'exécute, frustrée. Découvrir ce qui est arrivé à William est plus qu'une énigme de roman policier pour moi.

À cause du bruit du moteur qui proscrit toute conversation, je passe les vingt-cinq minutes suivantes en compagnie de ma nervosité.

Le coucher de soleil automnal peint déjà le ciel d'une teinte rose quand l'automobile ralentit enfin.

Finn manœuvre habilement dans les rues bordées de maisons de grès puis sur les larges boulevards, jusqu'à ce que, soudain, la plage apparaisse. L'eau s'étend à l'horizon de la même couleur que le ciel. C'est une vue à couper le souffle.

Il se gare, descend et me rejoint de l'autre côté.

Je ne suis venue par ici qu'une seule fois dans ma vie, à l'occasion d'une livraison spéciale pour une cliente, l'hiver de mes seize ans.

— Qu'y a-t-il d'intéressant à Coney Island ? demandé-je quand Finn m'ouvre la portière.

— Des manèges. À manger. De la joie.

J'accepte la main qu'il me tend pour descendre. L'air charrie l'odeur des embruns et de la friture.

— Ils n'ont pas trouvé d'autres corps ?

Je ne comprends pas.

— Pas de cadavres, non. Pas de documents mystérieux. On va juste s'amuser un peu.

Il m'observe avec une expression pleine d'espoir.

Ça m'agace d'avoir été amenée à faire le mur pour rien, cependant je suis touchée qu'il ait pensé à me faire plaisir.

— Je ne suis plus sûre de savoir m'amuser.

— Alors laisse-moi te rafraîchir la mémoire.

Le Luna Park de Coney Island semble tout droit sorti d'un conte de fées. Un quart de million de lumières électriques illuminent le crépuscule comme en plein jour. Autour de nous flotte la musique métallique des fêtes foraines, ponctuée des hurlements des montagnes russes.

Nous traversons la jetée grise et usée où l'odeur d'iode me donne l'impression d'être un peu plus légère. Je la hume en fermant les yeux. « Pour une seule soirée, contentons-nous de cela. »

Un croissant de lune jaune éclaire l'immense billetterie où est peint le mot « LUNA ». Derrière l'entrée principale, on aperçoit les flèches et les tourelles des bâtiments du parc d'attractions conçu comme une ville européenne miniature.

Finn dépose une poignée de pièces sur le guichet.

— Deux, s'il vous plaît.

Avec un sourire, le caissier moustachu arrache deux billets d'un rouleau gros comme ma tête et nous les passe sous la vitre.

— Bonne soirée, jeunes gens.

Les doigts de Finn effleurent ma paume quand il me donne mon billet.

— Dix-sept ans à New York et je ne suis jamais montée dans les manèges de Coney Island, dis-je, émerveillée.

— J'ai de la chance d'être celui qui t'y emmène, alors.

La brise de l'océan souffle ses boucles devant son visage. Il les écarte avec un sourire éclatant sous les lumières électriques.

Nous passons un tourniquet métallique pour arriver sur une promenade bondée de gens en manteaux, écharpes et chapeaux de laine. Je resserre ma pèlerine autour de moi ; je dois faire tache au milieu de tout ce monde.

Des ampoules rouges et vertes illuminent des moulins plus hauts que moi. Des milliers de lumières blanches décorent une tour qui trône en plein centre. Ces nouveautés me rappellent ma toute première leçon de magie : la prise de conscience enivrante que ce monde recèle tant de choses que je n'ai jamais vues.

Finn me jette un coup d'œil avec un sourire en coin.

— Tu es contente ?

J'espère ne jamais m'habituer au charme de son accent qui transforme tout ce qu'il dit en chanson.

— Je ne sais pas trop.

Je suis folle de m'autoriser à profiter de ce moment.

Comme s'il lisait dans mes pensées, il effleure ma main et dit :

— Tu as le droit d'être heureuse. C'est ce qu'il aurait voulu.

Je soupire.

— C'est juste que ça me paraît être du gâchis que tout ça existe et qu'il ne soit pas là pour le voir.

— Je te comprends, mais rien n'avait plus d'importance pour William que ton bonheur.

— Il te l'a dit ?

— Non, mais ça se voyait. Dans sa façon de parler de toi.

— Merci.

Je suis tendue. Difficile de profiter du bonheur sans culpabilité ; c'est l'un des effets secondaires inattendus du deuil.

— Je t'ai contrariée...

— Non, non. Je suis seulement... fatiguée. On peut monter dans un manège ?

Il me dévisage avec une tendresse profonde dans les yeux.

— Je crois que j'en connais un qui va te plaire.

Nous nous frayons un chemin dans la foule jusqu'à un chapiteau bleu vif, sur le fronton duquel est écrit « VAGUES ENSORCELÉES ».

Un homme perché sur un tabouret prend nos billets et nous désigne un engin qui ressemble à une petite automobile ouverte, parmi une douzaine d'autres éparpillés sur une surface large comme une patinoire. Le plancher est en tôle ondulée et les parois en contreplaqué peint.

Comme le véhicule est très bas, Finn me prend la main pour m'aider tandis que je manœuvre les pans de ma jupe. C'est un geste simple, plus courtois qu'autre chose, mais qui me fait palpiter le cœur. Il croise mon regard et, l'espace d'une seconde, je suis sûre qu'il sent cette électricité entre nous. Il se glisse à côté de moi, dangereusement près. Malgré ma robe de laine et le jupon en dessous, je sens la chaleur de sa cuisse irradier contre la mienne.

Je peux peut-être m'accorder au moins cela. Apprécier le halo de lumière dans les cheveux de Finn. Arrêter la machine de mon cerveau pour un soir et ne pas me demander pourquoi j'ai tellement peur de ressentir quelque chose d'agréable.

Les gens affluent autour de nous ; des couples, jeunes et vieux, deux sœurs avec un ruban identique dans les cheveux, deux garçons chahuteurs d'environ mon âge.

Le guichetier à chemise rayée crie d'un air blasé :

— Gardez les mains et les bras à l'intérieur de la voiture !

Sans cérémonie, il abaisse un levier long comme mon avant-bras.

L'excitation monte pendant que les rouages cliquettent et ronronnent en dessous de nous. Puis la plaque de tôle sur laquelle se trouve notre voiture se soulève et nous sommes projetés à travers la piste. Avant que nous ne rentrions dans le mur, une autre partie du plancher se hisse à son tour, nous envoyant dans une autre direction.

Le sol entier s'anime comme l'océan dans la tempête, les voitures s'envolent dans tous les sens et les hurlements, sifflets et cris de joie emplissent la piste. Un orgue joue un ragtime saccadé.

Nous tamponnons la voiture des deux sœurs et je ne sais pas si je crie parce que je m'amuse ou parce que je suis morte de peur. Tout ce que je sais, c'est que j'ai le cœur dans la gorge et la main de Finn sur mon genou.

Il rit à gorge déployée chaque fois que notre voiture rentre dans une autre.

J'adore son sourire. Ses canines du bas sont un tout petit peu trop pointues, comme des dents de vampire. Soit je ne l'avais jamais remarqué jusqu'à présent, soit il n'a jamais souri suffisamment dans la pénombre du parc de Forest Hills.

Je préfère cette version de nous. Un Finn et une Frances illuminés par un arc-en-ciel de lumières électriques, libres de rire aussi fort qu'ils le veulent. Et pour la première fois depuis la mort de William, mon chagrin et toute la fureur qui me consument se tiennent à distance. On m'a retiré un poids énorme de la poitrine et je peux enfin respirer pleinement. Je suis... *heureuse*.

Pourtant, la mélancolie rôde. Je suis terrifiée de faire face à celle que je suis sans ma tristesse. Que reste-t-il de moi sans elle ?

Nous faisons deux autres tours de Vagues ensorcelées avant d'acheter des beignets débordant de crème fouettée et de fraises. Puis Finn m'entraîne dans une attraction appelée la Cascade, où nous embarquons dans un petit bateau qui dévale un toboggan jusque dans un lagon.

Je ris même quand l'eau éclabousse ma jupe. Le tricot de Finn est trempé aux épaules.

— On a des regrets, D'Arcy ? dis-je en riant.

— Oh, un million. Mais pour ce soir, pas le moindre.

Je rougis, mais ce n'est qu'un mécanisme de survie ; le sang ne me monte aux joues que pour combattre le froid de mes vêtements trempés, n'est-ce pas ?

Le temps s'écoule plus vite à l'extérieur d'Haxahaven et je suis surprise quand le clocher sonne neuf heures.

— Je dois être rentrée pour dix heures.

— D'accord, Cendrillon. Une barbe à papa pour la route ?

— Comment refuser ?

Nous retournons vers l'automobile en dégustant l'énorme nuage de sucre.

— Merci pour cette soirée, dis-je pour couvrir le bruit de nos pas sur le trottoir.

Les lueurs du Luna Park scintillent sur l'océan bleu nuit qui lèche la côte au rythme d'une berceuse.

Au-dessus, le ciel sans étoiles est sombre et calme. En tendant l'oreille, on perçoit encore les hurlements des gens dans les attractions, mais à cet instant, il est facile de s'imaginer que Finn et moi sommes seuls au monde.

— J'avais des choses à me faire pardonner, n'est-ce pas ? Et je voulais passer du temps avec toi. Pas avec la Frances d'Haxahaven, mais avec Frances tout court. Il me semble que parfois, tu oublies que tu n'as que dix-sept ans.

— J'ai l'impression d'en avoir cent cinquante. Ou cinq, peut-être. Un vieux bébé. La plus vieille idiote du monde. J'en sais trop et pas assez à la fois.

Il ne rit pas mais penche la tête pour me regarder. Doucement, il murmure :

— Tu as le droit de n'être que toi-même de temps en temps.

Je détourne lâchement les yeux de son regard intense en me débarrassant des pensées interdites aux filles.

— Ce serait plus facile si je savais qui ce « moi-même » est censé être.

Finn s'arrête au milieu de la passerelle éclairée par la lune. Nous sommes loin du Luna Park à présent. On n'entend plus que le faible tintement de la musique.

Il s'assied sur le bord de la jetée, les pieds dans le vide, et tapote la place à côté de lui en me dévisageant.

— D'accord, alors faisons sa connaissance.

Je m'assieds, assez près pour presque le toucher, sans comprendre où il veut en venir.

— Qu'aimes-tu faire dans ton temps libre ? demande-t-il.

— Pardon ?

J'ai tellement envie de le toucher, ou peut-être ai-je envie qu'il me touche. Nous n'étions jamais restés seuls aussi longtemps tous les deux dans la réalité. Il est tellement plus vivant, solide qu'en rêve.

— C'est une question facile, dit-il tout bas.

Je cligne plusieurs fois des yeux pour revenir au présent et me concentrer sur la conversation. Je ne peux pas me laisser aller à observer les veines de ses mains.

— C'est juste que je n'ai pas beaucoup de temps libre.

Il lève un doigt.

— Ah, mais je ne t'ai pas demandé combien de temps tu avais. Seulement ce que tu aimes faire.

— D'accord, dis-je en riant. Alors broder, lire… et dormir.

— Qu'aimes-tu lire ?

— À mon ancienne école, j'aimais bien les sœurs Brontë. J'ai toujours admiré leur talent pour le tragique. Déterrer les ossements d'un amour de jeunesse parce qu'elle vous manque, ça demande un sacré dévouement.

Il s'esclaffe.

— Il va falloir que je lise ça.

— Et toi ? Tu as un livre préféré ?

Il secoue la tête.

— Non, on parle de toi, pas de moi. Quelle est ta couleur préférée ?

— Lilas, dis-je sans avoir à réfléchir.

— Pourquoi ?

— C'était la couleur de la seule robe que ma mère m'ait jamais cousue. Elle l'avait faite pour Pâques, quand j'avais sept ans. Pour moi, c'était la plus belle chose au monde.

— Tu préfères l'été ou l'hiver ?

— Je préfère ces deux semaines précises d'automne quand la température est assez fraîche pour ne pas transpirer, mais assez chaude pour ne pas avoir besoin d'un manteau.

— Diamants ou rubis ?

Je marque une pause.

— Grenat.

— C'est contraire aux règles.

— J'ignorais que des règles dictaient ce que j'ai le droit d'aimer ou non.

Je lui donne un petit coup d'épaule. J'aimerais prolonger le contact mais je m'écarte.

— L'endroit de New York que tu aimerais vraiment voir ?

— J'ai toujours voulu m'acheter une robe dans un grand magasin de la Cinquième Avenue.

Je me représente la boutique tout éclairée, avec ses épais tapis crème. J'y entrerais en portant un chapeau à larges bords décoré de plumes, et personne n'y trouverait rien à redire.

Sa main se rapproche de la mienne sans la toucher.

— Un endroit dans le monde que tu voudrais visiter ?

Celle-ci est plus difficile.

— Je n'ai jamais imaginé ma vie en dehors de New York.

Je me fige, terrifiée à l'idée d'esquisser le moindre geste qui le ferait bouger. Sa chaleur m'attire tellement...

— J'aimerais te montrer l'Irlande.

— Ça me plairait.

Notre jeu se poursuit durant le retour à Haxahaven. Nous crions par-dessus le bruit du moteur.

— Ta fleur préférée ?

— Les hortensias.

— La meilleure chose que tu aies mangée ?

— Les roulés à la cannelle d'Haxahaven.

— Et la pire ?

— Un jour, William m'a fait avaler une cuillerée de jus de viande caillé. C'était pire que tout ce que tu peux imaginer.

Il s'esclaffe en tapant le volant.

— Un grand classique. Ta plus grande peur ? demande-t-il après un moment.

Mon estomac se noue. J'aimerais avoir une réponse simple, comme les araignées, ou le vide. Même avoir peur de ne pas retrouver le meurtrier de William serait plus facile que la vérité. Je pourrais inventer, mais je n'ai pas envie de mentir à Finn. Lui ne me mentirait pas.

— Ne plus jamais avoir de famille, dis-je enfin.

Le silence tombe entre nous.

L'automobile ralentit à l'approche d'Haxahaven.

— Tu auras une famille, je te le promets.

— Et toi ? Ta plus grande peur ?

Il reste songeur avant de déclarer :

— N'être rien. Être oublié. Vivre dans une cave à travailler pour des hommes comme le chef Olan pour toujours.

— Ne jamais rien faire pour rendre le monde meilleur, j'ajoute tout bas.

— Oui, exactement.

Finn se gare et me raccompagne jusqu'à l'arrière du bâtiment. Il fait froid maintenant, de surcroît avec ma jupe en laine encore mouillée. Je devrais frissonner, mais il est si proche de moi que j'ai l'impression d'avoir chaud partout.

— Je peux te poser une question ?

C'est une interrogation qui me pèse depuis le début de la soirée.

— Pourquoi travailles-tu pour les disciples ? Après ce qui s'est passé au sous-sol du Commodore Club, je ne comprends pas pourquoi mon frère et toi avez voulu devenir membres de quelque chose de si... abominable.

— À leur décharge, tu les as rencontrés un soir particulièrement horrible. *Cath Draíochta* est une vieille tradition destinée à réveiller la magie chez les plus jeunes membres. Ça fonctionne rarement, donc, de nos jours, c'est devenu un genre de fête annuelle. Rien de pire que ce qu'on pourrait trouver dans n'importe quel autre club de la ville. Personne n'est mort depuis au moins vingt-cinq ans.

— Tu les défends ?

J'accélère, et lui aussi pour rester à ma hauteur.

— Non, non ! Les disciples peuvent agir comme des brutes, mais ils vont aussi à la rencontre des immigrants qui débarquent sur les docks pour leur fournir des vivres et des informations pour travailler. Ils accueillent des hommes de toutes origines et s'appliquent à leur donner accès à une vie meilleure. Ils sont trop portés sur les traditions et la politique, mais leurs intentions sont généralement bonnes. Il y aurait un million de façons de gérer leurs affaires autrement, mais ils ne sont pas diaboliques.

Sa réponse me peint un tableau très différent de celui que je m'étais fait. C'est plus facile d'imaginer que William ait pu appartenir à une telle organisation. Ils en font certainement plus que les sorcières.

— Comment gérerais-tu leurs affaires, toi ?

— Pour commencer, j'autoriserais les femmes. Pas seulement toi, toutes celles qui le souhaiteraient. Le chef Olan croit qu'il t'accorde une faveur. Il est trop borné pour voir que c'est toi qui lui en ferais une en nous rejoignant. Tu es plus talentueuse que n'importe lequel de ces types. J'espère qu'un jour tu viendras le leur prouver.

— Ne te fais pas trop d'illusions.

Il me jette un regard de biais avec un sourire.

— Je suis habitué à croire à l'impossible, Frances. Rappelle-toi, je rêvais de toi.

Nous nous arrêtons derrière l'école.

— À propos de ce que tu as dit tout à l'heure, que tu ne sais pas qui tu es… murmure-t-il. Tu ne le vois peut-être pas, mais moi si. Tu es forte et prévenante. Tu es loyale et courageuse. Tu aimes profondément, et c'est ce qui te terrifie. Et tu n'imagines pas comme tu es belle quand tu jettes un sort.

J'ai le souffle court. Je ferme les yeux une fraction de seconde, le temps d'imprimer ces mots dans ma mémoire. Je veux me souvenir de la sensation dans ma poitrine pour toujours. Quand je rouvre les paupières, Finn est tout près de moi et me dévisage avec une expression de désir. Ses boucles retombent sur ses sourcils froncés. Il respire vite. Il se penche très légèrement.

— Frances, dit-il comme une prière, comme une chose sacrée juste pour lui.

Je ne peux pas m'en empêcher, j'avance à mon tour. « Je suis contente que tu m'aies trouvée », ai-je envie de dire, mais je ne veux pas briser cet instant avec des mots.

Il est si proche ; je sens son souffle chaud.

Soudain, un éclat lumineux me sort de ma transe. La porte de la cuisine est ouverte et la lumière d'une bougie se déverse sur la pelouse.

— C'est toi, Frances ? murmure Florence dans l'encadrement.

Je ferme les yeux avec un soupir. Si seulement elle était arrivée deux minutes plus tard…

— Oui, Florence, c'est moi.

Finn recule, lèvres pincées, avec un petit rire.

— Le cercle de sorcières t'appelle.

Il m'accompagne jusqu'à la porte et me laisse avec un simple :

— Bonne nuit, Frances.

Il m'effleure la taille si discrètement que c'est peut-être involontaire.

— Madame, dit-il avec un signe de tête à Florence.

Elle le toise avant de refermer la porte.

Dans la cuisine, elle me tend une tasse de thé fumant.

— Fais attention à ce garçon.

— Il n'y a rien à craindre.

— Il y a toujours à craindre avec ce genre de garçon.

Nous restons silencieuses un long moment. Je suis assise à la table et elle est debout, qui m'observe avec une inquiétude toute maternelle.

— Pourquoi vous nous aidez ?

— Si je pouvais t'en empêcher, je le ferais, mais j'ai été jeune, moi aussi. Et si je ne peux pas t'aider à faire de meilleurs choix, je peux au moins essayer de limiter les dégâts des mauvais.

— Comment savez-vous que c'est un mauvais choix ?

Elle secoue la tête comme si je ne pouvais pas tout comprendre.

— C'est un pressentiment.

Lena m'attend dans notre chambre.

— Tu rentres plus tard que prévu, chuchote-t-elle.

— Désolée.

— Je me suis inquiétée.

Je m'effondre sur mon lit avec un soupir. Le trajet, les Vagues ensorcelées et la bouche de Finn si près de la mienne m'ont éreintée.

— Ruby a menacé d'aller le dire. Maxine a dû acheter son silence avec un collier.

— Eh bien, je ne peux pas la rembourser, si c'est ce qu'elle attend.

— Ce n'est pas ce que je voulais dire, tu le sais.

— Je sais. Pardon.

Le silence s'étire, puis Lena murmure :

— Tu as trouvé quelque chose d'autre ? C'était le miroir pour le sortilège ?

L'embarras me comprime la poitrine. J'ai mis mes amies en danger ce soir parce que je croyais faire quelque chose qui en valait la peine. Au lieu de cela, j'ai mangé de la barbe à papa sur une jetée et fait du toboggan, et malgré tout je n'arrive même pas à avoir de remords.

— Non. Ça n'a rien donné.

— Tu auras plus de chance la prochaine fois.

— Espérons-le.

La pièce est si paisible que j'ai l'impression que Lena s'est endormie, quand sa voix transperce les ténèbres.

— Frances ?

— Oui, Lena ?

— Est-ce que tu es prudente ?

— Bien sûr, je mens.

— D'accord.

— Pourquoi cette question ?

Elle soupire et se retourne.

— Je crois que… Ici, on apprend aux clairvoyantes à réprimer leurs visions, donc c'est sûrement à cause de ça, mais…

La pluie se met à taper doucement à la fenêtre.

— Mais je ne vois plus ton avenir, conclut-elle.

— Comment ça ?

La chaleur agréable qui m'enveloppait à l'instant vient d'être supplantée par la peur.

— Je ne vois pas très loin d'habitude. Avant, je nous apercevais au dîner quelques semaines plus tard, ou jouant aux cartes, ou bavardant dans la chambre de Maxine. Rien de particulier. Mais ces derniers temps, il n'y a plus rien. Là où tu étais d'habitude… il y a un espace vide.

Je remonte ma couverture jusqu'à mon menton.

— Rien du tout ?

— Oui. Ça ne signifie probablement pas grand-chose. Mais j'ai pensé que je devais te le dire.

J'écoute la pluie un instant.

— Tu es en train de me dire que tu triches aux cartes depuis tout ce temps ? plaisanté-je pour faire retomber la pression et la peur.

Secrètement, j'aimerais être toujours au Luna Park, où j'avais l'impression de voler, d'être libre.

Lena glousse doucement.

— Pas besoin de magie pour te battre. Tu es nulle aux cartes.

— Merci de me l'avoir dit, je chuchote dans mon oreiller.

— Fais attention à toi, s'il te plaît.

Je m'accroche à ses mots comme à une bouée de sauvetage. Ce n'est probablement rien.

20

La mi-novembre marque la mort des dernières feuilles orange et l'arrivée de la pluie qui fait givrer la pelouse.

Si j'étais un mois, je crois que je serais celui de novembre, triste, froid, quelconque, dépourvu de la motivation nécessaire pour être vif comme janvier, à l'image de Maxine. Lena serait le mois d'avril, entre soleil et pluie, calme et forte à la fois.

Quelques jours après ma sortie à Coney Island, Maxine me retrouve à la fin du cours d'histoire et me demande de la suivre dans la cour.

Le ciel est gris et brumeux mais le temps pas assez froid pour mériter la cape de laine d'Haxahaven que je déboutonne et dépose sur un banc de pierre.

— La météo est plutôt triste, dis-je.

— C'est de circonstance. J'espère que tu es prête à arrêter de te morfondre. Je viens réclamer la faveur que tu me dois.

Elle sait tout de ma soirée avec Finn. Elle n'était pas aussi fâchée que je l'aurais cru de me voir revenir les mains vides, sans aucun nouveau sort, ni aucune information sur d'éventuels cadavres dans la baie. Je n'ai pas encore eu le cœur de lui parler de la disparition des visions de Lena me concernant. Soit elle éclaterait de rire, soit elle prendrait ça beaucoup trop au sérieux, et je ne sais pas ce qui serait le pire, alors je préfère que ça reste un secret entre Lena et moi.

— D'accord, dis toujours.

— Je veux m'entraîner à faire ce que tu as fait au Commodore Club.

C'est une surprise.

— Je m'attendais à devoir faire ta lessive pendant une semaine, ou quelque chose comme ça.

— Je suis vexée que tu me croies aussi assommante.

— Tu veux que je te casse une bouteille de bourbon sur la tête, c'est ça ?

Je trouve plus facile de plaisanter plutôt que de lui avouer que j'ai peur d'essayer.

— Non, idiote. Je veux que tu essaies de manipuler mon corps.

— Je préférerais faire ta lessive.

Tenter de contrôler Maxine est aussi intime qu'intrusif ; ça me rebute. Pire que ça, je crains l'exaltation que me procure ce pouvoir, et la soif que j'en ai. Il me donne l'impression de marcher sur le fil tranchant d'un couteau. Un faux mouvement et je pourrais glisser, devenir quelqu'un que je ne reconnaîtrais plus.

Sans me laisser le temps de lui expliquer tout ça, Maxine marmonne quelque chose et une branche d'arbre vole droit vers ma tête. J'invoque mon pouvoir pour en prendre le contrôle, mais la branche a à peine touché terre qu'une autre arrive, suivie d'une autre, et encore une. Maxine est en train de dépecer un jeune bouleau pour m'attaquer. Je ne peux pas toutes les arrêter ; certaines viennent écorcher mes bras et une me frappe même au visage. L'incrédulité remplace la stupeur. Puis vient la colère bouillonnante.

— Arrête !

Je me protège le visage avec mes bras, laissant tomber la magie.

— Tu ne peux pas arrêter l'arbre ! crie Maxine, extatique. C'est toi qui dois m'arrêter !

Si elle s'imagine que son initiative va renforcer nos liens, elle se met le doigt dans l'œil. Je ne m'amuse pas du tout.

— Bon sang, Maxine ! Ce n'est pas drôle !

— Ce n'est pas le but.

Elle envoûte les graviers qui viennent mordre mes chevilles, petit caillou après petit caillou. Chacun laisse une zébrure piquante derrière lui.

— Stop !

J'agite un bras au-dessus de ma tête. Les branches se lèvent toutes à la verticale, s'immobilisant d'un coup. Je suis furieuse contre Maxine. On dirait une gamine qui fait un caprice parce que je refuse de jouer à son jeu idiot.

— Tu fais ça parce que tu es jalouse ?

Elle me regarde avec dédain.

— Je fais ça parce que je m'ennuie ! Si j'avais ton pouvoir, je m'entraînerais tous les jours. Je ne perdrais pas mon temps à me morfondre, moi.

Elle ne sait pas les heures que j'ai passées à la bibliothèque, ni tout le temps seule dans ma chambre à essayer de manipuler des épingles à cheveux. Elle n'est pas non plus au courant pour la proposition du chef Olan. Je suis tellement énervée que je songe à l'accepter, juste pour la contrarier. Je lui lance :

— Ce n'est pas ma faute si tu n'es pas heureuse ici.

Maxine souffle.

— On se plie toutes en quatre pour t'aider, mais moi, je te demande une seule chose et ça y est, c'est la fin du monde ? Tu te comportes comme si tu étais la seule ici à jamais avoir ressenti une émotion.

Ça fait mal.

— Tu ne peux pas me demander de faire ça.

Le feu dans ses yeux se tamise, son visage s'affaisse et toute son énergie et sa détermination disparaissent. C'est comme une étoile qui s'effondre sur elle-même. Elle s'affale sur le banc, épaules voûtées.

— Ce n'est pas juste.

Ma colère se retire aussi vite qu'elle est arrivée. Son visage d'ordinaire de glace est doux et rouge, comme si elle était sur le point de pleurer. Je m'assieds à côté d'elle et passe le bras autour de ses épaules osseuses.

— Je sais.

— Qu'est-ce que tu as de si spécial, toi ?

Elle garde les yeux par terre. Une unique larme tombe sur le banc de pierre.

— Je l'ignore.

C'est une réponse honnête. J'aimerais vraiment le savoir.

Si je pouvais donner le pouvoir qui me consume à Maxine, je ne crois pas que j'accepterais. Mais je sais combien ça fait mal de vouloir plus que ce qu'on possède.

Cette conversation me laisse un trou dans la poitrine qui dure jusqu'après le dîner. Si j'ai « la chance » d'avoir ce pouvoir que les autres n'ont pas, à quoi me sert-il ? Qu'ai-je vraiment accompli jusqu'à maintenant ? Je gâche ce don alors que d'autres comme Maxine donneraient tout pour le posséder. Et peut-être que Maxine en ferait bon usage. Peut-être serait-elle meilleure. Comme il faut que je le devienne.

Je monte dans ma chambre à la seconde où la vaisselle a disparu par magie de la table du réfectoire. Je sais qui j'ai besoin de voir.

Je tombe dans le rêve avec toute la grâce d'une Ford T sur une route caillouteuse.

Je suis au sous-sol du Commodore Club. Les éclairages vacillent aux murs et la flaque pourpre de sang par terre n'est pas encore sèche. Les coupes de cristal alignées sur le bar n'attendent que d'être brisées.

Je m'approche et effleure le bord d'un des verres. Soudain, il est rempli de sang. La pièce en a l'odeur.

— Salut, Frances.

La vue des cheveux ébouriffés et des pommettes saillantes de Finn est un soulagement.

— Bonsoir, Finn, dis-je avec un sourire. Comment as-tu su que je serais là ?

— Une intuition. Je commence à penser que tout ce temps que nous passons dans la tête l'un de l'autre est...

Il ne termine pas sa phrase. Songe-t-il au dernier moment que nous avons partagé ensemble, lui aussi ? A-t-il lui aussi perdu le sommeil et passé des heures à contempler le plafond en se rappelant ses doigts sur ma taille ?

Je ne sais pas quoi dire. Je voulais tellement lui parler et, maintenant, je n'arrive pas à verbaliser la boule visqueuse d'émotions désagréables qui pèse sur ma poitrine.

— Tu vas bien ? demande-t-il.

— Ça va.

— Toi, tu veux quelque chose. Je le vois dans tes yeux, me taquine-t-il.

Deux semaines se sont écoulées depuis le Commodore Club, une depuis Coney Island, et j'en ai assez d'attendre.

— Je veux trouver le miroir de divination, pour la Résurrection.

Il hausse les sourcils. Lors de mon deuxième jour ici, Maxine m'a parlé d'un marché clandestin de magie. Si quelqu'un est au courant, c'est forcément Finn. Pourquoi n'y ai-je pas pensé plus tôt ?

— Tu sais s'il existe un marché magique en ville ?

Je suis peut-être égoïste et folle, mais j'espère qu'inclure Maxine dans cette aventure pourra l'aider. Je ne peux pas lui donner mes pouvoirs, néanmoins nous pouvons continuer à découvrir le monde magique ensemble. Une pierre. Deux coups.

Finn reste songeur un instant.

— C'est dans l'Upper West Side. Je n'y suis jamais allé.

Un frisson d'excitation me parcourt.

— Mais il y en a un ?

L'idée que des sorcières vivent un peu partout à New York, suffisamment pour qu'il existe un marché, tout un monde juste sous le nez du commun des mortels, m'émerveille.

— Oui, c'est là qu'on échange des sortilèges, des objets magiques, des trucs ésotériques en général. Le chef et Vykotsky contrôlent le gros de la communauté magique de la ville, mais il y a assez de sorcières émancipées pour qu'un lieu de rencontre ait fini par se créer.

— Est-ce qu'on peut y aller bientôt ? Quand on aura le miroir, on n'aura plus qu'à récupérer la terre de cimetière et quelque chose appartenant à William.

Je n'ai toujours pas de plan pour ce dernier élément. Ma mère et moi avons quitté l'appartement si vite ; les affaires de mon frère ont fini sur le trottoir ou ont été récupérées par le propriétaire pour régler nos dettes. Je crois qu'un de nos voisins du dessous a gardé certaines de ses chemises. Finn et moi pourrions entrer par effraction et tenter notre chance. Ou je pourrais retourner à son ancienne école, trouver un livre de bibliothèque avec son nom dedans, peut-être.

Finn interrompt le flot de mes pensées.

— C'est un marché pour les sorcières... les disciples ne sont pas autorisés à entrer. Elles me verront venir à des kilomètres. Mais j'ai un contact : quand tu y arriveras, demande Miss Soraya.

— Où se trouve-t-il, exactement ?

— Au sous-sol du musée d'histoire naturelle. Le marché a lieu à chaque pleine lune.

Et sur ces mots, il disparaît.

Malgré notre dispute d'hier, Maxine ne bronche pas quand je m'assieds à côté d'elle dans la bibliothèque.

— J'ai un cadeau pour toi, j'annonce.

— Ah ?

J'ai hâte de mettre tout cela derrière nous.

— Une escapade. Le marché magique dont tu as entendu parler existe bel et bien, et on y va.

Elle n'est pas difficile à convaincre. Nous nous dirigeons vers les rayons de livres. Dans la section astrologie, Maxine dégote un lourd volume qui nous révèle que la prochaine pleine lune se produira mardi qui vient.

— Quelle chance, dis-je en effleurant l'illustration de la lune.

— C'est plus que de la chance. Helen sera absente cette semaine pour un enterrement dans sa famille. Je dirai à Vykotsky que j'ai senti une nouvelle élève et qu'il me faut la voiture. Lena et toi n'aurez qu'à m'accompagner.

— Ça paraît trop facile.

— Ça signifie peut-être que c'est le destin, hasarde-t-elle en haussant les épaules.

— Elles vont le remarquer si on rentre sans nouvelle élève.

— Je leur dirai que je me suis trompée.

Ainsi, mardi soir, nous retrouvons Maxine derrière le garage et nous nous serrons à l'avant de l'ambulance comme des sardines.

— Rappelle-moi où tu as appris à conduire, déjà ? demande Lena, un peu nerveuse.

— Helen m'a montré il y a deux ans et je n'ai eu qu'un accident.

— Un seul ?

— La jambe de ce type s'est très bien remise, il me semble.

Elle tourne la clé, actionne le levier, et le moteur de l'ambulance pousse un rugissement qui noie nos protestations.

Le trajet entre le Queens et Manhattan ne prend pas trop de temps, bien que traverser l'East River me retourne toujours l'estomac.

Ces voyages commencent à devenir une routine. Avec Maxine et Lena à mes côtés, je me sens plus que jamais chez moi.

Nous atteignons l'imposant Musée américain d'histoire naturelle.

Le bâtiment de grès occupe une grande partie de l'ouest de la 77e Rue. Le soleil s'est couché ; les lampadaires électriques éclairent le musée comme un château gothique. Je m'attends à voir Lord Byron nous accueillir à la porte.

— C'est encore plus effrayant de savoir que c'est plein de créatures mortes, commente Lena.

S'il y a un marché là-dedans, on n'en voit aucun signe depuis l'extérieur. La rue est déserte, les fenêtres du musée sont sombres. Aucun mouvement, ni dedans ni dehors. La nuit est claire et froide. Je frissonne sous ma cape.

— Sommes-nous certaines que Finn savait de quoi il parlait ? s'enquiert Maxine.

— Il a dit que le marché était interdit aux disciples. On lui a peut-être fourni des informations erronées.

Maxine tape du pied, soit de frustration, soit pour se réchauffer ; je ne sais pas.

— Bon, en tout cas, on a fait tout ce chemin…

Ensemble, nous gravissons les marches jusqu'à l'entrée principale. La porte est fermée.

— Il y a peut-être une autre entrée, hasardé-je.

— Ou alors c'est un test, répond Lena en examinant la serrure.

Elle tend les mains et murmure :

— **Briseadh.**

La porte se déverrouille avec un cliquetis sous nos yeux ébahis.

— Bien joué, commente Maxine.

L'intérieur du musée est glacial et on n'y voit pas à un mètre. Les lumières de la rue n'y pénètrent pas. Le sol en damier semble avoir été ciré récemment. Il s'étire sans fin en direction des salles d'exposition. Le plafond est facilement trois fois plus haut que le hall d'Haxahaven. Dans le silence extrême, même nos respirations ont un écho. La fille que j'étais il y a un mois à peine aurait été terrifiée, mais aujourd'hui je garde la tête haute, car j'ai la certitude qu'il n'y a rien de plus effrayant dans cet endroit que nous trois.

— Alors, Frances, qu'est-ce qu'on fait maintenant ? chuchote Maxine.

Bonne question. À laquelle je n'ai pas de réponse. Les quatre couloirs sombres semblent aussi paisibles que les animaux morts qu'ils abritent.

Des bruits de pas sur le sol de marbre nous figent d'effroi. Lena serre ma main, Maxine mon épaule.

Soudain, de l'un des couloirs émerge une femme.

Elle porte une longue robe noire. Ses cheveux bruns sont relevés en chignon aussi strict que son expression. Elle doit avoir un peu plus de la quarantaine.

— Comment êtes-vous entrées ? nous demande-t-elle en guise d'accueil.

Les cristaux de ses colliers s'entrechoquent à chaque pas.

Maxine se tient droite, sans trahir le moindre signe de la peur qui lui a fait serrer mon épaule quelques secondes plus tôt.

— Quelle importance ? De toute façon, on ne reste pas longtemps.

Le visage de la femme s'adoucit.

— Finn a dit que vous étiez malignes. Je suis Miss Soraya. Suivez-moi, ça vaut mieux.

Miss Soraya nous fait descendre un escalier, puis traverser une salle remplie d'étagères d'oiseaux morts. Elle s'étend sur ce qui me semble être au moins la longueur d'une rue. Certains des volatiles sont conservés dans des bocaux qui luisent d'une lueur verdâtre dans la pénombre. D'autres sont délicatement posés sur leur support, leurs petites pattes mortes ficelées. Cet endroit me donne la chair de poule.

Miss Soraya s'arrête devant une étagère étiquetée « OISEAUX RARES D'AMÉRIQUE DU NORD ».

Elle esquisse un sourire peu rassurant. Sa main gantée glisse le long du bois jusqu'à ce qu'elle trouve une encoche. Elle pousse et le mur bascule, révélant une porte secrète.

J'entends derrière elle des pas, ainsi qu'un brouhaha de voix.

L'impatience me picote le bout des doigts. Plonger dans l'inconnu est en train de devenir ma spécialité.

Je suis Miss Soraya. Main dans la main, Maxine et Lena nous emboîtent le pas.

L'endroit que nous découvrons me coupe le souffle.

C'est aussi grand qu'une salle de bal, mais sans fenêtre. Le sol et les murs sont en carrelage vert sombre, presque noir. Au-dessus pendent des lustres de cuivre en forme d'étoiles. Au centre de la pièce trône une statue de marbre représentant Jeanne d'Arc au bûcher.

Des étals tenus par des femmes tapissent les bords, regorgeant d'objets entassés comme des débris scintillants plus que comme des biens à vendre. Monticules de cristaux, morceaux de métal entortillés, herbes, bougies dégoulinantes, mains sculptées et piles de livres poussiéreux.

Des dizaines de femmes de toutes sortes évoluent entre les tables, marchandent, achètent des artefacts magiques comme elles achèteraient de la viande au marché. Certaines me rappellent mes anciennes clientes, vêtues de robes de soie bien coupées, colliers de perles et chapeaux ornés de fleurs et de plumes. D'autres portent des tenues d'ouvrières. Il y en a même une qui arbore un uniforme noir et blanc de femme de chambre. Petites, grandes, de tous âges et de toutes origines. Quelques-unes restent seules, d'autres se rassemblent par petits groupes pour bavarder comme de vieilles amies.

L'odeur de l'encens qui imprègne l'air me pique les yeux.

Découvrir un endroit vibrant de magie, sans l'asepsie de Mme Vykotsky ni la brutalité du club du chef Olan, m'exalte. Peut-être existe-t-il une alternative, un lieu où j'aurais ma place.

Miss Soraya agite la main.

— Bienvenue au Bazar Bizarre, mesdemoiselles. Sur votre droite, vous trouverez le matériel pour les sortilèges. À gauche, les objets magiques. Au fond, tout ce que Yasmine Hawking a pu dénicher cette semaine. Je vous souhaite bonne chance pour trouver ce que vous autres, filles d'Haxahaven, avez décidé de chercher aujourd'hui.

Le collier de saphirs dans la poche du pardessus de Maxine tinte alors que nous nous approchons du premier étal. Je ne sais pas par où commencer alors je suis les pas assurés de mon amie. Son boulot consiste à emmener des filles jusqu'à un faux sanatorium pour tuberculeux ; j'imagine que questionner une inconnue dans un marché clandestin de magie au sujet d'un miroir ne doit pas être très compliqué pour elle.

Nous parcourons les étals dans un silence émerveillé. L'une des tables est couverte de chandelles de toutes les couleurs de l'arc-en-ciel. Une autre propose des cartes de divination. Une femme d'âge mûr presse une pierre dans la main de Lena. Elle m'en donne une aussi. C'est un galet lisse avec un trou rectangulaire au milieu.

— Je n'ai pas de quoi vous payer, dis-je, confuse.

Elle secoue la tête.

— Tu en as plus besoin que moi.

Je n'aime pas sa façon inquiétante de nous observer, comme si elle savait quelque chose que nous ignorons. Beaucoup de femmes au marché arborent cette expression, un mélange de pitié et de malaise. Je me demande combien ont un jour porté la pèlerine d'Haxahaven.

Je décide de faire comme si de rien n'était. Je pourrais passer des heures ici, à examiner les pièces de cuivre, les amulettes, les tours de cristal, les petits chaudrons de fer... Il y a de quoi faire.

Nous convergeons jusqu'à un étal dans un coin à l'arrière du marché. La femme assise là a des cheveux blancs qui lui descendent jusqu'à la taille. Elle vend des bougies gravées de runes.

Elle nous toise de la tête aux pieds, l'air mécontent.

— Vykotsky sait que vous êtes là ?

— Bien sûr, répond Maxine avec un beau sourire.

— Oh, vous les jeunes, toujours persuadées de savoir mentir. Que cherchez-vous ? Les ennuis ? Vous avez l'air de chercher les ennuis.

— Nous cherchons un miroir de divination, dis-je.

— Ah, donc vous cherchez les ennuis. J'ai bien peur de ne rien pouvoir faire pour vous.

Maxine sort le collier de sa poche.

— Est-ce que ça peut vous faire changer d'avis ?

La femme soupire lourdement.

— L'argent ne peut pas tout acheter, ma petite.

— Avec quoi pouvons-nous l'acheter, alors ? j'interviens.

Je donnerais tout pour obtenir ce miroir.

— Vous trois ? Avec rien. C'est pour votre bien, croyez-moi.

— Le genre de phrase qu'on ne sert qu'aux femmes, ricane Maxine.

La dame aux longs cheveux blancs esquisse presque un sourire.

— Malignes et qui cherchent les ennuis. Vous êtes des phénomènes, toutes les trois. Je ne peux pas vous satisfaire. Mais peut-être que Thérèse Theresi aura moins de scrupules que moi.

— Où est-elle ? demande Lena.

— Par là, indique-t-elle avec un signe de tête.

J'ouvre la bouche pour la remercier mais Lena me tire rapidement dans la direction de celle qui, avec un peu de chance, pourra nous aider.

Thérèse Theresi tient un étal de talismans contre le mauvais œil dont les iris bleus me surveillent. Ils sont assortis à ses yeux, d'une nuance déroutante dans son visage buriné. Un écriteau à l'encre noir est placé près de sa caisse, mais j'ignore ce qu'il dit car je ne lis pas le grec.

— Nous cherchons un miroir, déclare Maxine tout de go.

La femme continue à manipuler un jeu de cartes à bords dorés sans lever la tête.

— Quel genre de miroir, gamine ?

— Un miroir de divination. Quelque chose d'ancien. Quelque chose qui fonctionne.

— Ça, c'est subjectif. Tout est dans l'intention. Avec la bonne intention, même un verre de jus de raisin fonctionne.

Maxine pose les mains sur les hanches.

— Au diable le jus de raisin, je veux un miroir de divination.

Le visage déjà extraordinairement ridé de Thérèse se plisse et elle lève enfin la tête.

— Pourquoi ?

— Ça ne vous regarde pas, répond Maxine.

— Pour faire des choses normales, répond Lena en même temps.

— Vous avez de quoi payer ? demande Thérèse avec un fort accent grec.

— On a ceci.

Maxine balance le collier entre ses doigts fins.

Thérèse émet un claquement de langue indifférent.

— Je ne veux pas de vos breloques.

Je suis découragée. Si elle refuse le collier, nous n'avons rien d'autre à lui offrir.

— Vous avez le miroir, oui ou non ? insiste Maxine en tapant impatiemment du pied.

Thérèse la scrute, les yeux mi-clos.

— J'ai le miroir.

— Quel est le prix ? je demande, terrifiée d'entendre la réponse.

Elle nous contemple une par une. J'ai envie de rentrer sous terre. Que voit-elle sous mon désespoir tremblant ?

— Il me faut m'assurer que vous ne prenez pas cela à la légère. Que vous faites preuve de la solidarité féminine que requiert cette magie. Avant de plonger dans l'avenir, vous avez besoin d'une ancre. Pouvez-vous être l'ancre les unes des autres ?

J'ignore ce qu'elle entend par « ancre », mais son sérieux me donne des frissons. Je me sentais si sûre de moi en arrivant, mais découvrir tous ces objets, ces femmes, me fait prendre conscience du peu que je sais sur la magie.

— Oui, oui, Lena et Frances sont mes ancres, soupire Maxine qui ne partage pas mes craintes. Je les adore. On va prendre le miroir.

Thérèse secoue la tête. Ses boucles d'oreilles cliquettent.

— Pas si vite, petite. Parle-moi de tes sœurs.

— Que voulez-vous savoir ? lance Maxine qui semble trouver tout cela ridicule.

— Dis-moi comment elles ont obtenu leur magie.

Ça, c'est inattendu. Le pied de Maxine tape de plus en plus fort et vite sur le sol.

— Comme nous toutes. Leur âme est un don et une malédiction. On a compris. Épargnez-nous le sermon, je vous en supplie.

— Non. Parle-moi du jour où c'est arrivé.

— Frances a tué un homme. Lena en a peut-être tué un aussi.

— Pas du tout, proteste Lena derrière moi.

— Tu vois ? reprend Thérèse. Vous ne vous connaissez pas. La confiance sans la connaissance est impossible.

— On sait d'autres choses, ajoute Maxine. Des choses plus importantes.

— Rien n'est plus important que le pouvoir, rétorque Thérèse avant de se tourner vers moi. Raconte à tes sœurs ce qui s'est passé.

Je soupire. Maxine est déjà au courant pour M. Hues et Lena l'est sûrement aussi.

— Mon patron m'a agressée pendant la nuit, à l'atelier où je travaillais. Mes ciseaux ont traversé la pièce pour le poignarder. Il est mort à mes pieds. Maxine est venue me chercher le lendemain.

Raconter une telle histoire à des gens qui comprennent ce qu'elle signifie a quelque chose de cathartique.

Thérèse désigne Lena qui semble indifférente au meurtre que je viens de décrire.

— Et toi ?

Mon amie prend une grande inspiration, ferme les yeux et serre les dents. Je sens l'hésitation bouillonner en elle, la douleur de devoir raconter ce qui s'est passé. J'en viens à penser qu'elle ne va pas dire un mot, museler la vérité en elle pour toujours, quand d'une voix froide et posée, elle déclare :

— J'imagine que ça ne sert à rien de garder le secret.

Elle croise rapidement mon regard et celui de Maxine avant de se tourner vers la sorcière en face de nous.

— Avant, j'étais élève dans un endroit appelé Thomas School. On nous criait dessus et on nous battait. On nous volait nos vêtements et nos noms. Nous n'avions pas le droit d'écrire à nos parents. En hiver, quand des élèves mouraient de froid mais que le sol était trop gelé pour creuser des tombes, ils entassaient les corps dans le grenier. Je devais partager un lit de camp avec une autre fille et, la nuit, elle pleurait à s'en rendre malade. J'avais quinze ans quand on m'a enfermée dans un cabanon pour avoir répondu à un professeur. (Sa voix se fêle à peine.) Les religieuses m'ont ordonné de prier pour exorciser le diable en moi. Mais je n'ai pas vu le diable. Je me suis vue à Haxahaven. Maxine et Helen sont arrivées trois jours plus tard pour dépister la tuberculose à la Thomas Indian School. Elles n'ont emmené que moi. (Elle lève le menton vers Thérèse.) Vous êtes contente ?

Les yeux mouillés, Maxine prend la main de Lena. Elles partagent un souvenir dont je serai toujours exclue.

Une question s'échappe de ma bouche.

— Pourquoi ? Pourquoi on t'a envoyée dans un tel endroit ?

— Comment tuer un peuple entier ? En leur enlevant leurs enfants, leur langue, leur histoire et leur culture. Mais je suis une Onondaga. C'est quelque chose qu'ils n'ont pas réussi à tuer.

Je lui prends la main à mon tour. Je croyais que venir ici pourrait tirer Maxine de sa routine, mais au lieu de ça j'ai forcé Lena à revivre des choses horribles, juste pour atteindre mon but. Je comprends maintenant pourquoi elle rechigne toujours à nous montrer ses émotions.

Malgré son sourire, les yeux de Thérèse luisent un peu, eux aussi.

— Vous voyez, vous ne vous connaissez pas beaucoup.

— Je sais que je les aime, ça ne compte pas ? lance Maxine.

Je ne savais pas qu'elle nous aimait.

— Peut-on aimer quelqu'un sans le laisser nous connaître ? Raconte-leur ton histoire.

— Non.

Lena et moi nous tournons vers elle en même temps.

— Pourquoi ressasser le passé ? (Maxine lâche la main de Lena, lèvres pincées.) Vous voulez une histoire à faire pleurer dans les chaumières ? Eh ben, c'est non.

Sur ce, elle s'éloigne à grands pas de la table, sa cape volant derrière elle.

Nous lui courons après. Les vendeuses autour se sont tues. Comme une volée de corbeaux, elles nous suivent des yeux.

Maxine se dirige vers un étal regorgeant de cristaux. Elle lâche son collier sur la table et se met à remplir sa bourse en velours d'onyx, d'ambres et de quartz fumés qui ont presque la même couleur que ses yeux. Puis elle saisit une bougie rouge, et une noire. La vendeuse l'observe d'un œil amusé en rangeant le collier de saphirs dans sa poche.

— Vous avez des grimoires ? lui demande Maxine. Je m'ennuie à mourir. Plus c'est interdit, plus ça m'intéresse.

La femme s'esclaffe.

— Ana Vykotsky sait que tu es une fauteuse de troubles ? Non, ma chère, pas de grimoires, mais prends tout ce que tu veux.

Maxine lève les yeux au ciel mais saisit néanmoins un bouquet de lavande séchée.

— Arrête, Maxine. Ça ne va pas, ou quoi ?

Je lui cours après et pose une main sur son épaule qu'elle retire immédiatement. Je ne l'ai jamais vue aussi secouée.

— On n'a pas besoin de cette vieille fouine.

— Si. Elle a le miroir.

— Tu as dit qu'on venait s'amuser. Là, je m'amuse, coupe-t-elle avec un horrible sourire factice.

Lena et moi avons raconté nos histoires ; je ne vois pas pourquoi elle refuse d'en faire autant. Toutefois, je ne peux pas la forcer. Je trouverai le moyen de revenir ici, ou alors j'utiliserai un verre de jus de raisin en priant pour que ça marche. Je souhaite plus que tout revoir William et empêcher d'autres meurtres, mais je sais reconnaître lorsque je perds une bataille.

Une fois que Maxine s'est intégralement rempli les poches d'objets magiques, nous nous dirigeons vers la sortie. Bien que le marché ne soit pas bondé, le brouhaha fait vibrer la salle comme une ruche.

Je n'entends Thérèse qu'une fois qu'elle est juste derrière nous, courbée, le miroir dans les mains. Elle est essoufflée, comme si elle nous avait couru après. Malgré sa petite taille, son apparition soudaine me fait sursauter d'effroi.

— Si tu le veux, il est à toi. Va en paix.

Elle ne s'adresse ni à Maxine, ni à moi. Je mets un instant à comprendre ce qui se passe. Elle dépose le miroir dans les paumes de Lena qui semble aussi déroutée que moi et qui le tient à distance.

— Je n'ai pas de quoi vous payer.

— Je ne veux rien. Mais reviens me voir, mon enfant.

— Pourquoi ? demande Lena.

La vieille femme lui tapote la joue.

— Je t'aime bien. Peut-être nous sommes-nous déjà rencontrées dans une autre vie.

— Merci, dis-je.

Le regard noir qu'elle me lance me fait regretter d'avoir ouvert la bouche.

— Ce n'est pas à toi que je le donne. Vous feriez mieux de rentrer avant qu'une punition pire qu'une retenue ne vous tombe dessus.

Lena serre le miroir contre elle pendant tout le trajet de retour en ambulance. Le silence entre nous est pesant.

La route me paraît longue mais aucune de nous ne descend du véhicule une fois dans l'allée. Nous restons toutes les trois dans la nuit à écouter le ronronnement du moteur s'éteindre.

Le soir est glacial. Les rares feuilles restantes ont bleui sous la lumière de la lune. Aucun son n'émane du parc derrière l'enceinte. Les bords du miroir projettent des reflets dorés sur la cape noire de Lena.

Au bout d'un moment, elle ouvre la bouche.

— J'ai une requête. Frances, le miroir est à toi mais je voudrais quelque chose en échange.

— Tout ce que tu voudras.

— Je veux qu'on intègre les autres filles dans notre aventure. C'est égoïste de garder les leçons de Finn pour nous. Et c'est injuste que nous soyons les seules à en savoir plus sur… (Elle regarde le miroir.) Sur ça, sur tout.

Elle a raison, comme d'habitude.

— Marché conclu.

Maxine nous dépasse pour se diriger jusqu'à la porte et monter l'escalier en silence, sans nous regarder, sans nous raconter son histoire.

21

La rumeur se répand comme une traînée de poudre. Trouver des filles qui ont aussi faim de magie que nous n'est pas difficile.

Finn accepte la requête de Lena aussi volontiers que moi. Je lui en fais part dans la clairière de mon rêve.

— Je suis désolé de ne pas y avoir pensé moi-même, dit-il. Bien sûr que j'enseignerai à qui veut apprendre.

J'ai l'impression qu'il veut mettre l'épisode du Commodore Club derrière nous et revenir à la simplicité de nos leçons dans les bois. Moi aussi, je suis impatiente de retrouver ses cours. Parce que j'adore apprendre, et pas du tout à cause de la façon dont ses cheveux rebiquent sous ses oreilles, ni pour l'entendre prononcer mon prénom.

Maxine met une demi-journée à surmonter ses démons. Au déjeuner du lendemain, elle bavarde avec nous en agitant sa fourchette comme s'il ne s'était rien passé.

Le projet d'inclure d'autres filles la ravit.

— Maria va adorer, dit-elle en souriant entre deux bouchées.

Lena et moi n'insistons pas.

La nuit venue, nous passons nos capes sur nos chemises de nuit et nous nous pressons dans les couloirs inquiétants d'Haxahaven.

Parfois, quand je n'arrive pas à dormir, je pourrais jurer que j'entends des grattements dans les murs, et, ce soir, alors que je descends l'escalier avec Lena, cette impression dérangeante m'assaille de nouveau. J'essaie de me convaincre que je ne suis pas une trouillarde.

Tout notre petit groupe de filles, sauf Ruby et Rebecca, nous attend à la porte de la cuisine, silencieuses comme des fantômes.

Aucun signe de Florence, ni d'Ann. Je me demande si Maxine a obtenu leur permission ou si elle croit pouvoir compter sur leur silence si nous nous faisons prendre.

— Où est Rebecca ? je murmure.

— On est vendredi soir ; elle ne pratique pas la magie pendant le sabbat, chuchote Cora.

C'est une meilleure raison que celle qu'a donnée Ruby, qui soi-disant n'est pas intéressée par un club dont elle ne serait pas présidente.

En file indienne, comme si nous allions en classe après le petit déjeuner, nous sortons d'Haxahaven pour entrer dans Forest Park.

Nous remontons le sentier en silence. Pas de cris de joie comme au Blockula, pas même un rire nerveux. Les autres filles sentent aussi la tension étrange qui règne ce soir.

Le vent nocturne souffle quand nous pénétrons dans la forêt ténébreuse. Nous avançons dans l'ombre jusqu'à ce que la clairière apparaisse.

— Pourquoi on ne va pas au Blockula ? demande Mabel.

Une bourrasque glaciale passe entre les arbres. Nous nous rapprochons les unes des autres.

— Cet endroit me donne la chair de poule, renchérit Sara.

— Pourquoi tu nous as amenées ici, Maxine ? insiste Maria.

Maxine s'arrête et pose sa lanterne sur le sol humide.

— Mes sœurs, déclare-t-elle avec son penchant habituel pour la comédie, nous sommes rassemblées ici ce soir afin de pratiquer notre magie sans honte. Remercions ces bois pour le cadeau qu'ils nous offrent.

— Permettez-moi de traduire la pièce que nous joue Maxine, j'interviens. Depuis quelque temps, un ami de mon défunt frère nous apporte son aide. Il connaît une magie différente de celle que nous apprenons à l'école. Il a proposé de vous l'apprendre à vous aussi.

— Quel genre d'aide ? interroge Cora.

— On est obligées de faire ça ici ? Je suis gelée, gémit Alicia.

— Et vous avez attendu jusqu'à maintenant pour nous en parler ? lance Cora.

Ça ne se passe pas du tout comme prévu ; rien à voir avec le Blockula.

Maxine se faufile jusqu'à moi.

— Où est Finn ?

— Il a dit qu'il serait là... On est peut-être en avance.

— Tu sais très bien qu'on ne peut pas rester trop longtemps, rétorque-t-elle en serrant les poings.

— Je sais, Maxine.

Plus Finn met de temps à arriver, plus je deviens nerveuse.

— Il fait *froid*. Si on était un vrai cercle de sorcières, on aurait un feu, se plaint Sara en resserrant sa cape.

Sa sœur s'accroche à elle pour l'empêcher de trembler.

— Eh bien, quand tu tomberas sur un cercle aussi bête que ça, je suis sûre qu'elles seront ravies de t'accueillir. Tu seras à ta place, lance Maxine avec un sourire malveillant.

— On peut faire quelque chose au moins, s'il vous plaît ? N'importe quoi, demande Maria.

Elle affiche une façade courageuse comme la plupart d'entre nous, mais je lis la même inquiétude que la mienne dans leurs yeux à toutes.

— On ne peut pas l'attendre indéfiniment, ajoute Maxine tout bas, pour moi.

J'acquiesce.

Agacée, elle sort *L'Élémentaire* de son sac pour l'ouvrir à une page que je connais.

— Rassemblez-vous, rassemblez-vous ! appelle-t-elle.

Toutes ont l'air soulagées de faire autre chose que de piétiner dans le sous-bois.

La lanterne éclaire le sort que nous avons pratiqué lors de notre leçon inaugurale avec Finn, celui avec les feuilles et la flamme censée révéler l'initiale de notre véritable amour.

Le souvenir amer de mon échec à ce sortilège me revient, mais les cris de délice de mes camarades me le font presque oublier.

Maxine commence par une démonstration qui les laisse toutes pantoises. Elle rassemble des feuilles, prononce le sort et les embrase. Comme la dernière fois, la fumée dessine un M très net dans le ciel sombre.

Si je ne fais pas erreur, il me semble voir May et Maria sourire toutes les deux.

Une par une, les filles se penchent pour imiter Maxine.

Leur humeur change à une vitesse extraordinaire. Les voir heureuses me réchauffe le cœur, néanmoins mon angoisse subsiste. Je m'inquiète pour Finn. Et si l'assassin de mon frère et des autres garçons s'en était pris à lui ? L'image de son corps sans vie échoué sur la plage passe dans mon esprit. Je cligne des yeux pour m'en débarrasser et déglutis la bile dans ma gorge. « Il va bien. Il va forcément bien. »

Maxine met en rang les filles avec leurs feuilles dans les mains, impatientes. Un A apparaît dans l'air pour Cora. Puis Aurelia, frissonnante, soupire de soulagement quand un L se dessine. Elle sourit jusqu'aux oreilles, et moi aussi en voyant sa joie. Les filles discutent de leurs prédictions. Alicia est certaine qu'elle aura un B comme Bernard, son amoureux d'enfance. Sara espère un E comme Edwin, un garçon de l'usine.

Je les observe à l'écart, satisfaite, jusqu'à ce que la main de Lena prenne la mienne. Elle est glacée et m'agrippe comme si sa vie en dépendait, tremblante comme une feuille.

— On ne devrait pas être là. Elles savent. Elles arrivent.

Ma bouche s'assèche.

— Qui arrive, Lena ?

La lanterne que je tiens explose. Les éclats de verre projetés sur mes jambes transpercent le tissu de ma jupe. La stupeur initiale laisse place à la douleur cinglante.

La flamme saute par terre où elle embrase un tas de feuilles mortes. Immédiatement, Maria réagit en écrasant le feu du pied. Sous le choc, je suis incapable de bouger.

L'odeur de la fumée et des erreurs regrettables envahit la forêt.

— Pardon, pardon, pardon, gémit Lena qui n'est plus elle-même. J'aurais dû le savoir… Je n'ai rien vu jusqu'à maintenant.

J'écarte ses longs cheveux et saisis son visage entre mes mains.

— Tu n'as pas vu quoi, Lena ?

Je doute de pouvoir la calmer alors que je panique à mon tour.

— Comment allons-nous rentrer sans lumière ? pleurniche Cora.

— Chut ! je souffle.

Il me semble entendre des bruissements de feuilles. Quelque chose cloche dans ces bois.

Une lueur vacille entre les arbres. Le soulagement m'envahit.

— Finn !

Je prie pour que tout cela ne soit qu'un malentendu, pour que Finn émerge des arbres, tout sourire, et arrange la situation.

— Frances, attends… murmure Maxine.

Mais c'est trop tard.

Les pas se rapprochent ; la lanterne se balance dans notre direction.

— Qui est là ? appelle Maxine.

Helen débouche dans la clairière.

— Vous me décevez, Maxine, lance-t-elle.

Nous l'observons, les yeux écarquillés. Nous sommes perdues.

Je crois que je vais vomir.

Maxine pousse un juron tout bas. Je ne sais pas ce que dit Maria en espagnol, mais je parierais qu'elle jure aussi. Cora et Sara fondent instantanément en larmes. Mabel les prend dans ses bras et les laisse sangloter contre ses minuscules épaules. Lena et moi avons la même absence de réaction, figées comme des statues, comme si nous pouvions refuser le présent et remonter le temps.

Helen nous dévisage telle une mère déçue par ses enfants. Je constate avec soulagement qu'elle n'a pas remarqué *L'Élémentaire*. Les yeux de Maxine aussi passent fugacement sur son sac où le grimoire est légèrement dissimulé.

Helen fait demi-tour jusqu'à l'orée de la clairière mais aucune de nous ne bouge jusqu'à ce qu'elle émette un claquement de langue.

— Allez, suivez-moi, les filles. Mme Vykotsky vous attend.

Le nom de la directrice nous épouvante. J'ai l'horrible pressentiment que la punition sera bien pire qu'une corvée de cuisine.

Les entailles superficielles sur mes jambes me piquent atrocement à cause du froid.

Nous suivons la lueur jaune de la lanterne entre les arbres jusqu'à l'école. On n'entend que les craquements des brindilles et les respirations saccadées.

Un trait de lumière se dessine sous la porte du bureau de Mme Vykotsky. Il tranche le marbre de l'entrée comme un couteau.

Helen frappe deux coups et la voix glaciale de la directrice répond :

— Entrez. Toutes.

22

Nous entrons en traînant les pieds, les yeux baissés. Cora et Sara reniflent toujours ; Maxine prend la chaise la plus proche de Mme Vykotsky. Maria s'assied près d'elle. Lena, Sara, Cora, Mabel et les autres que je ne connais pas bien se placent derrière.

Helen se poste sur le pas de la porte comme si nous étions assez folles pour tenter de fuir.

Lena se penche pour empêcher la main de Sara de trembler.

J'ai les tibias en sang.

La directrice porte les mêmes vêtements qu'en journée, jusqu'à sa coiffure bouffante impeccable, en passant par sa robe noire sans un pli. Je me demande s'il lui arrive de dormir, ou si c'est un vampire, éternellement assise dans son fauteuil à attendre des élèves à sermonner.

Elle nous observe avec désapprobation.

— Je suis déçue, mais je ne peux pas dire que je sois surprise. (Elle se tourne vers Maxine qui se recroqueville.) Vous, mademoiselle DuPré, devriez le savoir mieux que quiconque.

Mme Vykotsky regarde Lena.

— Quant à vous, mademoiselle Jamison, c'est une bêtise qui ne vous ressemble pas. Vous avez tant à perdre.

— Comment nous avez-vous trouvées ? demande Maxine.

— Sachez que rien ne m'échappe sous ce toit. Et vous n'êtes pas le premier groupe de filles d'Haxahaven à se montrer curieuses au sujet des... aspects plus *sombres* de la magie. Mais nous ne pouvions laisser faire plus longtemps. Toutes ces lanternes dans les bois commençaient à devenir dangereuses, et la pauvre Helen était fatiguée d'avoir à patrouiller dans cet effroyable parc... sans compter le gâchis d'essence que vous faisiez avec l'ambulance. Et bien sûr, la présence de Frances, qui complique les choses.

Mon sang se fige dans mes veines.

Mme Vykotsky pose son regard de glace sur moi.

— Vous devez vraiment apprendre à mieux vous contrôler, Frances.

Je reste bouche bée. Je ne m'attendais pas à être interpellée de la sorte. Mes camarades se tournent vers moi et j'ai envie de rentrer sous terre.

Elle poursuit avec un rictus :

— Il était une fois une sorcière particulièrement connue pour sa capacité à contrôler le corps des autres. Elle s'appelait Gudrun l'Enchanteresse et son propre cercle l'a brûlée vive en 1066 ; elle avait dix-neuf ans. Cela vous plairait-il, Frances ? Voudriez-vous être brûlée vive ?

J'imagine que c'est une question rhétorique, mais le silence ne fait que s'étirer. Les autres filles affichent des expressions de dégoût et d'incompréhension. Alors je finis par répondre :

— Non, madame.

— C'est bien ce que je pensais.

Près de moi, Sara renifle bruyamment.

— Oh, arrêtez de pleurnicher, mademoiselle Kowalski, lance la directrice. Il est tard et je suis fatiguée, alors réglons cela rapidement. Mademoiselle Rosales, la pension que l'école verse à votre famille en ville et à Porto Rico est suspendue de façon définitive. Celle qui est versée à votre réserve également, mademoiselle Jamison.

— Non, s'il vous plaît ! s'écrie Maria. Ils ne pourront plus se nourrir. Ma sœur devra arrêter l'école !

Sa détresse me serre le cœur.

— Eh bien, il aurait fallu penser à Josephina avant d'enfreindre le règlement. Peut-être nous rejoindra-t-elle plus vite que vous ne le pensiez.

Les lèvres de Maria tremblent mais elle n'ajoute rien.

Lena ne bouge pas, cependant les fioles de l'étagère du fond se mettent à frémir. Elle ferme les yeux et tout s'arrête.

Je prends conscience avec effroi de la réalité de la situation. À mon arrivée ici, j'avais trouvé les bourses versées aux familles des filles de la classe ouvrière incroyablement généreuses. À présent, je comprends que ce sont des instruments pour s'assurer de leur obéissance. Je n'ai jamais été aussi soulagée de n'avoir rien à perdre, pas de travail, pas de famille, rien qui ne me soit particulièrement cher en dehors de William et de ma mère. C'est une manière parfaitement diabolique de contrôler les élèves. Je crois que rien ne m'a jamais autant terrifiée que l'expression insensible de Mme Vykotsky. Quel genre de personne est capable de détruire autant de vies sans broncher ?

Elle regarde les jumelles qui tremblent comme des feuilles à côté de moi. Mabel serre les dents, tête haute.

— Vous aussi, les filles. Les pensions de vos familles sont suspendues. Vos histoires tragiques ne m'intéressent pas, vos larmes non plus. Puisque c'est votre première infraction, les versements reprendront dans trois mois, sous réserve d'un comportement exemplaire.

Sara et Cora hochent vivement la tête, les larmes coulant sur leurs joues roses.

Mme Vykotsky continue à détruire une par une la vie des familles de chacune avec un rictus satisfait.

Je serre les mâchoires. Le sang sur mes jambes a séché et commence à me démanger. J'ai envie de me frotter pour me débarrasser de cette nuit d'horreur.

Au bout d'un long moment, la directrice recule dans son fauteuil et joint les mains, les yeux sur Maxine.

— Oh, mademoiselle DuPré, vous êtes comme toujours un cas intéressant.

Maxine lui jette un regard de défi.

— Ma famille vit à Paris maintenant, et vous ne leur avez jamais versé le moindre sou, grommelle-t-elle.

— Je vous retire votre autorisation de conduite. Ainsi que l'indulgence dont j'ai fait preuve envers vous jusqu'à présent. Il est temps de grandir. Une autre infraction de ce genre et vous pourrez dire adieu à votre chambre privée. Vous dormirez à l'étage de May. Ou est-ce avec Maria que vous passez tout votre temps ? Je n'arrive plus à suivre.

May et Maria ouvrent de grands yeux. Maxine baisse la tête. Un reniflement lui échappe. Je ne l'ai jamais vue si minuscule.

— Il faut vous mettre dans le crâne que vous n'êtes pas la cheffe ici. Un peu d'humilité vous fera le plus grand bien, jette Vykotsky.

Je suis la suivante. J'éprouve une curiosité malsaine à découvrir ce qu'elle croit important pour moi.

— Ah, mademoiselle Hallowell. Une élève fascinante, si calme pendant les cours, mais pas dépourvue de talent. Vous n'avez toujours pas compris que nous essayons de vous aider.

Je ne lui donne pas la satisfaction de répondre.

Elle jette un coup d'œil à Helen, puis reporte son attention sur moi.

— La magie que vous apprenez ici ne vous suffit donc pas ? N'êtes-vous pas satisfaite de posséder un pouvoir pour lequel la plupart des gens vendraient leur âme ? Êtes-vous réellement si égoïste, mademoiselle Hallowell ?

— Pas égoïste, madame. Juste curieuse.

Je suis peut-être égoïste, mais pas quand il s'agit d'apprendre la magie.

— Vous voulez voir en quoi consiste vraiment votre pouvoir ? poursuit-elle. Si vous insistez pour apprendre une dure leçon, je suis certaine que nous pouvons nous arranger.

Je ne sais pas quoi penser de sa menace, mais elle me glace le sang.

— Mes chères filles, continue-t-elle d'une voix tout sauf douce, croyez-le ou non, je me souviens de ce que c'est d'être jeune. Mais vous devez savoir que vous ne savez pas toujours ce qui est bon pour vous. La magie, comme toute pulsion, doit être maîtrisée.

Les dents mordant notre lèvre inférieure, en larmes, nous hochons la tête.

La directrice abat ses mains sur son bureau.

— Excellent. Maintenant, remontez dans vos chambres. Mademoiselle Hallowell, nous aurons une discussion demain, vous et moi.

Apprendre que nous avons été observées à la loupe à notre insu me met très mal à l'aise.

Maxine m'avait avertie que les murs avaient des oreilles à Haxahaven. J'ai été bien naïve de ne pas prendre son avertissement au sérieux. Elle a été imprudente de ne pas suivre son propre conseil.

Personne ne prononce un mot dans l'escalier. On n'entend que les pas sur le tapis et les reniflements incessants de Sara et Cora.

À la seconde où nous posons le pied sur le palier, les choses se gâtent. Cora se tourne vers Maxine, Lena et moi, sa tristesse transformée en colère.

— J'espère que vous avez conscience que tout ça est votre faute.

J'ouvre la bouche mais la referme en m'apercevant que je n'ai rien à répondre. Elle a raison.

— Je suis désolée, dit Lena d'une voix éreintée, avec de grands yeux tristes.

Maxine rejoint sa chambre en claquant la porte. Maria lui emboîte le pas et on entend une dispute étouffée quelques secondes plus tard.

Alicia me regarde en secouant la tête avec dégoût avant de s'éloigner, suivie par May, abattue.

J'aimerais pouvoir leur dire que je voudrais revenir en arrière, mais mes regrets sont inutiles. La culpabilité n'a jamais inversé le cours du temps.

Dans notre chambre, Lena tient une bougie pendant que je retire les derniers éclats de verre de mes jambes. On n'entend que leur cliquetis contre le bol de porcelaine, et les ronflements de Ruby.

Je bouillonne de rage, de tristesse et de honte. La frustration me ronge. J'avais presque réussi à obtenir tout ce que je voulais, une éducation magique, des amies, la justice pour mon frère, et tout va m'être retiré… « Idiote. Quelle idiote j'ai été. »

Lena laisse tomber un autre éclat de verre dans le bol.

— Merci, je lui murmure.

Elle continue à s'affairer sur mon mollet sans lever les yeux.

— J'ai l'impression que c'est ma faute, dit-elle.

— Non, c'est la faute de Mme Vykotsky.

— J'aurais dû le voir venir.

Je pose une main sur son bras.

— Tu sais aussi bien que moi que c'est ridicule.

Son visage se détend, mais la tristesse subsiste dans ses yeux ; encore une chose que je ne peux pas arranger.

Je lave le sang séché sur mes jambes avant de me glisser dans mon lit, les nerfs à vif.

Je me retourne pendant des heures et, au bruissement des draps de Lena, je devine qu'elle aussi.

Quand le sommeil arrive enfin, c'est brusquement, comme si on m'avait jetée dans une rivière glacée avec des chaînes aux pieds.

Finn m'attend dans les bois, près d'un feu ronflant. Je suis tellement soulagée de le trouver sain et sauf que je fonds en larmes.

— Tout va bien ? demande-t-il, perplexe. Oh, évidemment que non. C'était une question bête.

— Non… non, ça va, dis-je en hoquetant, c'est juste que…

Les sanglots redoublent contre ma volonté.

— Où étais-tu ?

Il me rejoint pour me serrer contre lui. La surprise fugace qu'il puisse me toucher en rêve est rapidement remplacée par un grand soulagement.

— Que s'est-il passé ? demande-t-il, la bouche dans mes cheveux.

— Nous sommes allées dans la forêt à ta rencontre. Toutes les filles et moi, mais tu n'étais pas là.

Il me frotte doucement le dos.

— Je suis venu dès que j'ai pu, mais en arrivant je n'ai trouvé que du verre brisé et un cercle d'herbe brûlé. Que s'est-il passé ?

Il m'écoute en silence jusqu'à ce que je termine mon histoire et que mes larmes se tarissent.

— Je suis vraiment désolé, Fran.

Il soupire comme si tout cela lui pesait.

— J'ai horreur qu'on m'appelle Fran.

— Franny ?

— Non plus, dis-je contre sa poitrine.

Quand il me lâche, le contact de ses bras me manque immédiatement.

— Pourquoi étais-tu en retard ce soir ?

Je prie pour qu'aucun nouveau cadavre n'ait été retrouvé.

Il s'assied sur un rondin ; une brise qui charrie l'odeur des roses mourantes souffle à travers les arbres.

— Quelqu'un a jeté une brique sur la fenêtre du salon, au club, avec un doigt coupé attaché.

— Comment ? Un doigt coupé attaché à une brique ?

Il acquiesce, un peu pâle.

— Une des choses les plus perturbantes que j'aie vues au Commodore Club.

— Tu crois que ça a un rapport avec les garçons de Sheepshead Bay ?

Avec les yeux de Mme Vykotsky braqués sur moi, comment vais-je pouvoir exécuter le sortilège de résurrection à présent ? L'idée d'être allée aussi loin et d'échouer si près du but me rend malade.

La voix douce de Finn me sort de mes pensées avant que les larmes n'aient le temps de remonter.

— Je crois que ce serait stupide d'écarter cette hypothèse.

— Qu'ont dit les autres ?

— Le chef Olan a envoyé Higgins voir notre contact au bureau du commissaire. Ils vont enquêter.

— Pour de vrai ?

Je sais d'expérience qu'il ne faut pas croire tout ce que raconte la police.

— Qui sait…

La brise meurt, laissant place au calme sombre.

— Je n'aurais jamais dû te parler de cette histoire de doigt coupé. Maintenant, tu ne voudras plus venir t'entraîner avec nous au Commodore Club.

Il dit ça comme une plaisanterie mais il a l'air de le penser sincèrement.

— Tu sais que je ne peux pas quitter Haxahaven. Mais tu devrais aussi savoir qu'il faut bien plus qu'un doigt tranché pour me faire peur.

— Tu veux toujours rester ici, même après ce soir ?

Je déteste sa façon de me regarder, comme si j'étais folle.

— Ce n'est pas que je veuille rester. C'est qu'il le faut. Je ne sais pas ce que Mme Vykotsky est capable de faire à ma mère ou à mes amies si je m'enfuis.

— Le chef Olan cherche à tout prix à enrôler quelqu'un qui possède tes capacités, et moi je trouve que ce serait fantastique de t'avoir. Et si je l'encourageais à revoir sa proposition ? Si tu acceptes, il y a de bonnes chances pour qu'il puisse faire sortir ta mère de l'hôpital. Nous avons les contacts politiques qu'il faut.

C'est l'offre la plus tentante qu'on m'ait faite jusqu'à présent. Je savoure brièvement l'idée de me retrouver à Manhattan avec ma mère libérée de son véritable sanatorium, et moi de mon sanatorium de pacotille. Cependant, j'ai appris il y a bien longtemps que, quand les choses paraissent trop belles pour être vraies, c'est souvent trompeur. Finn a peut-être les meilleures intentions du monde mais, sans un plan d'action, son offre ne tient pas.

— Peut-être, dis-je sans m'engager.

— Tout ce que je demande, c'est que tu m'autorises à tenter le coup.

Son regard me donne envie de me cacher derrière mes cheveux. Je me sens particulièrement à cran ce soir, après le savon que nous a passé Vykotsky et mes sanglots devant Finn.

J'ai envie qu'il me prenne dans ses bras pour me dire que je suis spéciale, que ce qui s'est passé ce soir n'était pas ma faute et que tout ira bien.

Je m'aperçois que je ne lui ai pas répondu. Nous nous regardons droit dans les yeux. Il a l'air si sincère que j'ai presque envie de faire tout ce qu'il me demande.

Je me réveille en sursaut, haletante, le fantôme des bras de Finn autour de moi.

Mme Vykotsky me laisse mariner quelques jours, sachant pertinemment que l'anticipation de la punition est déjà une torture en elle-même.

Puis enfin, Helen vient me chercher un matin avec un sourire de façade.

— Maintenant, Frances, s'il vous plaît, se contente-t-elle de dire.

Dans son bureau imprégné de l'odeur des herbes, Mme Vykotsky est assise, plus glaciale que jamais, une lueur orageuse dans les yeux.

Une nouvelle vague de haine farouche me submerge à la vue de son air suffisant.

— Asseyez-vous, ordonne-t-elle à peine suis-je entrée.

J'obéis.

— Bonjour, mademoiselle Hallowell. Je crois avoir trouvé une solution au malheureux différend qui nous oppose. Vous voulez faire de la magie dans le monde extérieur ? Vous voulez voir ce qui arrive aux filles qui se croient invincibles ?

— Je ne me crois pas invincible, madame, dis-je d'une voix plate.

Je refuse de lui donner la satisfaction de m'énerver.

Elle émet ce qui ressemble à un rire.

— Vous avez dix-sept ans. Bien sûr que vous vous croyez invincible. J'ai été jeune, moi aussi, si difficile à croire que cela puisse être.

Comme je ne réponds pas, elle poursuit :

— Samedi prochain, le gouverneur Dix organise une collecte de fonds au profit du candidat au Sénat James O'Gorman. Vous assisterez à ce gala avec Helen et ferez en sorte d'obtenir la signature du conseiller Murphy, afin de renouveler le statut d'hôpital municipal d'Haxahaven ; une mesure nécessaire pour garantir notre sécurité. Le conseiller a d'autres accointances et s'est montré réfractaire à la négociation de ce renouvellement.

Je m'attendais à pire. Cependant, au lieu de me sentir soulagée, je suis encore plus nerveuse.

— Je croyais que vous alliez me jeter dans la fosse aux lions.

Elle pince les lèvres.

— C'est peut-être le cas. Voyez cela comme une leçon, Frances. C'est de cette façon qu'a débuté la triste chute de votre mère. Les excursions dans les bois, les imprudences. J'essaie de vous inculquer les limites, de vous accorder autant de liberté que possible et de vous empêcher de perdre le contrôle comme elle. C'est pour votre bien, vous finirez par le comprendre. Toutes les sorcières brûlées au bûcher ont un jour été de jeunes filles qui, comme vous, croyaient pouvoir changer le monde.

Je déteste qu'elle se serve de ma mère contre moi, et qu'elle me parle d'elle comme si elle la connaissait véritablement. Je me mords l'intérieur de la joue jusqu'au sang.

Elle poursuit son sermon :

— Le gala de bienfaisance vous plaira peut-être. J'ai entendu tant d'éloges sur votre pouvoir.

Dans sa bouche, ça ne ressemble pas à un compliment. Je me remémore son avertissement au sujet de Gudrun l'Enchanteresse.

— Je ferai de mon mieux.

C'est très certainement un piège pour que j'échoue, mais il se peut que je la surprenne, tout comme je n'arrête pas de me surprendre moi-même.

— Il arrive que nos vœux soient exaucés, mademoiselle Hallowell. Fermez la porte en sortant, s'il vous plaît.

En cours d'applications pratiques, je suis tellement déboussolée par l'entrevue avec Mme Vykotsky que je me pique avec une aiguille. Je contemple la goutte de sang qui s'incruste dans le tissu en me disant qu'être vivante est bien douloureux en ce moment.

Plus tard, je trouve Lena au réfectoire, qui lit un livre les pieds sur la table.

— Comment vas-tu ?

Ma voix résonne contre les murs de la salle déserte. En dehors des heures de déjeuner, cet endroit est trop immobile. La culpabilité me ronge de plus belle. Je ne peux m'empêcher d'avoir l'impression que ce qui est arrivé à sa famille est ma faute. Ça ne serait pas surprenant qu'elle refuse de m'adresser la parole. Pourtant non.

— Horriblement mal, et toi ?

— Mme Vykotsky m'envoie à un gala de bienfaisance pour manipuler un conseiller municipal et obtenir sa signature. Ma punition pour la forêt.

— Hmm, se contente-t-elle de répondre.

Je comprends. C'est une conséquence tellement mineure et futile comparée à ce qui leur est arrivé à toutes.

Je m'assieds prudemment.

— À quoi tu penses ?

De sa poche, elle sort deux boucles d'oreilles en diamant.

— Maxine me les a données pour que je les envoie à mes parents, maintenant que la pension a été suspendue.

— C'est gentil de sa part.

Si seulement j'avais quelque chose à lui offrir, moi aussi... Mais je ne possède rien du tout.

— Oui. Mais j'ai peur de les envoyer. J'ai peur que ma famille soit accusée de vol s'ils essaient de les vendre.

— Oh. Je n'y avais pas pensé.

— Maxine non plus. C'est quelque chose que vous ne comprendrez jamais, toutes les deux. Vous pouvez vous balader dans New York, enfreindre le règlement de l'école, faire le mur, mentir et voler. Les enjeux sont différents pour moi. Les conséquences sont beaucoup plus lourdes.

Mon estomac se noue.

— Je suis vraiment désolée, Lena, de t'avoir entraînée là-dedans. Si je pouvais retourner en arrière, je le ferais.

Elle hausse les épaules.

— Je n'ai pas besoin de t'expliquer que je ne peux plus prendre part à tout ça.

Je saisis sa main comme elle l'a si souvent fait pour moi et, soudain, je m'aperçois qu'il y a une chose que je peux offrir à Lena. Je peux la libérer du chaos que j'ai provoqué, la débarrasser de sa culpabilité qui n'a pas lieu d'être et de sa gentillesse que je ne mérite pas.

— Tu ne me dois rien du tout.

— C'était amusant de sortir en douce, au début, dit-elle d'une voix lasse. C'était presque comme rendre la monnaie de sa pièce à cet endroit pour toute la douleur et la frustration qu'il nous cause, mais je ne peux plus le faire.

Ma voix tremble.

— Excuse-moi de t'avoir mise dans cette situation. J'ai été égoïste.

— Ce n'est pas ta faute, répond-elle avec un soupir. Je n'allais pas refuser une occasion d'apprendre ce que ça veut dire d'être puissante. Et tu ne vas pas t'approprier mes choix. (Elle caresse les diamants entre ses doigts. J'entends à peine ce qu'elle murmure.) Je veux juste rentrer chez moi avant la fin du monde.

— Alors on n'a qu'à s'enfuir, je propose rapidement en me redressant. Je peux t'aider.

— Vykotsky nous retrouvera.

— Alors on lui demande. On lui explique.

— J'ai déjà essayé. Elle m'a dit que j'étais folle et pas encore prête à retourner « aux tracas de la vie quotidienne ».

— Est-ce que Maxine est au courant ?

— Oui. Elle a ses raisons pour ne pas partir.

Le réfectoire me semble soudain minuscule. Les murs se referment sur moi. L'enceinte extérieure ne m'a jamais paru aussi haute. L'endroit que j'ai un jour pris pour mon salut se transforme en prison.

— Tu mérites de vivre dans un meilleur monde que celui-ci, Lena. Mais j'irai jusqu'au bout avec toi, fils barbelés inclus.

Mme Vykotsky se révèle être un grand maître de la punition. Le matin du gala de bienfaisance, elle me fait savoir au petit déjeuner que je dois emprunter une robe à Ruby et la lui demander en personne.

Je déteste peu de choses autant que de solliciter un service, mais à Ruby la reine des glaces en personne, c'est encore un autre niveau de torture.

Je la trouve sur la véranda après le déjeuner, tenant salon au milieu d'un troupeau de flagorneuses.

À ma question, elle ricane ouvertement et dit :

— Tu sais que je préférerais éviter.

Voilà ce qu'on obtient à demander poliment au lieu de se contenter de voler.

— J'en ai besoin pour un événement auquel j'assiste ce soir… à la demande de Mme Vykotsky.

Ruby me jette un regard en coin.

— Bon, très bien, mais pas la rose.

— Compris.

Lena et Maxine me retrouvent dans ma chambre quelques heures plus tard afin de m'aider à me préparer. Maxine choisit la robe à ma place, décrétant qu'elle a meilleur goût que moi. Elle est bleu nuit avec une ceinture dorée et des constellations délicatement brodées le long des manches. Je mets une bonne heure à faire les retouches nécessaires et faciles à défaire ensuite. Le grand décolleté bateau révèle beaucoup trop ma poitrine. Le satin est frais contre mes jambes.

Lena enroule mes cheveux en chignon et Maxine dépose un diadème doré sur ma tête.

J'ai l'air d'une princesse perdue. C'est largement préférable à un air de sorcière très effrayée. Je me demande ce que William penserait de sa sœur, s'il me voyait.

Je regarde Maxine dans le miroir.

— Ma mère me l'a envoyé pour mes quatorze ans, me dit-elle. Il va beaucoup mieux sur tes cheveux foncés.

Plus que jamais, j'aimerais avoir mes amies à mes côtés ce soir. Quand je suis descendue au sous-sol du Commodore Club toute seule, je doutais de mon pouvoir, mais j'étais sûre de mon jugement. À présent, je sais beaucoup mieux ce dont je suis capable, cependant je ne suis qu'une enfant au milieu de cette guerre dont les participants et les enjeux me dépassent.

J'emprunte une pochette à Maxine et y glisse les mitaines bleues tricotées par Finn, ce qui est stupide mais me rassure.

Lena et Maxine m'accompagnent jusqu'au hall d'entrée où Helen m'attend. Elle porte une robe noire à col montant simple et une plume d'autruche est coincée dans son chignon légèrement plus bouffant que d'ordinaire.

Elle accueille mes amies d'un hochement de tête sec.

— Mesdemoiselles.

Maxine serre une fois ma main dans la sienne avant que je ne sorte dans le soir glacial.

23

J'ai vécu à New York toute ma vie, pourtant je n'ai jamais mis les pieds à l'hôtel Astor. Jamais je n'aurais pensé un jour gravir ces marches de marbre blanc en robe de bal, les cheveux ornés d'or. Cela dit, jamais je n'aurais pensé un jour être une sorcière non plus, donc j'apprends à ne pas me fier à mes attentes.

C'est frustrant de me trouver si près de la tombe de mon frère. La terre de cimetière dont j'ai désespérément besoin n'est qu'à quelques rues d'ici, mais Helen me tient en laisse ce soir ; m'esquiver en douce n'est pas une option.

Des hommes ouvrent la double porte en verre à notre approche, mais avant d'entrer, Helen abat une main froide sur mon bras nu.

— Ce soir, vous vous appelez Juliet, et je suis votre tante Gertrude. Nous sommes invitées par M. Bush, membre de l'Assemblée législative d'Elmira. C'est compris ?

— Compris.

J'ai envie de rentrer sous terre tant je suis nerveuse, mais elle n'a pas besoin de le savoir.

La musique d'un quatuor à cordes nous accueille à l'entrée, et une main gantée de blanc surgit de nulle part pour me tendre une flûte de champagne. Je l'avale presque d'un trait. Ça me brûle la gorge, mais toujours moins que ce qu'il y avait dans ce bocal que Maxine a volé en cuisine un jour. Le souvenir de cette nuit-là au parc me paraît si lointain...

Les lustres scintillent au-dessus de nos têtes. Le hall fourmille de femmes en robes de soie et de leurs cavaliers en costumes, si bien que je dois me faufiler entre les groupes et les vases de porcelaine hauts comme des enfants pour traverser la pièce, où règne une odeur de fleurs pourrissantes et d'argent florissant.

Helen et moi sommes conduites à travers tout le rez-de-chaussée jusqu'à la salle de réception.

L'endroit regorge des plus importantes personnalités de la société new-yorkaise. J'ai l'impression d'entrer dans une bouteille de champagne tiédasse : tout est pétillant et doré, mais quelque chose sonne faux.

Je reste sur le seuil un instant, frappée par le contraste abrupt entre cette pièce éclairée à l'électricité et le vieil immeuble que j'ai habité si longtemps, tout près d'ici, où vivent encore mes anciens voisins, luttant contre les cafards à la lueur vacillante d'une bougie avant de prendre leur dîner.

Cette salle de bal pourrait accueillir une centaine d'appartements comme le mien. Le plafond est une structure alvéolaire de verre et de poutres d'acier ; la salle est décorée de bois foncé, de palmiers et d'imposants miroirs aux cadres dorés. Je pourrais sûrement voler l'un des ensembles salière et poivrière en étain et nourrir tout mon ancien quartier pendant une semaine en le revendant.

Helen donne nos noms d'emprunt à un grand type qui monte la garde près de la porte afin d'empêcher la populace de s'incruster. Elle tire sur ma robe avec un sourire forcé.

— Suivez-moi, Juliet.

La soie fraîche et le corset serré m'obligent à me tenir plus droite que jamais. C'est l'armure des femmes : armatures en métal, rubans soyeux et sourire inébranlable.

Les invités en goguette se faufilent dans un labyrinthe de tables rondes à nappes blanches. Nous trouvons nos places étiquetées « GERTRUDE GELDING » et « JULIET GELDING ». Nous sourions poliment à qui passe près de nous et restons entre nous. Helen se penche vers moi pour murmurer en voyant passer de vieux messieurs accompagnés de leurs jeunes épouses.

— C'est M. et Mme Goodhue Livingston ; ils doivent à peine être rentrés de leur propriété de La Nouvelle-Orléans. Mlle Anna Douglas Graham, qui s'apprête à épouser un duc anglais. Il possède un manoir en décrépitude qui a besoin de l'argent de son futur beau-père. Là-bas, en rose, c'est Mme Chisholm, épouse d'Hugh Chisholm…

Je ne prête aucune attention à son discours languissant. Je n'ai jamais compris l'utilité de la rubrique mondaine des journaux. En quoi m'est-il utile de savoir qu'une famille que je ne connais pas a loué une maison dans les Hamptons pour l'été ? Cette pièce est une chronique mondaine vivante, mais je ne peux pas expliquer poliment à Helen que je n'en ai rien à faire, alors j'acquiesce en silence.

Les diamants aux cous des femmes forment de petits arcs-en-ciel qui deviennent flous et s'entremêlent chaque fois que je tourne la tête. Je m'arrête sur une grande silhouette qui attire mon attention.

La vue d'Oliver Callahan tout au bout de la salle déclenche une montée de panique. Évidemment qu'il est présent. C'est bien ma veine.

Il se tient dans un coin près de sa mère, hagard, une flûte de champagne à la main. Il met un moment à me repérer ; à cet instant-là, je dois résister à l'envie de détourner les yeux. Je soutiens fermement son regard. Il fait un pas dans ma direction mais je le décourage d'un signe de tête imperceptible, en désignant Helen. Il semble comprendre car il fait machine arrière et se retourne vers sa mère ; toutefois, un spectateur attentif remarquerait qu'il ne cesse de me lancer des regards furtifs. Il ne boit pas son champagne.

Il fait grand et costaud dans son smoking. Il se tient bien plus droit qu'à notre dernière rencontre au sous-sol du Commodore Club. Il a l'air à sa place parmi ces gens puissants et leur argent. Dans un monde différent où il ne serait que le fils d'un juge et moi la fille d'une folle, il n'entrerait jamais dans un tel endroit avec moi à son bras. Ce n'est pas sa faute, mais c'est plus facile de lui en vouloir qu'autre chose. Au moins, la colère est un sentiment que je comprends.

Le dîner est servi par des hommes à gants blancs qui se meuvent avec une synchronisation parfaite, néanmoins tout a un goût de sciure dans ma bouche. Des hommes identiques se succèdent sur une estrade pour discourir sur la nécessité d'une cité prospère et sûre. Ils n'ont rien de commun avec la ville que je connais, ce qui est troublant puisqu'ils ne cessent de répéter qu'ils la représentent. Quand ils parlent d'industrie florissante, ils pensent à l'argent promis par les progrès des usines, pas à ceux qui sont mutilés en travaillant à la chaîne. Quand ils parlent de croissance, ils pensent à leurs propres comptes en banque, pas à donner une chance à ceux qui ont transformé de leurs mains ce marécage volé en ville reluisante. L'assemblée applaudit et lève son verre. Plus ça va, moins je supporte cette comédie.

Nous sommes à moins de trois kilomètres de là où j'ai grandi, pourtant je n'ai jamais aussi peu reconnu New York.

À un moment, un homme doté d'une moustache suffisamment fournie pour compenser sa calvitie traîne sa cavalière sur l'estrade.

— Messieurs, regardez-la ! s'exclame-t-il.

Les hommes rient et poussent des cris comme si c'était la plaisanterie la plus drôle de leur vie. La pauvre arbore le genre de sourire que toutes dans cette salle reconnaissent. Celui qui dit : « Je veux que tu me laisses tranquille tout en pensant que c'est ta propre idée. Je suis une plante verte qui ne mérite pas ce genre d'attention. » Un tour de magie qui ne fonctionne que rarement.

Les femmes présentes ce soir n'existent que dans leur relation à un homme : mères, filles, épouses. Les hommes, eux, sont simplement des hommes et leur pouvoir n'est jamais aussi grand que lorsqu'ils s'offrent une belle salle de bal, une estrade et une réserve apparemment infinie de liquidités.

À la fin des discours, Helen se penche à mon oreille.

— Il est l'heure.

Je hoche la tête. Elle sourit plus pour le reste de la table que pour moi.

— Je vais vous désigner le conseiller Murphy. Vous allez vous montrer très charmante et faire en sorte qu'il nous accompagne à la chambre 210, où nous lui ferons signer les documents requis. Avez-vous compris ?

« Me montrer très charmante ? » J'en rirais si je n'étais pas aussi révulsée. On me regarde rarement en se disant : « Quelle fille charmante ! »

— Que me suggérez-vous de dire ?

— Dites-lui simplement que vous aimeriez lui parler en privé, lâche-t-elle avec un sourire pincé.

Le dégoût de ce qu'elle sous-entend m'envahit.

Nous n'avons pas fait quatre pas dans la salle qu'une vieille dame en robe bleu pâle attrape Helen par le coude.

— Gertrude Gelding ? Est-ce bien vous ?

Helen tente d'esquiver l'intruse avec un sourire poli, mais cette dernière refuse d'être ignorée.

— Gertrude, c'est moi, Dottie Maynard !

— Oh, bien sûr, Dottie, c'est un plaisir de vous voir. Si vous voulez bien m'excuser...

La coiffure bouffante de Dottie Maynard ressemble à un nid d'oiseau qui accueille parfaitement sa tiare de saphirs gros comme des œufs de rouge-gorge.

— Gertrude, je ne vous ai pas vue depuis les décès de M. Gelding et d'Albert. Ça fait combien de temps ?

Le sourire d'Helen s'efface.

— Treize ans.

— Seigneur, si longtemps ?

Dottie lui saisit les deux mains.

— Et vous revoilà ! Il n'y a pas eu de sujets de conversation intéressants depuis le bal costumé de Mme Howland Randall sur Madison Avenue pendant le carême. Des ragots sans importance, bien sûr, et votre situation est une tragédie familiale, mais...

Une tape sur mon épaule me fait sursauter.

Oliver se tient derrière moi.

— Encore une sortie scolaire ?

Il hausse un sourcil. Helen est en train d'essayer de se débarrasser de cette bavarde intarissable de Dottie, qui lui demande à présent si elle occupait la propriété familiale du Cap et si c'est la raison pour laquelle on ne l'a plus vue en ville depuis si longtemps.

— Je suis là pour le sanatorium, dis-je à Oliver.

C'est une réponse stupide et, à sa tête, je vois qu'il n'en croit pas un mot.

— J'ignorais que les sanatoriums se préoccupaient de politique.

— Eh bien… c'est le cas.

Son masque d'assurance se fissure.

— Frances, s'il te plaît, dis-moi ce qui se passe. Je peux le comprendre. Quoi que ce soit.

Je secoue la tête. Le diadème de Maxine commence à me rentrer dans le crâne.

— Ne dis pas de mensonges.

— Je ne…

Il lève les yeux vers le plafond scintillant et fourre les mains dans les poches doublées de soie de son costume.

— Je ne sais pas comment le dire autrement. J'ai laissé tomber William. Je ne te laisserai pas tomber, toi. Je ne pourrais plus me regarder en face.

Je trouve la force de croiser son regard. L'émotion dans ses yeux verts embrase quelque chose dans ma poitrine. Pendant un instant, je crois que c'est la magie, parce qu'elle génère une chaleur bouillonnante semblable, mais non. Alors je fais quelque chose de très bête : je décide de l'avertir.

Je me rapproche de lui et baisse la voix.

— Oliver, écoute-moi très attentivement. Il y a peut-être quelqu'un qui cible les jeunes hommes qui ont un lien avec les disciples de saint Druon... Avec le club de gentlemen de ton père, je veux dire.

Il me regarde, plus curieux qu'apeuré.

— Comment le sais-tu ?

— Je n'en suis pas sûre. C'est une intuition.

— Tu as l'air d'avoir beaucoup de temps au sanatorium pour... réfléchir.

Je jurerais entendre son cœur battre la chamade sous sa veste. Cela fait des années que je n'ai pas été aussi proche de lui.

Il me met au défi de lui dire la vérité, mais je ne mords pas à l'hameçon.

— Je n'ai pas grand-chose d'autre à faire que de me tenir au courant de ce qui se passe dans le monde.

— Si quelqu'un s'en prend aux disciples, qu'est-ce que je dois faire ?

— Je ne sais pas encore. Reste sur tes gardes. Ne suis pas quelqu'un que tu ne connais pas. Ne te déplace pas seul. Porte une lame sur toi.

Cette dernière suggestion lui tire un petit rire.

— Tu crois vraiment que je serais capable de poignarder qui que ce soit, Frances ?

Je réprime un sourire.

— Probablement pas.

— Absolument pas. Une fois, je me suis évanoui parce qu'un camarade de classe saignait du nez.

— Je m'en souviens.

Je me rappelle précisément la bagarre dont il parle. Oliver et moi partageons un passé lié par de nombreux souvenirs entremêlés.

— Mais tu avais l'air un peu d'un dur à cuire dans ce sous-sol, l'autre jour.

C'est bête de ma part d'en reparler, mais j'adore le voir plisser les yeux comme si je connaissais un secret qu'il voudrait désespérément découvrir.

— Moi ? J'ai reçu un seul coup de poing et j'ai fait tous les efforts du monde pour ne pas pleurer. Toi, en revanche…

Je me mords violemment la lèvre.

Il se penche encore plus près. Il sent la menthe et la lessive propre. Ses yeux me posent une question à laquelle je ne peux pas répondre.

— S'il te plaît, Frances, murmure-t-il.

— Je ne peux pas.

La panique qui m'envahit étouffe mes émotions.

— Même si je le voulais, je ne pourrais pas t'expliquer. Tu ne peux pas m'en protéger, Oliver. N'essaie pas, s'il te plaît.

— Frances…

Nous nous écartons rapidement l'un de l'autre alors qu'un nouvel arrivant fait son apparition.

Finn se tient devant nous, sur son trente et un, les cheveux en bataille, et de nouveau la nervosité me submerge. Je me sens coupable qu'il m'ait vue si proche d'Oliver. J'ai l'impression qu'il faudrait que je m'excuse. J'ai envie de lui expliquer que ce n'est pas ce qu'il croit. « Mais que croit-il ? »

Si ce dont il a été témoin l'a ennuyé, Finn n'en laisse rien paraître. Il arbore la même expression ouverte et chaleureuse que d'habitude.

— Salut, Frances. C'est un plaisir de te rencontrer ici. Et Oliver Callahan, comme on se retrouve.

Oliver est le genre de garçon qui a l'air d'être né dans une chemise blanche. Finn, au contraire, ressemble plutôt à un caméléon en tenue de camouflage.

Je mérite sûrement le malaise que je ressens à les voir se côtoyer.

— C'est un plaisir inattendu.

Ils se serrent la main un peu trop fort et un peu trop longtemps. Finn a des égratignures sur les articulations.

— Qu'est-il arrivé à ta main ? demandé-je tout bas.

— Un accident.

Il sourit sans lâcher Oliver des yeux.

Les épingles de mon diadème me font mal à la tête, ou peut-être est-ce le champagne, ou la peur qui s'est insinuée en moi.

En guise de prétexte pour détourner les yeux, Oliver consulte sa montre à gousset.

Je reçois comme un coup dans le ventre : je reconnaîtrais cette chaînette en or terni n'importe où.

— Ce n'est pas la montre de William ?

Je m'efforce de parler d'un ton neutre, mais la colère s'empare de nouveau de moi.

J'avais piqué une crise quand ma mère avait refusé de me dire où était passée cette montre après sa mort.

« À quoi une montre pourrait bien servir à une fille ? m'avait-elle rétorqué.

— À connaître l'heure », avais-je répondu.

C'est l'une des dernières fois où nous nous sommes parlé.

Je pensais qu'elle l'avait peut-être vendue. Découvrir qu'elle l'a offerte à Oliver dans mon dos est encore plus douloureux.

— Ah, oui. Mon bien le plus précieux, déclare-t-il avec un grand sourire.

Je tends la main vers la montre, comme possédée. Depuis que j'ai découvert le sortilège de résurrection, un détail ne cesse de me tourmenter. Je ne savais pas où trouver un objet ayant appartenu à mon frère. J'avais bien quelques idées, mais aucune n'était vraiment bonne. La dernière étant d'entrer par effraction dans notre ancien appartement pour découper un carré de papier peint.

Mais cette montre qui luit tout près de moi est idéale. La terre de cimetière n'est qu'à quelques rues d'ici... et nous aurons tout ce qu'il nous faut. Soudain, mon but est à portée de main. J'en suis presque étourdie.

Il faut seulement qu'Oliver me...

Je sursaute et sors de ma transe. Helen, qui s'est dépêtrée de Dottie, apparaît à mon côté et m'agrippe férocement par le coude.

Oliver referme la montre et la range dans sa poche de poitrine.

— Frances, saluez vos amis. Nous devons y aller, ordonne Helen.

— Au revoir, lancé-je par-dessus mon épaule tandis qu'elle me traîne dans la salle de bal comme une enfant indisciplinée.

Je laisse Oliver et Finn qui se regardent en chiens de faïence.

— J'ignorais que vous trouveriez des amis ici, s'étonne Helen.

— Pour ma défense, je ne m'y attendais pas non plus. Vous vous appelez vraiment Gertrude ?

— C'était il y a longtemps.

Je souris calmement pour que tout le monde nous prenne pour une tante et sa nièce passant une charmante soirée, mais je réponds en serrant les dents :

— Et vous n'avez pas jugé bon de me prévenir ?

Avec son calme habituel, elle rétorque :

— Non. Maintenant, s'il vous plaît, concentrez-vous sur notre objectif.

Le conseiller Murphy est un petit homme mince au visage pointu, avec une masse de cheveux blancs en épis qui lui donnent l'air d'avoir été frappé par la foudre. Il se tient près de l'estrade en compagnie du chef Olan, du gouverneur Dix et de James O'Gorman, le candidat au Sénat.

En périphérie, Helen et moi les observons tels des serpents dans les hautes herbes. C'est un petit soulagement d'être le prédateur au lieu de la proie.

— Il faut attendre un peu, me conseille-t-elle.

Elle a raison. Peu de temps après, le conseiller Murphy s'écarte du groupe pour s'approcher du buffet.

— Faites un beau sourire, Frances.

Helen sur mes talons, je m'approche à mon tour du buffet aussi nonchalamment que possible. Je n'ai pas la moindre envie de tendre la main à cet homme mais je le fais néanmoins. Quand mes doigts effleurent le tissu de sa veste, j'ai l'impression de les avoir plongés dans une toile d'araignée.

Dans ma poitrine, la magie s'agite comme un animal en cage. Je la contiens depuis si longtemps, mais ici, en présence de tellement de monde que je pourrais contrôler, elle me supplie de la libérer. Je me maîtrise.

« Pas encore. »

Si j'échoue, Mme Vykotsky me punira ; pire encore, je serai découverte par tous ces hommes au regard vitreux. Cela fait longtemps qu'ils n'ont pas eu de sorcière à brûler. Je me demande à quel point ils en ont envie.

— Bonsoir, monsieur le conseiller.

Je lui offre ma meilleure imitation de Ruby.

— Eh bien, bonsoir, mademoiselle. Je ne crois pas avoir le plaisir de vous connaître.

— Frances Hallowell, monsieur. Vous êtes attendu.

J'ai peur que mon sourire n'ait l'air d'une grimace.

— Attendu pour quoi donc ?

Je n'ai qu'une seule carte à jouer.

— Une requête des disciples.

Il ne mord pas à l'hameçon.

— Ce n'est pas le moment, ma chère.

— Ça ne prendra qu'une minute, monsieur le conseiller.

Il se tourne vers son groupe, puis vers moi.

— Soit. Rejoignez-moi dans le hall ce soir vers vingt-deux heures et nous pourrons discuter de vos besoins, ma petite.

« Ma chère, ma petite. » Je déteste cet homme.

— J'ai bien peur qu'attendre vingt-deux heures ne soit pas possible. C'est urgent.

Il plisse les yeux, soupçonneux.

— Alors je crains de ne rien pouvoir faire pour vous.

Je me sers de la ruse que Finn a utilisée sur moi au sous-sol du Commodore Club et, en quelques pas bien calculés, le petit conseiller Murphy se retrouve séparé de son groupe sans s'en apercevoir. Il est acculé au mur.

J'ai appris les sortilèges à Haxahaven, et un niveau supérieur de magie avec Finn. Mais au sous-sol du Commodore Club, j'ai compris que la magie nécessaire pour manipuler autrui ne répond pas à de simples mots. Elle répond à un des sentiments enfouis profondément dans mon âme. Je canalise une rivière d'émotions, la portion de mon âme qui me ressemble le plus et le moins à la fois. Fermant les yeux un très bref instant, je visualise ce que j'ai besoin que Murphy fasse. Cette idée gravée dans ma tête, je rouvre les paupières et m'empare de son corps. Je n'ai pas le temps de me sentir coupable devant l'étincelle de peur dans ses yeux.

Si le combat contre les hommes pendant *Cath Draíochta* était un vrai chaos, me servir de la magie ainsi, forcer le conseiller à se déplacer à pas mesurés dans la foule, revient plutôt à exécuter une opération chirurgicale à l'aide d'une hache émoussée.

Il se déplace sans grâce devant moi. Les femmes qu'il bouscule sursautent légèrement mais mettent sa grossièreté et son expression de marbre sur le compte de l'alcool.

Helen nous suit hors de la salle de réception, dans l'escalier et jusqu'à l'étage quasi désert.

Elle déverrouille la porte de la chambre 210 d'un geste de la main. Nous entrons tous les trois dans une pièce qui a l'air destinée à un roi de France, décorée d'un lourd mobilier sculpté, d'un imposant lit à baldaquin et d'un épais tapis rouge. Il y a même une statue de chérubin dans un coin.

— Vous auriez pu vous montrer plus discrète, Frances, me reproche Helen.

Je relâche le conseiller avec un soupir de soulagement. En sueur, étourdie, je m'assieds sur le lit pour mettre ma tête entre mes genoux.

— Qu'est-ce que ça veut dire ? s'exclame l'homme à l'instant où je le libère.

Il donne une grande claque sur la bible posée sur une tablette de marbre noir pour appuyer son propos. Le bruit me fait sursauter.

Helen sort de son sac un contrat et un stylo à plume.

— Vous savez de quoi il s'agit, Paul.

— Que fabriquez-vous dans le Queens, sorcières ?

— Nous sommes dans le Queens depuis plus de deux cents ans.

— Et qu'avez-vous mis en place ? Un système de fraude fiscale ? Des leçons d'étiquette ? Des pseudosciences ?

— La sécurité.

Le nabot a un rire cruel.

— Vous savez ce qu'est la vraie sécurité ? C'est le pouvoir. C'est l'argent.

— Nous ne sommes pas venues vous demander conseil, lance Helen. Vous allez signer ce contrat. Vous ne quitterez pas cette pièce avant que l'encre soit sèche.

— Et c'est votre petite marionnettiste qui va m'y forcer, peut-être ?

J'essaie de lui lancer un regard menaçant mais, blême comme je suis, ça ne doit pas produire l'effet escompté.

Helen lève le menton dans ma direction afin de me signifier que, oui, c'est exactement ce qu'elle compte faire.

— Elle n'a pas l'air d'être capable de me manipuler pour le moment. Et quand bien même, je crierais au faussaire.

— Et nous vous traiterions de menteur. Nous dirions que vous étiez trop aviné pour vous souvenir d'avoir signé. Nous pourrions jeter le discrédit sur chacune de vos signatures, détruisant ainsi votre réputation. À moins que vous ne préfériez annoncer publiquement que nous vous avons forcé à signer par magie ?

— Pourquoi refusez-vous de signer ? je demande, toujours penchée.

Au ton de Mme Vykotsky quand elle m'en a parlé, on aurait dit que cela n'avait jamais été un problème auparavant. Je ne m'attendais pas à ce que le monde parallèle magique de New York s'appuie autant sur la paperasse.

— Ce sont les ordres du chef, souffle-t-il. Ne coopérer avec les sorcières sous aucun prétexte. Elles ont quelque chose qu'il veut. Qu'Ana Vykotsky refuse de lui donner.

« Est-ce que c'est moi qu'elle lui refuse ? Je ne savais même pas qu'ils communiquaient. »

Cette idée me met mal à l'aise. Je me redresse un peu et concentre mon pouvoir sur le conseiller. La magie, d'ordinaire brûlante, vacille sans plus de puissance qu'une simple chandelle dans ma cage thoracique. Je n'étais jamais allée aussi loin jusqu'à maintenant.

À en juger par son expression renfrognée, nous n'allons faire aucun progrès en discutant. Il est temps d'obtenir cette signature et de s'en aller. Avec tout le bruit qu'il fait, quelqu'un va finir par s'inquiéter.

Je lève une main et, comme en miroir, il lève la sienne en même temps.

Si je parviens à tenir son bras, je n'ai pas la force de contrôler tout son corps. Il chancelle vers la porte, la main toujours en l'air.

Helen lui barre la route.

— Frances !

Au prix d'un effort herculéen, j'articule :

— Impossible…

— Frances ! répète Helen alors que le conseiller tend la main vers la poignée.

Il ne l'atteint pas, cependant la porte s'ouvre quand même, révélant un Finn interdit.

Il repousse le conseiller squelettique à l'intérieur et claque la porte derrière lui.

— Que se passe-t-il ? s'exclame-t-il au moment où Helen hurle :

— Sortez d'ici !

Le regard de Finn passe d'Helen à Murphy, à moi.

— Qu'y a-t-il, Frances ?

Le conseiller en profite pour fondre sur la porte.

— Non ! crie Helen.

Finn bloque le passage. Je me lève et retiens le corps de Murphy avec toute ma concentration.

— Helen, maintenant, grogné-je entre mes dents serrées.

Finn observe la scène, les yeux écarquillés.

Tous mes muscles protestent pendant que j'oblige l'homme à s'approcher de la tablette pour signer la charte de l'hôpital.

Contrôler ses jambes me donne l'impression d'être dans l'un de ces rêves où j'essaie de fuir et que mon corps refuse d'obéir.

Il lutte contre le stylo qu'Helen lui met dans la main, mais le saisit tout de même. Le plan de Mme Vykotsky et d'Helen a été très mal élaboré, ou alors elles ont surestimé mes capacités, parce que je n'arrive pas à lui faire signer ce document. Je ne sais pas comment m'y prendre. Si je manipule sa main, je n'obtiendrai qu'un gribouillis, pas la signature vérifiable. Ce n'est peut-être qu'un exercice pour me faire peur, ou pour *lui* faire peur.

Avec précaution, comme quand je ralentissais ma machine à coudre, je relâche mon emprise. Je fais de mon mieux pour libérer sa main droite, sans trop savoir comment.

Tout se passe en une seconde. Le hurlement d'Helen déchire la pièce et je vois le stylo à plume planté dans son bras. Le conseiller titube en arrière vers la porte, mais il ne fait pas le poids contre le large torse de Finn.

Je m'empare à nouveau du corps de Murphy mais je ne peux pas le retenir longtemps.

Mon emprise se défait rapidement.

L'homme fait volte-face vers Helen qui continue d'observer, stupéfaite, le stylo fiché dans son biceps.

La dague que Murphy sort de sa poche de poitrine luit comme les lustres de la salle de bal.

Il se jette sur Helen, mais c'est son poing vide qui se cogne avec un bruit sourd contre sa poitrine. Le poignard qu'il tenait à l'instant flotte en l'air, pointé sur le cœur d'Helen. Sans lui laisser le temps de réagir, cette dernière se sert de sa magie pour retourner l'arme et la lui planter dans le sternum.

Le sang cramoisi teinte sa chemise blanche. Il baisse les yeux dessus, avec une expression curieuse, avant de s'effondrer par terre, pris d'une quinte de toux saccadée. Frappés d'horreur, nous le regardons tous les trois rendre un dernier soupir étranglé.

C'est douloureux à voir. Je titube jusqu'au lit, m'assieds au bord et pose mon front sur mes genoux. Le matelas s'affaisse à côté de moi quand Finn me rejoint. Les jurons que profère Helen tout bas me laissent penser qu'elle vient de retirer le stylo de son bras.

Je ne peux pas la regarder, ni le corps au milieu de la pièce, alors je garde la tête baissée en articulant :

— Vous l'avez tué… Vous l'avez tué… Vous n'aviez pas dit que nous allions le tuer.

Finn me frotte doucement le dos.

— Ça va aller, répète-t-il tout bas.

Ça ne fait que me rappeler que j'ai eu l'air faible et impuissante devant lui.

Helen vient s'agenouiller près de moi et pose celle de ses mains qui n'est pas ensanglantée sur mon genou.

— Frances, reprenez-vous et écoutez-moi attentivement. Nous devons quitter cette pièce. Immédiatement.

Elle se tourne vers Finn.

— Et si vous croyez que je ne sais pas qui vous êtes, monsieur D'Arcy, vous faites fausse route. Vous semblez très attaché à Mlle Hallowell. Je suis sûre que vous ne voudriez pas qu'elle ait des ennuis. Vous n'allez parler de tout cela à personne, n'est-ce pas ?

— Non, madame.

Helen lui adresse un sourire. Le sang de sa blessure dégouline le long de son bras et entre ses doigts.

— Évidemment. Soyez gentil, prenez ce tapis.

Elle désigne l'endroit où gît le conseiller dans une mare de sang.

Finn s'emploie à rouler le corps dans le tapis pendant que j'essaie en vain de respirer calmement, la tête sur les genoux.

— Pourquoi ne vous a-t-il pas arrêtée ? demandé-je à Helen au bout d'un moment.

— Il n'a pas de pouvoir magique, répond Finn depuis le sol. Les disciples accordent de la valeur au pouvoir. Il y en a tellement de sortes différentes. Certains exercent… une influence politique.

Helen renifle depuis la salle de bains, une serviette contre son bras.

— Que fait-on maintenant ? je l'interroge.

Elle observe Finn.

— Il a l'air costaud. Les docks sont loin d'ici ?

Faire sortir le cadavre du conseiller de l'hôtel représente un défi. Il faut éviter que le liftier ne nous voie. Au mieux, il nous prendra pour des voleurs de tapis ; au pire, il remarquera l'évidente forme de corps humain.

Helen sort dans le couloir, nous laissant dans le silence en compagnie du cadavre.

Au bout d'un moment, elle revient en déclarant avoir trouvé l'escalier de service. Nous ne mettons pas longtemps à descendre jusque dans la ruelle. La chambre n'a pas été réservée à nos noms et le tapis ensanglanté que nous emportons constitue l'unique preuve du méfait.

Le chemin vers le fleuve est une marche funèbre pour le conseiller Murphy, à travers les rues de la ville qu'il a autrefois gouvernées.

Un samedi soir à New York, on trouve bien plus étrange que deux femmes en robes de bal et un jeune homme en smoking portant un tapis roulé sur son épaule. Nous n'attirons pas tellement l'attention. Plus que six pâtés de maisons. Les docks sont tout droit au bout ouest de la 45e Rue. Finn connaît le chemin.

Nous croisons de jeunes gens en manteaux défraîchis, des pièces de monnaie tintant dans les poches, en route vers les nickelodéons de Times Square. D'autres hommes en hauts-de-forme les dépassent, en chemin pour voir les Gibson Girls. La musique joyeuse des pianos se déverse sur les trottoirs par les portes ouvertes des salles de cinéma et s'harmonise avec les plaintes des chats de gouttière.

Helen, Finn, le corps du conseiller Murphy et moi tournons à l'angle en direction des docks. La puanteur de poisson pourri nous guide telle une boussole. Aucun de nous ne parle.

J'ai le visage encore bouffi d'avoir sangloté et, à en juger par les coups d'œil inquiets que me lance Finn, j'ai l'air aussi bouleversée que je le suis à l'intérieur.

Helen ne nous accorde pas un regard. Elle continue de marcher, les yeux braqués sur son unique cible : l'eau noire prête à engloutir notre victime.

Les quais ne sont pas déserts, mais les femmes appuyées contre les murs de brique et leurs compagnons ne font pas attention à nous tandis que nous passons derrière une cale sèche pour nous mettre à couvert.

Finn pose le tapis en soufflant et Helen le déroule d'un coup de pied, découvrant le cadavre du conseiller. Il a la bouche béante mais les yeux clos, grâce au ciel.

Ensuite, elle sort le poignard ensanglanté de sa pochette ornée de perles et s'accroupit.

Je mets un instant à comprendre ce qu'elle fabrique, à scier avec la dague au niveau de ses poignets.

« Elle lui coupe les mains. »

Je me tourne pour vomir mon champagne dans une caisse.

— Ne vous mettez pas dans des états pareils, Frances, dit Helen sans lever les yeux vers moi. La dernière chose dont nous ayons besoin est que la police identifie rapidement le corps. Lui retirer les mains les empêchera de relever ses empreintes digitales.

Finn me tient par l'épaule et nous échangeons un regard entendu.

C'est la confirmation qu'il me fallait. Tous les articles de journaux sur les garçons retrouvés à Sheepshead Bay me reviennent en mémoire. Elle fait signe à Finn de l'aider à rouler le corps jusqu'à l'eau pendant que je contemple l'horizon aveugle en demandant aux étoiles de m'accorder une vie différente.

Le corps qui a autrefois appartenu au conseiller Murphy tombe dans l'eau avec un *plouf*. Je baisse les yeux juste à temps pour apercevoir un moignon blanchâtre couler au fond.

Je ravale un sanglot et la bile dans ma gorge, mais je ne pourrai jamais oublier cette vision.

Ensuite, ils jettent le tapis puis les mains, l'une après l'autre. Elles tombent dans le fleuve avec deux petites éclaboussures.

Pour finir, Helen se nettoie avec un mouchoir qu'elle jette également. Il flotte comme un spectre sur l'eau.

Nous repartons plus rapidement qu'à notre arrivée, maintenant que nous ne sommes plus chargés, bien que ma culpabilité pèse aussi lourd que le corps.

À deux rues des docks, Helen se tourne vers Finn.

— Vous comprenez que, si vous dites quoi que ce soit sur ce qui s'est passé ce soir, vous compromettrez de façon irréparable la paix précaire qui règne entre nos deux organisations ? Des gens bien plus âgés que vous jouent à ce jeu depuis bien plus longtemps. Ne tentez rien de stupide. Vous échouerez.

— Oui, madame, répond Finn.

— Bien.

Plus nous nous éloignons des docks, plus la foule se densifie. Il fait plus clair également, grâce aux réverbères. Je me sens comme une intruse au milieu de tous ces gens normaux qui passent leur soirée comme si je ne venais pas de me débarrasser d'un corps.

— Finn !

C'est une voix masculine qui a crié de l'autre côté de la route. Je suis tellement à cran que je manque de défaillir.

Du coin de l'œil, j'aperçois un garçon blond, pas très grand, dix-neuf ans peut-être, qui bondit dans la circulation, évitant chevaux et attelages, un grand sourire aux lèvres.

Finn ralentit. Comme il marche un peu devant nous, nous l'imitons.

— Finn, mon gars, te voilà ! On te cherchait ! On allait rentrer au club. Patterson a piqué une bouteille de bourbon au bar, et on a encore plein de boulot pour organiser le…

— Ah, oui ! le coupe Finn.

Il ne nous présente pas. Il est sûrement plus sage pour lui de ne pas être vu par les autres disciples en compagnie de sorcières.

J'avance pour le contourner mais me heurte à son épaule et trébuche. Ma pochette tombe par terre.

— Oh, pardonnez-moi, mademoiselle. Je ne vous avais pas vue ! s'exclame Finn.

Nous nous baissons tous les deux pour ramasser la pochette. Accroupi, il se penche à mon oreille.

— Je t'attendrai à la grille ce soir. Sois prudente, s'il te plaît.

La terreur le dispute au soulagement, parce que Finn a vu ce que j'ai vu ce soir, et il sait ce que je sais à présent avec certitude.

Je ne peux plus rester à Haxahaven.

Il me jette un dernier regard grave et s'éloigne dans la rue. J'acquiesce une seule fois pour faire signe que j'ai compris.

Helen et moi retournons à l'ambulance garée devant l'hôtel. Elle me tient fermement par le bras. Ce qui doit ressembler à de l'affection maternelle pour n'importe quel passant s'apparente plus à une poigne de fer. C'est une menace, le rappel qu'elle me contrôle.

— Vous me faites mal, je murmure.

— Vous avez échoué ce soir, Frances, rétorque-t-elle, venimeuse.

— Je suppose que c'était le but. J'aurais peut-être réussi si vous preniez la peine de nous apprendre quelque chose.

— Nous vous apprenons la sécurité.

— Oui, merci beaucoup, je me sens tellement en sécurité, Helen. Ou devrais-je dire Gertrude ?

— Gertrude est morte, répond-elle d'un ton monocorde.

Nous parcourons des rues bras dessus bras dessous, à travers la foule des badauds de sortie dans le quartier des cinémas. Au-dessus de nous scintillent les lumières électriques qui font la réclame des *Ziegfeld Follies*.

— Vous avez tué Gertrude aussi ? je lance.

— La typhoïde s'en est chargée en lui prenant son mari et son fils.

Elle lève des yeux vitreux vers les panneaux et le ciel.

Les mots restent coincés un instant dans ma gorge, mais aucun passé tragique ne peut faire faiblir ma colère.

— Vous m'avez mise en danger juste pour prouver que vous aviez raison.

Mme Vykotsky et elle n'ont pas cessé de nous faire la morale pour « notre sécurité », mais à l'instant où elles ont entrevu la possibilité de m'utiliser à leur profit, elles n'ont pas hésité à me jeter dans la gueule du loup.

— Je vous présente mes excuses pour la façon dont les choses ont dérapé ce soir.

Son bras est toujours trop serré et je ne crois pas une seconde à ses excuses.

— Si vous vous en prenez à l'une de mes amies en représailles de ce qui s'est passé ce soir, je vous jure devant Dieu que je réduirai cet endroit épouvantable en cendres.

Je ne sais pas si je le pense, mais la peur qui passe sur son visage m'indique qu'elle le croit.

— Vous ne pouvez pas réduire le monde en cendres parce qu'il vous prend ce que vous aimez. J'ai déjà essayé.

Nous arrivons à l'ambulance. Les gens sortent de l'hôtel par grappes, emplissant la nuit de leurs conversations alcoolisées. La collecte de fonds doit être terminée. Ils sont tous si heureux, dans l'ignorance béate que l'un des leurs est mort.

Helen monte derrière le volant.

Ma main hésite sur la poignée de la portière. Je sais ce que j'ai à faire. Je le sais depuis que j'ai vu la montre de mon frère dans les mains d'Oliver.

Je prends une grande inspiration, les yeux vers les étoiles.

Puis, j'avance d'un pas vers la foule… et je cours.

La ville se charge de faire ce qu'elle a toujours fait : me rendre invisible.

24

Je laisse le courant de la foule m'emporter loin de l'ambulance. Mon cœur bat plus vite à chaque pas.

Derrière moi résonnent les cris d'Helen.

— *Frances !* hurle-t-elle encore et encore. *Frances !*

Les bruits de la ville emportent mon nom, qui flotte dans la musique mécanique émanant des cinémas jusqu'à devenir un bruit parmi les autres.

J'accélère et accélère l'allure sans un regard en arrière. Je traverse les ruelles, prends les virages et bouscule les passantes qui s'accrochent à leurs colliers de perles en me jetant des regards horrifiés.

Ce n'est qu'une fois pliée en deux, pantelante, certaine qu'Helen ne me poursuit pas, que je m'autorise à jeter un coup d'œil aux alentours. Il me faut un plan d'action, même à moitié abouti.

Je me trouve dans Midtown, à une bonne heure de marche de Columbia. Connaissant Oliver, il doit être bien au chaud chez lui à cette heure-ci. Il n'a jamais été du genre à faire la fête jusqu'au bout de la nuit.

Le métro est fermé, mais je peux héler une voiture à cheval. Dans le quartier des cinémas, ce n'est pas difficile. J'en trouve un en moins de deux minutes.

J'arrache l'un des bracelets de Maxine de mon poignet.

— À l'université de Columbia, s'il vous plaît. Vous acceptez ça comme paiement ?

Le cocher ouvre de grands yeux.

— Oui, m'dame. Pas de cavalier ce soir ?

— Il est rentré chez lui, il était souffrant.

L'homme se met en route avec l'air de comprendre. Par chance, ce n'est pas un bavard.

Mes méninges s'activent pendant tout le trajet. Si les sorcières d'Haxahaven ont tué les garçons de Sheepshead Bay, il faut que je découvre qui est impliqué. Seulement Helen ? Mme Vykotsky doit bien jouer un rôle là-dedans. Mais qui d'autre ? Sûrement Ann ou Florence. Et Maxine ? Elle passe tellement de temps dehors avec Helen, à faire on ne sait quoi.

Cette pensée est trop horrible pour que je m'appesantisse dessus.

J'ai plus que jamais besoin de parler à mon frère, de connaître la vérité. Alors seulement je pourrai tout arranger.

Quand nous atteignons notre destination, j'ai les ongles rongés jusqu'au sang et les mâchoires douloureusement crispées. « Un pas à la fois », dit la voix de William dans ma tête.

Les rênes cliquettent, arrêtant le cheval. Le cocher me laisse descendre avec un signe de tête courtois et un :

— Soyez prudente, ma petite.

Désolée, mais je n'ai pas la moindre intention de suivre son conseil paternaliste.

Des nuages gris cachent la lune dans la nuit bleu foncé. Comparé au quartier des cinémas, ce coin de la ville semble mort. Le silence est de plomb ici. Je me sens mieux dans la foule de Midtown. Les grands boulevards déserts du nord de Manhattan me mettent mal à l'aise ; je n'ai nulle part où me cacher.

Les imposants bâtiments couverts de lierre de l'université de Columbia me murmurent : « Frances Hallowell, les filles dans ton genre ne sont pas les bienvenues ici. »

Je suis déjà venue une fois, quand William était encore en vie, apporter un cadeau de Noël à Oliver. Mon frère avait économisé pendant des semaines afin d'offrir à son meilleur ami un almanach des sports. Je trouvais ce cadeau particulièrement ennuyeux, mais Oliver l'avait serré contre lui avec joie en l'ouvrant.

C'était une belle journée. La première fois que je voyais Oliver depuis des mois, et j'étais tellement contente que mon frère m'ait demandé de l'accompagner… Je me souviens du bruit de mes bottines sur cette allée de brique. Elle était couverte de neige à l'époque, et le ciel bleu vif et dégagé. Cinq mois plus tard, mon frère était mort. Et à présent, presque un an après, sa sœur revient cambrioler cet endroit.

Le dortoir d'Oliver se situe dans une bâtisse intimidante de quatorze étages près de Morningside Park. À cette heure de la nuit, les chemins qui serpentent dans tout le campus sont vides ; quelques fenêtres des bâtiments sont encore illuminées pour des étudiants travaillant tard et des surveillants attendent de prendre les honorables jeunes messieurs de l'université de Columbia en flagrant délit.

Je fais le tour de l'immeuble afin de trouver la fenêtre à croisillons de la chambre d'Oliver, au rez-de-chaussée. Je me rappelle la discrète fissure au coin gauche de la vitre. J'avais trouvé étrange qu'une université si luxueuse ne se dépêche pas de réparer le moindre dégât.

Je colle le visage contre le verre froid, les mains autour de mes yeux pour mieux voir. Avec l'usure et le gel, j'ai l'impression de regarder à travers le fond d'une bouteille de soda.

La lueur d'une seule lanterne brille dans la chambre sombre. Je ne perçois ni bruit, ni mouvement. Pourvu qu'il dorme.

Prenant mon courage à deux mains, je murmure :

— **Briseadh.**

Le verrou m'obéit en s'ouvrant avec un bruit sec.

Je pousse la fenêtre le plus lentement du monde. Elle grince affreusement. Maudits soient cette vieille école et ses gonds rouillés !

Rien ne bouge à l'intérieur. Que faire s'il n'est pas là ? L'attendre tapie dans l'ombre ?

Et s'il est bien là ? Le saluer comme s'il n'y avait rien de curieux à escalader sa fenêtre au beau milieu de la nuit ?

Pas le temps de tergiverser. La fenêtre est ouverte. Je rassemble mes jupons brodés autour de mes genoux, et je grimpe.

Dans la petite chambre, les ombres dansent à la lueur de la lanterne. Assis tout droit en chemise de nuit dans son lit, un livre à la main, se tient un Oliver Callahan plutôt surpris.

— Bonsoir, m'accueille-t-il, les yeux écarquillés comme s'il ne savait pas quoi dire d'autre.

Cependant, je lis l'amusement sur son visage de me voir entrer dans un dortoir de garçons dans ma tenue glorieusement sophistiquée.

— Décidément, tu es pleine de surprises ce soir.

— Salut, dis-je comme si de rien n'était.

Nous nous regardons un instant. Je suis plus calme que je ne l'aurais cru.

Oliver ouvre la bouche, la referme. Puis la rouvre.

— Que me vaut ce plaisir ?

Je m'imagine une autre vie, dans laquelle je serais une fille ordinaire entrée en douce dans sa chambre simplement pour pouvoir passer plus de temps avec lui. Nous aurions organisé cette entrevue secrète par des mots subtilement passés et des instants volés. Peut-être que si mon frère avait vécu, Oliver et moi serions ensemble naturellement, comme je l'avais toujours voulu. J'arrive presque à le voir, tel un lointain souvenir : une autre version de Frances et une autre version d'Oliver. Chacun un peu moins brisé, dans les bras l'un de l'autre dans cette chambre.

Je reviens à la réalité d'un coup.

— Je voulais te voir.

C'est quasiment la vérité. Son visage s'adoucit malgré la stupeur.

— C'est assez rare que de jolies filles entrent par ma fenêtre.

« Jolie ».

— Assez rare ? je répète. C'est donc déjà arrivé au moins une fois ?

Il fronce les sourcils et émet un petit rire, déconcerté par cette conversation. Je veux bien le comprendre.

— C'est pour me parler de ça que tu es venue, Frances ?

Je m'assieds sur la chaise en bois de son bureau bien rangé, comme toute cette chambre. Les crayons sont alignés, les papiers en pile nette. Son blazer impeccable disposé sur le dossier de la chaise. Malgré cette propreté excessive, la pièce n'est pas froide. Il y a une couverture rouge élimée sur le lit et la peinture d'un paysage ensoleillé au-dessus de la porte. Les murs sont lambrissés. C'est petit et confortable. Tout ici lui ressemble beaucoup trop.

— Non, ce n'est pas la raison de ma présence.

— Tu as des ennuis ? demande-t-il avec une inquiétude sincère.

Ça me sidère de l'admettre, mais... il essaie de prendre soin de moi.

— Non.

Il referme son livre, perplexe.

— Tu as l'air d'avoir des ennuis.

— Ce n'est pas le cas, je rétorque, acerbe.

Il s'extrait de ses draps pour s'asseoir au bord du lit. L'endroit est si étroit que nos genoux se touchent presque.

— Je ne peux pas te laisser tomber comme j'ai laissé tomber William, dit-il avec un soupir. Laisse-moi t'aider, Frances.

La nervosité douce et troublante qui s'empare de moi quand je le regarde me met mal à l'aise, alors j'opte pour la colère. Elle se réveille quand je repense à toutes mes lettres restées sans réponse après la mort de William, toutes ces journées passées seule au commissariat. On aurait pris Oliver plus au sérieux. Le meurtre aurait peut-être même été élucidé il y a des mois, et les autres victimes sauvées de leur triste sort. Le monde écoute les garçons comme Oliver Callahan.

— Tu m'as abandonnée, dis-je.

Ses traits se brouillent comme s'il allait se mettre à pleurer.

— Je suis désolé. (Il souffle ces mots qui semblent coincés dans sa gorge depuis six mois.) Ça fait mal, Frances. Ça me fait mal de te regarder. De penser à toi.

Je tenais tellement à toi, et je n'ai pas été à la hauteur. Je suis désolé. Je suis tellement, *tellement* désolé.

Ses paroles flottent sombrement dans la pièce quelque temps.

Mais ce n'est pas le moment.

— Je n'ai pas besoin de tes excuses.

Je déteste sa façon de me regarder, comme si j'avais besoin d'être sauvée. Et je déteste qu'une minuscule part puérile de moi meure d'envie de se placer sous sa protection.

— Rien de ce que je peux dire ne sera jamais à la hauteur de mes profonds regrets, je le sais. (Il marque une pause et soupire de nouveau, le poids du monde sur ses épaules.) Will a toujours été doué avec les mots. Moi, je ne trouve jamais les bons.

Moi qui croyais qu'Oliver Callahan ne pouvait plus me briser le cœur, le voilà qui remet ça.

C'était une chose d'embarquer Maxine, Lena et Finn dans ma quête pour la Résurrection, c'en est une autre de me retrouver en compagnie de quelqu'un à qui William manque autant qu'à moi.

On est souvent seul dans le chagrin.

Je me penche en avant ; nos genoux se touchent.

— Il me manque aussi.

— Parfois, je me demande si j'arriverai à aller mieux.

Ses yeux verts s'emplissent de larmes qui transpercent ma colère. Il serait facile d'oublier la raison de ma venue ce soir. À cet instant, je ne pense qu'à ce que je pourrais faire pour l'empêcher de pleurer.

— Je suppose qu'un jour, ce sera différent. Peut-être pas mieux, mais différent.

— J'ai toujours cru que nous allions vieillir ensemble, déclare-t-il. Devenir de vieux messieurs assis sur un balcon, à nourrir les pigeons.

L'image me fait sourire.

— Je crois qu'aucun de nous n'aura l'avenir qu'il s'imaginait. C'est étrange que la vie se révèle toujours si différente de ce qu'on avait prévu.

Je me demande ce que ça ferait de l'étreindre. Aurait-il l'air un peu moins brisé ? Pourrais-je rassembler les morceaux de son cœur ?

— Tu vas me dire ce qui se passe ? demande-t-il.

Il ne parle pas de mon apparition impromptue chez lui, ni même de la tuberculose, mais de ce qui est arrivé dans ce sous-sol. Il ne va pas lâcher l'affaire. Je comprends. À sa place, je ferais pareil.

— S'il te plaît, Frances.

Il souffle plus qu'il n'articule mon nom, tel un mot qui existerait en permanence dans ses poumons.

J'ai vraiment très envie de lui expliquer, mais je ne suis pas venue pour ça.

— J'ai besoin de quelque chose.

— Tout ce que tu voudras.

— Il me faut la montre de mon frère.

— Sa montre ? répète-t-il, interloqué.

Pourvu qu'il me la donne sans rechigner. L'idée d'utiliser la magie sur Oliver me rend malade, mais je ferai tout ce qu'il faut.

— Oui. Je ne peux pas t'expliquer, mais le temps presse.

Je vois les rouages de son cerveau s'activer. Après un long moment, il se lève.

— D'accord.

Il ouvre le tiroir de sa table de chevet et me dépose la montre dans la main.

— Je vais te le demander une dernière fois : s'il te plaît, quel que soit le problème, laisse-moi t'aider.

Son regard sirupeux me rappelle un Coca-Cola partagé sous le soleil estival, il y a très longtemps.

— Si seulement c'était aussi simple.

Je referme les doigts autour de la montre lisse et froide, lourde dans ma main. La nuit de la disparition de William me revient en mémoire. Au matin, son lit n'avait pas été défait et sa montre n'avait pas bougé sur la table de la cuisine. Ça ne lui ressemblait pas de sortir sans. J'étais partie au travail en lui en voulant de prendre aussi peu soin de ses affaires. En rentrant le soir, la montre était toujours là et mon agacement s'était mué en panique incontrôlable.

On a mis trois jours à retrouver son corps.

Je me lève pour m'approcher de la fenêtre ouverte qui laisse entrer l'air froid dans la chambre.

— Tu ne restes pas ? demande Oliver, étonné.

— Pourquoi je resterais ?

— J'ai cru qu'après la soirée, tu étais peut-être venue pour autre chose que la montre, que tu voulais me revoir, toi aussi…

L'émotion que j'ai durement tenté d'étouffer enfle dans ma poitrine.

— Merci pour la montre.

— Tu sais, quand j'ai dit que je m'imaginais devenir vieux avec Will et nourrir les pigeons sur un balcon ?

— Oui ?

Ses yeux qui plongent dans les miens raniment les papillons morts dans mon ventre.

— Je m'imaginais ta présence, aussi. Dans mon avenir, je veux dire.

J'ai les joues en feu. S'il m'avait regardée comme ça il y a un an, ma vie serait probablement différente. Comment aurait réagi la Frances de seize ans si elle avait obtenu ce qu'elle désirait le plus, ce dont elle ne s'autorisait à rêver que tard dans la nuit ?

Mais ce n'est pas le moment de s'appesantir sur les sentiments ; j'ai encore à faire.

— Merci pour la montre, je répète.

Je pose une jambe sur le rebord de la fenêtre et me tourne pour lui dire au revoir. Je le trouve main tendue, avec l'air d'avoir encore beaucoup à dire. J'accepte sa paume, douce et chaude, et me hisse par la fenêtre. Ses doigts s'attardent sur les miens une seconde de plus que nécessaire.

— Bonne nuit, Frances.

À deux rues de la résidence, je hèle un cabriolet.

— À Forest Park, dans le Queens, dis-je au cocher.

— Ça fait une trotte, répond-il.

J'arrache le collier de saphirs emprunté et le lui tends. J'ai des remords à distribuer les cadeaux de Maxine. Mais la façon dont elle a attaché le collier à mon cou m'en donne l'autorisation. « Il est à toi, a-t-elle chuchoté. Fais-en tout ce que tu veux. »

— Ça suffira ?

— Mademoiselle, pour ce prix, je vous emmène jusqu'en Californie, répond-il en faisant claquer ses rênes.

La voiture qui démarre au trot me projette contre le siège.

Dans ma main, la montre renforce ma détermination.

Le trajet jusqu'à l'école prend plus de temps qu'en ambulance motorisée. Si je n'étais pas aussi à cran, je piquerais un somme. Au lieu de ça, j'énumère les objets en boucle dans ma tête. « La montre, la dague, le miroir, la terre de cimetière, le grimoire. »

J'ai la montre. Le grimoire est le suivant sur ma liste. Il me sera plus facile de me faufiler dans Haxahaven de nuit plutôt que d'attendre le matin.

Tout sera bientôt terminé.

Une heure plus tard, le cocher me dépose tout au bout de l'enceinte de l'école. Il n'y a personne. Je n'entends que le bruissement des arbres dans le parc et des perles sur ma robe.

Je tourne au coin de la rue, prête à déverrouiller la grille, quand une silhouette me fait sursauter.

— Du calme, ce n'est que moi.

L'accent irlandais de Finn perce l'obscurité. Son nœud papillon est défait autour de son cou et la chemise de son smoking, ouverte de deux boutons, révèle ses clavicules. Il a l'air aussi éreinté que moi.

— Je te croyais à l'intérieur. D'où viens-tu ?

Je lève la montre.

— Je suis allée chercher ça. Un des derniers objets nécessaires pour le sortilège.

J'ignore s'il reconnaît la montre que tenait Oliver durant la soirée. Je n'ai pas envie de lui dire que je suis entrée dans sa chambre. Étrangement, ça sonne comme une trahison.

— Félicitations. Helen t'a abandonnée en ville ?

— Je me suis enfuie.

La fierté qu'il affiche me donne le sourire. Je veux qu'il me croie aussi courageuse que lui.

— Et tu reviens pour entrer par effraction ? demande-t-il, impressionné.

— Je n'en ai pas pour longtemps. Attends-moi là, s'il te plaît.

— Tu es sûre que tu ne vas pas te faire prendre ?

— J'entre et que je sors d'Haxahaven à ma guise.

Il n'a pas besoin de savoir que ce n'est pas tout à fait vrai. Je préfère qu'il me prenne pour la fille aussi sûre d'elle qu'elle le prétend.

Je le laisse là pour traverser seule l'obscurité.

L'école paraît encore plus grande la nuit.

Je me rappelle mon arrivée ici. Je tremblais aussi ce jour-là.

Mais aujourd'hui, j'en sais plus qu'à l'époque.

D'un éclair de magie, je déverrouille la grille et retourne d'un pas déterminé vers Haxahaven, avec un peu de chance pour la dernière fois.

25

Le hall d'entrée est silencieux et plongé dans le noir. Tout le monde est couché depuis longtemps. J'en profite pour contempler les deux escaliers incurvés et les lustres éteints. Je veux graver dans ma mémoire cet endroit où j'ai vécu.

Je ne sais pas qui est de garde ce soir, en tout cas elle n'est pas en vue. Est-ce qu'Helen est déjà rentrée pour les prévenir que je me suis échappée ? Elles sont peut-être dehors, à me chercher.

Je monte jusqu'à ma chambre où Lena est assise dans son lit, ses cheveux noirs défaits.

— Comment c'était ? chuchote-t-elle dès mon arrivée.

Je suis troublée de constater qu'elle m'attendait. Je me souviens de la nuit où j'ai tué M. Hues, et de la solitude que j'ai ressentie en montant à l'étage où toutes les filles dormaient, sans personne pour m'aider. La voix de Lena dans le noir me soulage tellement.

— Je pars, dis-je aussi doucement que possible.

De sa cachette sous mon lit, je tire le miroir de divination. La petite chatte noire qui m'avait terrorisée un jour est là-dessous aussi et me scrute avec désapprobation. Je lui tapote la tête et elle enfouit le museau dans ma main comme si elle savait que c'était un adieu.

— Comment ? souffle Lena en s'agenouillant sur le lit. Tu ne peux pas partir comme ça !

Sa réaction m'étonne. J'espérais qu'elle serait contente pour moi.

— Finn m'attend dehors. Je suis seulement venue chercher le miroir, le grimoire, et pour vous voir, Maxine et toi.

« Je ne vous aurais jamais abandonnées. »

Lena sort du lit d'un bond et me pousse dans le couloir désert en refermant la porte sans bruit derrière nous. Les portraits sur les murs nous observent. Il faut que je sorte d'ici, et vite.

— Pourquoi tu t'en vas ? Pourquoi si vite ? Réfléchis à tête reposée, je t'en supplie. La nuit porte conseil.

Je lui parle de Murphy et d'Helen en train de scier les mains de son cadavre. Elle blêmit.

— Les corps retrouvés dans la baie, ce serait elle ? demande-t-elle, nauséeuse.

— Je sais que Mme Vykotsky et le chef Olan sont en conflit. Helen avait vraiment l'air de ne pas en être à sa première fois. Et si c'était elle qui avait tué mon frère, Lena ? On ne peut plus rester ici.

— Où comptes-tu aller ?

— Chez les disciples de saint Druon. (Elle fait la grimace.) Mais on n'est pas obligées d'y rester pour toujours. On ira où on voudra, à Paris, en Californie, au Japon !

Sous l'angoisse terrible que j'éprouve, il me reste encore l'espoir d'un avenir. Je vais élucider le meurtre de mon frère. Je resterai chez les disciples le temps qu'il faudra pour qu'ils aident ma mère, comme Finn me l'a promis. Ensuite, je pourrai tourner la page. Avoir une vie. Faire enfin ce qu'il faut pour ceux que j'aime.

La tristesse de Lena me ramène au présent.

— Je ne veux pas aller chez les disciples de saint Druon, ni à Paris, ni en Californie, ni au Japon. Je te l'ai déjà dit : le seul endroit où je veux être, c'est chez moi. Je ne peux pas partir avec toi.

Les larmes me montent aux yeux.

— S'il te plaît, Lena...

Je ferais n'importe quoi pour la convaincre. Je cherche les mots justes, mais rien ne me vient.

Elle secoue la tête tristement.

— J'ai eu des visions de mon départ, mais ce n'est pas cette nuit. Pas comme ça. Je suis désolée, Frances.

— Mais ça pourrait être cette nuit. Partons... Partons ensemble.

Je tiens ses deux mains dans la mienne et la regarde droit dans les yeux. Si je n'ai pas les mots justes, peut-être est-elle capable de lire sur mon visage à quel point j'ai besoin qu'elle vienne avec moi.

— Il faut que tu viennes. Et si elles s'en prenaient à toi ? Tu ne sais pas de quoi elles sont capables, tu n'étais pas là ce soir. *S'il te plaît, Lena.*

Sa lèvre inférieure tremble.

— Ce n'est pas comme ça que je pars.

Les sanglots que je retiens me compriment la poitrine.

— Je ne sais pas ce que je vais faire sans toi.

Ma voix se fêle et les larmes coulent à gros bouillons sur mes joues. J'étais si sûre de moi à peine quelques minutes plus tôt… Prendre les bonnes décisions est-il censé faire aussi mal ?

Lena pleure à son tour.

— Ce n'est pas fini entre nous.

— Comment tu le sais ? hoqueté-je. Tu n'arrives pas à voir mon avenir.

— C'est un pressentiment, dit-elle avec un sourire las. Un bon vieux pressentiment.

Je la serre fort dans mes bras ; une étreinte insuffisante. Nous restons ainsi jusqu'à ce qu'un bout de sa chemise de nuit soit trempé de mes larmes. Je ne veux pas la lâcher ; j'ignore si j'en ai la force.

C'est elle qui s'écarte la première.

— À bientôt, dis-je.

J'ai besoin de croire à un futur dans lequel nous nous retrouverons.

— À bientôt, répète-t-elle.

Elle rentre dans la chambre que nous avons partagée mais où je n'ai plus jamais l'intention de mettre les pieds. Le bruit de la porte qui se referme doucement fait exploser mon cœur en mille morceaux.

Je dévale l'escalier, le miroir contre la poitrine, jusqu'à la chambre de Maxine.

Elle dort en chemise de nuit rayée, ses cheveux blond argent étalés autour d'elle, illuminés par les étoiles.

Je m'accroupis sans bruit. D'abord, je sors *L'Élémentaire* de sous son lit, enfoui dans un tas de vêtements inutilisés. Je le dépose près de la porte avec le miroir. Ce n'est sûrement pas très gentil de m'en emparer pendant son sommeil, mais je ne veux pas prendre le risque qu'elle refuse de me le donner.

Puis je murmure :

— Psst, Maxine. Réveille-toi.

Sa main est gelée quand je la secoue.

Elle se réveille en sursaut.

— Frances ? Bon sang !

— Je m'en vais.

Je voulais le dire avec force et dignité, mais ce n'est qu'un reniflement pathétique entre deux sanglots.

Elle cligne plusieurs fois des yeux, les paupières lourdes.

— Hein ?

Je la secoue par l'épaule.

— Lève-toi, il faut y aller.

Enfin, elle se redresse et demande d'une voix pâteuse :

— Où vas-tu ? Que se passe-t-il ?

Comme à Lena, je lui explique ce qui est arrivé au conseiller, Helen, les mains, et ma fuite à corps perdu dans la ville. Comme Lena, elle est horrifiée.

— Cette imbécile d'Helen a scié les mains d'un homme ?

Le temps qu'elle met à comprendre commence à m'énerver.

— Oui. S'il te plaît, Maxine, Finn nous attend. Allons-y.

Puis elle pose la question que je redoutais :

— Et Lena ?

— Elle ne vient pas.

Maxine prend une grande inspiration d'adulte qui s'apprête à annoncer une mauvaise nouvelle à un enfant.

— Tu sais que je ne peux pas t'accompagner.

« Je ne veux pas faire ça toute seule. J'en ai tellement marre d'être seule. »

— S'il te plaît, Maxine, je ne peux pas te perdre toi aussi.

— Tu ne vas pas me perdre. Tu pourrais rester. Il faut que tu restes.

Elle se frotte le visage avec vigueur.

— Tu ne peux pas le penser sincèrement après tout ce qui s'est passé.

Elle lève les mains, exaspérée.

— C'est ma maison, ici !

— Ce sont des meurtrières !

— Ce n'est pas juste, ce que tu dis. D'après ce que tu m'as raconté, Helen n'avait pas le choix.

— Elle n'a jamais eu le choix chaque fois qu'elle a jeté un garçon sans mains dans le fleuve ? Maxine, elle a peut-être tué *mon frère*.

Elle est bien réveillée à présent, les yeux écarquillés de colère.

— C'est une accusation complètement incohérente, et tu le sais. Tu crois vraiment qu'Helen, *Helen*, qui n'a pour passion que les revues de tricot et a pour unique but de devenir la pire aquarelliste du monde, est une tueuse ?

J'ai l'impression d'être dans l'un de ces cauchemars où j'essaie de parler mais personne ne peut m'entendre. Comment lui faire comprendre la gravité de la situation ?

— Je sais ce que j'ai vu ce soir. Tu ne me crois pas ?

— Si, je te crois…

Elle se tait, hésitante.

— Tu me crois, mais tu refuses de partir avec moi.

— J'aimerais pouvoir.

— Alors fais-le, Maxine. Quitte cet endroit. Deviens plus que ça, comme tu le répètes tout le temps ! Tu veux plus de pouvoir, c'est toi qui me l'as dit. On pourrait devenir aussi puissantes qu'on le veut. On pourrait arrêter de perdre notre temps à faire des arrangements floraux et de la couture, et changer le monde.

Je suis tellement en colère que je tremble de tout mon corps.

Elle m'attrape les poignets et sonde mon visage.

— Ne pars pas, Frances. S'il te plaît. Pas avec lui.

— *Avec lui ?*

Le tour que prend cette conversation me déconcerte.

— Je ne lui fais pas confiance. (Elle marque une pause et déglutit.) Il y a une chose que je ne t'ai jamais dite. Je n'ai pas simplement trouvé *L'Élémentaire*. J'en ai *rêvé*.

— Et alors ?

Je ne comprends pas bien ce qu'elle insinue au sujet de Finn, mais je n'aime pas ça.

— Tu ne peux décemment pas croire que c'était une coïncidence, déclare-t-elle.

— Ça ressemble plus à une coïncidence que de voir Helen assassiner un homme. Bon sang, tu prendras toujours leur défense, n'est-ce pas ?

— Ne t'exprime pas comme si tu n'étais pas des nôtres, rétorque-t-elle immédiatement.

La pensée la plus atroce que j'aie eue de toute ma vie fait alors surface. Je ne peux plus la contenir. Je songe à tout le temps que Maxine passe seule avec Helen en ville, à sa façon de les défendre toutes, quoi qu'il en coûte. C'est une spirale infernale. Tout devient clair à présent. Je bats prudemment en retraite.

— Est-ce que tu as un rôle là-dedans ? Tu aides Helen ? Tu détestes les disciples à ce point ? Tu les hais tellement que tu les tuerais ?

L'accusation sort dans un murmure.

L'horreur s'épanouit sur le visage de Maxine. Entre nous, l'air devient glacial.

— Comment oses-tu ?

Je ne veux pas y croire. J'aime trop Maxine. Cependant, son silence ressemble à une confession.

Je n'ai plus rien à lui dire. Je recule vers la porte et récupère le miroir et le grimoire. Si elle remarque que c'est *L'Élémentaire*, elle n'en dit rien. Ma fureur est devenue trop grande pour être contenue plus longtemps par mon corps. J'arrache le diadème de mes cheveux et le lui jette. Il tombe au pied de son lit.

Je me tourne pour sortir alors qu'elle murmure :

— Je t'aimais. Tu étais comme une sœur pour moi.

J'entends sa respiration saccadée avant qu'elle n'ajoute :

— Sors d'ici.

— Je t'aimais aussi, dis-je tout bas, si bas que je ne suis pas sûre qu'elle m'ait entendue.

Je referme la porte au moment où elle se met à pleurer.

26

Finn m'attend là où je l'ai laissé. Appuyé contre la Ford T, il fume une cigarette. Je ne l'avais jamais vu faire. La fumée s'enroule entre ses longs doigts.

— Tu en as mis, du temps. Tout s'est passé comme tu voulais ?

Voyant mon expression dévastée, il m'attire à lui et me laisse m'effondrer.

Contre la chaleur de son cœur battant, je sanglote sans retenue. Au bout d'un moment, il s'éloigne de moi.

— Tu as tout ce dont tu as besoin ?

Je hoche pathétiquement la tête.

Il écarte les cheveux collés à mon visage par les larmes.

— Alors il faut y aller, ma chérie.

J'ai cru que je me sentirais soulagée de quitter Haxahaven, mais je n'éprouve qu'une profonde souffrance, comme si on m'avait extrait la cage thoracique pour en répandre le contenu sur le sol de marbre délicat de l'école.

Je revois les visages de Lena et de Maxine. Je songe même à Sara, Cora, Maria, May, Aurelia et Ruby. Toutes les filles que je tenais à distance sans m'imaginer un instant qu'elles me manqueraient.

Mais ensuite, je me souviens du bruit que faisait Helen en sciant la chair et l'os, du naturel avec lequel elle a sorti le poignard de son sac, et je sais que j'ai fait le bon choix.

Demain, je pratiquerai le sortilège de résurrection. J'obtiendrai les réponses de la bouche de mon frère, et je mettrai fin à tous ces meurtres. Je trouverai la paix. Je rendrai le monde meilleur.

Finn passe tout le trajet jusqu'en ville la main serrée sur mon genou, comme pour s'assurer que je suis bien là. La lourdeur de ma robe m'étouffe.

— Est-ce qu'on peut faire un détour ? demandé-je alors que nous arrivons à Lower Manhattan.

— Bien sûr, où ça ?

Je lui indique le dernier endroit sur ma liste.

Quand le corps de mon frère a été retrouvé, les Callahan ont payé pour qu'il soit inhumé. L'île de Manhattan n'offre pas beaucoup de place pour les morts. Ma mère et moi comptions le faire incinérer, mais les Callahan ont insisté. Je me souviens d'avoir trouvé cela curieux à l'époque mais, à présent, je leur en suis reconnaissante.

Le cimetière ne se situe pas très loin du Commodore Club. Finn suit mes instructions à la lettre, sans poser de question.

Il ralentit devant la grille de fer forgé coincée entre deux bâtiments de brique rouge. C'est un endroit étrange, ce qui n'est pas peu dire dans cette ville remplie de choses étranges. Parmi les dizaines de cimetières sur l'île, c'est celui-ci le plus récent. Sans le crâne soudé entre les barreaux, on passerait facilement devant sans remarquer sa présence.

Finn coupe le contact et se tourne vers moi, agrippé au volant.

Il met une bonne minute à ouvrir la bouche.

— Bon… On a la montre de ton frère, le miroir, le grimoire… et la dague est sous mon matelas au club. Si j'étais joueur, je parierais que tu m'as amené à l'endroit où repose William.

J'ai la poitrine serrée.

— C'est le dernier élément qu'il nous faut.

— Veux-tu que je t'accompagne ?

Sa gentillesse me soulage d'un peu de ma douleur, mais je décline sa proposition.

— Je crois que j'aimerais faire ça toute seule.

— Je monte la garde.

Il serre ma main pour m'encourager avant que je ne descende de voiture.

Étonnamment, la grille n'est pas fermée à clé. Elle s'ouvre avec un grondement sourd.

La lune baigne le cimetière d'une lueur argentée venue d'un autre monde. Le silence de ce lieu me donne envie de tomber à genoux et de demander pardon. Tout semble figé ici, si loin de la rue qui n'est pourtant qu'à quelques mètres derrière moi. Et dans cette immobilité, je me retrouve complètement seule.

Je me souviens, maintenant, pourquoi je ne viens jamais : je ne sens pas la présence de mon frère ici.

William ne tenait pas en place plus de trente secondes. Il aurait détesté l'idée du repos éternel.

Les pierres tombales sont organisées en rangées. Beaucoup sont abîmées par le temps, mais celle de mon frère est neuve. Elle est au bord d'une petite parcelle, solennelle, froide, tout l'inverse de William.

WILLIAM JOHN HALLOWELL

FILS, FRÈRE, AMI TRÈS CHER

Je caresse les mots stériles, si différents de la lumière brillante qu'était mon frère.

— J'ai vu Oliver ce soir, je murmure.

Je ne sais pas pourquoi.

La tombe glaciale ne me répond pas.

Avec un soupir, je pose le front contre la pierre. Je suis si fatiguée ; j'ai mal au plus profond de moi-même.

— Tu lui manques à lui aussi.

Une unique larme inutile m'échappe. Je l'essuie du revers de la main.

Je ramasse une poignée de terre que je mets dans ma belle pochette de bal.

Puis je me relève, époussette ma robe et respire un grand coup.

« C'est fait, William. » Je l'ai fait. J'ai entre les mains tout ce dont j'ai besoin pour la Résurrection. Tout ce qui me reste à faire maintenant est de rassembler mon courage.

— On va se voir bientôt. (Du bout des doigts, je dépose un baiser sur la pierre tombale.) C'est promis.

Finn m'attend dans l'automobile.

Nous passons les quelques minutes qui nous séparent du Commodore Club en silence, chacun perdu dans ses pensées.

Finn se gare avec dextérité, puis nous gravissons les marches du perron. Il s'arrête juste devant la porte.

— Je suis tellement fier de toi, murmure-t-il.

Si tard dans la nuit, je suis surprise de trouver le même petit portier chauve à l'entrée. Finn lui tend le miroir et le livre en lui demandant poliment de les porter à sa chambre. Bien que ça me mette mal à l'aise de les confier à un inconnu, je ne peux que m'y résoudre. Je garde la montre de mon frère au creux de ma paume moite. Je n'ai pas la moindre intention de m'en séparer.

La main chaude et ferme de Finn dans la mienne atténue l'impression de me faire avaler toute crue par ce bâtiment.

Nous montons le grand escalier, entourés des têtes de cerfs et autres animaux empaillés. Dans un coin, un léopard rugit pour l'éternité. Je suis trop fatiguée pour que cet endroit me terrifie. Je soupçonne que ce sera le cas demain matin.

Nous nous arrêtons devant une porte dont je me souviens bien. Je lance un regard interrogateur à Finn.

— Il faut prévenir le chef. Il va être ravi de t'avoir.

« De m'avoir ».

J'ouvre la bouche pour protester. Discuter avec le chef Olan est bien la dernière chose que je veuille faire ce soir, mais Finn ne me laisse pas le temps de protester.

— Entrez, retentit la voix à l'intérieur.

Le chef Olan paraît aussi imposant que d'habitude derrière son bureau. Éclairé par des lampes à vitraux Tiffany, des documents étalés devant lui, en costume impeccable comme au beau milieu d'une journée de travail.

Il sourit quand nous entrons.

— Eh bien, monsieur D'Arcy, il me semble que vous m'avez apporté un présent.

— En effet, chef. Je me suis dit que ça vous plairait. Frances a finalement décidé de nous rejoindre.

Olan tape dans ses mains.

— Excellent, mademoiselle Hallowell. Je ne peux pas vous dire la joie que votre présence en ces lieux me procure. Nous avons d'extraordinaires projets vous concernant. Ensemble, nous allons refaire le monde.

Il part d'un rire tonitruant de chacal.

Je prends mon courage à deux mains. C'est la dernière représentation de la soirée. Mieux vaut que le chef Olan me prenne pour une gentille fille sans projet et sans aspiration. Je souris et incline la tête en signe de gratitude.

— Je ne demande qu'à me rendre utile. Nous pourrons discuter des détails demain matin.

— Bien sûr, bien sûr !

Il abat ses mains sur le bureau comme si rien ne pouvait l'enchanter davantage.

Je n'ai pas l'intention de l'aider à refaire le genre de monde qu'il envisage. Enfin loin d'Haxahaven, je compte en apprendre le plus possible. J'obtiendrai justice. Et puis je m'en irai. J'ignore la voix apeurée dans le fond de mon esprit qui me dit que ça ne sera peut-être pas aussi simple.

— Monsieur D'Arcy, la pauvre créature a l'air épuisée. Voulez-vous la conduire à la chambre des invités afin qu'elle se repose ? Nous avons tellement de travail ; vous devez être au meilleur de votre forme.

— Oh, je ne voudrais pas déranger, dis-je aussi aimablement que possible.

— Balivernes ! Soyez gentille, ne vous faites pas prier.

Le clin d'œil qu'il adresse à Finn alors que nous sortons me rappelle tellement M. Hues que, l'espace d'un instant, la fureur m'envahit de nouveau.

Il arrête Finn à la porte.

— Monsieur D'Arcy, vous n'auriez pas croisé le conseiller Murphy en bas, par hasard ? Ce vieil ivrogne n'est pas venu me faire son rapport.

— Non, monsieur, je ne l'ai pas vu, répond Finn sans la moindre hésitation.

Le chef acquiesce et retourne à ses papiers. Nous refermons la lourde porte derrière nous.

Finn m'emmène à une chambre de l'étage supérieur. Elle est entièrement décorée de velours bordeaux et de riches meubles en acajou, inspirés de la garde-robe d'Olan, manifestement.

Il est deux heures du matin passées. Mes paupières sont lourdes. Je caresse le laiton doux de la montre et demande à Finn :

— Demain ? On fera le sortilège demain ?

— Si c'est ce que tu veux, ma chérie.

Nous hésitons à la porte, gênés.

— Je t'apporterai des vêtements demain matin. Et nous nous organiserons.

Je profère un juron tout bas.

— Qu'y a-t-il ? questionne-t-il, inquiet.

— Je ne crois pas pouvoir quitter cette robe toute seule. Lena m'a aidée à l'enfiler.

Elle me manque déjà énormément. J'essaie de tirer sur les crochets dans ma nuque.

— Je vais sûrement la déchirer.

Finn entre et referme la porte derrière lui.

— Arrête, arrête. Je vais t'aider, ne t'inquiète pas.

— Tu n'es pas obligé…

Mais il est déjà derrière moi.

— Je sais m'y prendre avec les boutonnières et les corsets. Ça va aller vite.

L'imaginer déboutonner la robe d'une autre me donne la nausée. Je n'aime pas qu'il ait touché une autre que moi.

Il commence entre mes omoplates. Ses doigts défont les boutons un par un avec une lenteur épouvantable. Le contact de sa peau sur la mienne me donne la chair de poule. Pourvu qu'il ne remarque rien.

Une fois qu'il a terminé, je fais glisser la lourde robe de mes épaules. Elle tombe par terre avec un bruit assourdissant dans cette pièce silencieuse.

— Félicitations, dis-je d'une voix trop aiguë. Maintenant, le corset. Commence par les lacets en bas du dos.

Il rit.

— Comme je l'ai dit, je l'ai déjà fait.

— J'essaie d'oublier ça.

Sans le voir, je sais qu'il rit en coin.

— Tu es jalouse ? souffle-t-il.

De mon côté, je ne peux pas respirer du tout.

Doucement, tout doucement, il dénoue les lacets. J'ai l'impression de devoir me repentir chaque fois que ses articulations effleurent ma colonne vertébrale.

— C'est fini, dit-il d'une voix rauque.

Je tire sur le corset qui rejoint ma robe par terre, me laissant en simple chemise.

Je me tourne face à lui. Il est si près que j'aperçois les taches d'or dans ses yeux.

Il ne recule pas ; nos yeux ne se lâchent pas pendant que je passe les doigts dans mes cheveux défaits à la recherche d'épingles oubliées.

Silence. Un silence de plus en plus terrible, immoral. Il résonne dans mes oreilles et, pendant un instant, je ne ressens qu'une solitude pénétrante et douloureuse.

Ses yeux s'attardent sur mes lèvres. Il se penche très, très légèrement.

D'une main, il caresse le tissu fin à ma hanche.

— *Frances*, soupire-t-il.

Je veux prononcer son nom. Je veux m'approcher, refermer la distance entre nous. Je veux en avoir envie.

Mais je ne peux pas. Pas ce soir, alors que je ne suis qu'une boule de nerfs au visage gonflé d'avoir tant pleuré. C'est trop.

Haletante, je détourne la tête.

Finn recule… Le charme est rompu.

Il se dirige vers la porte sans un mot, mais je ne veux pas qu'il s'en aille.

— Tu veux bien rester avec moi cette nuit ?

Je ne reconnais pas ma propre voix.

Il se retourne, ferme les yeux un instant, souffle.

— Ma chambre est au sous-sol.

Je rougis.

— Je n'aurais pas dû te demander…

— Non, non… Si tu veux que je reste, je peux rester.

— C'est juste que… la nuit a été longue. Je suis nouvelle ici. J'ai…

Je ne trouve pas les mots justes. « J'ai le cœur brisé » est la description la plus proche de ce que je ressens. « S'il te plaît, ne me laisse pas seule. »

Il hoche la tête.

— Je comprends.

Il s'approche du lit et jette un oreiller par terre.

— Je vais dormir là. Je ne te laisse pas.

C'est un vrai gentleman… évidemment.

Je me glisse dans les draps frais pendant qu'il éteint les lumières. J'entends le bruissement de ses vêtements quand il se déshabille dans le noir.

Une fois mes yeux habitués à l'obscurité, je le distingue allongé près du lit, en sous-vêtement et maillot de corps.

Il lève les yeux vers moi.

— Dors, ma chérie. Tu mérites un bon repos.

Je manque de l'inviter à me rejoindre dans le lit. Sa chaleur et son corps solide près du mien seraient un tel réconfort…

Mais je n'ai plus de courage pour ce soir.

— Bonne nuit.

— Bonne nuit, Frances.

Je reste éveillée longtemps, à écouter sa respiration paisible. Puis je sombre dans un sommeil sans rêve.

J'ai l'impression d'avoir dormi pendant très, très longtemps. Je me réveille engourdie et perdue dans une chambre inconnue.

Je suis accueillie par la vision d'un Finn fraîchement douché au bout de mon lit, armé d'un grand sourire et d'une robe d'intérieur blanche.

Tout me revient d'un coup : le conseiller, Oliver, Lena, Maxine. Ça ne me semble pas encore réel, comme lorsqu'on se cogne le coude et que la douleur met un moment à s'installer. J'attends, encore ensommeillée.

Mais Finn a l'air tellement content de me voir que je joue les braves.

— Bonjour, lui dis-je.

— Il est presque l'heure du déjeuner.

— Tu m'as laissée dormir si longtemps ?

Je suis gênée.

— Je voulais que tu te reposes, mais il vaut mieux que tu manges quelque chose. Tu vas avoir besoin de toutes tes forces ce soir.

— On va faire le sortilège ?

Il m'adresse un signe de tête confiant.

— Quand ils dormiront tous ou presque. Il y a une pièce au sous-sol où personne ne viendra nous déranger.

J'ai fait tant d'efforts pour atteindre ce but ; je ne pensais pas être aussi terrifiée quand le moment viendrait enfin.

Il dépose la robe sur le lit.

— Allez, debout.

Le vêtement est fait dans la plus fine dentelle que j'aie jamais possédée.

— Tu l'as volée pour moi ?

— On ne me fera jamais avouer. Allez, lève-toi et je t'emmène en bas pour faire connaissance.

Il attend dehors pendant que je me prépare. La robe est un peu trop petite et me scie la taille, mais je ne dis rien.

La salle à manger du Commodore Club ressemble au réfectoire d'Haxahaven, en dehors des prédateurs naturalisés et des jeunes hommes aux visages pâles et aux yeux perçants. Ils saluent tous Finn à coups de cris et de sifflets.

— Aye ! Finn, mon gars !

Finn reste tout près de moi, comme pour me protéger, ses doigts toujours à quelques millimètres de ma jupe.

Ils se présentent avec des voix rauques, sans jamais me regarder dans les yeux. J'ai l'impression qu'ils s'appellent tous James.

Par chance, je ne vois parmi eux ni Vlad, ni Bertram, les hommes qu'Oliver et moi avons été forcés de combattre la nuit de *Cath Draíochta*. Cependant, mon soulagement est de courte durée.

Il y a quelque chose de quasi sauvage dans le comportement de ces garçons les uns envers les autres. Leur façon de planter le coude dans les côtes de leur voisin, leurs babines retroussées quand ils rient des plaisanteries faites aux dépens d'autrui. Ils sont si *bruyants*.

Pendant quelques minutes, personne ne me prête aucune attention. Je m'assieds les mains jointes sur mes genoux, minuscule et très mal à l'aise. Finn rit avec ses amis puis vient déposer une assiette remplie devant moi.

— Mange, ordonne-t-il avec un sourire.

Ce n'est qu'une fois que j'ai la bouche pleine de pomme de terre qu'un des garçons m'adresse la parole.

— Alors tu te joins à nous, hein, Frances ? demande l'un des James avec un gloussement. Finn ne parle que de toi. Maintenant que tu es là, il va peut-être enfin passer à autre chose !

Le temps que je vide ma bouche pour lui répondre, il s'est déjà retourné, pris dans une autre conversation avec son voisin au sujet d'un événement dont je ne sais rien. Vu comme ils se tapent les cuisses, ça devait être hilarant.

Un blond fait léviter un morceau de poulet droit dans la figure du garçon à côté de lui. Tout le monde hurle de rire.

— Tu vois ? fait Finn en se penchant vers moi. Ils sont enchantés. Ils t'attendent depuis longtemps.

C'est censé me rassurer, mais ça me donne encore plus envie de vomir. Je n'ai pas le même point de vue que Finn et je n'aime pas l'idée que ces types pensent à moi. Je ne veux exister dans leur tête sous aucun prétexte.

La perspective de pratiquer enfin la Résurrection m'angoisse tellement que je touche à peine à mon assiette. Finn me donne un petit coup de coude.

— Ça va aller, tu sais.

— Je sais.

C'est un mensonge.

Je pense à Lena et Maxine qui doivent être en train de déjeuner au réfectoire d'Haxahaven à cet instant précis. Ma place à côté d'elles est-elle vide ou ai-je déjà été remplacée ? Maxine a-t-elle parlé de mes accusations à Lena ? Et si je la soupçonne d'être capable de pareilles horreurs, pourquoi me manque-t-elle à ce point ?

Après le déjeuner, je remonte dans ma chambre et j'attends, encore et encore. Finn est absent depuis des heures. Je fais les cent pas sur l'épaisse moquette.

Le soir venu, je regarde le soleil se coucher sur la ville depuis ma fenêtre. Le ciel de novembre orange vif se dégrade dans les tons rose pastel jusqu'au violet, puis enfin, au bleu marine. Pendant tout ce temps, je ne pense qu'à mon frère. Chaque nouvelle étoile qui naît dans le ciel renouvelle ma nervosité. Nous sommes si près du but.

Quand la constellation d'Orion apparaît à l'horizon et que je ne supporte plus le vacarme de mes propres pensées, on frappe doucement à ma porte.

— Tu es prête ? demande la voix de Finn.

Je trouve sa main rapidement et entrelace mes doigts dans les siens. Je visualise mon frère dans une prairie onirique baignée de lumière, qui nous attend.

— Plus que jamais.

27

Nous traversons en silence le quartier général des disciples de saint Druon, puis le sous-sol où s'est tenue *Cath Draíochta*, jusqu'à une autre volée de marches en bois usé. L'escalier a l'air ancien, creusé dans le soubassement. Ça sent le fer et la pluie. La température dégringole à chaque pas que nous faisons dans le noir.

Je serre le miroir et le livre de sortilèges contre moi. La pochette ornée de perles qui contient la montre et la terre de la tombe de mon frère se balance à mon poignet. La couverture en laine dans laquelle je suis emmitouflée ne m'empêche pas de frissonner.

Nous débouchons dans une cave qui semble dater des fondations de la ville elle-même.

La pièce doit mesurer quinze mètres carrés. Assez grande pour que je ne puisse pas toucher les murs opposés en écartant les bras, mais suffisamment étroite pour me donner l'impression d'avoir été avalée par une bête faite de terre, d'étagères et de bouteilles de vin poussiéreuses.

Il y fait noir. Les mains tremblantes, je dépose le miroir de divination dans un coin. Il reflète la lampe à pétrole de Finn. Les flammes jumelles dansent dans l'obscurité.

J'ignore si c'est à cause du plafond terriblement bas ou du silence de mort, mais je n'ai jamais entendu mon cœur battre aussi fort.

Finn s'assied par terre et me fait signe de le rejoindre. Je resserre un peu plus la couverture.

— Commençons.

Il parle d'une voix basse et bien plus assurée que je ne le suis.

— D'accord.

— On n'est pas obligés de le faire maintenant si tu n'es pas prête.

Je crois que je ne serai jamais prête pour ce que nous nous apprêtons à faire, mais qu'importe.

— Il faut absolument savoir qui l'a tué. Il faut empêcher cet assassin de sévir.

On n'a pas le temps d'attendre alors que chaque minute qui passe pourrait mener à un nouveau drame. Il y a une autre vérité, plus simple, dont je ne parle pas : mon frère me manque et je suis aussi terrifiée qu'exaltée à l'idée de le revoir.

Finn ouvre le grimoire à la page qui a occupé toutes mes pensées.

Le dos du livre craque comme si, lui aussi, avait attendu ce moment.

Le sol de terre est dur et froid. L'humidité de la cave envahit mes poumons. Mon cœur s'emballe.

J'ai l'impression de me tenir au bord d'une falaise. L'attente me donne le tournis.

Finn pose sa main chaude sur la mienne et je m'y accroche comme à une bouée au milieu d'un océan noir. Qu'a dit cette vieille femme au marché, à propos des ancres ?

Les dessins sur la page sont difficiles à distinguer dans la pénombre.

Je place chacun des objets à la pointe d'une étoile à cinq branches. Je verse la terre de cimetière à la droite du miroir, la montre à sa gauche. Juste à côté de moi, la dague. Le grimoire vient compléter le pentagramme.

Finn me regarde droit dans les yeux.

— Quoi qu'il arrive, Frances, je suis là pour toi.

Je visualise le visage souriant et vivant de mon frère. Il avait de petites rides aux coins des yeux à force de rire, des fossettes, les dents du bas de travers et le même nez que moi.

Et s'il n'avait plus la même apparence ? S'il avait l'air mort et gonflé d'eau ?

Je réponds à Finn par un hochement de tête parce que les mots ne viennent pas. J'ai envie de vomir. Tous mes efforts sont matérialisés devant moi, mais quel est le prix à payer lorsqu'on enfreint les lois de l'existence ? Que réserve le monde aux filles qui parlent avec les morts ? Comment avancerai-je, quand tout cela sera terminé ?

Au fond de moi, je n'ai que faire des conséquences. Je ferais n'importe quoi pour mon frère, et ceci est l'ultime service que je puisse lui rendre. Le dernier acte de l'amour qui me dévore le cœur.

— Allons-y.

Ma voix se répercute contre les parois.

Je commence à lire le sortilège que j'ai déjà parcouru des dizaines de fois, cependant les mots sont toujours malhabiles sur ma langue.

— **Tras thar an veil agus tabhair dom an méid a cailleadh ionas go faimais níos mó ama a labhairt.**

Le mouvement familier dans mes entrailles que j'attends chaque fois que je prononce un sortilège magique ne vient pas. Il n'y a rien. Rien qu'un immense vide béant.

La lueur de la lanterne vacille au centre de la pièce, illuminant l'absence de changement.

Je marque une pause, les yeux sur notre reflet dans le miroir, priant pour qu'il se passe quelque chose. Mais rien. Rien que mon visage déçu dans la glace.

L'inquiétude m'envahit. Je n'ai jamais pris le temps de réfléchir à ce que je ferais dans le cas où le sortilège ne fonctionnerait pas. Je ne me suis pas autorisé cette éventualité.

— Ça ne marche pas, dis-je tout haut, plus pour moi que pour Finn.

— Réessaie, m'encourage-t-il. Ferme les yeux, concentre-toi.

Je m'exécute. Avec de l'entraînement, les mots sortent plus facilement.

Je ferme les yeux si fort que je vois des étoiles. « S'il vous plaît, s'il vous plaît, s'il vous plaît. Faites que ça marche. S'il vous plaît, s'il vous plaît. »

J'ouvre les yeux. Il n'y a toujours que Finn et moi reflétés dans le miroir, au milieu de la cave froide et figée. Il a l'air inquiet, lui aussi.

— Pourquoi ça ne fonctionne pas ?

Ma voix se fêle et les larmes chaudes commencent à rouler sur mes joues. « Non, non, non. » Ce n'est pas possible.

Finn passe un bras autour de mon épaule ; ça ne me réconforte guère.

— Je ne sais pas. Essaie encore.

Rapprochant la lanterne, j'examine le schéma avec attention et relis les notes griffonnées en anglais dans la marge.

« Efficace seulement peu après le départ de cette dimension. »

« Mieux sous une lune décroissante. »

« Terre de cimetière fraîche de moins de cinq jours. »

« RISQUÉ. »

« Mieux à plusieurs. »

Nous avons tout fait correctement, sauf une chose.

« Efficace seulement peu après le départ de cette dimension. »

C'est la note la plus visible, comme si elle me narguait. William est parti depuis des mois. Il est peut-être trop tard ; j'ai peut-être laissé passer ma chance.

Je répète le sort plus rapidement, plus désespérée que jamais, mais toujours rien. Le silence est de plomb, d'un ordinaire dévastateur. Moi qui me croyais puissante, moi qui me croyais différente, je suis plus incapable et inutile que jamais.

— Je ne comprends pas.

Je sanglote pour de bon à présent. Je ne sais pas quoi faire, n'ayant jamais réellement envisagé l'échec.

On n'entend que mon hoquet et mes pleurnicheries. C'était trop beau pour être vrai, l'idée de pouvoir parler une dernière fois à mon frère, de trouver une signification à sa mort insensée. De découvrir la vérité, de devenir une héroïne. Rien qu'un conte de fées que je me suis raconté pour survivre. J'ai été folle d'y avoir cru.

En boule par terre, je laisse la tristesse me submerger. Cette marée de douleur que j'ai tenue à distance depuis des mois et qui me recouvre à présent me soulage presque. « Il est parti, il est parti. Il est parti pour toujours, dans un endroit que je ne pourrai jamais atteindre. » Tout ce que j'ai accompli jusqu'ici n'avait que ce but. Faire le mur à Haxahaven, m'entraîner en secret, mettre tout le monde en danger. Et maintenant je n'ai plus rien. *Plus rien.*

La voix douce de Finn est une ancre jetée à la mer. Sans elle, je serais complètement perdue. Je laisserais l'émotion m'emporter.

— *Frances*. (Il caresse mon épaule.) Ne baisse pas encore les bras.

— Le sort ne marche pas. Il est cassé. Tout est complètement cassé.

— Il y a peut-être une alternative.

« Une alternative ». Je m'accroche à ce mot pour me redresser. Finn désigne une phrase en gaélique.

— Cette note fait référence à un autre sort. Il y a autre chose à essayer.

L'espoir bouillonne au creux de ma détresse. *Je ferais n'importe quoi.*

Finn tourne les pages de *L'Élémentaire* jusqu'à la fin et soupire.

— Voilà. On pourrait lier nos magies. Ensemble, il se peut qu'on ait suffisamment de force.

Je cligne des yeux à travers mes larmes.

— Lier nos magies ?

Il lit la page attentivement.

— C'est interdit. C'est dangereux. C'est comme un… un mariage. Ça nous lie ensemble, nos âmes, je veux dire.

Je suis perdue ; je ne comprends pas les implications.

— Je ne pourrai jamais te demander de faire ça pour moi, dis-je.

— Frances, je ferais n'importe quoi pour toi.

Je ferme les yeux un moment en songeant à la première fois que j'ai retrouvé Finn dans le parc. C'était une lumière dans les ténèbres. J'aurais pu tomber sur bien pire que lui.

Je ris entre mes larmes.

— Je n'aurais jamais cru être mariée à dix-sept ans.

Il sourit mais je vois bien qu'il a aussi peur que moi.

— J'ai toujours adoré te surprendre.

Il dépose le grimoire devant la lanterne et prend une grande inspiration.

Le sortilège ressemble à n'importe quel autre, avec ses dessins délicats de mains et de cordes, ainsi que sa langue étrange.

Je vis dans le désespoir depuis si longtemps... Accepter cela ne me semble pas pire que d'accepter d'exécuter la Résurrection.

— Est-ce qu'on peut le défaire ?

— Je l'ignore, répond-il avec franchise.

— Allons-y.

Je me demande comment reprendre le cours de ma vie si je ne peux pas jeter ce sortilège. Je vais achever ce projet ce soir ou je continuerai d'essayer jusqu'à réduire mon âme en cendres.

Finn déglutit. Son vernis d'assurance se craquelle, révélant un garçon nerveux de dix-huit ans. Mais il se montre courageux pour moi. Nous serons courageux l'un pour l'autre.

— Quoi qu'il arrive, je suis là, répète-t-il.

Sans un mot de plus, il déchire un épais ruban de tissu du revers de sa chemise blanche.

— Donne-moi ta main.

La flamme de la lanterne danse frénétiquement dans ses yeux.

Il se place en tailleur face à moi et prend ma main droite dans la sienne.

Puis il enroule le morceau de tissu autour de nos mains jointes.

— Le sortilège initial est en gaélique, explique-t-il. Mais je crois qu'il aura plus de puissance si nous le récitons en anglais, pour que nous en comprenions tous les deux le sens.

Je hoche la tête.

De sa main gauche, il rassemble les deux extrémités du tissu et, d'un geste élégant, il les noue à la base de nos poignets.

Puis il se penche et colle son front contre le mien. La chaleur de sa peau décrispe la tension de mon visage.

— Moi, Finn James D'Arcy, je m'offre à toi, Frances Victoria Hallowell. Tout ce que je suis sera tien, de cette vie à la suivante. Mon âme, et tout ce qu'elle contient, est à toi.

Les mots se logent quelque part dans mon cœur, où je sais que je les porterai pour toujours.

— À toi, murmure-t-il.

Je ferme les yeux et m'exprime calmement.

— Moi, Frances Victoria Hallowell, je m'offre à toi, Finn James D'Arcy. Tout ce que je suis sera tien, de cette vie à la suivante. Mon âme, et tout ce qu'elle contient, est à toi.

Pour des raisons inconnues, ces paroles me brisent le cœur, mais Finn me rassure en serrant ma main liée à lui. De l'autre, il désigne une ligne en gaélique au bas du grimoire.

— Maintenant, dis cela.

J'obéis.

— **Déantar é. Is leatsa tú.**

À ces mots, quelque chose se produit. La température dégringole encore et un frisson me parcourt le corps. J'ai l'impression qu'on m'a transpercé le cœur. J'ai envie de vomir, mais rien ne sort. Ma main tremble dans celle de Finn.

Je m'étrangle.

— Est-ce qu'on a réussi ?

La lanterne enveloppe Finn d'un étrange halo doré.

— Il n'y a qu'un seul moyen de le savoir.

Il revient à la page de la Résurrection.

— Ensemble, cette fois ? demande-t-il.

— Ensemble.

Nos deux voix se mêlent. Le sortilège me paraît différent ; je sens ma magie essayer de sortir, une étincelle qui cherche à tout prix à embraser quelque chose.

Aux trois derniers mots, « *ama a labhairt* », un phénomène étrange se produit dans le miroir de divination. La surface ondule et reflète soudain un monde argenté, irréel.

Tel du brouillard se dissipant, une image apparaît dans le miroir, et c'est *lui*. Comme s'il se tenait simplement de l'autre côté, mon frère est là. Voir son visage jusque dans ses moindres détails me laisse pantoise. Ses cheveux bruns bien coupés, ses yeux rieurs, le même nez droit que le mien.

Poussant un cri entre la plainte et la joie, je me rapproche du miroir à quatre pattes.

— William.

Les sanglots reprennent de plus belle.

— Salut, Frances.

C'est la voix que je croyais ne plus jamais entendre.

Je craignais que la Résurrection ne soit qu'une illusion, un mensonge magique, mais ce sourire si particulier… c'est bel et bien William. C'est réel.

Malgré tout ce que j'ai à lui dire, je ne parviens qu'à articuler :

— Je suis désolée, je suis *tellement* désolée.

— Désolée pour quoi, sœurette ?

Il me dévisage avec la même expression protectrice et aimante qu'il avait dans la vie. Et il se tient avachi, ce pour quoi notre mère n'arrêtait pas de le réprimander. J'avais oublié cette tache de rousseur près de son nez.

— Des tas de gens meurent. Il semble que je sois l'un d'eux.

C'est tout lui, de parler de sa mort comme de n'importe quel autre sujet.

— Mais je ne t'ai pas sauvé.

Il rit.

— Je ne me suis pas sauvé non plus. Personne n'aurait pu.

Il hausse les épaules, un geste tellement *William* que c'en est douloureux.

J'ai tant de questions, mais le temps nous est compté.

— Combien de temps on a ?

— Pas beaucoup, je crois, sœurette.

J'ai tellement de choses à lui dire, sur la magie, Haxahaven, Oliver, notre mère et les milliers de moments qu'il a ratés.

— Tu me manques. Tu ne sais pas à quel point. Je ne veux pas te perdre encore. Un jour, tu as disparu, et je ne veux pas que ça se reproduise.

— Ça irait mieux si je te disais que je suis en paix ?

Je déglutis. Je ne veux pas perdre mon temps avec des larmes. Je veux entrer dans ce miroir, me jeter à son cou, et que tous les morceaux de mon cœur s'apaisent enfin.

— Il faut que tu avances. Mince, quel cliché. La mort me transforme en gros cliché, s'esclaffe-t-il. Mais je n'ai pas tort pour autant.

— Où es-tu ?

La surface du miroir est si glaciale quand j'appuie mes paumes dessus qu'elle me brûle. Je m'écarte vivement.

William continue de plaisanter comme toujours, cependant l'émoi perce dans sa voix.

— Tu sais que je ne peux pas te le dire. J'ai toujours trouvé que tu te faisais bien trop de souci pour moi. Arrête de t'inquiéter autant.

Il ferme les yeux. Il devient plus translucide à chaque seconde qui s'écoule.

Je ne sais pas comment mon cœur supportera de le perdre à nouveau.

— Ne pars pas encore. Il nous faut plus de temps. Que s'est-il passé le soir de ta mort ?

— C'est vraiment très bête. Je ne sais pas. J'avais travaillé tard et je rentrais à pied, comme d'habitude. On m'a frappé par-derrière. Une main gantée sur ma bouche. Ça grattait. L'eau était très froide, mais ça n'a duré qu'une minute. Je n'ai quasiment rien senti. Juste après, j'étais mort. Je n'ai même pas eu le temps de me retourner.

Quelle déception. En imaginant ce moment, j'ai toujours cru qu'il me donnerait un nom, une description, un détail dont je puisse me servir.

— Tu ne sais pas qui t'a tué ?

Il secoue la tête.

— J'ai bien peur de ne pas pouvoir t'aider.

C'est tout William, ça, de prendre son propre meurtre avec une telle décontraction.

— Est-ce que tu as vu une femme ? La quarantaine ? Ou une plus jeune, assez grande ?

Il soupire.

— Je n'ai rien vu du tout. Je regardais le détroit. J'ai entendu quelqu'un siffloter. C'était une belle nuit, et puis, *boom*, terminé.

Est-ce qu'il ment pour m'épargner ?

— Qu'est-ce que je vais faire ? demandé-je à mon frère durant les tout derniers instants de notre rencontre. Qu'est-ce que je vais faire dans un monde sans toi ?

Il sourit et cette seconde pourrait être parfaite, mais elle ne l'est pas tout à fait, parce qu'il est mort et que je suis toujours là.

— Vivre ta vie, voyons.

— Je ne sais pas comment faire.

J'ai du mal à parler tout en retenant mes larmes.

— Tu as toujours été la plus intelligente des Hallowell. Je ne veux pas que tu te sentes coupable de ma mort. Vis ta vie pleinement, pour nous deux. Ne songe pas une seule seconde à regretter de ne pas pouvoir changer le passé.

Je donnerais n'importe quoi pour traverser ce miroir et échanger ma place avec lui.

— Tu as toujours été le plus courageux.

Il disparaît rapidement ; des bouts de lui se tordent et s'évaporent comme la fumée dans le vent.

— Maintenant, c'est à toi de l'être.

— Je ne sais pas comment faire, je répète, le visage baigné de larmes brûlantes.

— Alors tu feras comme tu as toujours fait. Tu *apprendras*.

Un gouffre se creuse dans ma poitrine.

— S'il te plaît, ne pars pas.

— Je ne ferais jamais ça, tu le sais.

Il sourit une dernière fois, et disparaît pour de bon.

— Non !

Derrière moi, Finn me tient par les épaules tandis que je m'écroule, secouée de violents sanglots.

— Non !

Je me libère et rampe dans la poussière jusqu'au grimoire.

— **Tras thar an veil agus tabhair dom an méid a cailleadh ionas go faimais níos mó ama a labhairt.**

Je récite le sortilège en haletant, comme une supplication.

— Arrête, ma chérie, tu vas t'étouffer.

Il essaie de me retirer le livre.

— Non ! Il me faut plus de temps !

Je le lui arrache et retourne au miroir, mais plus rien ne se passe. Rien ne s'agite en moi.

J'essaie une troisième fois.

Une quatrième.

La glace ne reflète que l'expression de pitié de Finn.

Encore et encore, je récite les paroles en suppliant l'univers d'enfreindre ses propres règles pour moi, juste une fois de plus.

Finn pose doucement une main sur mon épaule.
— Allez viens, Frances.
Le front contre le miroir, je laisse la terrible réalité prendre racine en moi.
J'ai encore perdu William, et cette fois pour toujours.

28

Je m'effondre et pleure si fort qu'il semble impossible que mes os ne se brisent pas un par un.

Finn me serre contre lui jusqu'à ce que mes yeux gonflés ne puissent plus s'ouvrir.

— Tu as réussi, Frances.

Je devrais me sentir mieux de savoir que William n'a pas souffert. Ça viendra peut-être quand l'idée de l'avoir perdu une seconde fois ne me dévastera plus autant.

Finn me laisse sangloter pendant une éternité. Quand les larmes se tarissent et que j'ai la force de lever la tête vers lui, il me soulève et m'aide à remonter les marches. Je m'accroche à son torse solide.

Il m'emmène jusqu'à sa chambre, petite et sans fenêtre, pas plus grande qu'un placard. Il n'y a qu'un lit de camp et un bureau couvert de livres, de pelotes de laine et de notes griffonnées dans une écriture familière.

Un violon éraflé et un archet effiloché traînent dans un coin.

— Je ne savais pas que tu jouais, dis-je faiblement.

Je ne veux plus pleurer. Je me sens vide ; je ferais tout pour m'alléger la tête.

— Plus tellement.

Il me guide à son lit, l'unique endroit où s'asseoir. Je m'allonge et roule sur le flanc. Malgré mon corps lourd, j'ai la clarté d'esprit qui suit une crise de larmes.

— Qu'est-ce qu'on fait maintenant ? je lui demande.

Il s'allonge face à moi. Nos nez sont tout près l'un de l'autre.

— On a toute la vie pour le découvrir.

Je pourrais passer des heures à contempler son visage.

Il me caresse les cheveux doucement, sans arrière-pensée, simplement comme quelque chose qui vaut la peine d'être touché.

C'est étrange de savoir que j'existe pour lui depuis si longtemps à mon insu.

Nous restons ainsi jusqu'à ce que mes mains arrêtent de trembler et que ma respiration ralentisse. Alors je lui pose la question qui me trotte dans la tête depuis très longtemps :

— Est-ce que je corresponds à ce que tu t'étais imaginé, en me voyant dans tes rêves pendant toutes ces années ?

Il se mordille la lèvre puis répond :

— Tu es mieux.

— Comment ça ?

— Tu es réelle.

Puis, sans me laisser le temps de trop réfléchir, il pose ses lèvres sur les miennes.

Son baiser est pressant, fougueux. Je me redresse pour le lui rendre avec la même ardeur. Ses mains dans mes cheveux trouvent le chemin de ma nuque. Il fait basculer ma tête en arrière et embrasse mon cou. Mon cœur bat la chamade. Ce serait si simple de me perdre dans cette sensation. J'ai envie de m'y noyer et de ne jamais remonter à la surface.

Sa bouche remonte jusqu'à la mienne et sa langue se glisse entre mes lèvres.

Je laisse chacun de ses gestes chasser le chagrin de mon esprit. Je pourrais disparaître, n'être plus personne. J'ai besoin de la chaleur de cet oubli.

D'une main ferme au creux de mes reins, il me serre contre lui.

Je suis soudain submergée par son poids et sa chaleur. Il est partout.

Je crois que j'en ai envie.

Je veux en avoir envie. C'est la sécurité, le réconfort et la paix. Le chagrin se tait, remplacé par Finn, ses mains, son avidité.

Ses baisers embrasent mon corps, cependant mon cœur résonne comme une cathédrale vide.

Il roule une dernière fois pour s'allonger près de moi.

Je m'écarte, essoufflée, les joues rouges.

Même dans la pénombre qui règne dans sa chambre, ses yeux aux pupilles dilatées étincellent.

Je trouve un certain réconfort dans l'inévitabilité de ce moment.

— Merci, je murmure.

Je ferme les yeux et me blottis contre son torse. Son cœur bat rapidement. Ça me fait rougir.

— Pour quoi ? demande-t-il dans mes cheveux.

— Merci de ne pas m'avoir abandonnée.

Il dépose un baiser sur ma tête.

— On est ensemble maintenant, toi et moi. Et ça sera comme ça pour toujours.

Je me réveille en sursaut dans le noir avec l'impression que l'aube n'est pas loin.

À mon côté, Finn respire tranquillement. Il a l'air tellement plus jeune quand il dort. La constellation de taches de rousseur sur son nez n'est visible que de tout près. Quand je le regarde, je ressens une profonde possessivité, j'ai envie de passer le restant de mes jours à le protéger.

Soudain, une intuition puissante m'enserre la poitrine, exigeant de moi que je remonte au rez-de-chaussée. Je ne sais pas comment je le sais... C'est le cas, c'est tout.

Je la sens qui me tiraille. On dirait une ficelle attachée à mon sternum. Ça me donne la nausée. « Viens, dit-elle. Viens avec moi. »

J'attrape un tricot posé sur le dossier de la chaise, que j'enfile par-dessus ma robe.

Finn ne bouge pas quand je quitte sa chambre pour gravir l'escalier.

L'aube rose pâle filtre par les fenêtres du couloir. Le silence règne dans le Commodore Club.

Les bras serrés autour de moi, j'emprunte les couloirs sinueux jusqu'à la porte battante qui me mènera dans le grand hall.

Je la pousse avec appréhension.

L'air préoccupée, Mme Vykotsky fait les cent pas sur le parquet lustré. Elle porte sa sempiternelle robe noire à col montant et sa cape de velours, auxquelles elle a ajouté un chapeau à bords larges. Sa broche en pierre de lune à la poitrine projette des arcs-en-ciel le long de sa mâchoire. Avec son expression de désapprobation toute maternelle plaquée sur le visage et ses mains sur ses hanches, c'est une vision relativement effrayante.

Je ne devrais pas être étonnée, pourtant je me sens profondément chamboulée.

— Je suis déçue mais guère surprise, déclare-t-elle en guise de salutation.

La peur le cède à la colère, un feu qui ravive les braises de ma rage. Comment ose-t-elle me pourchasser jusqu'ici comme si je lui appartenais ?

— Je ne vous suivrai pas.

— Ne soyez pas têtue, ma chère. J'ai cru qu'en vous laissant du temps, peut-être, vous finiriez par revenir à la raison. Par malchance, il se trouve que je me trompais.

Elle émet un claquement de langue.

— Comment m'avez-vous trouvée ?

Elle me lance un regard de dédain.

— Je ne comprendrais jamais pourquoi les jeunes filles comme vous se croient toujours si mystérieuses. Vous êtes toutes effroyablement prévisibles.

Elle peut se montrer aussi condescendante qu'elle le veut, je ne suis plus son élève, et nous ne sommes pas dans son école.

— Vous pouvez m'insulter si ça vous chante, mais je ne vous suivrai pas.

Elle hausse un sourcil.

— À votre place, je n'en serais pas si sûre. Vous semblez vous soucier sincèrement du sort des demoiselles Jamison et DuPré.

La peur m'enserre la poitrine.

— C'est une menace ?

Le bruit d'une canne dans l'escalier nous interrompt.

Le chef Olan apparaît, en robe de chambre et pantoufles cousues d'or. Il n'a pas l'air le moins du monde interloqué par la scène qu'il découvre.

— Bonjour, Ana, la salue-t-il.

— Je viens chercher mon élève. Je ne reste pas longtemps.

Malgré l'imposante stature du chef Olan, la présence de Mme Vykotsky semble tout dominer. Je soupçonne la rue entière d'avoir frissonné au ton glacial de sa voix.

— La jeune Hallowell a fait son choix. Tu connais les règles, Ana, reprend le chef Olan.

— Tout comme toi, George.

Ils se tutoient... C'est une surprise. Je me fais l'effet d'une intruse écoutant aux portes. Peut-être pourrais-je retourner discrètement au sous-sol.

— Donc tu es au courant que tu n'as pas le droit de mettre les pieds dans ce bâtiment, après ce que tu as fait à Billy.

— Et toi, par notre accord mutuel après l'incident impliquant McKinney, tu sais que tu as l'interdiction de t'en prendre à mes élèves.

« Billy ? Ses élèves ? »

Le chef Olan reste perché dans l'escalier, surplombant Mme Vykotsky.

— Mlle Hallowell est venue nous trouver de son plein gré. Elle ne semble pas convaincue par les opérations que tu mènes dans ton quartier résidentiel.

Le dénigrement ne semble pas avoir de prise sur Mme Vykotsky. J'ignore comment, mais elle parvient à s'adresser au chef Olan comme s'il n'était rien qu'un homme ordinaire sans magie, incapable de mettre à exécution les menaces qu'il profère.

— Mlle Hallowell est perturbée. Elle ne saisit pas bien la portée de ce que vous faites ici.

Je ne supporte pas de les entendre parler de choses qui m'échappent. Rassemblant tout mon courage, je les interromps :

— Que faites-vous exactement, dans cet endroit ?

Mme Vykotsky lui coupe l'herbe sous le pied.

— Si vous les laissez faire, ils détruiront le monde, Frances. Saviez-vous qu'ils possèdent vingt-sept usines en ville ? Ils contrôlent la plupart des magistrats et la moitié des conseillers municipaux. Les disciples de saint Druon sont prêts à tout pour conserver le pouvoir. Ils ne vénèrent que l'argent et leur propre reflet dans le miroir.

— C'est l'hôpital qui se moque de la charité, Ana, rétorque Olan. La jeune Hallowell sait-elle ce que toi, tu as fait ?

Je suis prise dans un étau entre Mme Vykotsky dans le hall et le chef Olan dans l'escalier. J'aimerais leur demander de s'asseoir afin de discuter de la magie, de mon avenir et de nos divergences d'opinions autour d'une tasse de thé, cependant quelque chose dans leur posture respective me dit que ça n'est pas près d'arriver.

J'hésite à poser la question, craignant la réponse. Mais il le faut.

— Qu'avez-vous fait ?

Un tout petit peu moins droite que précédemment, comme si le souvenir était trop pesant, d'une voix moins forte, elle s'explique :

— Rien qui n'ait pas été mérité, et c'était il y a très longtemps.

Le chef Olan tape du pied ; je sursaute.

— Elle a tué ce pauvre Billy McKinney et a jeté son corps dans l'East River.

« Jeté son corps dans l'East River ».

Tout va tellement vite que je dois mettre cette information en attente. Je n'arrive pas à suivre cette conversation insensée.

— Seulement après que toi et Billy avez brûlé le cercle de ma sœur ! s'écrie Mme Vykotsky avec dans la voix une douleur venue du plus profond d'elle-même.

Mon deuxième jour à Haxahaven, il y a si longtemps, me revient en mémoire. J'étais assise dans son bureau pendant qu'elle me racontait qu'un refuge de sorcières avait été incendié à l'aide de sel et de poudre à canon, avec treize femmes à l'intérieur. Selon elle, c'est cet incendie qui nous éloigne de Manhattan, la raison pour laquelle nous ne pouvons rien faire de notable avec notre magie.

Le chef Olan tape sa canne par terre, furieux.

— Alors torturer Billy et m'esquinter le genou t'ont aidée à surmonter la mort de ta grande sœur ? lui hurle-t-il avec un rire cruel.

De toutes les questions qui me traversent l'esprit, je ne suis capable d'articuler que la plus futile ; 1845 me paraît si loin…

— Quel âge aviez-vous quand vous l'avez tué ?

Mme Vykotsky retrouve son sang-froid et joint les mains avec politesse.

— Ma sœur avait dix-sept ans quand ils l'ont assassinée. J'en avais cinq à l'époque. J'ai attendu d'avoir dix-sept ans à mon tour pour obtenir ma vengeance. J'ai fait en sorte que Billy sache ce qui l'attendait.

Ça me donne des frissons.

— Pourquoi l'ont-ils tuée ?

Je ne suis pas sûre de vouloir entendre la réponse.

Cette fois, c'est Olan qui prend la parole :

— Parce que ces sorcières menaçaient le bon développement de nos entreprises et nous mettaient tous en danger.

Soixante ans d'amertume et de rivalité se déversent comme une fuite de produits chimiques sur les beaux tapis du Commodore Club.

— Tu as toujours été un menteur, ricane Mme Vykotsky. Vous les avez tuées pour vous imposer. Vous les avez tuées pour nous faire passer le message que vous contrôliez cette ville et que nous n'y pouvions rien.

« Tuées ». Je compte les morts. Mme Vykotsky a tué Billy. Les disciples ont massacré sa sœur et tout son cercle.

Ensuite, il y a mon frère. Ainsi que les garçons sans mains de Sheepshead Bay. Et le conseiller.

Des morts sans fin pendant soixante-six ans.

Qui d'autre a perdu la vie à cause de cette histoire ? Combien de litres de sang ont été versés ?

— Non, le message était seulement en bonus, lance Olan avec un rictus malveillant.

Mme Vykotsky lui jette un regard assassin.

Elle s'approche de moi et me saisit par le bras.

— Ça suffit. Frances, nous partons.

— Non…

Je me libère.

— Ne rendez pas les choses plus difficiles, ma chère.

— Non, je ne pars pas avec vous, dis-je d'une voix ferme malgré la peur qui me transperce comme une rivière gelée.

— Vous préférez que je vous livre aux autorités ? menace-t-elle.

Elle bluffe.

— Oui.

— Et pourquoi donc ? demande-t-elle avec l'indulgence d'une maîtresse d'école.

— Parce que, tant qu'à aller en prison, je préfère être détenue par quelqu'un d'autre que vous. Votre école est pire qu'une cellule, la façon dont vous…

Elle soupire de frustration. De sa poche flotte une fine chaîne d'argent. Plus rapide que la lumière, elle se sert de la magie pour l'enrouler autour de mes poignets. C'est si serré que mes mains s'engourdissent à la seconde.

Je lutte, d'abord physiquement, puis avec la magie qui bouillonne en moi. Je libère mon pouvoir, sans effet… La chaîne refuse de bouger.

Les yeux plissés, le chef Olan m'observe me débattre avec intérêt.

J'essaie de m'emparer du corps de Mme Vykotsky. Rien n'y fait, elle échappe tout de suite à mon contrôle. Ça a l'air facile, comme si elle se contentait de chasser une mouche.

— S'il vous plaît…

Je supplie le chef Olan. J'ai horreur de demander de l'aide, mais il est hors de question que je retourne à Haxahaven avec cette femme. « Hors de question. »

Il hausse les épaules avec l'air de vouloir assister au combat.

— L'automobile nous attend, ma chère.

Elle tire brusquement sur la chaîne. Je titube en avant.

— *Finn !*

Je doute qu'il m'entende depuis la cave.

— *Finn !*

Paniquée, je plante mes talons dans le sol.

— Cette fille a le droit de rester ici, lâche Olan, l'air las.

Mme Vykotsky aboie un rire.

— Venez, Frances.

— *Finn !* hurlé-je une fois de plus en tournant la tête dans tous les sens comme un animal piégé.

D'un geste du poignet, le chef Olan verrouille la porte d'entrée.

— J'ai dit qu'elle avait le droit de rester.

Tout se passe très vite. Mme Vykotsky ouvre la porte par magie, puis Olan fait valser le tapis sous ses pieds, la faisant chuter lourdement par terre. La chaîne se déroule de mes poignets en un clin d'œil. Je secoue les mains pour faire circuler le sang, soulagée.

Le portemanteau vole à la tête du chef Olan qui projette Mme Vykotsky contre le mur. Elle chancelle sans tomber. À un moment, la table de l'entrée s'effondre, mais je ne sais pas qui en est responsable.

En un rien de temps, la pièce est plongée dans le chaos. Les vitres éclatent, le mobilier lévite et s'écrase avec fracas. J'esquive un trousseau de clés qui fend l'air. Je profite de la bagarre pour tenter de fuir, mais je fonce droit dans Finn, hors d'haleine, qui est monté quatre à quatre.

— Ne la laisse pas m'emmener, s'il te plaît ! je lui crie. Elles assassinent les disciples !

En entendant cela, Mme Vykotsky et le chef Olan s'immobilisent. La tempête se calme, laissant le hall d'entrée jadis élégant en ruine.

— Est-ce la vérité, Ana ? demande Olan, essoufflé.

Elle soupire, dérangée par la question.

— En ce qui concerne le conseiller Murphy, Helen a bien précisé que c'était de la légitime défense.

Finn pose une main sur mon épaule. Je la sens à peine tant je suis concentrée sur Mme Vykotsky.

Les cristaux du lustre s'entrechoquent comme une nuée de sauterelles alors que ma rage enfle trop pour être contenue par mon corps. N'ayant plus rien à perdre, je lui pose la question qui me hante :

— Et pour mon frère ? C'était de la légitime défense aussi ? Il n'avait *aucun* pouvoir magique ! C'était une personne ordinaire. C'était *une personne*. Et vous l'avez jeté dans l'East River comme un vulgaire déchet. *Pourquoi ?* Pourquoi vous avez fait ça ?

Nous nous regardons en chiens de faïence. La grimace de Mme Vykotsky trahit sa culpabilité. Le lustre tremble de plus en plus. Le soleil qui commence à poindre au-dessus des immeubles jette un rayon doré dans l'entrée et, plus que jamais, je voudrais voir cette femme morte. Pas seulement pour ce que je la soupçonne d'avoir fait à mon frère, mais pour toutes les filles d'Haxahaven. Pour ses sanctions contre leurs proches, soi-disant afin de leur donner une leçon.

Pour Lena, sa famille. Maxine et celles qu'elle aime. Aurelia, Maria.

Ma mère.

Mme Vykotsky ouvre la bouche.

— Votre frère était...

Mais elle n'a pas le temps d'articuler la suite.

« J'aurais voulu ne jamais la rencontrer. J'aurais voulu qu'Haxahaven soit dirigé par quelqu'un d'autre. Que mon frère soit toujours en vie. Que... »

« Qu'elle soit morte à sa place. »

« Qu'elle soit morte. »

Ma magie qui s'éveille dans un rugissement claque comme un fouet.

« Nooooon ! » Je suis incapable de brider ce pouvoir féroce.

Le cou de la directrice pivote violemment vers la gauche, et elle s'effondre comme une poupée de chiffon sur le plancher.

Mon cœur bat la chamade. J'ai du mal à respirer.

« Non ! Non ! Non ! »

Finn se précipite pour me rattraper, mais je glisse entre ses bras et tombe à genoux.

J'ai les oreilles qui sifflent ; tout devient flou.

Comment ai-je pu laisser la situation m'échapper à ce point, encore une fois ?

Le chef Olan se contente de hausser les sourcils. Le poids de son regard me pétrifie quand il s'approche de nous.

— On dirait bien qu'Haxahaven a une fois de plus enfreint notre traité. En tuant des membres des disciples sans défense. (Sa voix résonne dans ma tête.) Je suis désolé, Frances. Votre frère était un bon garçon.

Des ondes de choc et de tristesse m'assaillent. Finn tient ma tête contre son torse. Je ne reconnais pas ma propre voix qui répète encore et encore :

— Je l'ai tuée ? Je ne voulais pas la tuer. Je ne voulais pas. Je ne voulais pas…

Bientôt, d'autres hommes arrivent dans la pièce, alarmés par le vacarme de la bagarre qui a fait rage. C'est incroyable, la vitesse à laquelle je détruis toujours tout.

Sans tergiverser, ils emmènent le corps de Mme Vykotsky. Le chef Olan saisit ses épaules et l'un des plus costauds, James, ses pieds. Presque comme s'ils étaient habitués… C'est seulement un autre cadavre au Commodore Club.

L'ourlet de sa robe noire se soulève, révélant des bas bleu clair.

Je me l'imagine les enfilant ce matin, sans savoir que ce serait la dernière fois. La culpabilité et le regret me frappent violemment ; je ne sais pas si je pourrai me relever un jour, ni me regarder dans un miroir. Elle avait raison, finalement. J'ai refusé de prendre en compte ses sermons sur le risque que représentait mon pouvoir sans maîtrise, et maintenant je l'ai tuée avec.

— Tu as fait ce qu'il fallait, murmure Finn.

Je le repousse, par peur de moi-même. Je ne fais pas confiance à ma magie bouillonnante.

— Mais je ne voulais pas, je proteste d'une voix rauque.

Finn, cependant, n'a pas peur de moi. Il se rapproche pour prendre mon visage entre ses mains.

— Tout ce qui compte, c'est que, toi et moi, nous débarrassions le monde de tous ceux qui nous veulent du mal.

Ses yeux vert et doré brillent d'une vive lueur d'espoir. Il me dévore du regard. Je tremble si fort qu'il doit passer mon bras sur ses épaules pour m'aider à retourner jusqu'à sa chambre au sous-sol.

Je tombe sur son lit et fixe le plafond. L'endroit d'où mon frère m'a parlé cette nuit m'a semblé paisible. Après tout ce que j'ai fait, je doute de pouvoir l'y rejoindre un jour. « Que penserait-il de moi à présent ? »

« Je l'ai tuée. » Cette pensée cogne sans fin dans ma tête, comme un clou qu'on m'enfonce dans le crâne. Je ne peux pas échapper à ce que j'ai commis. La mort de M. Hues était différente. Là c'était, c'était... *Je ne sais pas.*

Finn brise le long silence.

— Elle ne reviendra plus te chercher pour t'enfermer dans sa prison. Pense à la vie merveilleuse qui nous attend. On peut faire tout ce qu'on veut. Aller où bon nous semble. Plus de règles à suivre, plus de murs pour nous arrêter.

Je me tourne vers lui.

— Tu ne crois pas que je sois impardonnable ?

Je veux tellement qu'il me sauve, qu'on me pardonne pour tout ce que j'ai fait. « Dis-moi que je suis spéciale. Dis-moi que je suis quelqu'un de bien. »

Il émet un léger rire triste.

— J'ai tué mon beau-père. Une balle dans le crâne avant de quitter la ville. Le chef Olan m'a aidé à jeter son corps dans un marais le jour même où il est venu me chercher en Irlande. J'ai sauté dans le bateau pour New York le lendemain. Je n'ai jamais regretté mon geste. (Il me tient les mains si fort que je ne sens plus mes doigts.) Tu trouves que c'est impardonnable ? C'est acceptable, quand on a de bonnes raisons.

Ce n'est pas pareil, évidemment. Son beau-père était un homme plus cruel que tout ce que je peux imaginer.

— Mais c'est différent, Finn.

— Je ne crois pas, soupire-t-il.

Je secoue la tête et me frotte les tempes pour me débarrasser de la migraine. Que va-t-il arriver à Haxahaven, maintenant qu'elle est morte ?

Moi qui croyais trouver un peu de paix en découvrant ce qui était arrivé à mon frère, jamais je n'aurais cru avoir autant de sang sur les mains.

Dans la chambre sans fenêtre de Finn, je n'ai aucune idée de l'heure du jour ou de la nuit quand je me réveille. Tout ce que je sais, c'est que je suis toute seule.

Je pose mes pieds nus sur le ciment froid en tirant sur les manches trop longues du pull de Finn. J'ai toujours mal à la tête et l'estomac noué mais je ne veux pas me rendormir, par peur des cauchemars qui m'attendent.

Je fouille dans la pile de vêtements qui jonchent le sol pour dégoter une paire de chaussettes, manifestement tricotées par Finn, que j'enfile.

Passant un doigt sur le bureau marqué de taches d'eau, je jette un coup d'oeil sur sa vie sans moi.

Entre les livres, les papiers et les pelotes de laine, quelque chose dans le coin gauche attire mon attention. Je ne l'avais pas remarqué cette nuit.

C'est un mot, gravé profondément dans le bois, au couteau. Les lettres sont pointues et agressives, comme si on les avait creusées frénétiquement pendant très longtemps. Une lame plantée dans le bois, traçant encore et encore les mêmes lettres.

Un nom.

Mon nom.

FRANCES.

J'ouvre la porte de la chambre. Un calme inquiétant règne au sous-sol.

— Finn ? je souffle dans le couloir éclairé par une lampe.

Rien.

Jc montc l'cscalicr.

— Finn ?

La porte en haut des marches n'est pas verrouillée, toutefois elle refuse de s'ouvrir. Je l'enfonce d'un coup d'épaule et déplace ce qui la bloque suffisamment pour pouvoir me glisser par l'entrebâillement. Je trébuche sur une jambe humaine et tombe par terre, à moitié affalée sur le corps très froid et très mort du chef Olan.

29

Je ne hurle pas. Très naturellement, je dis :

— Quoi ?

Comme si le chef Olan pouvait me répondre.

Il tient encore sa canne à tête d'aigle à la main et il a un trou au milieu du front. Il était tellement vivant la dernière fois que je l'ai vu, il y a quelques heures à peine.

Une pensée terrible tourne dans ma tête. « C'est ma faute. » Les sorcières ont découvert ce qui était arrivé à Mme Vykotsky, et voici leur vengeance. Abattre le chef des disciples d'une balle dans le crâne. Il faut que je m'en aille. Les sorcières pourraient encore être au Commodore Club et je ne veux pas qu'elles m'y trouvent. Je fais confiance à Finn pour me rejoindre, comme il le fait toujours. S'il n'est pas mort, lui aussi. Mais cette possibilité est trop affreuse pour mériter que je l'envisage.

Sur la pointe des pieds, je traverse les différents salons et salles de billard du club aussi vite que je le peux.

Des cris étouffés puis des bruits sourds, comme une bagarre, me parviennent de l'étage.

Je ne réfléchis pas. Mon instinct de survie animal me hurle : « Fuis, fuis, fuis. »

La poignée de la porte d'entrée refuse de tourner. On dirait qu'elle est verrouillée de l'extérieur. Pas le temps pour la magie créative, pas de place pour l'erreur, je tends la main et murmure :

— **Briseadh.**

Sans résultat. La fenêtre au-dessus de la porte a éclaté pendant l'affrontement entre Mme Vykotsky et Olan, mais elle est bien trop haute pour moi.

Poussant un juron, je brise l'étroite vitre le long de la porte à l'aide du premier parapluie qui me tombe sous la main. Les éclats de verre pleuvent à mes pieds.

— Frances ! crie la voix de Finn en haut de l'escalier.

— Finn !

— Frances, retourne au sous-sol !

Il est hors d'haleine, en sueur et couvert d'un sang qui, je l'espère, n'est pas le sien.

— Il faut partir !

— Je t'ai dit de retourner au sous-sol !

Les bruits de lutte et les cris derrière lui attirent son attention.

— Les sorcières sont là ? Je peux peut-être leur parler. Leur expliquer ce qui s'est passé pour…

— Frances, je t'en supplie, retourne en bas. Je te rejoins bientôt.

Sur ces mots, il fait demi-tour en courant.

Hors de question de redescendre au sous-sol. Un pied par la fenêtre et l'autre encore dans le Commodore Club, j'ai un choix à faire : fuir ou me battre.

Les paroles de Finn rebondissent dans ma tête. « On est ensemble maintenant, toi et moi. Et ça sera comme ça pour toujours. »

Mon choix a été fait la nuit où je suis allée le retrouver à Forest Park.

Je monte l'escalier quatre à quatre.

Le vacarme n'est pas difficile à pister. Je m'élance dans le couloir, dépassant des pièces silencieuses remplies de corps effondrés sur les sofas et devant les tableaux. J'ignore ce qui s'est passé au Commodore Club ce soir, mais ça ressemble à un massacre. Qu'ont-ils fait ?

« Qu'ai-je fait ? »

Le bruit d'une arme à feu retentit jusque dans mes os. Je presse le pas. Au bout du couloir, dans une chambre majestueuse, je trouve Finn accompagné de trois des James. L'un d'eux tient un pistolet au canon encore fumant. À ses pieds gît un corps avec une grande tache rouge qui s'épanouit dans son dos.

— Excellent, dit Finn au James, comme si de rien n'était.

Il se fige à ma vue sur le pas de la porte.

Également pétrifiée, je ferme les yeux comme si je pouvais tout faire disparaître, mais je connais l'odeur de la poudre, je sais reconnaître le bruit d'un homme qui meurt.

Et au beau milieu de tout ça, mon adorable, mon magnifique Finn. Avec ses taches de rousseur. Qui nous a tricoté des mitaines, qui m'a offert une barbe à papa juste pour me voir sourire. Et qui est là maintenant, les chaussures pleines de sang, avec un regard si dur.

— Je t'ai dit de retourner au sous-sol, Frances.

Ses yeux étincelants se sont assombris ; son front est barré d'un pli soucieux.

La nausée s'empare de ma poitrine quand je m'aperçois soudain que je ne le connais pas aussi bien que je le croyais. J'étais sûre qu'il ne pourrait jamais me parler sur ce ton.

— Ne me dis pas ce que je dois faire.

— J'essaie de te protéger, déclare-t-il en levant les mains en l'air.

— De quoi ?

Une facette puérile de moi-même continue d'espérer qu'il a une explication parfaitement raisonnable à m'apporter. Qu'il va m'embrasser sur le front et tout arranger.

— Tu ne lui as rien dit ? demande l'un des James en lui donnant un coup de coude.

— Frances sait ce qu'elle a besoin de savoir, répond-il tout bas.

Dans la pièce, les cadavres ne sont que des hommes.

— Je ne sais rien du tout, je murmure.

Mais c'est faux. Quand je regarde Finn, quand je lis la tension sur son visage, quand je vois le corps à ses pieds, les pièces du puzzle s'assemblent.

— Finn, s'il te plaît.

Les James échangent des sourires rusés de renards dans un poulailler.

— C'est le chef D'Arcy, maintenant que ce vieux salaud est mort. Un peu de respect.

— Le chef D'Arcy ?

« Non. Non, non. »

— Finn suffira, les gars, dit-il en me regardant droit dans les yeux.

Je m'approche de lui.

— Qu'est-ce que ça signifie ?

Il soupire comme si je le gênais. Ça brise quelque chose en moi.

— Je n'ai pas le temps de t'expliquer. Il faut vraiment, vraiment que tu me fasses confiance.

J'en rêverais à cet instant, mais le pressentiment poisseux dans mes entrailles est difficile à ignorer.

— Dis-moi ce qui se passe, j'insiste pathétiquement.

L'un des James lève les yeux au ciel. Avec un soupir, Finn s'assied dans un des fauteuils.

— Tu as déjà entendu parler de *putsch* ? demande le plus petit James.

Je me tourne vers Finn.

— Un coup d'État ?

Je refuse d'y croire avant de l'entendre de sa bouche.

Il passe la main dans ses cheveux en bataille.

— Il était temps d'apporter un peu de changement chez les disciples de saint Druon. Tu as vu la façon dont ils géraient les choses ? C'était très injuste.

— Tu parles de *Cath Draíochta* ?

Il ricane en me regardant comme si j'étais une petite fille naïve.

— Ceux qui possèdent la magie... nous, Frances, nous ne sommes pas n'importe qui. C'est *nous* qui devrions gouverner. Je fais ça pour nous, ma chérie. Vraiment. S'il te plaît, fais-moi confiance.

Encore ce mot, « confiance ». Je n'ai plus confiance en rien ni personne. Je ne suis même pas sûre d'avoir confiance en moi-même.

— Alors tu les as tués ? Tu as tué les disciples qui n'ont pas de pouvoirs magiques ?

J'ai le goût de la trahison sur la langue. Je n'arrive pas à croire que je suis en train de dire ça, de lui poser, à lui, à mon Finn, ces questions.

Le petit James reprend la parole :

— C'est eux qui ont commencé. Quand Finn a découvert ce qu'ils faisaient aux ouvriers dans leurs usines, on ne pouvait pas rester là sans bouger. Ils proposaient à nos proches de travailler sur des machines mal entretenues si dangereuses qu'ils y perdaient leurs membres. Ensuite, ils jetaient les corps au fleuve afin d'éviter une enquête. Ils n'ont même pas laissé Walt enterrer son petit frère Johnny. Ils méritent pire que ça.

« Johnny O'Farrell, retrouvé sans mains sur Sheepshead Bay. »

Les James marmonnent dans leur barbe et hochent la tête en signe d'approbation.

Finn jette un regard noir à celui qui s'est exprimé.

J'ai les oreilles qui sifflent en essayant de digérer ce que je viens d'entendre. J'ai forcément mal compris.

— Alors les garçons de Sheepshead Bay étaient victimes d'*accidents du travail* ? Comment le sais-tu ?

Finn respire bruyamment.

— On n'a pas la confirmation pour tous. J'ai trouvé des documents le soir où nous nous sommes introduits dans le bureau d'Olan, toi et moi. Nous sommes allés vérifier la cause de la mort chez le médecin légiste. Je pense qu'après la catastrophe de l'usine Triangle Shirtwaist, la surveillance des manufactures a été renforcée. Le chef Olan et les responsables d'usines voulaient éviter une enquête. C'était plus simple de se débarrasser des corps. Ça ne blanchit pas les sorcières pour le meurtre de ton frère. Il ne travaillait pas à l'usine, Frances. Vykotsky a mérité son sort.

Pendant quelques minutes, j'ai l'impression d'être sortie de mon corps et d'observer toute cette scène en flottant au plafond. « Finn savait. » Il savait pourquoi ces garçons étaient retrouvés sur la plage, et il ne me l'a jamais dit. Il m'a laissée faire le tour de la ville et nous mettre en danger, mes amies et moi. Bien sûr, j'aurais toujours eu envie de pratiquer la Résurrection pour parler à mon frère, mais mes choix auraient été différents si je n'avais pas cru que résoudre son meurtre pouvait sauver d'autres vies.

« Oh non, Maxine. » Je revois son expression dévastée quand je l'ai accusée des meurtres des disciples.

Je retrouve mon corps.

— Bien sûr que si, ça les blanchit ! hurlé-je, prise d'une rage et d'une horreur brûlantes. Tu m'as menti !

Il se lève pour venir me prendre les mains. Les siennes sont froides et moites. Il ne me laisse pas me dégager.

— Le système entier est pourri de l'intérieur. Tous les dirigeants sont corrompus. Nous pouvons bâtir un monde meilleur à présent. Dans lequel les magiciens pourront vivre au grand jour ; un monde que nous gouvernerons avec justice, comme nous y sommes destinés.

— Un manoir rempli de cadavres n'est pas l'idée que je me fais d'un monde meilleur.

Il ferme les yeux, frustré.

— C'était un sacrifice nécessaire. Toi et moi, nous allons gouverner cette ville… le monde… côte à côte, comme prévu.

Son optimisme pourrait être contagieux sans le sang sur ses vêtements et le corps à ses pieds.

— Je n'ai jamais demandé ça.

J'ignorais que c'était ce que Finn voulait. Je n'avais pas conscience de sa facette brutale et avide de pouvoir.

— Tu n'as pas eu à le faire.

Il écarte une mèche de cheveux de mon visage. Je m'aperçois à cet instant que je porte encore son pull et ses chaussettes.

— Excuse-moi de t'avoir caché tout ça, mais je ne voulais pas te faire peur... Tu es si fragile.

Je ne me sens pas fragile. Je me sens brisée.

Il reprend, surexcité :

— Quand nous aurons nettoyé le haut conseil, nous prendrons les rênes de la ville, mon amour. Les juges, le maire, les usines. Et ce n'est qu'un début.

— On va être les rois, ajoute un James blond qui observe Finn avec la révérence d'un enfant de chœur.

Finn hoche la tête.

— Bientôt, le monde deviendra ce qu'il aurait toujours dû être, et les magiciens régneront sur le commun des mortels.

Mon cœur s'affaisse. Mon monde s'effondre et je ne peux rien y faire. Je suis aussi impuissante que le cadavre à mes pieds.

— Je n'ai jamais voulu régner sur personne. Je ne veux pas prendre part à cela.

— C'est parce que tu es si douce...

Il me contemple avec pitié, comme si refuser de tuer était une faiblesse.

— Écoute, ma chérie. Nous avons le pouvoir de refaire le monde. Différemment, mieux. C'était ce que voulait William. Que tu changes les choses.

Je scrute la pièce, les armes dans les mains des garçons, le sang, les corps, la fierté de Finn qui a fomenté tout cela et, d'un coup, je comprends. Il brûlerait tout pour obtenir ce qu'il veut, mais moi, je refuse de l'aider à réduire le monde en cendres.

— Mon frère n'aurait jamais voulu cela. (Finn me lâche enfin les mains.) Je ne sais pas qui tu es, dis-je, plus pour moi que pour lui.

Cette réalité est saisissante à voix haute.

Les muscles de ses mâchoires se contractent. La haine passe sur son visage, si intense que j'ai l'impression d'être face à un inconnu.

— Tu préférerais que je sois plus comme Oliver Callahan ?

Sa colère se mêle à une peine sincère d'autant plus troublante.

— J'ai bien vu comment tu le regardes, crache-t-il. Je pourrais être ton avenir. Laisse-moi être ton avenir. Rejoins-nous. Il y a encore tant à faire.

Je pourrais refuser. Je pourrais m'en aller, fuir Finn, la magie, et moi-même. Mais acceptera-t-il de me laisser partir aussi facilement ?

— Rappelle-toi, reprend-il en me tendant une main. Toi et moi, nous sommes attachés l'un à l'autre.

Il me sourit. Il a raison. Bêtement, vainement, je me demande si Finn peut encore expier ses fautes. Pire, l'idée d'être à ma place à ses côtés me traverse l'esprit. J'ai déjà tué par deux fois. Je ne sais pas dominer ma colère, ni maîtriser le pouvoir qui me consume. En revanche, je peux contrôler les autres contre leur volonté. Je ne suis peut-être pas si différente de lui.

Notre lien m'attire à lui. Est-ce ma place ? Je n'ai nulle part ailleurs où aller. Est-ce que Maxine et Lena me pardonneront ce que j'ai fait à Mme Vykotsky ?

Et les autres sorcières ? Et Oliver ? *Non*. Il ne me comprendra plus. Et je n'ai pas l'intention d'entraîner l'unique bonne chose de ma vie dans une guerre magique. Ai-je vraiment d'autres options ?

— D'accord, dis-je pour finir.

Le soulagement se lit sur le visage de Finn. Il passe un bras autour de mon épaule.

— Je sais que c'est dur pour toi, mais tu comprendras avec le temps.

Je lui souris comme il le désire, puis je vais récupérer mes chaussures et un manteau pour le suivre. Mon sourire ne me ressemble pas.

« Petite sotte », répète la voix de Mme Vykotsky dans ma tête.

Malgré le froid et l'obscurité de la rue, quitter l'ambiance de mort du Commodore Club me soulage.

— Quel est ton plan ? demandé-je à Finn en lui touchant intentionnellement l'épaule.

Je dois lui laisser croire que je suis une gentille fille. Il n'a pas besoin de savoir que mon cœur n'est plus qu'une coquille carbonisée, emplie de la fumée de tout ce que j'ai aimé.

— Nous nous sommes chargés de la plupart des conseillers municipaux. On a fait un carton pendant leur réunion de cet après-midi. Mes hommes vont aller chercher les absents. Toi et moi, on va se charger de la paperasse.

— La paperasse ?

— Le chef Olan avait le maire Gaynor dans la poche. Il n'acceptera jamais de travailler pour moi maintenant qu'Olan est hors jeu.

Par « hors jeu » il veut dire « mort », mais je ne le corrige pas.

— Par conséquent, il va signer sa démission, poursuit Finn.

Le souvenir de la dernière fois où j'ai dû faire signer un homme contre sa volonté me revient.

— Tu as eu cette idée lors de la soirée avec le conseiller ?

— Tu as si bien réussi, Frances. Maintenant que nous ne faisons qu'un, je peux accomplir de grandes choses.

Il se tourne vers les quatre James qui font craquer leurs articulations sur le trottoir. L'un d'eux joue avec un couteau.

— Vous savez où vous devez aller, les gars ?

— Nous, on va chez Callahan, déclare le blond en désignant un de ses acolytes.

— Et nous, chez Tilford.

— Les autres sont déjà en route pour l'école, ajoute un roux.

Sur un signe de tête de Finn, ils s'élancent tous les quatre dans la rue.

— Chez les Callahan ? *Quelle école ?*

Ma douceur factice s'évapore immédiatement, laissant place à la terreur. Alors que je croyais avoir saisi ses projets, Finn abat une nouvelle carte. Pour lui, c'est un jeu depuis le début.

Crochetant son bras au mien, il m'entraîne brusquement dans la direction opposée. J'essaie de me débattre, mais je trébuche. Il est beaucoup trop costaud pour moi.

— Tout va bien, dit-il sombrement. Toi et moi, on a du travail. Et puis, on est enfin seuls, hein ?

Il se penche pour m'embrasser mais je recule.

— Qu'est-ce qu'ils vont faire chez les Callahan ? Et à Haxahaven ?

Sa bouche est dangereusement près de la mienne ; je manque de le mordre.

— J'ai toujours dit que, quand je serais le chef, je recruterais les sorcières. Nous allons leur offrir l'opportunité d'apprendre la véritable magie, comme nous l'avons toujours voulu, toi et moi. Pense à tout ce que nous pourrons accomplir ensemble, les sorcières et les disciples. On fera tout ce qu'on veut.

— Mais tu es prêt à tuer tous ceux qui se mettront en travers de ton chemin ?

Je pense à Mme Roberts et à ses encouragements, à la gentille Florence et à la douce Ann. Elles n'accepteront jamais de se rallier à lui.

— Toutes les guerres font des victimes. Si elles choisissent de mourir plutôt que de nous rejoindre, c'est leur problème, conclut-il en haussant les épaules.

Ça me met dans une rage noire. Je dois lui fausser compagnie et trouver un moyen de les prévenir.

— Je ne te laisserai pas leur faire de mal.

Je reconnais à peine ma propre voix. J'essaie de libérer mon pouvoir afin de prendre le contrôle de son corps, mais la flamme en moi n'a pas plus de vigueur que la fumée d'une bougie qu'on vient de souffler.

Une décharge électrique part de mes doigts jusqu'à mon coude et mon épaule. Mon bras s'écarte tout seul de Finn. Je ne le contrôle plus.

Je réessaie de m'emparer de son corps. La magie ne répond pas.

Alors je tente de faire léviter une pierre pour la lui jeter. Un sort simple que j'ai exécuté des centaines de fois, mais rien ne se passe.

Il me regarde tranquillement lutter. La panique m'envahit.

— Qu'est-ce que tu m'as fait ? demandé-je, horrifiée.

— J'ai fait ce que tu as voulu, ma chérie. Tu as utilisé notre magie pour parler à ton frère. Maintenant, je l'utilise pour faire ça.

Une vague de nausée me parcourt tandis que je lutte, comprenant ce que je sais déjà au plus profond de moi.

— *Ça ?*

Son sourire est affreux, avide. Il n'a plus rien de charmant.

— Avoir ta magie en moi a fait de moi le magicien le plus puissant de New York. Personne ne peut m'arrêter. Personne ne peut *nous* arrêter.

— Qu'as-tu fait, Finn ? dis-je dans un murmure.

Il soupire, agacé que je ne saisisse pas. Il s'avance pour me prendre une main que je lui arrache.

— Quand nous nous sommes liés – ce que, je te le rappelle, tu m'as demandé –, tu m'as offert ta magie. Ton pouvoir est en moi à présent. C'est incroyable, non, ce que nous avons fait ?

— Mais comment ?

— Le sortilège de lien m'a permis de prendre le contrôle sur ton pouvoir comme si c'était le mien. Il s'est transféré dans mon corps. Il m'appartient tout entier. Je peux en faire ce que je veux.

— Mais tu as prononcé l'incantation, toi aussi.

Il sourit, plus content de lui que jamais.

— Nos vœux étaient différents, ma chérie. Tu t'es promise tout entière à moi. De mon côté, je n'ai jamais fait de telles promesses.

— Je n'ai plus de pouvoir ? Plus rien ?

— Oh, mon amour, je ne te ferais jamais ça. Je te le rendrai. Quand tu auras compris que j'ai raison.

La vérité que je combattais jusque-là me frappe de plein fouet. « Il l'a volé. Il m'a volé mon pouvoir. Et tout est ma faute. »

— Mais tu peux me le rendre, n'est-ce pas ? balbutié-je.

Il hausse les épaules.

— En théorie.

— Tu m'as trompée ?

Je manque de défaillir de douleur, mais je refuse de dévoiler ma faiblesse devant lui.

— J'ai fait ce que tu m'as demandé. C'est ce que font les partenaires.

Je voudrais le gifler, et vomir. Cette violation de mon être me donne envie de rentrer sous terre.

— Rends-le-moi, Finn. Tout de suite. Il est à moi.

Il secoue lentement la tête. J'ai plus que jamais l'impression de me tenir devant un inconnu.

— Non. Pas encore. Tu dois d'abord comprendre ce que tout cela signifie pour nous. Je dois être sûr que tu resteras. Tu verras, avec le temps, Frances. J'en suis certain. Sois patiente, mon amour.

— C'était ton plan depuis le début, hein ? M'as-tu jamais appréciée ?

Sa peine est sincère. Quels qu'aient été nos sentiments respectifs, la trahison que nous ressentons est violente et bien réelle. Moi non plus, je ne suis pas la personne qu'il voulait.

— Je ne peux pas répondre oui aux deux questions ? dit-il.

J'ai envie de pleurer.

J'ai envie de le tuer.

J'ai envie de l'embrasser et de le supplier de tout arranger, et c'est ce qui me fait le plus mal.

— Tu sais le plus bête dans tout ça ? reprend-il, exaspéré. J'aurais pu faire signer tout ce que je voulais au maire dans ses rêves, comme je t'ai fait écrire ces stupides mots laissés sur ton oreiller. Mais je voulais t'inclure. Je voulais que nous fassions ça ensemble !

Je n'ai pas assez de temps pour digérer l'information.

— Tu… Tu m'as fait écrire ces mots moi-même ?

— Un sacré tour. L'une des raisons pour lesquelles j'avais tant de valeur aux yeux du chef Olan.

— Ce n'était pourtant pas mon écriture.

— Évidemment, c'était la mienne. Ton crayon, ton papier, ta main, *mes* mots.

La bile me monte dans la gorge. Je croyais avoir le contrôle de mon corps. Et il me l'a arraché.

Je me détourne, terrifiée de verser les larmes affreuses qui me montent aux yeux.

— Frances, s'il te plaît, supplie-t-il d'un ton doux, comme avant. Aide-moi. Nous sommes si près du but. Ensuite, le monde sera comme il doit être, et nous serons ensemble.

— Comment sais-tu ce que doit être le monde ?

— Je t'ai vue dans mes rêves avant même d'apprendre ton existence. C'est le destin.

J'aimerais avoir autant de confiance. Je n'en ai aucune en lui, en tout cas.

— Peux-tu répondre à une question ? dis-je.

— Tout ce que tu voudras.

— Pourquoi toi ?

Il recule comme si je l'avais giflé.

— Pourquoi t'ont-ils choisi comme chef ? Régner sur la ville me semble un rôle gigantesque pour quelqu'un qui a dix-huit ans.

— Ils ne m'ont pas choisi. C'est *moi* qui les ai choisis pour m'aider.

Il appuie chaque mot pour les implanter dans mon crâne.

— À dire vrai, je prépare ça depuis pas mal de temps. Avec toi à mes côtés.

C'est peut-être sa façon de me regarder, si pleine de détermination, de rage et de révérence déplacée. Il croit tellement avoir raison. Ce n'est pas le garçon qui a raccompagné mon frère ivre à la maison l'an dernier, celui que j'ai toujours voulu qu'il soit. La voix de William transperce la tempête de mes pensées.

« Fuis. »

— Je ne régnerai jamais à tes côtés.

Je tourne les talons et m'élance aussi vite que mes jambes douloureuses me le permettent en direction de la demeure des Callahan.

— Frances !

Il me court après et m'attrape violemment par le bras.

— Ne me touche pas !

— Frances, Frances, stop. Passe par la porte de derrière. Ils auront posté quelqu'un à l'entrée. Et occupe-toi de Jack en premier. C'est lui le plus puissant, mais sa magie fonctionne mieux avec le métal, alors retire-lui ses couteaux aussi vite que tu le peux. Il garde toujours un poignard dans sa poche de poitrine.

J'essaie de me libérer, sans comprendre.

— Jack, c'est le blond. Frances, concentre-toi. Le blond...

— Pourquoi tu me dis tout ça ?

Il ouvre la bouche puis la referme. L'espace d'un instant, il est redevenu le garçon qui m'a tricoté des mitaines. Avec un soupir triste, il secoue la tête et s'éloigne rapidement dans la direction opposée.

Déroutée, je le regarde partir, mais je n'ai pas le temps de m'attarder. Alors je cours sans m'arrêter jusqu'à la maison des Callahan. Je n'accorde aucune attention aux New-Yorkais qui me jettent des regards scandalisés. Il y a au moins quinze pâtés de maisons à parcourir et chaque pas me laisse imaginer les conséquences d'une arrivée tardive. Le juge Callahan, une balle dans le crâne ; Mme Callahan, si généreuse, morte dans son luxueux salon. Je n'ai pas d'argent pour une voiture ni pour le métro. Je dois ignorer les brûlures dans mes jambes et prier pour arriver à temps.

J'approche de la maison de grès par une ruelle à l'arrière. Finn a pu me mentir ; il est doué. Cependant, la tristesse dans ses yeux me laisse penser qu'il disait vrai.

J'escalade le mur du jardin. Seul le porche est éclairé par une unique lampe à pétrole, alors j'atterris par terre à l'aveugle. Le gravier crisse sous mes pieds. Ma cheville droite se replie douloureusement sous moi. Proférant un juron tout bas, je me relève immédiatement. Pas le temps.

Je traverse le jardin au pas de course en pensant à Oliver, à la glace à la vanille, au base-ball, aux sourires secrets et aux œillades gênées.

« S'il vous plaît, s'il vous plaît, s'il vous plaît. »

Sans Mme Callahan, je n'aurais jamais appris à coudre. Mon frère appréciait son mari, et ça me suffit. Je ne les laisserai pas se faire assassiner dans leur propre maison.

Je trouve la porte-fenêtre verrouillée. Par habitude, je murmure : « Briseadh », mais en vain. Ma magie a disparu, je sens le trou qu'elle a laissé dans ma poitrine.

Par chance, la fenêtre de la cuisine, elle, n'oppose pas de résistance. Je la pousse légèrement et me glisse par l'ouverture étroite en accrochant le pull emprunté à Finn et en m'écorchant l'épaule.

Il avait raison : pas de garde à l'arrière.

Le soulagement est de courte durée. J'entends des voix étouffées au bout du couloir.

Je n'ai plus mis les pieds dans cet endroit depuis la mort de William.

En boitant un peu, je m'élance jusqu'au petit salon où je découvre le blond appelé Jack et le grand James debout au-dessus du juge, de son épouse et d'Oliver, tous à genoux, les mains attachées dans le dos. Mme Callahan pleure. Le juge a l'air furieux. Oliver essaie de calmer sa mère avec difficulté, un chiffon enfoncé dans la bouche. Il écarquille les yeux en me voyant débouler dans la pièce.

Je ne m'attendais pas à sa présence puisqu'il vit à Columbia pour ses études. Le voir entravé de la sorte me dévaste.

— Mais que vient faire la petite amie de Finn par ici ? lance Jack.

— Relâchez-les. C'est un ordre, dis-je d'une voix étonnamment forte.

— Et pourquoi on ferait ça ?

— Finn l'a demandé.

Les garçons échangent un regard et quelques paroles. Le plus petit secoue la tête.

— Tu mens.

Inutile d'argumenter.

— Très bien, alors je vais vous tuer.

Ce n'est pas mon intention, mais si c'est pour sauver Oliver, je crois que je le pourrai.

Ils échangent un nouveau regard et Jack avance vers moi. Je le menace :

— Je ne ferais pas ça, si j'étais toi. Tu vas retirer ce poignard de ta poche ou je lui brise la nuque.

Je désigne son camarade d'un hochement de tête.

— Tu sais de quoi je suis capable.

Pourvu qu'ils mordent à l'hameçon.

Il porte lentement la main à sa poche. Tous mes sens sont en alerte. Il lâche le poignard que je récupère en un éclair pour le pointer sur Jack, qui m'observe avec mépris. Son acolyte me paraît moins sûr de lui. Je parierais que c'est la première fois qu'il s'introduit dans une maison pour attaquer ses habitants.

— Détachez-les.

Jack s'approche des Callahan sous la menace du poignard. Je suis si concentrée que je ne vois pas James me foncer dessus avant que son couteau soit sous ma gorge. C'est un couteau de cuisine moins élégant que la belle dague que je tiens, mais à la lame tout aussi tranchante.

« Mince. »

— Lâche le poignard, exige Jack en se relevant après avoir détaché les poignets de Mme Callahan.

Je n'ai pas le temps de réfléchir, je plante ma lame dans la cuisse de James. Il hurle et lâche son couteau. Avec la toute dernière goutte de mon pouvoir alimenté par le désespoir, je parviens à faire léviter le couteau de cuisine jusqu'à moi. Tout se passe en un clin d'œil. James gémit dans le coin en essayant d'arrêter le flot de sang, Jack est figé au milieu du petit salon.

J'avance vers lui. Puis, dans mon élan, je le frappe violemment sur la tempe avec le manche du couteau. Il s'effondre. James l'imite aussi facilement.

C'est un truc que William m'a appris il y a longtemps. Si quelqu'un m'embêtait, un coup bien placé sur le côté du crâne l'assommerait. Je n'avais jamais essayé. Je n'arrive pas à croire que ça fonctionne si bien.

Je me précipite pour couper les liens des Callahan. Je ne sais pas combien de temps les larbins de Finn resteront inconscients, et j'aimerais sincèrement éviter d'avoir à les tuer.

— Merci, merci ! s'écrie Mme Callahan quand je lui retire son bâillon.

— Le temps presse !

Je libère le juge et Oliver.

— Frances, que fais-tu ici ? demande Oliver avec autant de peur que d'émerveillement.

— Finn...

Je ne vois même pas comment je pourrais lui faire comprendre. Quelque chose qui ressemble à de la peine passe sur son visage.

— Je t'expliquerai plus tard. Attache-les.

Avec son père, ils se chargent rapidement des deux garçons. Oliver me quitte à peine des yeux tout en nouant leurs chevilles et leurs poignets. Ils parviennent à les enfermer dans le placard du couloir, me laissant seule avec Mme Callahan en larmes.

— Pourquoi n'appelez-vous pas la police ? sanglote-t-elle.

Je lui frotte le dos sans répondre. Je ne saurais pas par où commencer. Comment lui expliquer que la société secrète magique à laquelle appartient son mari a été renversée par un groupe de jeunes magiciens, et que nous ne pouvons pas prévenir les policiers parce que nous ignorons de quel côté ils sont ?

Les hommes reviennent au petit salon.

— Ma chère petite ! s'exclame le juge. Vous nous avez sauvés.

La bagarre et ma course m'ont mise hors d'haleine.

— Il y a eu un putsch. La plupart des membres du conseil des disciples ont été tués. Ne faites confiance à personne. N'ouvrez pas la porte. Partez demain matin si vous le pouvez. Vous devez vous en aller.

— Attends ! m'appelle Oliver. Si tu pars, je t'accompagne.

Les manches un peu trop courtes de sa chemise blanche laissent apparaître les brûlures des cordes à ses poignets.

— Hors de question.

Je le bouscule. Je dois retourner à Haxahaven et je n'ai pas le temps pour les explications.

Il me barre la route.

— Non. Je n'accepte plus cette réponse. Je ne compte pas te laisser disparaître encore une fois en me promettant de m'expliquer plus tard. J'ai fait ce que tu m'as demandé, parce que je ferais *n'importe quoi* pour toi, mais... Bon sang, Frances. S'il te plaît, laisse-moi t'aider.

Il prend une grande inspiration et se rapproche de moi en deux pas.

— Tu n'es pas obligée de faire ça toute seule.

Fut un temps où je me serais effondrée dans ses bras, mais Finn m'a appris que faire confiance aux gens avait un prix.

— Tu ne dois rien à William. Laisse-moi passer.

— William ? répète-t-il, sincèrement surpris. Ça n'a rien à voir avec William, Frances. Et ça n'a rien à voir avec ce que je dois ou non. Je veux dire...

Il secoue la tête, incrédule, en me sondant du regard. C'est un Oliver différent de d'habitude. Je vois de la fermeté, de la sincérité et de la détermination enveloppées dans des années de tendresse entre nous. Il s'approche encore et saisit mon menton pour me forcer à le regarder dans les yeux.

— C'est entre *toi* et moi.

Mon visage chauffe. Je réfléchirai plus tard à ses paroles. Mais il ne me connaît plus. Il ignore ce que j'ai fait. Plus il me dévisage, plus mon cœur me fait mal. Ne supportant pas l'idée de ce qu'il pourrait découvrir en continuant à m'observer, je me détourne.

— Où est la gare la plus proche ?

Un grand sourire se dessine sur son visage. Il attrape un manteau dans le salon.

— J'ai une Cadillac, ça sera plus rapide. Tu n'as qu'à m'indiquer la route.

Il enfile son pardessus en ignorant les protestations de sa mère.

— Arrête. Attends ! Pense à ce que tu es en train de faire !

Et nous sortons dans la nuit noire.

30

Le trajet jusqu'à Haxahaven semble prendre trois fois plus de temps que d'habitude. Pendant presque une heure, je suis bombardée d'horribles visions de mes amies torturées et tuées.

Oliver ne parle qu'une fois par-dessus le bruit du moteur.

— C'est vrai ce qu'ont dit ces garçons ? crie-t-il.

— Que disent-ils ?

J'ai entendu tellement de garçons dire tellement de choses...

— Que tu es la petite amie de Finn ?

J'éclaterais de rire si je n'étais pas aussi terrifiée.

— Non, ce n'est pas vrai.

C'est peut-être mon imagination, mais je jurerais avoir vu un sourire passer sur son visage.

Je lui demande de se garer dans l'allée afin qu'on ne nous entende pas approcher.

— Reste dans la voiture.

— Aucune chance.

Alors je lui tends le poignard volé à Jack. Inutile d'essayer de le convaincre, et il a plus besoin d'une arme que moi.

Le premier signe que quelque chose cloche à Haxahaven, c'est la grille grande ouverte. Ils sont là... C'est certain.

Nous progressons dans l'allée. Dans le noir, l'académie se dresse comme un spectre.

Comme je l'ai fait de si nombreuses fois auparavant, nous nous glissons par la porte de la cuisine. La pièce est déserte, tout est propre ; on dirait que personne n'y a mis les pieds depuis longtemps.

Personne dans les escaliers ni la véranda. Ça ne va pas du tout, je le sens.

Soudain, des cris étouffés résonnent dans le couloir. J'échange un regard avec Oliver et nous nous précipitons vers le réfectoire.

Personne ne garde la porte. Les hommes de Finn sont des tueurs passables, mais des stratèges minables. Nous nous tapissons dans les ténèbres devant la porte du réfectoire où la centaine d'élèves est rassemblée, encerclée par une vingtaine de disciples de saint Druon.

Cent sorcières mal, voire non entraînées ne font pas le poids contre vingt magiciens aguerris. Aucune trace de nos enseignantes.

Sans surprise, Maxine s'est postée devant toutes les filles. C'est elle que j'ai entendue crier.

— Nous ne vous suivrons pas !

Elle hurle, bras écartés afin de protéger les plus jeunes derrière elle, flanquée de Lena. J'ai envie de pleurer ; elles me manquent tellement... Je voudrais ramper à leurs pieds pour leur demander pardon, mais on verra ça plus tard.

— Frances ! crie Mabel.

C'est la première à m'apercevoir quand j'entre dans le réfectoire. Les disciples de saint Druon se tournent vers moi avec le même dédain sur tous leurs visages. J'en reconnais certains.

— Si ce n'est pas la petite princesse de Finn, m'accueille l'un d'eux.

— Tu connais ces hommes ? demande Maria, blottie avec les autres.

— La ferme ! ordonne un grand type que je n'ai jamais vu. Je vous ai dit, sales petites sorcières, de ne pas l'ouvrir tant qu'on ne vous adresse pas la parole.

J'ai un avantage : je suis arrivée avant Finn. Ils ne savent pas encore que je ne suis pas des leurs.

— Salut, les garçons, dis-je avec une fausse timidité. Tout cela est-il bien nécessaire ? Vous n'avez pas besoin de ces armes.

Ils échangent des regards incertains. Je poursuis :

— Je croyais que nous étions tous amis.

Mes camarades de classe m'observent, horrifiées.

— C'est à Finn que nous obéissons, pas à toi, déclare l'un des hommes.

— Mais c'est sa petite amie, argumente un autre.

— Je me fiche de qui elle est ! crie le grand type. Les sorcières ont ordre de venir avec nous. Nous ne pourrons pas retenir les professeures beaucoup plus longtemps, il faut s'en aller. On les emmène.

Mes camarades protestent d'une seule voix.

J'essaie de me calmer. Ils veulent les enlever. Tout ça, c'est ma faute ; c'est à moi d'arranger la situation.

— Inutile de se précipiter.

J'avance avec prudence vers eux, les bras devant moi, un grand sourire plaqué sur le visage.

Je jette un coup d'œil à Lena et Maxine qui soutiennent mon regard, Maxine avec rage, Lena avec pitié.

Si je m'en tire cette nuit, je passerai le restant de mes jours à essayer de me racheter auprès d'elles. Pourvu que j'en aie la chance.

Maxine profite de la diversion pour arracher par magie le couteau du garde le plus proche.

Quelqu'un d'autre, j'ignore qui, fait léviter le revolver de l'un des garçons pour l'envoyer valser contre le mur.

Puis, de partout, le chaos jaillit. Plaintes et hurlements. Des poings atteignent des orbites. La magie éclate dans tous les sens. Lena et Cora conduisent les plus jeunes des filles à l'abri dans la cuisine.

Oliver et Aurelia soulèvent Ruby inconsciente. Oliver lui appuie une main sur l'épaule. Le sang jaillit entre ses doigts. Elle a dû être touchée dans la bagarre. Depuis la porte latérale, il croise mon regard.

« Vas-y », articulé-je. Avec un hochement de tête, il disparaît dans le couloir.

J'ai l'impression que *Cath Draíochta* se répète dans le réfectoire d'Haxahaven. Les objets volent dans tous les sens. Les chandeliers et les livres s'écrasent par terre. C'est un ouragan de magie, de peur et de pouvoir. Le sang gicle sur les murs. Le bruit de la bagarre est assourdissant.

Soudain, un coup de feu résonne dans l'air.

Sur le seuil, un pistolet encore fumant pointé vers le plafond, se tient Finn. Il porte un pardessus, un chapeau et des gants. En me voyant, son visage semble se détendre.

— Frances, Dieu merci, tu es saine et sauve.

Je ne partage pas son soulagement. Sa vue me terrorise.

— Les gars, ce n'est pas ce qui était prévu, si ? ajoute-t-il sèchement.

— Non, monsieur, marmonnent certains.

L'odeur du sang et de la poudre flotte dans la pièce. Les disciples de saint Druon observent Finn, et les sorcières d'Haxahaven m'observent. Oliver est revenu de la cuisine, le poignard au manche de nacre au poing. Il est le seul à ne posséder aucun pouvoir dans cet endroit, pourtant, à la détermination dans ses yeux, on ne s'en douterait pas.

— Les gars ! crie Finn. S'il vous plaît, rappelez-vous que nous sommes venus dans un esprit de coopération. Les vies magiques ont de la valeur. Je reviens dans un instant. En attendant, que personne ne bouge, où vous devrez en répondre !

Il range le pistolet à sa ceinture et traverse la salle pour venir prendre mes mains.

— Il faut qu'on parle.

Il m'entraîne dans le hall avec brusquerie et, bien que je n'aie pas envie de quitter mes amies, elles sont probablement plus en sécurité loin de Finn.

Ses gants me grattent désagréablement.

« Ça grattait. »

J'ai l'impression d'être plongée dans des eaux glaciales au moment où les mots de mon frère au sujet de sa mort me reviennent en mémoire. « On m'a frappé par-derrière. Une main gantée sur ma bouche. Ça grattait. »

« Ça grattait. »

« Je n'ai rien vu du tout. Je regardais le détroit. J'ai entendu quelqu'un siffloter. C'était une belle nuit, et puis, *boom*, terminé. »

La nuit de ma rencontre avec Finn au parc me revient, claire comme du cristal. Je m'en souviens si nettement à présent, de son sifflotement fantomatique entre les arbres.

Les ténèbres referment leurs griffes sur mon esprit. Mes jambes ont du mal à me soutenir. Je ne me suis jamais sentie aussi perdue, aussi vide.

Un silence de mort règne dans le grand hall de marbre d'Haxahaven. Un unique rayon de lune argenté filtre par la fenêtre au-dessus de la porte. Il traverse le visage de Finn et fait briller ses yeux noisette.

Je le regarde, frappée d'horreur, comme si je le voyais réellement pour la première fois.

— *Non !*

Un son guttural, primaire, terrifié.

Il ouvre de grands yeux. Il sait. J'ignore si c'est la connexion établie par le sortilège ou la magie ordinaire de notre compréhension mutuelle, mais tout à coup, il sait que je connais la vérité.

« C'est Finn qui a tué mon frère. »

Il blêmit.

— Tu dois comprendre... que ce que j'ai fait, je l'ai fait pour nous, dit-il avec hâte, comme s'il pouvait se justifier.

— Qu'as-tu fait, Finn ?

Ma voix est toute petite comparée à la tempête qui fait rage en moi. Je veux qu'il le dise. J'ai besoin d'entendre sa confession.

— Il ne t'aimait pas. (Il porte une main à son cœur.) Pas comme *moi*, je t'aime.

— Tu l'as tué.

— J'ai vu la façon dont il te traitait.

Je suis engourdie, glacée.

— Tu as vu comment il me traitait ?

Il hoche la tête, impatient de me raconter sa version de l'histoire.

— Il rentrait chez vous ivre et te laissait t'occuper de tout, toute seule. Il n'avait aucune reconnaissance.

— On se chamaillait comme un frère et une sœur… donc tu l'as tué ?

— J'ai toujours su que nous étions destinés à être ensemble. Ta mère était une sorcière. Tu apparaissais dans mes rêves. Tout ce qu'il fallait, c'était que ta magie se réveille, pour que tu ouvres les yeux. La mort de William devait t'aider. Il n'avait même pas de pouvoirs, Frances. Ta vie, notre vie ensemble vaut mille fois la sienne.

Moi qui ai passé la moitié de ma vie à imaginer le pire, celle-là, je ne l'avais pas vue venir.

— Tu étais son ami. Il t'a aidé. *Bon sang*, Finn, il avait confiance en toi. Moi aussi.

Deux Hallowell qui commettent la même erreur en faisant confiance à Finn. Nous avons laissé entrer le même monstre chez nous. Et nous en avons tous les deux payé le prix.

Son expression change. Il se veut implorant mais il a l'air dérangé.

— Oui, mais tu avais plus d'importance que lui.

J'arrive presque à lire dans ses pensées. Il m'a vue en rêve pendant si longtemps. Il croyait me connaître avant même de m'avoir parlé. En s'imaginant avoir un droit sur moi, sur ma vie, il m'a tout pris.

Il reprend :

— Je suis désolé de l'avoir fait, si ça peut t'aider. Mais, Frances, ne vois-tu pas… (il hausse le ton) tout ce que je ferais pour toi ? Je ferais *n'importe quoi*.

— Je veux te l'entendre dire. Dis-moi ce que tu as fait à mon frère.

Il soupire.

— Non, mon amour.

— Si tu es vraiment désolé, tu vas me le dire.

Il fait un pas en avant ; je recule.

— Si c'est ce que tu veux.

Il se balance d'un pied sur l'autre, déglutit.

— Un coup de brique dans le crâne. Il est tombé tout de suite. Il a coulé rapidement. Il n'a pas souffert. Je ne suis pas un monstre.

« Un coup de brique dans le crâne. »

Nous n'avons pas la même définition du monstre.

Si Finn ne comprend pas pourquoi la mort de William n'a pas réveillé ma magie, moi si. La magie est une extension de l'âme, or la mienne est morte la nuit où il a tué mon frère. Durant quatre mois, j'ai titubé dans le brouillard, j'ai continué à fonctionner machinalement. Tuer M. Hues exigeait que je sois présente dans ma propre vie pour la première fois depuis la mort de mon frère. Il n'y a aucune beauté dans le traumatisme, il n'y a qu'une urgence à agir.

— C'est toi qui as mis le grimoire dans le rêve de Maxine, n'est-ce pas ? Tu voulais que nous te trouvions, et que nous ayons besoin de toi. Tu ne craignais pas la Résurrection parce que tu savais que William ne t'avait pas vu. Tout ça, ce n'était qu'un plan pour que je t'offre ma magie ?

Il hausse les épaules.

— J'en avais plus besoin que toi.

Le garçon que je croyais aimer est un monstre.

C'est sûr, maintenant, je détruis tout ce que je touche.

Un grand fracas retentit dans le réfectoire, suivi par des hurlements. Je m'élance, laissant Finn et mon cœur en miettes derrière moi.

Maxine est montée sur la table.

Maria pleure mais se tient droite, les poings levés.

Bras écartés, Lena protège un groupe de filles en faisant léviter des objets devant elles pour former un bouclier.

La bagarre est sanglante et bruyante. Je ne sais pas qui a le dessus. Je n'arrive à réfléchir que par flashs.

« Stop. »

« Respire. »

« Fuis. »

« Arrange ça. »

« Sauve-les. »

Un candélabre qui s'écrase par terre me réveille. Maxine s'apprête à projeter une poignée de fourchettes sur un grand type qui s'approche de Maria.

Finn me court après dans la salle en hurlant :

— Stop !

Obéissant, ses hommes pivotent vers leur chef.

Finn se tourne vers moi.

— J'ai commis une erreur avec William, Frances. Mais tu auras toute la vie pour me pardonner. Partons ensemble et tes amies auront la vie sauve. Je te le promets.

— Et si je refuse ?

— Alors mes hommes les tueront toutes et tu devras quand même me suivre. La balle est dans ton camp.

Je n'ai plus de magie. Les sorcières d'Haxahaven se battront, mais nous sommes si mal entraînées... Nous n'avons aucune chance. Je n'ai pas le choix.

Toutes les filles me regardent. Quelqu'un gémit dans un coin, semi-conscient. J'ignore si c'est une sorcière ou un disciple, mais je sais que c'est ma faute. À l'instant où j'ai posé le pied dans cette école, je les ai toutes condamnées. Si je dois rejoindre celui qui a tué mon frère pour les sauver, alors c'est ce que je ferai. C'est ma punition, je la mérite. Si la prison qui m'a toujours tendu les bras est une vie attachée à Finn, qu'il en soit ainsi.

— Je peux leur dire au revoir ?

Il ferme les yeux, soulagé. Les fossettes se dessinent sur son visage parfait.

— Je ne suis pas une brute. Quinze minutes, pas plus. Allez aider les blessées à la cuisine. Dépêchez-vous.

Aurelia et May transportent une fille. Je fais signe à Lena et aux autres de les suivre.

Tel un défilé morne et silencieux, les sorcières d'Haxahaven sortent de la grande salle. J'aimerais tellement retourner aux jours où Florence m'apprenait à balayer le sol.

Les hommes de Finn se plantent devant la porte pour monter la garde.

— Je refuse de les suivre, déclare Mabel à la seconde où nous sommes hors de portée.

— Pareil, appuie Maria.

Sara et Cora acquiescent vivement.

— Je ne vous demanderai jamais de le faire, je chuchote. Laissez-moi réfléchir...

Je me précipite vers Maxine et Lena, blotties dans un coin.

Mes excuses sortent en un souffle. Je bégaie à moitié ; il faut absolument qu'elles comprennent.

— Je suis désolée. Il m'a piégée, je suis idiote, trop idiote, vous aviez raison, je suis désolée, je suis désolée.

Elles se jettent à mon cou. Les cheveux de Maxine sentent la poudre à canon, Lena tremble comme une feuille et tout est ma faute.

— Il a tué mon frère. Il a volé ma magie. Je suis tellement bête.

Ma voix tremble.

Lena s'écarte, frappée d'horreur.

Maxine pousse un grand soupir.

— C'est ce que je craignais. Je voulais tellement me tromper.

Je n'ai pas le temps de leur dire tout ce que j'ai dans la tête alors je me décide pour :

— Merci d'être mes amies. Vous êtes les deux meilleures choses qui me soient jamais arrivées. Je ne vous mérite pas.

Maxine, battante comme toujours, me repousse.

— Ça suffit. On n'a pas de temps à perdre. Comment a-t-il volé ta magie ?

— Il nous a liés par un sortilège de *L'Élémentaire.*

Je jette un coup d'œil à la pendule. Il va bientôt venir me chercher ; j'ai encore tant de choses à leur dire.

— Je ferai tout pour l'arrêter, mais je ne pouvais pas partir sans vous dire à quel point je suis désolée et à quel point je vous aime.

Maxine porte une main à sa tempe.

— Pitié, Frances, tais-toi. Je réfléchis, là.

— Si le sortilège a fonctionné une fois... commence Lena.

— Alors il peut marcher encore, termine Maxine.

J'ai du mal à les suivre.

— Vous ne songez quand même pas à me donner vos pouvoirs ? demandé-je, choquée qu'elles puissent l'envisager. Je refuse. Je ne le mérite pas.

— Tu es la seule à pouvoir t'approcher suffisamment de Finn pour l'arrêter, explique Lena. Tu ne peux pas refuser, c'est un choix logique.

— Je ne vous prendrai pas votre magie. Hors de question.

Maxine compte les filles dans la cuisine et sourit.

— Et si tu ne prenais qu'une goutte de chacune d'entre nous ?

— Elles ne voudront jamais.

Après tout ce que je leur ai fait subir, comment le pourraient-elles ?

Lena pose une main sur la mienne en me regardant droit dans les yeux.

— Bien sûr que si.

Et elle a raison.

J'explique le sortilège à Maxine et Lena. Elles l'expliquent aux filles et toutes, sans exception, acceptent de m'aider. Certaines sont mes amies comme Mabel et Maria. Les autres, je les connais à peine, comme Rachel, et une minuscule rousse que je n'ai jamais vue. Même Sara et Cora sont d'accord.

— Mais est-ce que ça va marcher ? je demande.

Maxine hausse les épaules.

— Il n'y a qu'un seul moyen de le savoir.

Avec une efficacité ahurissante, nous nous asseyons par terre en cercle.

— Il nous faut du tissu pour lier nos mains.

J'active mes méninges dans la panique afin de me rappeler le sortilège le mieux possible.

Maxine déniche un couteau d'office dans un tiroir. Les filles déchirent le revers de leur pèlerine en rubans de tissu noir.

De chaque côté de moi, Maxine et Lena attachent nos mains en premier, puis l'ensemble du cercle les imite comme une vague. Bientôt, nous sommes toutes reliées les unes aux autres.

— Vous n'êtes pas obligées de le faire, leur dis-je. Je ne sais pas ce qui va se passer.

La culpabilité se mêle à ma panique. Suis-je aussi mauvaise que Finn d'accepter une chose pareille ? Ou est-ce simplement ça, l'amitié, accepter l'amour même quand on sent qu'on ne le mérite pas ?

— Allez, Frances. On n'a pas le temps, me presse Maxine.

— On n'a pas peur. Fais-le, insiste Sara.

Je prends une profonde inspiration. Je sens déjà le pouvoir de mes amies qui vrombit comme une ampoule électrique. C'est quelque chose de précieux, de sacré, qui leur appartient.

Pour le restant de mes jours, qui ne seront peut-être pas nombreux, je ferai tout ce qui est en mon pouvoir afin de mériter cette petite part d'elles qu'elles m'offrent.

— Il faut prononcer le vœu ensemble, puis le sortilège.

Ma voix tremble. Tous les yeux sont braqués sur moi. J'ai les mains chaudes comme si le courant passait déjà entre nous.

Elles hochent la tête pour faire signe qu'elles ont compris. Je commence, même si je sais que je n'ai rien à leur donner en échange.

Si la magie m'a appris une chose, c'est que les mots ont un pouvoir, alors je procède à une modification.

— Moi, Frances Victoria Hallowell, je m'offre à vous. Tout ce que je suis sera nôtre, de cette vie à la suivante. Mon âme, et tout ce qu'elle contient, est à nous. **Déantar é.**

L'électricité statique craquelle dans la cuisine sombre.

Un chœur de voix fait écho à la mienne :

— Tout ce que je suis sera nôtre, de cette vie à la suivante. Mon âme, et tout ce qu'elle contient, est à nous. **Déantar é**, récitent-elles.

Mes sœurs fidèles. Mes courageuses et magnifiques amies.

La chaleur s'épanouit de mes mains dans mes bras. Chaque mot déploie une lueur qui enfle dans ma poitrine, encore et encore, jusqu'à ce que, tout à coup, le sortilège s'accomplisse. Je respire de nouveau.

— Ça a marché ? interroge Sara.

Je lève une main et fais léviter le couteau d'office au milieu du cercle.

Le soulagement m'envahit. Je retrouve enfin mon corps.

— Merci. *Merci.*

Je suis en larmes. Lena me prend la main et Maxine pose la tête sur mon épaule.

Je crois que c'est comme ça qu'on survit. En s'offrant de petits bouts de magie les unes aux autres, quand le monde nous en arrache. C'est de la survie. C'est de l'amour. C'est une famille.

— Je ne pourrai jamais assez vous remercier.

Le charme se rompt quand la porte de la cuisine s'ouvre à la volée.

Appuyé contre le chambranle, Finn se mordille la lèvre.

— Il est l'heure, ma chérie.

Avec un regard lugubre à Maxine et Lena, je suis Finn, en laissant mon cœur derrière moi.

Le gel de novembre rivalise avec la glace qui me parcourt les veines. Au-dessus de nos têtes, les étoiles brillent, indifférentes, pendant que je prie le néant de me donner de la force. Le néant répond avec la voix de mon frère.

« Courage. »

Si je ne peux pas avoir de courage pour moi-même, j'en aurai pour mes amies qui en ont eu tellement pour moi.

Quand Finn prend ma main, j'ai besoin de tout mon sang-froid pour ne pas tressaillir.

— Rentrons chez nous, mon amour. Nous avons du travail demain matin.

— Tu jures que tu laisseras Haxahaven tranquille ?

— Tant que tu coopéreras, fait-il avec un sourire inquiétant. Je crois qu'elles nous seront bien plus utiles ainsi, non ? Et tu te sentiras mieux de les savoir ici, bien à l'abri du grand méchant monde.

Il a raison, je vais coopérer. Je vais quitter cet endroit main dans la main avec le meurtrier de mon frère si cela signifie que les filles d'Haxahaven vont s'en tirer. Je vais lui laisser croire que j'ai besoin d'être protégée des dangers du monde et de mon propre cœur si fragile.

La voix d'Oliver tranche les ténèbres comme la lame d'un couteau :

— Arrête-toi ! crie-t-il depuis le porche. Je ne te laisserai pas l'emmener !

Pauvre, adorable, courageux Oliver. Comment peut-il encore croire que je mérite qu'on ne m'abandonne pas ?

Lena et Maxine se précipitent pour l'arrêter.

Oliver les ignore et descend les marches du perron.

— Frances, s'il te plaît.

— Les gars, réglez ça, voulez-vous ? ordonne Finn d'un hochement de menton à ses hommes qui nous suivent.

La terreur me saisit.

— Non, *arrêtez* !

Mes protestations sont noyées dans le fracas d'un coup de pistolet tiré sur Oliver Callahan.

Il ne crie pas quand la balle le transperce. Il baisse des yeux hagards sur son ventre qui saigne.

Mon corps réagit avant mon esprit. Je me précipite sur lui en hurlant de toutes mes forces dans la nuit.

Oliver tombe au sol.

Les hommes de Finn sont trop nombreux pour nous.

Féroce et magnifique, Maxine manipule arme après arme pour les arracher des mains des disciples. Mais elle ne peut pas manipuler les corps et elle ne fait pas le poids contre le coup de poing qui la met à terre.

Lena prend le relais. Elle se précipite sur Finn, un couteau à la main.

Je m'empare du corps du premier garçon qui plonge sur elle et le cloue à terre, mais je ne vois le second qu'au moment où il la renverse.

Au cri qu'il pousse, je comprends qu'elle a réussi à l'atteindre, mais il est beaucoup trop massif pour elle et elle est désarmée.

— S'il te plaît !

Je supplie Finn encore et encore, mais il ne bouge pas d'un pouce. Maxine hurle, les hommes encerclent Lena. Le corps d'Oliver forme une tache sombre et terriblement immobile sur la pelouse. Des souvenirs de notre enfance défilent devant mes yeux. William, nous trois. Il était tout ce qui me restait du passé, et maintenant… Soudain, toutes les autres sorcières sortent de l'école. Je vois les hommes de Finn prêts à se battre. La panique, la colère et la peur bouillonnent en moi et, comme un barrage qui se rompt sous la pression d'une rivière enragée, mon âme sort de mon corps et je suis partout. Je suis toutes les autres. Cette magie nouvelle qui m'appartient sans m'appartenir est si étrange…

Je sens l'amour vibrant et la douleur sublime de Maxine. Je vois les visages des filles qu'elle aime. Leurs baisers dans le noir, leurs corps enlacés dans des chambres vides à l'aube. Je perçois sa lutte constante entre son sens du devoir et son désir d'aventure.

Je vois le visage ridé de la grand-mère de Lena, le regard de ses parents la dernière fois qu'elle les a vus, il y a tant d'années. Je comprends sa nostalgie dévastatrice et son sentiment d'isolement. Je sais sa fierté et son indéfectible ambition, ainsi que le puits sans fond de gentillesse qu'est son cœur.

J'absorbe la bonté incommensurable d'Oliver, et ses doutes incessants. Je me vois à travers ses yeux. Sa façon de me regarder, comme si j'étais la chose la plus magique qu'il ait jamais vue, lui qui a pourtant déjà été témoin de la vraie magie. Je sens à quel point William lui manque. Comme il lui parle quand personne ne peut l'entendre.

Mais c'est Finn que je ressens le plus. Son avidité intarissable. Sa volonté de faire tout ce qu'il faudra pour créer le monde qu'il croit juste. L'étrange chaleur dans son cœur sournois qu'il ne dédie qu'à moi.

Toutes ces informations inondent mon esprit en un demi-battement de cœur.

La douleur me transperce le crâne. Ma vision se brouille.

Mon esprit ne peut pas contenir autant de choses ; mon corps ne le supportera pas. La magie m'échappe. Mon âme s'est étendue si loin de mon corps qu'elle pourrait le quitter pour toujours. Je pourrais rejoindre William, où qu'il soit. Les tourments de cette vie prendraient fin. Ce serait si facile d'abandonner. Le soulagement de la mort me supplie de l'accepter ;

comme l'océan, il vient me lécher les pieds par vagues. La mort est chaude et douce, et la vie est si dure...

Ici, l'air me semble particulièrement pesant. La voix de William y flotte, plus claire que jamais. « Accroche-toi », dit-il.

Je ne peux pas quitter ce monde en n'ayant rien accompli, rien achevé.

Pour la première fois depuis très longtemps, je veux vivre. Plus que tout.

« Accroche-toi. » Une explosion d'énergie, d'étoiles, de lumière et d'émotions mêlées de puissance.

Je reviens à moi dans un sursaut, allongée sur la pelouse d'Haxahaven, les yeux tournés vers les étoiles. Rien n'a changé à part qu'il n'y a plus personne, et l'air est tiède. En me relevant, je ne trouve que Finn en face de moi.

Il a l'air terriblement abattu.

— C'est un rêve, n'est-ce pas ?

Il se lève à son tour en époussetant son pantalon.

— J'imagine. Tu as hurlé comme une banshee et tu t'es effondrée. Ensuite, on s'est retrouvés ici.

— Tu as tué mon frère, dis-je d'un ton venimeux.

Il lève les mains et s'avance.

— Ouais, mais j'en suis désolé.

— Pas tant que ça. Tu t'apprêtes à éliminer mes amies.

— Seulement parce que tu m'as forcé la main. Je t'aime, Frances. Personne ne t'aimera jamais autant que moi.

D'infimes parties de moi, les plus anéanties, le croient.

— Si c'est ça, ton amour, je n'en veux pas. Pas une miette.

— Parce que tu crois que moi, si ? L'amour est une faiblesse !

— Non, Finn. Vouloir contrôler les gens que tu aimes, c'est ça, la faiblesse.

Ses traits se brouillent ; il ressemble tellement au garçon qui dormait près de moi la nuit dernière.

— Tu crois que tu pourras me pardonner un jour ?

Comme une sainte, je m'avance vers lui et le serre dans mes bras. Mais il a oublié la première leçon de magie qu'il m'a enseignée : dans mes rêves, c'est moi qui crée et qui détruis les mondes.

Je visualise le poignard au manche de nacre et il apparaît dans ma main.

Je sens la poitrine ferme et chaude de Finn. Son cœur qui bat sous sa chemise. Je m'accorde ce moment. L'espace d'un instant, je le serre contre moi. Je ferme les yeux, la tête sur son épaule.

Et je compte les battements de son cœur.

Trois.

Deux.

Un.

J'enfonce le poignard dans son dos.

31

Je me réveille dans le monde réel en haletant ; j'ai l'impression d'avoir échappé à la noyade dans un étang gelé. J'ouvre les yeux mais les étoiles sont presque invisibles et la pelouse est plongée dans une obscurité épaisse comme de l'encre.

Les plaintes ne viennent pas de moi mais de Finn, effondré par terre à mon côté. Vivant, sans blessure apparente, mais gémissant de douleur tel un animal blessé. Sa souffrance me fend le cœur, mais je ne dois éprouver aucune compassion pour lui.

Je me relève douloureusement.

Avant de plonger dans le rêve, mon pouvoir était une bougie s'efforçant de rester allumée dans le vent. Maintenant, c'est un feu de joie. Les flammes de ma magie se tendent pour s'emparer des corps de la vingtaine d'hommes de Finn. Le contrôle me vient aussi naturellement que de respirer. Quelque chose en moi s'est déverrouillé.

Je les plaque violemment au sol. Je contrôle leurs âmes. Je contrôle la mienne.

— Vous allez quitter Haxahaven et vous ne reviendrez jamais. C'est compris ?

Leurs grognements acquiescent et, sans hésitation, ils s'en vont, certains en titubant, d'autres en courant, en direction de la route qui les ramènera en ville.

J'espère ne pas regretter de leur avoir laissé la vie sauve.

Je baisse les yeux sur Finn. Je le méprise, je hais chaque trait de son visage parfait.

Une fois ses larbins hors de vue, je m'accroupis au-dessus de lui. Il est complètement immobile, en sueur, les yeux grands ouverts.

— Qu'est-ce que tu m'as fait ? halète-t-il. La magie... je ne la sens plus.

— C'est peut-être parce que tu es un monstre sans âme.

— Tue-moi. Je ne peux pas vivre comme ça.

— Je devrais te tuer, dis-je tout bas. Je devrais en avoir envie. (Je me penche pour déposer un baiser sur son front.) Mais pas encore.

Puis je me lève et m'éloigne sans me retourner. Je traverse la pelouse, laissant la forme recroquevillée de Finn rejoindre toutes les choses sombres et brisées dans les ténèbres.

Je cours jusqu'à Lena, Maxine et Oliver allongés par terre, immobiles.

Ils ressemblent à une constellation. Lena saigne à la tête. La chemise d'Oliver est imbibée de sang. Maxine a l'œil gauche gonflé. Je les rejoins et mon âme, qui s'est étendue jusqu'aux confins du possible, soupire de soulagement. Je sanglote.

— Je suis désolée.

L'obscurité se referme sur moi.

J'ai mal partout.

Je me réveille dans mon lit habituel, prise de sueurs froides et engourdie par un long sommeil.

Je ne peux pas bouger. Ma gorge me brûle.

Tout me revient d'un coup : Oliver se faisant tirer dessus, le poignard dans le dos de Finn, la sensation de toucher l'âme de quelqu'un.

— Enfin réveillée ? demande Lena depuis son lit.

— Combien de temps suis-je restée inconsciente ? grince ma voix.

— Trois jours, répond Maxine.

Elle est assise sur le lit de Ruby, un hématome violemment pourpre autour de l'œil, et feuillette *Vanity Fair*.

— Tu as une mine affreuse.

— Excuse-moi, Maxine. Je n'arrive pas à croire que j'aie pu t'accuser d'être mêlée à la mort de mon frère.

— C'est oublié. Bien sûr, c'était une terrible accusation, mais j'aime bien l'idée que tu m'aies crue suffisamment intéressante pour mener une double vie de meurtrière de l'ombre.

Ma poitrine se serre en constatant l'absence de Ruby.

— Ruby ?

— En vie ; elle est rentrée chez elle hier, répond Lena.

— Et Oliver ?

On frappe à la porte et Florence entre. Elle a troqué sa tenue grise de cuisinière contre une robe en crêpe de soie turquoise et la pèlerine d'Haxahaven.

— Je suis contente de te voir réveillée.

— C'est Florence qui reprend provisoirement le poste de directrice, explique Maxine.

— Un excellent choix. (Ma gorge brûle à chaque mot.) Où est Oliver ?

— Tu peux marcher ? demande Maxine.

Sans savoir si mes jambes flageolantes vont me soutenir, je me lève.

Elles ont installé Oliver dans la chambre de Maxine. Il a l'air d'un fantôme, pâle comme la mort sous le baldaquin.

Je m'effondre à genoux à son chevet.

Il ouvre les yeux.

— Oh, Dieu merci.

Je n'ai jamais rien connu de meilleur que de voir sa poitrine se soulever. *Vivant.*

Il touche fébrilement ma main.

— Tu pleures ? articule-t-il avec un rire faible.

Je renifle.

— Non.

— Tant mieux. J'ai encore un million de questions sur la magie auxquelles tu as promis de répondre.

Son sourire est plus brillant qu'un soleil d'après-midi.

Ce qu'il y a entre nous, quoi que cela puisse être, me semble inéluctable. Une vérité incorruptible. Aussi imparable que les racines des arbres qui poussent sous le béton de New York. Et maintenant, nous avons tout le temps du monde pour l'explorer.

J'ai mille choses à lui dire, et je compte bien avoir l'occasion de le faire plus tard. Pour l'instant, lui tenir la main et écouter nos respirations au même rythme me suffit.

Cependant, il me reste une chose à accomplir.

Plus tard, ce soir-là, je demande à voir Florence, Maxine et Lena. Je dois leur avouer ce que j'ai fait.

Lorsque je passe devant le bureau de Mme Vykotsky, la culpabilité manque de me faire défaillir.

Lena, Maxine et Florence me retrouvent à la table ronde de la cuisine. Je prépare du thé et, accrochée à ma tasse comme si sa chaleur pouvait combler mes fissures, je commence mon récit.

Elles m'écoutent patiemment leur avouer ce que j'ai fait à Mme Vykotsky. Comment je l'ai tuée. Qu'elle ne le méritait pas. Que je comprendrai si elles décident de ne plus jamais m'adresser la parole.

Elles conservent une expression neutre et hochent la tête de temps en temps.

C'est Florence qui me tapote la main une fois mon récit terminé.

— On dirait bien que c'était un accident.

— Oui, mais…

Sans tourner autour du pot, elle se contente de dire :

— Nous apprenons de nos erreurs, Frances. Elles ne font pas de nous des impénitentes.

Les larmes roulent sur mes joues. Je ne m'étais pas aperçue que je pleurais. J'en ai tellement assez de pleurer ; j'espère ne pas recommencer avant longtemps.

Je regarde mes amies.

— Vous ne me prenez pas pour un monstre ?

Lena secoue la tête.

— Bien sûr que non.

— Je te prends pour un tas de choses, concède Maxine, mais le monstre n'est pas sur la liste.

La mort de Mme Vykotsky sera un fardeau lourd à porter pour le restant de mes jours. Mais pour le moment, ce que j'ai me suffit.

— Vous avez été très courageuses, les filles, déclare Florence. Je regrette de ne pas avoir été là pour me battre à vos côtés, mais avec Helen qui a pris la fuite, je devais faire sortir les plus petites de l'école pour les mettre à l'abri.

— Elle s'est enfuie ?

— Nous pensons qu'elle a senti quelque chose arriver. Elle est partie par lâcheté, explique Florence.

— Bon débarras, soupire Maxine.

— Qui a soigné Oliver ? Je peux la remercier ?

— La magie n'est pas très efficace pour réparer les corps, alors Maxine a fait venir une ancienne élève d'Haxahaven qui fait des études de médecine en ville. Elle a dit que la balle n'avait rien endommagé de vital. Tant qu'il évite l'infection, tout ira bien. C'est un vrai miracle que ce garçon ait survécu.

— Merci. Je ne sais pas quoi dire d'autre.

— Qu'est-ce qu'on fait maintenant ? demande Maxine.

— J'aimerais bâtir un nouvel Haxahaven, dit Florence. Dans lequel la magie ne sera pas considérée comme une maladie, et où les filles pourront s'épanouir et s'éduquer. Ann et moi comptons les entraîner, les préparer réellement à ce qui les attend. Et je serais honorée de vous avoir toutes les trois à nos côtés.

Lena n'a pas besoin de réfléchir à la proposition.

— Merci, madame, mais je retourne dans ma famille. Je n'ai jamais eu l'intention de rester à Haxahaven.

— Je comprends, Lena. Tu as tout mon soutien. Nous ferons tout ce que nous pouvons pour que vous soyez réunis.

— Merci.

Maxine hausse les épaules.

— Haxahaven est ma maison. Je reste.

Être une sorcière, c'est posséder un pouvoir dans un monde où les femmes n'en ont aucun. J'ai vu les disciples de saint Druon se servir de leur magie pour se divertir, s'emparer du pouvoir, asservir les autres et commettre des choses épouvantables.

Mais les sorcières d'Haxahaven ne faisaient rien du leur. Ce vide me paraît tout aussi horrible.

— Oui, dis-je enfin. Je me joins à vous.

Lena rentre chez elle un mardi glacial. Je pleure. Elle non, cependant elle me serre dans ses bras en me promettant de m'écrire.

Aurelia retourne aussi dans sa famille quelques jours plus tard et, incapable de supporter plus longtemps la vue des lits vides de mes amies, j'emménage dans la chambre de Mabel. Elle parle dans son sommeil, mais sa voix douce me rappelle que je ne suis pas seule dans le noir, alors ça ne me dérange pas.

La blessure d'Oliver se résorbe lentement, comme toute blessure par balle. Les Callahan, ayant décidé d'effectuer un long séjour dans leur résidence à Paris, ont estimé qu'Haxahaven était un endroit approprié pour sa convalescence. Après tout, c'est un sanatorium. Grâce à un régime à base de brioche et aux piaillements de toutes les jeunes élèves qui veulent jouer les infirmières, il remarche en moins d'une semaine.

Nous prenons l'habitude de nous promener sur le sentier qui borde la forêt après le petit déjeuner, juste tous les deux. Nous marchons dans un silence agréable. Je crois qu'il cherche un répit au milieu des gloussements d'extase. Les filles ne sont pas encore lassées de la présence d'un garçon à Haxahaven.

Ma magie semble à la fois plus grande et plus petite à présent. Elle me fait moins l'effet d'un animal enchaîné. Elle est comme un muscle qui se serait fixé à la base de mon pouvoir et aurait poussé telles les racines d'un arbre, reliant la sorcière que j'étais à celle que je suis maintenant. Sachant que certains pans appartiennent aux gens que j'aime, j'en ai moins peur.

J'apprends à croire aux miracles. Le pardon que m'ont accordé mes amies est sacré et, quand nous rions ensemble, c'est la promesse de bâtir un monde meilleur. Haxahaven est devenu un endroit joyeux, rempli à ras bord de rires féminins et de magie insouciante. Je l'autorise à me soigner.

Nous nous organisons afin de fournir de véritables soins à ma mère, ainsi qu'un appartement en ville.

Helen m'a dit un jour que je ne pouvais pas réduire le monde en cendres parce qu'il m'avait pris ceux que j'aimais. Helen se trompait à bien des égards, toutefois, là-dessus, elle avait raison. Je m'empare de l'amour éternel que j'ai pour mon frère et je lui murmure d'arrêter de me dévorer vivante. J'apprends à le distribuer. Aux filles d'Haxahaven à qui leur foyer manque. À mes amies. À moi. Je crois que la seule chose à faire pour chacun d'entre nous est d'accueillir la douleur et d'en faire un monde un peu moins dur.

Je ne rêve pas de Finn. Je ne rêve pas du tout ; je crois avoir complètement perdu cette capacité.

Après la bagarre, après que Florence et Ann m'ont transportée, inconsciente, à l'intérieur, elles n'ont retrouvé à la place de Finn que le poignard au manche de nacre. Je ne peux pas penser à lui trop longtemps sans être submergée par une tristesse qui me transperce les os. J'attends l'arrivée de la colère. Elle sera plus facile à comprendre.

Je songe à William chaque seconde de chaque jour, mais mes pensées sont plus légères, partagées avec Oliver. Je ne sais pas grand-chose sur la vie après la mort, mais au milieu du chaos qu'il a laissé derrière lui, je me promets que je vivrai assez pour nous deux. La mort est absurde, mais peut-être que la vie n'a pas à l'être.

Je me promène un matin avec Oliver quand il se tourne vers moi, les mains dans les poches, une écharpe autour du cou. Il fait frais ; il souffle de petits nuages de condensation. Je dois plisser les yeux dans la lumière grise et brillante du ciel de décembre. L'instant est parfait ; nous deux ici, nos bottes dans la neige.

— Will disait toujours que tu allais changer le monde, tu le savais ?

Je souris.

— Ça lui ressemble.

Entouré par les branches d'arbres nues de l'hiver, Oliver me contemple comme si j'étais une créature magique.

— Je crois qu'il avait raison.

Derrière lui, la route s'étire jusqu'à la ville.

— Je l'espère. Il reste encore tant à faire.

Juin 1972

Ma très chère Frances,

C'est assez curieux de t'écrire avec de l'encre et du papier après tout ce temps passé dans la tête l'un de l'autre.

Je pense à toi chaque seconde. Je me sens si vide maintenant que tu es loin de moi. Comme c'est ridicule de ma part d'aimer quelqu'un qui m'a tant pris...

Mais la vie continue, et nous serons enfin réunis, comme l'univers l'a toujours voulu. Les choses évoluent rapidement ici, en Europe. Ce que je m'emploie à bâtir, je le fais pour nous.

Les clairvoyants disent que tu seras bientôt là.

Je prie pour que cela soit vrai, car nous avons beaucoup à nous dire. Tellement à faire ensemble.

Chaque nuit, je rêve de tes lèvres sur les miennes, mon amour.

Mon âme est creuse, mais j'y remédierai à nos retrouvailles. Je suis impatient de récupérer tout ce que tu m'as enlevé.

Le temps passe mais mon cœur ne continue de battre que pour toi.

Nous sommes faits l'un pour l'autre, ne l'oublie jamais. Dans ton cœur, tu le sais aussi bien que moi.

Bientôt, Frances, nous serons de nouveau ensemble. Car c'est notre destin.

Je t'aime,
Finn James D'Arcy

Remerciements

Écrire les remerciements de mon premier livre me submerge d'émotion. C'est comme essayer de remercier un grand complot de l'univers pour m'avoir offert les conditions idéales afin que mes rêves se réalisent. Un merci me semble trop réducteur, mais je vais commencer par là. Merci, merci, merci.

À Hillary Jacobson ; que tu croies en moi est le plus beau cadeau qu'on m'ait fait. Merci d'être toujours de mon côté et de m'avoir guidée dans le monde de l'édition avec une grâce et une gentillesse infaillibles. L'expression « agent de rêve » ne suffit pas pour décrire tout ce que tu fais, alors nous allons devoir travailler sur une centaine de livres de plus ensemble jusqu'à ce que je trouve les mots justes pour expliquer ce que tu représentes pour moi.

À mon éditrice, Nicole Ellul, pour avoir toujours su exactement, j'ignore comment, ce que j'essayais de dire. Ta capacité à atteindre le cœur des histoires est si magique que je ne suis pas tout à fait convaincue que tu ne sois pas une sorcière.

À toute l'équipe de Simon & Schuster Books for Young Readers : Amanda Ramirez, Katrina Groover, Cassie Malmo, Justin Chanda, Kendra Levin, Lauren Hoffman, Chrissy Noh, Victor Iannone, Anna Jarzab, Emily Ritter, Lauren Castner. Merci d'avoir cru en ce livre et en moi depuis le début, et de m'avoir accueillie si chaleureusement au sein de la famille S&S.

À Heather Palisi, Faceout Studio et Tom Daly d'avoir rendu l'intérieur et l'extérieur de ce livre si beau (la plus belle chose que j'aie vue de ma vie).

À Brian D. Luster et Kathleen Smith d'avoir corrigé toutes mes virgules (et tellement plus).

À Roxanne Edouard, Savanna Wicks, Liz Dennis et Josie Freedman d'avoir travaillé si dur pour cette histoire ; ça me touche plus que je ne peux l'exprimer.

À Stacey Parshall Jensen pour son temps, son attention et ses incroyables notes.

Bien que ce roman soit fondamentalement fantastique, j'aimerais remercier ceux qui m'ont assistée dans mes recherches historiques et qui ont pointé mes erreurs. Merci aux documentalistes et aux équipes des archives journalistiques de la bibliothèque du Congrès, à l'équipe de Google Research Ngram Viewer et au Tenement Museum de New York.

Aux libraires, bibliothécaires, blogueurs et critiques qui ont joué un rôle dans la sortie de ce livre. Rien n'est plus important pour un auteur débutant que votre gentillesse, votre soutien et votre enthousiasme. À Adalyn Grace, Alexis Henderson, Adrienne Young, Jessica Spotswood et Ashley Poston d'avoir lu les premiers exemplaires et laissé des commentaires aussi gentils. Je vous admire énormément.

Aux organisateurs des Pitch Wars et à la promo 2017. Merci à McKelle George et Heather Cashman, les mentors qui m'ont appris à relire et corriger un livre, et à ma grande sœur d'écriture Kristin Lambert d'avoir été avec moi pendant tout ce temps ; je ne voudrais faire ce voyage avec personne d'autre.

À tous les professeurs qui m'ont dit que j'étais un écrivain avant que je ne le sache moi-même ; Mrs Larson, Mrs Mattson, Ms Ide, Mrs Bona et Mrs Sidesinger.

À mes amies à la patience infinie et au soutien indéfectible ; j'ai tellement de chance d'avoir mon propre cercle de sorcières.

À Allison Rich, d'avoir vécu avec moi pendant que j'écrivais la plus grande partie de ce livre et de m'aimer toujours, même si j'ai transformé notre maison en cimetière de tasses à café et que j'ai laissé des moutons de poussière s'accumuler sous le canapé.

À Sabrina McClain d'avoir cru le plus en moi, et pour sa capacité troublante à pointer les incohérences de scénario. À Kosoko Jackson de m'avoir fait rire quand j'avais envie de pleurer. À Lindsey Landgraf Hess d'avoir lu un brouillon de cette histoire il y a des années et de m'avoir encouragée quand j'en avais besoin. À Kristin Dwyer, dont l'amitié est un cadeau, d'avoir répondu à chaque SMS dérangé à deux heures du matin.

À Emily Sowers ; ce livre est autant le tien que le mien. Il n'existerait pas sans toi et ton éternelle foi en moi. Je ne sais pas grand-chose sur l'univers, mais je lui serai toujours reconnaissante de m'avoir accordé ta présence. Je pourrais écrire un million de mots sur notre amitié sans jamais réussir à exprimer exactement ce qu'elle signifie pour moi.

À Casey McQuiston, dont l'esprit brillant n'a d'égal que son cœur gigantesque. Je suis tellement heureuse de t'avoir trouvée dans cette vie ; je suis sûre que nous nous sommes connues dans bien d'autres. Maintenant que je t'ai, je suis tranquille pour l'éternité.

À Charles Wilson, qui s'assure que notre maison soit toujours remplie d'en-cas et de bougies parfumées à l'automne. Tu es plus que je n'aurais jamais pu l'espérer. Merci de m'aimer d'un nombre incalculable de façons que je ne croyais pouvoir trouver que dans les livres.

À ma famille, dont l'amour est la chose la plus magique au monde.

À mes parents qui ont passé des heures innombrables à me lire des histoires, qui ont rempli notre maison de livres et d'art.

Maman, ton amour me donne du courage. Merci de toujours m'encourager le plus fort. Papa, tu es la personne la plus créative que je connaisse. C'est de toi que je tiens mon amour de la création.

À mon frère Thomas et sa femme Sayaka ; merci de toujours être les premiers à fêter mes victoires.

À ma sœur Hannah, qui m'a appris ce que c'était de travailler dur.

À mes grand-mères, Jo, gentille et intelligente, obligée d'arrêter l'école à quatorze ans, qui m'a appris à ne jamais considérer que mon accès à l'éducation était acquis, et Polly, née avant que les femmes obtiennent le droit de vote, enfermée dans un sanatorium pour tuberculeux pendant des années à sa vingtaine, dont la vie a énormément inspiré ce livre. J'aurais aimé pouvoir entendre tes histoires.

Et enfin à Leah, ma sœur jumelle. Ma meilleure amie depuis le début et pour toujours. Je t'ai écrit un livre. J'espère vraiment qu'il te plaira.

J'ai commencé ce livre par une citation de Mary Oliver, il n'est que justice de le terminer de la même façon.

Instructions pour vivre sa vie :

Observe.

Étonne-toi.

Raconte.

Si ce livre a trouvé son chemin jusque dans vos mains, j'en suis étonnée. Merci d'avoir fait ce voyage avec moi.

Sasha Peyton Smith a grandi dans les montagnes de l'Utah, entourée de son frère et de ses deux sœurs, de livres et d'un très vieux chat. Elle s'est inscrite à l'Université de l'Utah et à l'Université George Washington, où elle a étudié la biologie et la santé publique. Ce n'est pas une sorcière, bien qu'elle possède de nombreux cristaux et qu'elle connaisse toujours la phase lunaire en cours. Elle vit aujourd'hui à Washington DC.

Si vous avez aimé…

Haxahaven
Le Cercle des Sorcières

… vous allez adorer

**L'ANNÉE
DE
GRÂCE**

Déjà en librairie !

Personne ne parle de l'année de grâce.

C'est interdit.

Nous aurions soi-disant le pouvoir d'attirer les hommes hors de leurs lits, d'ensorceler les garçons et de rendre les épouses folles de jalousie. Notre peau dégagerait un aphrodisiaque puissant, l'essence pure de la jeune fille, de la femme en devenir. C'est pourquoi nous sommes bannies l'année de nos seize ans : notre magie doit se dissiper dans la nature afin que nous puissions réintégrer la communauté.

Pourtant, je ne me sens ni magique.

Ni puissante.

Personne n'a le droit d'évoquer l'année de grâce, mais cela ne m'a pas empêchée de chercher des indices.

Un lapsus entre deux amants dans la prairie, une effrayante histoire du soir aux échos par trop réalistes, des coups d'œil furtifs pendant des échanges d'amabilités au marché. Sans que jamais les femmes ne trahissent leurs secrets.

La vérité sur l'année de grâce, sur les événements de cette parenthèse obscure, se niche dans d'infimes détails qu'elles laissent échapper lorsqu'elles se croient à l'abri des regards.

Mais moi, rien ne m'échappe.

Un châle qui glisse sur des épaules nues et révèle une cicatrice à la pleine lune d'automne.

Une main fébrile qui trouble la surface de l'étang dont les ridules se perdent dans la nuit.

Leurs regards qui se voilent, soudain absents, frappés d'hébétude. Et d'horreur.

Je croyais que seule ma magie me permettait de déceler ces choses – ces signes invisibles aux autres, qu'elles refusent de s'avouer à elles-mêmes.

Pourtant, il suffit d'ouvrir les yeux.

Et les miens sont grands ouverts.

AUTOMNE

EXTRAIT : L'ANNÉE DE GRÂCE

J'avance derrière elle le long d'un chemin forestier que je connais bien. Il y a des fougères, des orchidées, des chardons, ainsi que de mystérieuses fleurs rouges dont les cinq pétales ciselés semblent représenter chacune d'entre nous : le premier pour les filles en année de grâce, le deuxième pour les épouses, le troisième pour les travailleuses, le quatrième pour les femmes des quartiers extérieurs, et le dernier pour l'inconnue qui marche devant moi.

Elle se retourne et m'adresse un sourire confiant. C'est une très jeune fille. Elle me rappelle quelqu'un dont je ne parviens à me remémorer ni le visage ni le nom. Une connaissance trop ancienne, dans une autre vie, peut-être, ou une sœur cadette que je n'aurais jamais rencontrée. Le front large et le menton fin, une petite tache de naissance dessinée sous l'œil droit. Ses traits sont délicats, comme les miens, mais c'est bien la seule chose délicate chez elle. Ses prunelles sont d'un gris d'acier, ses cheveux sombres coupés presque à ras. Châtiment imposé, ou acte de rébellion ? Difficile à dire. J'ai beau ne pas la connaître, je sais d'avance que je l'aime. Pas de la façon dont mon père aime ma mère, mais d'un amour pur et protecteur, comme celui éprouvé pour les rouges-gorges que j'ai soignés l'hiver dernier.

Nous parvenons dans la clairière, où sont rassemblées des femmes issues de toutes les catégories sociales. Chacune porte une petite fleur rouge épinglée à la poitrine. Je ne détecte ni querelles ni regards assassins : toutes sont venues en paix. En harmonie. Nous sommes sœurs, filles, mères, aïeules, réunies par une nécessité commune qui dépasse les mesquineries individuelles.

— Nous, sexe faible, ne serons plus jamais faibles ! proclame l'inconnue.

Les femmes lui répondent par un cri viscéral.

Je n'ai pas peur. Je ne ressens que de la fierté. Cette fille est la clé. Grâce à elle, tout va changer. Et je participe de ce changement.

— La route devant nous est gorgée du sang de nos sœurs, mais elles ne l'ont pas versé en vain. Ce soir, l'année de grâce touche à sa fin.

J'expire longuement… et me retrouve soudain couchée dans mon lit, entre les murs étouffants de cette chambre, entourée des visages hostiles de mes sœurs.

— Qu'a-t-elle dit ? demande Ivy, les joues empourprées.

— Rien, répond June en lui pressant le poignet. Nous n'avons rien entendu.

Ma mère entre dans la pièce. Mes deux plus jeunes sœurs, Clara et Penny, m'aident à me lever. Je cherche le regard de June pour la remercier de m'avoir tirée d'affaire, mais elle m'évite. Par choix ou par devoir. J'ignore lequel des deux est le pire.

Rêver nous est interdit. Les hommes croient que c'est une façon de dissimuler notre magie. Le seul fait d'avoir des rêves m'expose à un châtiment mais, si l'on découvrait leur contenu, j'irais droit à la potence.

Mes sœurs m'entraînent vers le salon de couture et s'affairent autour de moi telle une nuée de moineaux chamailleurs, non sans me bousculer au passage.

— Doucement, dis-je tandis que Clara et Penny lacent mon corset avec un peu trop de zèle.

Pour elles, tout cela n'est qu'un jeu. Leur tour viendra, pourtant, dans quelques années.

— N'avez-vous personne d'autre à torturer ?

— Cesse de t'agiter, m'ordonne ma mère. (Elle se venge sur ma chevelure en finissant ma tresse.) Ton père s'est montré bien trop laxiste à ton égard durant toutes ces années, entre tes ongles sales et tes jupons maculés de boue. Pour une fois, tu vas te sentir comme une vraie demoiselle.

— À quoi bon ? persifle Ivy en admirant son ventre arrondi dans le miroir. Aucun garçon sensé n'offrirait un voile de mariage à Tierney.

— Tant pis pour elle, rétorque ma mère en resserrant les lacets de mon corset. Mais elle me doit bien ça.

J'étais une enfant têtue, trop curieuse, toujours la tête dans les nuages et incapable de respecter les convenances – entre autres défauts de caractère. Je serai la première fille de notre famille à partir en année de grâce sans avoir reçu de voile.

Ma mère n'a même pas besoin de le dire. Chacun de ses regards exprime son ressentiment. Sa rage silencieuse.

— La voilà !

June, ma sœur aînée, revient avec une robe de soie grège bleu foncé, au col châle rehaussé d'un rang de perles d'eau douce. Celle qu'elle portait il y a quatre ans pour sa propre cérémonie du voile. Le tissu en a conservé un vague parfum de peur et de lilas blanc – la fleur choisie par son fiancé, symbole d'innocence et d'amour naissant. June est si adorable de me prêter sa robe. Je la reconnais bien là. Même son année de grâce ne lui a pas ôté sa douceur.

Toutes les jeunes filles de mon année arboreront des toilettes neuves, agrémentées de fanfreluches et de broderies à la dernière mode, mais mes parents ont préféré ne pas gaspiller leur argent. Je n'ai rien d'une future épouse. Et je le dois pour une large part à mon attitude.

Garner County compte douze garçons à marier cette année, tous issus de familles respectables et respectées. Douze prétendants pour trente-trois candidates.

Aujourd'hui, nous allons défiler à travers la ville pour leur offrir une dernière occasion de bien nous regarder. Après quoi ils rejoindront les hommes dans la grange pour décider de nos destins comme on se partage le bétail. Cela n'a rien d'une comparaison absurde puisque chacune de nous, à la naissance, est marquée au fer rouge du sceau familial sous le pied. À l'issue de ces débats, nos pères iront sans un mot distribuer les voiles de mariage aux jeunes filles réunies dans l'église, en recouvrant la tête des heureuses élues de ces affreux morceaux de tissu vaporeux. Et demain matin, quand nous serons alignées sur la grand-place avant de partir effectuer notre année de grâce, chacun des garçons soulèvera le voile de sa promise tandis que nous autres resterons les bras ballants, indésirables et inutiles.

— Je savais que tu cachais une belle silhouette, là-dessous.

Ma mère pince les lèvres, creusant les ridules autour de sa bouche. Elle ne le ferait plus si elle savait à quel point cette mimique la vieillit. Dans le comté, la seule humiliation pire que la vieillesse est l'infertilité.

— Je ne comprendrai jamais pourquoi tu as négligé ta beauté et gâché toutes tes chances de devenir une maîtresse de maison accomplie, poursuit-elle en m'aidant à enfiler la robe.

Mon bras se coince dans l'encolure.

— Cesse de résister, ou la soie va...

Un craquement interrompt ses paroles. Ses mâchoires se crispent.

— Du fil et une aiguille ! ordonne-t-elle à mes sœurs, qui obtempèrent aussitôt.

J'essaie de contenir mon hilarité, mais cela ne fait qu'empirer les choses. Je ne suis même pas capable d'enfiler une robe correctement.

— Nous verrons si tu ris autant quand personne ne t'offrira de voile et que tu rentreras de ton année de grâce pour te retrouver dans une maison de labeur où tu t'esquinteras les doigts au travail.

— Ça vaut encore mieux que le mariage...

— Ne dis plus jamais de choses pareilles. (Elle prend mon visage entre ses mains, et mes sœurs filent hors de la pièce.) Tu veux passer pour une usurpatrice ? Tu veux qu'on te chasse du comté ? Les braconniers seraient ravis de mettre la main sur toi. Ne t'avise pas d'attirer la honte sur cette famille, ajoute-t-elle en baissant la voix.

— Que se passe-t-il ?

Mon père range sa pipe dans sa poche poitrine. Il entre rarement dans le salon de couture. Ma mère reprend une expression normale et s'attelle au raccommodage de ma robe.

— Le labeur n'a rien de honteux, poursuit-il en penchant la tête pour franchir le seuil, avant d'embrasser ma mère sur la joue dans un relent de tabac douceâtre. Elle n'aura qu'à travailler à la laiterie ou au moulin. Ce sont des tâches tout à fait respectables. Notre Tierney a toujours été un esprit libre, conclut-il avec un clin d'œil à mon intention.

Je fais semblant de m'intéresser aux points lumineux projetés par le soleil à travers les rideaux. Mon père et moi étions si complices, autrefois. On disait même que ses yeux pétillaient lorsqu'il parlait de moi. Avec ses cinq filles, il devait voir en moi ce qui se rapprochait le plus du fils qu'il n'aurait jamais. En secret, il m'a appris à pêcher, à me servir d'un couteau et à me défendre. Mais cela appartient au passé, désormais. L'image que j'avais de lui s'est ternie depuis la nuit où je l'ai surpris chez l'apothicaire, en train de commettre l'indicible. De toute évidence, il n'a jamais perdu l'espoir d'engendrer un fils, mais je n'aurais jamais cru qu'il pourrait tomber si bas. Il ne vaut finalement pas mieux que les autres.

— Tu es ravissante ! ajoute-t-il pour attirer mon attention. Qui sait, tu recevras peut-être un voile, après tout…

Coups de cœur, nouveautés, exclus, coulisses…
toute l'actu des romans Casterman sur

#rire #jadore #lecture

#sévader

Let's read!

#lire

#rêver #partage #émotion

Rejoins la communauté

/RomansCasterman @romanscasterman @romanscasterman